침묵과 쟁론

침묵과 쟁론

초판 1쇄 인쇄 · 2024년 2월 1일
초판 1쇄 발행 · 2024년 2월 8일

지은이 · 박동억
펴낸이 · 한봉숙
펴낸곳 · 푸른사상사

주간 · 맹문재 | 편집 · 지순이 | 교정 · 김수란, 노현정 | 마케팅 · 한정규
등록 · 1999년 7월 8일 제2-2876호
주소 · 경기도 파주시 회동길 337-16(서패동 470-6)
대표전화 · 031) 955-9111(2) | 팩시밀리 · 031) 955-9114
이메일 · prun21c@hanmail.net /prunsasang@naver.com
홈페이지 · http://www.prun21c.com

ⓒ 박동억, 2024

ISBN 979-11-308-2133-7   03800

값 29,000원

이 도서는 2023년도 아르코문학창작기금(발간지원)에 선정되어 발간된
작품입니다.

푸른사상
평론선

41

침묵과 쟁론

Silence and Dispute

**박동억
평론집**

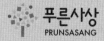푸른사상
PRUNSASANG

대화라는 주제에 사로잡힌 것은 2020년 무렵의 일이다. 같은 해 집필한 「세대와 세대의 대화」나 이듬해 발표한 「문학은 광장이 될 수 있는가」 등에서 세대와 젠더의 단절을 넘어선 대화의 가능성을 물었다. 물론 그 매개는 문학이었다. 문학작품을 하나의 작품으로 이해하는 것이 아니라 대화의 과정으로 이해한다면 어떻게 다른 것일까. 어쩌면 큰 차이가 없을지도 모르는 이러한 물음에 기대어 그동안 집필했던 원고들을 되돌아보았다. 이후에 이러한 상념은 현재와 과거 사이의 역사적 '회고', 산 자와 죽은 자 사이의 '애도', 냉담한 타자 사이의 '불화', 인간과 동물·인공지능과 같은 타자 사이의 '쟁론', 생활감을 분유하는 일상적 '공감' 등의 주제로 분화되어갔다.

한편으로 이러한 사색보다 선명한 것은 '글쓰기를 통해' 직접 겪었던 대화들이다. 많은 경우 다만 시를 읽고-쓸 뿐이었다. 하지만 때론 사려 깊은 문자나 전화를 받기도 했다. 몇몇 시인을 초대하고-초대받는 자리가 생기기도 했다. 작가뿐만 아니라 일흔 살이 넘는 독자 혹은 국경을 넘어서 온 독자를 가르치고 그들께 배울 수도 있었다. 또한 나는 발표된 글에서 오식 때문에 연락을 받기도 했다. 심지어 시인의 시집 이름이나 시구를 잘못 필사한 경우도 있었다. 하지만 나는 그 오식에 대해 지적하지 않아준 시인의 이름 또한 알고 있다.

문학은 근본적으로 말 건넴이다. 그러나 그 말 건넴은 수많은 사람의 배려 속에서 가능한 것이다. 하나의 작품, 하나의 문장조차 홀로 쓰이는 것은 아니다. 당신이 말하도록 들어주는 곁이 있으며, 당신의 손끝이 길을 잃더라도 기다려주는 침묵이 있다. 따라서 한 작가의 글을 향한 찬사 또한 작가만의 소유는 아니다. 누군가 그의 언어가 위로가 되었다고 말했을 때, 작가는 항상 찬사를 받는 입장에만 서는 것도 아니다. 그는 도리어 언젠가 타인에게 감사를 건네기 위해서 독자의 입장에 서기도 하는 것이다.

글을 쓰다 보면 최초에 어떤 마음을 지니고 글을 쓰기 시작했는지 좀처럼 떠오르지 않는다. 몇 해 전의 문장을 번복하는 글을 발표하기도 한다. 믿어왔던 신념이 깨어지기도 한다. 문장 속에서 어떤 확신을 길어올리려 하다 보면 오히려 길을 잃는 것만 같다. 어쩌면 글쓰기란 하나의 이론과 신념을 세우는 과정이라기보다 헤매는 과정이 아닌지 되묻게 된다. 그럼에도 왜 쓰는가. 쓴다는 행위의 본질은 의미를 얻는 것이 아니라 그 행위 자체일지도 모른다. 글은 삶의 방식인 것이 아닐까. 언제부턴가 의무처럼 짊어지게 되는 것이 아닐까. 그저 누군가에게 감사를 전하고 누군가에게 다시 그것을 전하기 위해서, 지금 그는 말 건네야만 하는 것이다. 그렇게 말 건넴의 행렬에 동행하는 것이다.

하지만 이 책이 주제로 삼고 있는 것은 그러한 언어 행위에 동참할 수 없는 '말 잃은 자'의 곤경이다. 세상을 떠난 이나 말을 빼앗긴 이, 혹은 동물들의 침묵. 말한다는 것은 기본적으로 자신의 존엄함을 지키기 위해 필요한 실천이다. 이와 함께 말을 건넨다는 것은 당신의 존엄함을 확인하기 위한 실천이라고 할 수 있다. 타인 혹은 타자의 존엄함을 우리는 대화를 통해 확인한다. 이 부단한 일상 속에서 주고받는 사소한 농담조차도 서로가 인간임을 확신하게 해준다. 반대로 말을 잃은 존재는 억압된다. 그들 혹은 그것은 말할 능력을 잃었거나 말의 능력을 애초에 소유하지 못했기에 자신을 대변하지 못한다. 그들은 타인에 의해 대변된다. 그것은 사람에 의해 소유된다.

여기서 우리는 시인이 행하는 시적 대화를 살필 필요가 있다. 시인은 말의 힘을 믿는 자다. 말하는 순간과 말 건네는 순간을 응시하는 자. 특히 이 책이 주제로 삼는 것은 시인이 행하는 '말 건넴'의 특별함이다. 자연서정시와 모더니즘 시와 같은 장르의 구분을 넘어서 많은 시인은 어떤 믿음을 간직하고 있는 것처럼 보인다. 그들은 마치 '말할 수 없는' 존재들이 응답이라도 할 수 있는 것처럼 죽은 이, 동물과 풍경, 심지어 기계장치를 향해 끊임없이 말을 건넨다. 여기서 말 건넴의 심오함을 우리는 확인한다. 말의 의지는 말의 능력을 넘어서는 것이다.

말 건네려는 의지는 무엇인가. 시적 대화는 말할 수 없는 존재를 향하며 그들의 응답을 요구한다. 막막한 허공을 향해 열리는 시인의 입술은 단지 말하기 위한 것이 아니다. 그들은 혀끝은 근본적으로 듣는 입장에 서기 위해 움직인다. 아무런 응답이 없을 때도 시인의 몸은 듣는다. '말 건네는' 몸이 진정 듣고자 하는 것은 무엇인가. 그것은 타자의 존엄함이 아닐까. 말 건넨다는 것은 본질적으로 삶과 죽음을 분유하는 순간에 닿는다. 모든 존재가 홀로 죽어갈 수밖에 없는 이 세상에서 고독이라는 진실을 고백하거나 애써

부인할 때 비로소 깨닫게 되는 것이 있다. 그것은 생명은 삶과 죽음의 의미를 타인과 나누어 가지거나 타인에게 양도하기를 바라며 존재한다는 사실이다.

그런데 나는 시인의 모든 실천이 헛된 것이라고 말할 수도 있었다. 실상 시인은 아무것도 대변할 수 없으며 오직 자신의 목소리만을 소유할 수밖에 없다고. 그들이 표현한 동물의 목소리나 식물의 목소리는 그저 자신의 목소리에 덧씌운 가면에 지나지 않는다고 말할 수도 있었다. 마찬가지로 사람의 커뮤니케이션이란 그저 인간중심적인 방백이나 독백에 그칠 뿐이라고 주장하고 대화가 얼마나 허망한 것인지 설명했던 작가와 철학자의 이름을 수십 명 기억하고 있다.

이를테면 알베르 카뮈는 『시지프의 신화』에서 그렇게 말한다. 무엇인가 이해한다는 것은 그저 세계를 인간적으로 환원하여 인간의 낙인을 찍는 일이라고 그는 단언한다. 그가 빠져나오고 싶었던 것은 그러한 인간적 관념으로 가득한 현실이다. 그래서 그의 문학적 사유는 직장을 향하다가 문득 걸음을 멈추고 세상만사와 인간관계, 그리고 나 자신이 느끼던 모든 친숙함이 환영에 지나지 않음을 깨닫는 순간에서 시작한다. 인간은 인간적인 세상에서 빠져나올 때 비로소 세상의 진실을 직시한다. 진실이란 세상은 본래 무의미하다는 것이다. 그리고 카뮈에 따르면 그 무의미한 세상에서 내가 삶을 향해 다시 전진할 수 있도록 만들게 해주는 것은 그 무의미에 저항하는 '나'

침묵과 쟁론

의 의지뿐이다. 그래서 그는 『시지프의 신화』의 첫 문장으로 "정말로 진지한 철학적 문제는 오직 하나, 그것은 바로 자살이다."라고 썼던 것이다.

카뮈의 사유는 죽음이 대리될 수 없는 것이듯 삶의 의미 또한 타인이 대신할 수 없는 것임을 암시한다. 그러나 나는 카뮈의 문장을 뒤집어 읽고 싶다. 그가 자살에 대해 말한 것이 아니라 자살에 대해 말 건네고 있다고 표현한 뒤, 그의 문장을 곱씹어본다. 진정 그가 사색한 것이 자살이었다면 그가 그 주제를 작품으로 우리에게 전할 필요가 있었을까. 카뮈는 존재함의 의미를 스스로 찾아야 한다고 생각했지만, 그가 그렇게 '말 건넸을 때' 이미 그의 말은 다르게 받아들일 수 있는 것처럼 보인다. 어쩌면 그는 그렇게 홀로 죽기를 바라지 않기 위해서 말하는 것은 아닐까. 숙고해야 할 것은 홀로 살고 죽어간다는 진실과 별개로 그렇게 고독한 육체 사이에서 말을 나눈다는 사건이 매일 벌어진다는 사실이다.

말 건넴의 시원적 기능은 단 하나, 함께 죽어감을 확신하는 것일지도 모른다. 로만 야콥슨의 구분에 따르면 언어의 여섯 가지 기능 중 '친교적 기능'에 해당할 이 원칙이 내게는 모든 언어의 기능보다 앞서는 언어의 제일 원칙인 것만 같다. 말보다 중요한 것은 말 건넴 자체인지도 모른다. 말을 건네는 순간 우리는 타인에게 연루된다. 응답을 기다리며 존재 일부를 타인에게 양도한다. 자신의 마음속 근원적 정조가 타자의 근원적 정조와 함께 동요하기를 꿈꾼다. 그렇다면 자살에 대해서 말할 때도 언제나 문학은 동반자살인 것이다. 마찬가지로 '말할 수 없는' 타자를 향해 말 건네는 시인이 몸짓은 그들과 우리의 삶을 접붙이는 하나의 방식인 셈이다.

　시인은 말 건넴의 형식을 숙고한다. 그들은 신중하게 표현한다. 말할 수 없는 자를 대변하는 것은 자칫 타인을 마음대로 규정하는 폭력이 될 수도 있기 때문이다. 시인은 그러한 위험을 무릅쓰고 시집이라는 무대에 타자를 초대하고 타자와의 대화를 시도한다. 이러한 과정은 장 폴 리오타르가 '쟁론(différend)'이라고 부른 상황을 초래할 위험을 지닌다. 리오타르는 법정에서 모든 사람이 똑같이 대변될 수 없다는 사실을 지적한다. 자신을 변호하는 사람의 능력에는 큰 차이가 있다. 더 나아가 그는 죽은 자나 말할 수 없는 자는 자신을 조금도 변호할 수 없다는 사실을 지적한다. 말할 수 없는 자의 입장은 스스로 입증되는 것이 아니다. 그들의 입장은 말할 수 있는 자들에 의해 옹호되거나 반박되면서 세워진다.

　리오타르에 따르면 '쟁론'이란 "원고가 논변의 수단을 박탈당하고 이 사실 때문에 희생자가 되는 경우"를 가리킨다. 이러한 상황은 의도에 따라서 두 가지로 구분할 수 있을 것이다. 우선 리오타르에게 '쟁론'은 이기적 의도로 타자를 마음대로 대변하는 경우를 뜻한다. 이때 리오타르는 아우슈비츠 가스실에 들어간 사람은 모두 죽었다는 사실을 악용하여 가스실의 체험을 증언할 수 있는 사람이 없으니 유대인 학살은 '없었다'라고 주장했던 학자 로베르 포리송의 예시를 든다. 이것은 극단적인 쟁론의 한 양상일 것이다. 한편 나는 쟁론을 다른 의미로도 해석한다. 선의를 가진 사람이 그의 의지와는 달리 타자를 마음대로 대변하는 경우가 있을 수 있다. 어떤 경우 시인은 죽은 이나 동물을 '희생자'로 일방적으로 규정하는 데 집착하는 듯하다. 그러한 규정을 순수한 선의로만 받아들이기는 어렵다. 그것은 약자를 약자의 입장에 붙박아둔다. 더불어 그들을 동정하는 것이 자신의 윤리적 입장을 공고히 할 수 있고, 혹은 '가해자'에 대한 분노를 마음껏 표출하는 계기로 삼을 수도 있다.

따라서 신중해야 한다는 말은 다음을 뜻한다. 말은 곧 인간의 법정이다. 시인이 말할 수 없는 타자를 시에 재현한다는 것은 타자를 쟁론의 무대에 올린다는 것과 같다. 다시 말해 타자를 향한 시 쓰기는 말할 수 있는 시인과 말할 수 없는 타자 사이의 불평등한 대화를 입안하는 일이다. 그렇다면 문학작품에는 신중함이 결여된 쟁론과 신중한 쟁론이라는 두 가지 사례가 존재할 수 있다. 이 책에 수록한 상당수의 글은 어떻게 시인의 쟁론이 신중함을 견지할 수 있느냐, 그리고 신중하지 못한 쟁론을 어떻게 분별할 수 있느냐는 질문을 내포하고 있다.

시의 대화적 가치라는 큰 주제, 그리고 침묵하는 타자와 시 쓰기의 쟁론이라는 형식성을 이 책은 작은 주제로 삼고 있다. 이러한 사색에 따라서 이 책은 다음과 같이 구성되었다.

1부에서 주제로 삼는 것은 시인과 비인간타자 사이의 쟁론이다. 시인은 타인의 고통이 대신 증언할 수 없는 것임을 알면서도 대화의 장이 존재하다는 믿음을 지속한다. 그렇다면 타인과 더불어 동물과 인공지능을 비롯한 비인간타자를 대변하고자 하는 시인의 윤리는 무엇인가.

2부에서는 시적 대화가 어떠한 타자성을 진실하게 담보할 수 있는지 묻는다. 시적 언어가 오롯이 한 사람의 마음으로 빚어낸 것이며, 그것이 한 사람의 신념과 감정에 기대는 독백이라면, 그것에 건네짐으로써 지니는 대화적 가치는 무엇일까. 실질적으로 이 글은 현대시가 끝내는 말 건넴의 한 방식이자 타인과 충돌하고 다름을 확인하는 과정임을 논증하면서 '불화'(랑시에르)의 가능성을 보존하는 시적 언어의 가치를 탐구한다.

마지막 3부에서는 반대로 시적 대화에서 꾸며낸 페르소나가 지니는 가치를 묻는다. 시는 진실한 발화가 아니라 자신을 감추고 꾸며내는 하나의 방식이기도 하다. 2000년대 현대시의 두드러지는 특징은 시인들이 진정성의 자아보다 페르소나를 꾸며내는 데 익숙하다는 점이다. 이 비평집의 마지막 원고들은 꾸며낸 시적 자아의 윤리성을 검토하는 데 할애된다.

2024년 1월
박동억

침묵과 쟁론

제2부 불화의 공동체

제3부 침묵의 반향

1

비인간타자와의 쟁론

황야는 어떻게 증언하는가

—2010년대 현대시의 동물 표상

1. 황야로서의 동물

> 황야는 우리에게 보존을 요구할 권리가 있을까? 황야가 나중에 인간에게 보답해줄지도 모른다는 장기적 타산에 근거한 요구가 아니라 황야 자체를 위한 요구를 말이다.
>
> — 찰스 테일러

상처는 아프다. 나의 상처가 그러하듯, 타인의 상처가 그러하다. 이 단순한 사실을 잊을 때, 우리는 인간성의 어떠한 부분을 잊는 것일까. 이와 반대로 종(種)을 뛰어넘어서 타자의 아픔을 돌보려고 한다면, 어떤 마음에 도달하게 되는 것일까. 이를 분명하게 보여준 하나의 사건은 돼지의 '피'를 둘러싼 해석이다. 2019년 11월 경기도 연천군의 개천이 붉게 물든다. 두 달 전 아프리카돼지열병이 확진된 연천군 축사들에서 약 12만 마리의 돼지가 살처분되었는데, 이후 매립된 돼지 사체에서 피가 흘러나온 것이다. 피로 물든 개천을 정부 부처는 국민의 심려를 끼치는 오염이라고 규정한다. 연천군

민들의 식수가 오염될 수 있고, 질병으로 오염된 돼지의 피가 또 다른 돼지를 전염시킬 수 있다고 설명한다.

반면 동물단체는 이러한 입장에 동의하지 않는다. 매스컴의 보도에서 배제된 것은 돼지들의 고통이다. 피는 학살된 돼지의 삶이고 비명이다. 그러나 그것이 접촉해서는 안 되는 오염된 물질로 규정되는 순간 그에 관한 모든 사실이 추방되었다. 살처분이 시작되던 9월부터 동물보호 운동가들은 시위에 나섰다. 그들은 이산화탄소로 정신을 잃게 한 뒤 한꺼번에 매립하는 살처분 과정에서 몇몇 돼지가 깨어난다는 사실을 비판하고, 최소한 고통이 없는 안락사를 도입할 것을 주장한다. 하지만 이러한 안락사는 살처분보다 긴 시간이 걸린다. 또한 2019년 10월경에는 태풍이 북상한다는 이유로 살처분이 성급하게 진행되었다. 피로 물든 개천은 그 결과였다.

이렇듯 쉽게 동물의 고통은 우리의 관심으로부터 배제된다. 동물의 고통은 황야다. 황야처럼 그것은 용도가 없는 공터이고, 따라서 우리의 관심 대상이 되지 않는 폐허다. 국가의 관리하에 놓이든, 그렇지 않든 동물의 고통은 증언되지 않는다. 야생동물의 고통은 자연의 순리에 속하는 것이고 가축의 고통은 어쩔 수 없는 희생으로 여겨진다. 돼지의 고통은 황야였다. 가공된 고기로 도축될 수 없게 되자, 돼지들은 켜켜이 구덩이 아래 던져지고 흙으로 덮였다. 따라서 인간과 돼지의 피는 똑같이 붉지만, 돼지의 피는 상처가 아니다. 돼지의 피는 오염의 흔적, 혹은 유통 가치를 잃어버린 상품의 결함이다. 마찬가지로 동물원의 철장, 반려동물의 입마개에 관한 논쟁 등에서 우리는 유사한 배제를 확인한다. 동물의 고통은 인간의 삶에 비하면 부차적이고, 때론 오염된 피처럼 불쾌하다. 그것은 개천에 흘러간 돼지의 피처럼 매끄럽게 우리의 의식 바깥으로 버려진다.

우리는 이렇게 말한다. '인간과 동물은 다른 존재이다.' 이 진술의 상당수는 차별의 의도로 말해지고, 일부는 엄격하게 인간과 동물의 차이를 인정하고 동물을 그 자체로 존중한다는 의미로도 말해진다. 그렇다면 좀 더 나아가 누군가를 우리와 다른 타자라고 깨닫게 하는 조건은 무엇일까. 여러 조건이 있겠지만, 그중 하나는 그의 고통이 내 것이 아님을 확신하는 순간인지도 모른다. 조금 뒤로 물러나 관조하듯, 모든 타자의 몸을 떠올려보자. 타자의 고통은 고통 자체로 우리에게 전해지지 않는다. 대신 흐르는 피와 찡그린 얼굴과 찢어지는 비명처럼 '몸부림'을 통해 우리는 타자가 고통을 느낀다는 사실을 확인한다. 그리고 적어도 우리는 인간의 몸부림에 관한 한 주의 깊게 들여다보려 하며, 그가 자신의 존엄성을 상실할 정도로 고통받아서는 안 된다고 믿는다. 반대로 동물의 몸부림은 인간의 몸부림과 달리 합리적으로 관리만 된다면 무시할 수 있다고 생각한다.

질문은 계속된다. 왜 돼지의 몸부림은 그렇게 쉽게 지나칠 수 있는 것일까. 생명을 도구화하는 글로벌한 경제 시스템 때문일까. 아니면, 가족과 친구와 이웃만을 사랑하도록 만드는 종(種) 중심의 본능 때문일까. 그조차 아니면, 육체 외에는 교환할 것이 없는 관계, 다시 말해 연인처럼 성(性)을 교환할 수 없고 인간 공동체처럼 호혜나 지성을 교환할 수도 없는 돼지의 존재 방식 때문일까. 어쩌면 이 모든 이유 때문에 우리는 동물의 고통을 멀리하고, 이렇게 말한다. 인간은 동물과 '다르다'. 바로 이러한 거리두기가 타자의 고통을 '다른' 방식으로 대하게 만든다.

거리를 두지 않고 그들의 고통을 이해할 수 있는 방법은 없을까. 몸부림치는 육체를 눈앞에서 바라보듯 동물의 고통을 돌볼 수는 없을까. 연민과 배려의 마음은 실제로 동물을 만지고 보는 경험에서 자라날 것이다. 하지만 우리 자신의 개인적 체험이나 실천에만 매달려서는 안 된다. 한 쌍의 눈은 우리에게 고작 일인분의 시야를 제공하고 그 외의 모든 타자의 시야를 배제한다는 의미로만 '본다'. 사람에게 상처를 입힌 반려동물을 어떤 사람들은 가족처럼 보호하고, 어떤 사람들은 질병처럼 치료하려고 하는 태도의 차이는 일인칭 관점의 한계를 분명히 보여준다.

필요한 것은 수많은 직접적 체험'들'의 종합이다. 예술은 넓은 시야를 획득하는 우회로를 제시한다. 예술가는 대개 거리를 두기보다 구체적 체험에 가까운 방식으로 말한다. 예컨대 화가 프랜시스 베이컨은 "고통받는 모든 인간은 고기다"라고 말했는데, 우리는 그것을 동물의 살에 대해서도 똑같이 말할 수 있다. 베이컨이 재현한 살덩어리에 가까운 육체는 피부의 촉각을 자극할 뿐 아니라, 피부를 벗어던진 내장감각까지 몸 바깥으로 펼쳐 놓기 때문에 섬뜩하다. 물론 이러한 예술적 표현으로 한 타자의 고통을 완벽히 재현했다고 말할 수는 없을지 모른다. 그러나 이러한 한계에 부딪칠지라도, 예술은 고통에 가까워지려는 살이다. 우리는 여러 예술작품들을 개괄할 때, 비로소 고통을 '눈앞의 고통'으로 보려는 시도들을 종합할 수 있다.

이 글의 목적은 가장 최근에 발표된 여러 시인의 작품을 광범위하게 살펴, 2010년대 시가 동물을 어떻게 표상화하는지 확인하는 것이다. 동물의 스스로 증언할 수 없는 육체 앞에서, 시는 때론 가까이 다가가 몸부림치는 그들의 살을 드러내기도 하고, 때론 멀리서 인간성을 반성하는 알레고리로서 동물을 대하기도 한다. 다만 그러한 시편들을 사유하며 도달한 핵심의 일부는 미리 적어두고자 한다.

어떤 사실은 회피 불가능하다. 우리는 인간이며, 인간은 인간 바깥에 놓일 수 있다. 예술이 인간중심성을 극복하고 동물의 눈으로 세상을 들여다볼 수 있다고 믿어서는 안 된다. 오히려 동물을 연민하고 미화하는 그 이미지들이야말로 자연을 인간화하는 또 다른 양식이다. 자연보호와 동물권의 보장 또한 인류의 미덕에 기초한 주장이지, 자연에 내재된 권리를 '재현하는' 것이 아니다. 자연지배의 최종단계는 상냥한 얼굴로 자연에 조화롭고 아름다우며 예측 가능한 질서를 부여하는 방식일 수 있다.

그러나 예술가와 환경운동가의 태도는 자연을 도구로 삼는 이성과 근본적으로 차이가 있다. 우리는 이렇게도 말할 수 있다. 예술은 자연과 동물의 '도움으로' 세워지는 인간성을 탐구한다. 그 인간성이란 일부나마 본질적으로 공유 불가능한 타자의 고통을 종(種)의 한계까지 넘어서 함께 나누려는 도덕적 이성에 기초한다. 그리고 이 글이 돌보려는 마음도 그 곁에 있다. 간단히 말해, 이 글은 그저 우리 내면에서 들려오는 낮고 슬픈 목소리에 귀 기울이는 작업이다. 시인들의 시에서 끊임없이 변화하는 동물 표상은 바로 그러한 목소리의 반향이다.

2. 관념화된 동물 표상
: 풍경으로서의 동물, 만화적 실존으로의 동물

젊은 시인들의 시를 살펴보기에 앞서, 원로 시인의 한 동물시집을 언급하려 한다. 오세영 시집 『바람의 아들들』(현대시학, 2014)은 오직 동물에 관한 시편만이 수록된 보기 드문 시집이다. 총 예순 편의 시는 소, 말, 돼지 등 예순 마리의 동물을 다루고 있으며, 그중에는 용처럼 상상의 동물도 속해 있다. 흥미롭게도 그는 시집의 서문에서 "시란 무엇인가?" 자문한 뒤, "결국 인간이란 무엇이냐는 질문이 아니겠는가"라고 답한다. 이 간명한 문답에는 그의 동물시가 인간에 관한 이해를 주제로 삼았다는 사실이 드러난다. 실제로 이 시집은 우화시나 알레고리시에 가깝다. 다시 말해, 오세영 시인은 인간의 본성을 성찰하거나 인간 사회를 비판하기 위해 동물 표상을 빌린다.

예컨대 농가를 습격하는 멧돼지는 인간에게 빼앗긴 영토를 탈환하는 '자연의 파르티잔'(「멧돼지」)이고, 목이 긴 기린은 발아래 살육이 벌어지는 '아수라'의 현실을 외면하고 머리를 항상 치켜드는 향일성(向日性)의 동물이다(「기린). 멧돼지와 기린은 인류 문명의 무분별한 확장을 비판하는 알레고리로 등장한다. 반대로 그의 시집에는 동물의 본성 자체는 거의 주목되지 않는다.[1] 동물성은 인간의 삶을 비추는 거울로만 활용될 뿐이다. 늑대가 "인간이 부러워, 인간과 더불어, 인간의 주위를 맴돌면서" 운다고 표현한 것처럼(「늑대」), 오세영 시인은 인간을 중심에 놓고, 동물 표상을 알레고리적으로 활용한다.

이러한 동물 표상을 풍경으로서의 동물이라고 부를 수 있다. 풍경화에 그려진 동물처럼, 먼 거리에서 조망된 동물은 풍경의 일부일 뿐이다. 오세영 시인의 동물시는 인간의 타락한 삶이라는 풍경을 그리기 위해, 동물을 전경(前景)의 일부로 삽입한 셈이다. 따라서 진정한 의미로 그의 동물시집에는 동물이 없다. 서문의 문답처럼, 그는 인간중심의 관점을 견지하고 있으며, 그의 시는 동물을 이해하려는 의도로 쓰인 것이 아니다. 따라서 그의 문명 비판 역시 문명 바깥의 야생을 소환하여, 문명을 전적으로 부정하는 시도로 읽히지 않는다. 대신 그의 시는 인간성의 부도덕이나 문명의 결함을 지적하고 보완하는 '인간중심적' 관점으로 쓰인다. 레이먼드 윌리엄스는 한 시인의 표현을 빌려 이러한 시를 '녹색 언어'라고 부른다. 녹색 언어란 파괴된 자연을 상실된 정체성이나 인간관계와 결합하여 회고하듯 그리는 예술을 뜻한다.[2]

---

1   『바람의 아들들』에는 동물에 관한 체험이 생생히 묘사되기보다, 주로 동물 전형에 관한 인간의 익숙한 고정관념이 진술되는 것으로 판단된다. 예외적으로 「개」라는 작품은 구체적 체험을 드러낸다. 시인은 반려동물로 전락한 개의 자세를 응시하며 연민한다. 이 작품의 도입부는 다음과 같다. "슬픔이/말이 아니라 눈으로 든다는 것은/개를 보면 안다./주인이 돌아간 후/줄에 목이 매여/홀로 바닥에 주저앉아서 물끄러미/맨땅을 응시하고 있는 개의/두 눈동자를 보아라." 근본적으로 개는 줄에 묶인 것이 아니라, 인간을 향한 사랑으로 묶였기 때문에 고통 받는다.

2   레이먼드 윌리엄스, 『시골과 도시』, 이현석 역, 나남, 2013, 280~282쪽 참조.

몇몇 젊은 시인 또한 바로 이러한 녹색 언어를 활용한다. 동물은 인간의 존엄성과 같은 관념과 결합한다.

> 추악한 것은 날개가 있다
> 우리는 짐승을 가둔다 통장에 0을 쌓기 위하여 空을 기다린다 우리는 공기를 폐에 가둔다 삶은 언제나 먼저 일어나 버렸고 불을 찾는 나방들이 머릿속에서 0과 1을 반복하며 날아다닌다 알을 낳는다 알 속에서 나무가 기립한다 붉은 열매를 맺는다 피톨들이 몸을 회전한다 몸은 모래시계다 둥글어지기 위해 몸을 굴려야 한다 우리는 알을 낳고 깨고 먹는다 回, 세상은 우리를 가둔다 세상은 거대한 우리였다 돌고 돌아 제 회음을 물어뜯는 거대한 用; 화폐가 발생하였다
> ― 김건영, 「0－蛇傳 0」 부분(『파이』, 파란, 2019)

오세영 시인과 김건영 시인에게는 세대를 뛰어넘어서 공유되는 역설이 있다. 그들은 문명과 현대인을 훼손되고 회복되어야 하는 상태로 묘사함으로써, 인간 존엄성의 부재를 암시한다. 훼손을 단적으로 표현하기 위해서 '인간/동물' 또는 '문명/야생'의 이원론은 요청된다. 김건영 시인이 "우리는 짐승을 가둔다"라고 말할 때 '우리'라는 단어는 중의적이다. 인간이 동물원 우리에 짐승을 가둔 것처럼, 우리는 우리 자신의 야생성을 억누른다. 그리고 인간은 야생과 자본주의라는 기로 사이에서 문명을 택함으로써 자신의 절반을 잃었다. 왜냐하면 자본주의는 인간의 야생적 욕망을 통장에 돈을 쌓는 '공허한'(空) 기호 체제로 환원하기 때문이다. "불을 찾는 나방들"이란 '0과 1'로 구분되는 디지털 신호처럼 돈의 유무로 모든 것을 판단하는 현대인을 풍자하기 위한 알레고리다.

"세상은 거대한 우리였다"라고 진술하듯 인간은 스스로 자본주의라는 철창 속에 자신을 가둔다. 탈출구 없는 삶이라는 주제는 회전의 이미지로 강

화된다. 회전하는 '피톨', '모래시계', 낳고 깨고 먹는 행위의 반복 등을 열거하며, 시인은 독자에게 일상의 반복이 일으키는 지루한 현기증을 연상하게끔 한다. 현대인의 삶은 모래시계를 뒤집듯 끝없이 원점으로 되돌아올 뿐이다. 우리는 자신의 '회음'을 물어뜯으며 돈을 탐하는 자본주의적 짐승이다.

　김건영 시인의 시에서도 주된 것은 풍경으로서의 동물이다. 김건영 시에 그려진 풍경은 모든 것을 단순한 수치로 환산하는 자본주의 체제와 탈출구 없는 일상이다. 짐승이나 나방은 인간의 본성 일부를 가리키는 알레고리다. 다만 김건영 시인의 시는 오세영 시인에 비해 동물을 이상화하는 것처럼 보이지 않는다. 대신 그의 동물 알레고리는 인간에 관한 강한 환멸감을 드러내는 장치에 가깝다. 또 한 가지, 그는 인간에게 선택지를 제시한다. 김건영 시인의 시에서 인간 실존은 '우리' 바깥의 야생성과 자본주의적 '나방'이라는 기로 사이에 놓여 있다. 따라서 넓게 본다면, 김건영 시인이 동물 표상을 활용하는 이유는 자본주의라는 울타리 바깥에 존재하는 삶, 즉 공동체와 단절한 주체로서의 가능성을 가리키기 위한 것으로 보인다.

　풍경으로서의 '짐승'은 문명 바깥에 위치한 존재로서 현대인이 상실한 모든 가능성을 암시하고 있는지도 모른다. 그런데 우리는 그 가능성이 무엇인지 구체화하기 어렵다. 김건영 시의 미학은 역설과 반어에 기초한다. 그의 동물성은 인간성의 부정으로 암시되는 관념적 숭고다. 더 나아가 그는 '짐승'이란 단어로 자본주의적 동물로서의 인간을 벗어난 인간적 삶을 상상하게끔 만든다. 여기서 우리는 풍경으로서의 동물이 동물 자체를 이해하는 표상이라기보다 인간 사회에 성찰적 거리를 두기 위한 미학적 점근선에 가깝다는 사실을 확인한다. 시인은 또 다른 시에서 "동물을 보면 기분이 낫는다 인간을 보면 가라앉기만 한다"(《문장웹진》 2019년 11월호)라고 쓰기도 한다. 인간은 환멸스럽다. 반대로 동물이 위안이 될 수 있는 이유는 김건영 시인의 시에서 야생은 실제 동물에 관한 체험이 아니라, 인간을 풍경화처럼 멀리서 바라볼 수 있게 해주는 상상적 장소이기 때문이다.

> 기린은 얼음으로 온몸을 덮고, 해라는 상징, 뜨겁고 찬란한 죽음이라는 유혹에서 벗어났다. 추웠지만 견딜 만했다. 외로웠지만 견딜 만했다. 여기에는 기린 말고 다른 기린이 없었다. 기린은 자신이 세상에서 가장 고유한 기린인 것 같았다. 그리고 세상에서 가장 고독한 기린 같기도 했다. 기린은 쌓인 눈으로 다른 기린을 만들었다. 캥거루도 만들었고, 나무, 고양이, 주전자, 주전자를 움켜쥘 사람도 만들었다. 기린은 기린만의 세상을 만들었다. 그곳에서는 아무도 뜨거움을 원하지 않았고, 오해가 없었고, 그리고…… 마음이 없었다.
> — 유이우, 「오래전의 기린 1」 부분(『내가 정말이라면』, 창비, 2019)

> 정신을 놓자 다람쥐가 튀어나와 나무를 박았다 날았다
> 날면서 천천히 추락하고 충돌해서 꽝
> 마침, 뚫려 있던 마음으로부터
> 딱따구리가 나왔다
>
> 아무 수확도 없다
> 두드릴 수 있고 두드릴 수 없다
>
> 마음을 둘러싼 껍질에서 수액이 흘러나오고
> 세계관을 따라 하나의 양동이에 모여든다
> 허옇고 허옇고 찐득거린다
> 찐득거리며 차오른다
> — 김유림, 「해는 머리에서 머리까지」 부분(『양방향』, 민음사, 2019)

유이우 시인과 김유림 시인이 경우, 동문 표상은 시인이 실존은 형상하차기 위해 인용된다. 유이우 시인의 '기린'은 태양을 향해 바로 서기를 포기하

고, '기린만의 세상'을 만드는 데 몰입하는 자폐적 자아를 읊조리듯 진술한다. 기린의 높은 직립 자세가 자폐적 웅크림과 대조를 이루며 긴장을 강화한다. 김유림 시인의 '나무'는 근본적으로는 상처다. 상처 입은 실존은 어떤 동물도 '수확'을 얻지 못하는 무의미와 '허옇고' '찐득거리는' 수액을 흘리는 고통에 사로잡혀 있다. 그런데 이러한 상상력은 사회적 의미로 환원될 수 있는 알레고리도 아니고, 교훈적 우화도 아니다. 따라서 실존적 동물 표상은 풍경으로서의 동물과도 다르다. 그렇다면 우리는 이렇게 물을 수 있다. 왜 시인은 자기 실존을 인간 형상이 아닌, 동물 형상을 통해서 표현하는 것일까.

동물 표상의 활용에는 미학적 동기와 더불어 실존적 동기가 내포되어 있을 수 있다. 우리는 두 작품이 모두 불안정한 실존적 상태를 묘사하고 있다는 사실에 주목해야 한다. 앞서 풍경으로서의 동물을 분석하며 확인했듯, 동물 표상은 거리두기의 전략일 수 있다. 그렇다면 시인이 동물 표상을 활용하는 것은 자기 실존에 거리를 두려는 전략이 아닐까. 일본의 오스카 에이지(大塚 英志, 1958~)나 캐나다의 토마스 라마(Thomas LaMarre, 1959~)는 세계대전 이후 패전국 일본의 예술가들이 동물 만화의 형식으로 전쟁을 재현할 수밖에 없었던 이유에 관해 지적한다. 그 원인은 트라우마다. 끔찍한 악몽을 꾸거나 불현듯 과거의 수치심에 사로잡히는 경우처럼 트라우마란 무의식에 억압되어 있다가 의식에 출현하는 심리적 상처다. 정신분석학적으로 볼 때, 트라우마의 반복은 단지 상처가 튀어나오는 것이 아니라, 심리적 상처를 제어할 수 있도록 의식을 단련하는 과정이기도 하다. 만화는 트라우마를 제어하는 의식의 기술과 닮았다. 만화는 현실을 '그대로' 드러내지 않는다. 대신 만화는 인간과 동물이 혼합된 캐리커처를 통해, 현실을 반쯤은 은폐하고 반쯤 드러내는 반(半)리얼리즘이다.

간단히 말해, 너무 고통스러운 진실은 그대로 말해질 수 없다. 그러나 침묵은 더욱 고통스럽기 때문에, 진실은 거짓과 함께 절반만 말해져야 한다. 2010년대 시는 바로 인간 실존을 그러한 상태로 표현한다. 반쯤 드러나고, 반쯤 감춰진 마음은 젊은 시인들의 시를 이해하는 중요한 관점으로 보인다. 어쩌면 시인들은 스스로 그것을 자각하고 있다. 유이우 시인은 "마음이 없었다"는 진실을 인간이 아니라 기린을 통해 말한다. 김유림 시인은 '마음'은 다람쥐나 딱따구리나 그 누구에게도 전해지지 않고, '허옇고' '찐득거리는' 진액으로 흘러나와 '차오르고' 있을 뿐이라고 말한다. 누구에게도 전해지지 않고 응고된 마음이란 무엇일까. 왜 고통은 비명이나 몸짓이 되지 않는가. 왜 다시 마음속으로 스미어 되돌아가지 못하는가. 내면과 세계 사이, 문지방과도 같은 영역에 마음은 머문다. 바로 이 교착상태가 2010년대 시의 실존적 위기를 보여준다.

만화적−실존은 바로 불안의 우화이다. 그처럼 실존적 불안을 반쯤 드러내는 동시에 반쯤 은폐하는 우화적 기법을 바로 '실존적 동물 표상'이라고 부를 수 있다. 그것은 인간을 반걸음 물러난 위치에서 바라보게끔 해준다. 한편 수사적으로 표현하건대, 시인들은 자기 존재를 발설할 수 없는 죄(罪)처럼 느낀다. 또한 자신에게 벌을 주듯, 유이우 시인의 기린은 '해'로 향하던 자신의 꿈을 포기하고, 김유림 시인의 나무는 다람쥐와 딱따구리에게 몸을 내어준다.

2010년대 시의 실존은 '끼인 자아'다. 그들은 자기 내면의 '꿈'으로 완전히 도피하지도 못하고, 세계에 당당히 서지도 못한다. 그저 내면과 세계 사이에서 휘청거리며, '마음 없는 마음'을 돌보는 데 주력한다. 그들의 마음에는 장소가 없다. 그렇다면 동물 표상은 그 자체로 인간이 될 수도 인간을 포기할 수도 없는 실존적 무장소성으로 인해 탄생한 도피처인지도 모른다. 실존적 동물 표상은 자폐증을 넘어 자기 상실의 징후가 된다. 김유림 시인의 표현을 빌리자면, "두드릴 수 있고 두드릴 수 없다"라는 그러한 장소−없음

'속에서' 현대인의 실존은 서성인다.

3. 반려동물과 미학적 범주로서의 귀여움과 끔찍함

　　이다음에는
　　너의 개가 될게

　　다음 생이 있다면,
　　죽지 않는 나라에서
　　계속 살아야 할 운명이라면

　　이다음에는
　　너의 개가 될게

　　　　　　　　　　　　　　　　— 민구, 「이어달리기」 부분
　　　　　　　　　　　(강지혜 외, 『나 개 있음에 감사하오』, 아침달, 2019)

　　풍경으로서의 동물과 실존적 표상으로서의 동물은 미학적으로는 큰 의의
가 있지만, 우리에게 실제 동물에 관한 이해를 돕지는 않는다. 동물의 삶이
나 고통은 그러한 동물 표상 바깥에 있다. 도리어 그것은 인간중심적인 태
도에 기초하며, 더 정확히 말해 인간을 '거리를 두고' 보려는 태도에 가깝
다. 이 글에 분석한 바에 기초한다면 동물 표상은 인간에 관한 '반쯤–거리
두기'라고 정의할 수 있다. 인간성을 비판하는 태도를 취하기 위해, 그러나
아직 인간중심성을 벗어나지는 않았으며, 인간에 대한 새로운 실존적 이해
를 제시하기 위해서 동물은 미학적 표상으로 소환된다.
　　이와 별개로 동물 자체에 관한 구체적 체험과 동물성 자체에 주목하는 시
인들 또한 있다. 2010년대에는 오히려 이러한 경향이 두드러진다. 최근 반
려동물에 관한 에세이를 수록한 『작가와 고양이』(폭스코너, 2016)나 에세이

시집 『나 개 있음에 감사하오』(아침달, 2019)가 발간된 바 있다. 더 나아가 동물권을 주창하는 소설집 『무민의 채식주의자』(걷는사람, 2018) 또한 간행되었다. 학계에서도 인류세(人類世, Anthropocene)나 동물적 전회(Animal Turn)와 같은 용어가 제창되면서, 환경단체가 아닐지라도 동물권에 관심을 갖는 단체들이 늘어간다. 인류의 세 가지 기본권(생명, 자유, 행복 추구)을 동물에게도 보장하고 인간과 동물을 평등한 관점에서 볼 수 있는가라는 질문은 깊은 논쟁이 필요하다. 그렇다면 시인들은 실천적 관점에서 어떻게 동물을 바라보고 있을까. 동물의 몸짓을 어떠한 방식으로 읽어내고 있을까.

옆에는 처음 보는 강아지 한마리가 자고 있었고
이걸 깨워야 할까, 말아야 할까

고민을 했다

그이가 가져왔나 생각을 하다 이젠 그이가 없다는 생각을 했고 그사이에

강아지는 하품도 하고
눈곱도 떼고

일어나서 라면도 끓여 먹었네

귀여운 강아지는 꿈속의 강아지
이게 꿈인 줄은 원래 알았다

그러니 이제 그만 일어나야지,
생각을 하면

옆에는 처음 보는 강아지 한 마리가 자고 있었고

아이 참, 이제 이런 건 그만하세요 좀!
— 황인찬, 「현장」 전문(『사랑을 위한 되풀이』, 창비, 2019)

반려동물에 관한 황인찬 시인의 시는 장난스러움으로 가득하다. 곤히 잠든 강아지의 잠을 깨우고 싶지 않은 이유는 '귀엽기' 때문이다. 그 귀여움이 '그이'가 없는 외로움을 달래준다는 사실이 유추되지만, 시의 분위기를 이끄는 것은 귀여운 강아지로 향한 시선이다. 꿈꾸듯 강아지를 바라보는 동안 부드러운 평온이 시를 맴돈다. 황인찬 시인의 장난기가 묻어 있는 문체는 평온함을 배가시킨다. "아이 참, 이제 이런 건 그만하세요 좀!"이라는 꾸중의 목소리가 불쑥 튀어나올 때, 이 시는 사소한 장난에 불과하다는 사실을 드러낸다. 장난에 불과한 가벼움이 즐겁다. 강아지는 꿈속의 강아지인가, 현실의 강아지인가. 아무래도 좋다. 결론 없이 귀여운 강아지를 보도록 하자. 시인은 그렇게 말하는 듯하다.

미학적으로 볼 때, 귀여움은 깊은 고민을 야기하지 않을 때만 가능하다. 왜냐하면 대부분의 경우 우리가 귀여움을 느끼는 대상은 작고 미성숙하기 때문에 우리가 배려해야 하는 존재이지, 우리에게 위해를 가하거나 새로운 깨달음을 주는 존재가 아니기 때문이다. 19세기의 미학자 카를 로젠크란츠는 귀여움을 '조그마함(Das Kleine)'이라고 부르는데, 조그마함이란 "스스로를 생산하고 스스로를 새롭게 하는 무한성의 가상을 획득할 수 없"기 때문에 느끼는 감정, 쉽게 말해 인간에 비하면 단순하고 그래서 쉽게 이해할 수 있는 존재들에게 느끼는 감정이다.[3] 그에 따르면, 동물은 인간에게 위해를 끼치지 않고 반대로 자신 또한 상처 없이 부드러운 존재일 때만 귀여울 수 있

---

3 카를 로젠크란츠, 『추의 미학』, 조경식 역, 나남, 2008, 204~205쪽.

침묵과 쟁론

다. 황인찬 시인의 '강아지'는 그것이 실재이든 꿈이든 고민할 필요 없는 귀여운 존재다.

그런데 풍경으로서의 동물 표상과 '귀여운' 반려동물의 묘사에는 중요한 차이가 있다. 일단 풍경을 구성하려는 시각적 욕망으로부터 귀여운 대상을 곁에 두려는 촉각적 욕망으로 이동이 일어난다. 어떤 의미로는 세계와 역사적 시간을 조망하는 삼인칭 시선으로부터 한 개인의 동물 체험을 그리는 일인칭 시선으로의 이행 역시 발생한다. 닥쳐올 실존적 위기를 예지하고 경고하던 알레고리로서의 동물 표상이 눈앞에서 즐거움을 주는 반려동물의 표상으로 바뀌었다. 단순히 말해, 동물을 멀리서 보지 않고 곁에 두려는 욕망이 황인찬 시인의 시에는 강하게 느껴진다. 바로 그것은 이해의 충동과 밀접한 관련이 있다.

황인찬 시인은 다른 시 「조건과 반응」에서 개의 시선으로 "만약 내가 사람이었다면/이 모든 것을 이해할 수 있었을까?"라고 묻는다. 그의 시는 인간과 동물의 관계를 이해의 충동으로 묶는다. 이 작품에서 인간은 개가 바라는 것을 이해할 수 없기 때문에 울상을 짓고, 개는 인간의 슬픔을 이해할 수 없기 때문에 '너를 부른다'. 우리는 귀여움이라는 미학적 범주에 관해 새롭게 사유할 필요가 있다. 카를 로젠크란츠는 귀여움을 아름다움의 범주에 넣을 수 없는 왜소한 자연이라고 판단했으며, 감각적 즐거움을 줄 뿐 이성적 가치가 없다고 생각했다. 하지만 2010년대 한국시에서 귀여움은 종(種)의 한계를 넘어서 타자를 긍정하려는 윤리의식 곁에 놓인다.

> 그녀도 실은 사진 속의 오리들이 귀엽다고 생각했다 그렇지만 끔찍하
> 다는 생각이 훨씬 더 많이 들었다
> 얘네들 다 죽을 거야 끔찍하다고 말해야 돼 귀엽다고 말하면 안 돼

비극적이지만 귀엽지 않습니까?

　　그녀가 하지 않기로 결심한 말을 누군가가 했다 2014년이었다 한국을
대표하는 영화감독과 연예인, 소설가 등 16명이 양평에 모였다 이들은 석
달 동안 열두 차례에 걸쳐 사랑과 섹스에 관해 토론했다
　　섹스에 관한 시도 썼다
　　그날은
　　섹스 토론 모임에 독감에 걸렸거나 걸릴 것으로 추정되는 오리들의 사
진이 돌았다 수많은 오리들이 구덩이 속에 서 있었다 다 똑같이 생겼다
흙으로 덮기 전에 비닐로 덮어야 할 것이다 실수로 비닐에 구멍이 날 것
이었다 오리들의 피가 땅으로 배어 나올 것이었다
　　어떻게 귀엽다고 할 수 있지?
　　미친 사람 아니야?

— 김승일, 「아픈 아이와 천사」 부분
(『여기까지 인용하세요』, 문학과지성사, 2019)

　　살처분된 오리들을 '끔찍하다'고 말할 때 우리는 오리에게 더 깊은 관심
을 갖게 되는 것일까. 아니면 오리의 '귀여움'에 눈 돌리는 편이 옳을까. 미
학적으로 볼 때, 끔찍함과 귀여움은 양립할 수 없다. 대개 학살당하는 동물
을 보게 된다면, 끔찍함이 귀여움을 압도하게 되기 마련이다. 그러나 시인
은 "비극적이지만 귀엽지 않습니까?"라는 질문을 통해, 끔찍함이 압도할 때
에도 귀여움을 느낄 수 있다고 말하고 있는 듯하다. 자신이 섹스 토론에 참
여하는 와중에도, 매몰된 오리들의 시체들과 그들의 피를 떠올릴 때에도 오
리는 귀여울 수 있다는 것이다.
　　사실 김승일 시인의 최근 시집에는 동물에 관한 뚜렷한 지향이나 사유가
발견되지는 않는다. 그의 시집에는 사실 동물이 자주 나타나지는 않으며,
때론 인공생명체를 애완동물로 삼는 SF적 상상과 결합한다는 측면이 두드

러진다(「인기생물」). 다만 시 「아픈 아이와 천사」가 다소 문제적인 이유는 그가 귀여움에 관해 고찰할 여지를 남기기 때문이다.

존재의 귀여움과 끔찍함 중 어느 쪽이 더 깊은가. 대개 우리는 타자의 끔찍함에 눈 돌릴 때, 그의 존재를 깊이 이해했다고 말할 것이다. 그런데 곧장 그러한 결론에 동의하지 않는 김승일 시인의 마음을 헤아려본다. 우리가 존재의 끔찍함에 관심을 기울일 수 있는 이유는 어쩌면 그가 귀엽기 때문인 것은 아닐까. 동물이 우리가 쉽게 사유할 수 있는 조그마한 존재이고, 우리에게 위해를 끼치지 않는 부드러운 존재일 때만 우리는 그것의 끔찍함까지 인간의 고통처럼 연민할 수 있는 것이 아닐까.

죽은 것이 있다 어쩌면
죽어가는 것이

죽어가는 것은 무엇인가
너와 내가 어딘가를 향해 서둘러 갈 때
건널목에 잠시 멈춰 신호를 기다릴 때

형체를 알 수 없는 것이 있다 어쩌면
형체를 알 것도 같은 것이
그러므로 흉하고 끔찍한 것이

그러므로 어쩐지 눈을 뗄 수 없는
그것이

자꾸만 고개를 돌려 내가 그것을 볼 때
왜,
묻던 니의 얼굴은 그금빛 슬퍼지고

아마도 나는 좋아하고 있다
비명을 지르는 척 속으로 탄성을 지르고 있다

깨진 컵
피 흘리는 손, 그런 손을 맞잡을 때
아마도 나는 사랑하고 있다
　　　　— 박소란, 「로드킬」 부분(『한 사람의 닫힌 문』, 창비, 2019)

　박소란의 시 「로드킬」에서 "흉하고 끔찍한 것", 즉 로드킬 당한 동물의 사체의 이미지는 관계의 파국을 표현하는 비유로 읽힌다. 그러나 이 작품을 애써 오독하는 독법도 있다. 그것은 이 작품을 비유로 읽는 것이 아니라 술어 그대로 읽어나가는 방식이다. 그렇게 되면 이 시는 끔찍함을 끔찍함 자체로 사랑할 수 있다고 말하는 작품으로 읽힌다. 차에 치여 도로에 남겨진 동물의 시체는 참혹하다. 죽어가는 동물의 '흉하고 끔찍한 것', 형태를 잃어버린 살은 고통의 흔적이다. 그 고통과 손을 맞잡을 것이라고 시인은 말한다. 더 나아가 그 끔찍함 앞에서 탄성을 지를 수 있다고, 아니 사랑하고 있다고 말한다.

　관계의 파국 혹은 타자의 죽음 중에서 어느 쪽으로 독해하든 "피 흘리는 손"이라는 참혹한 자세를 사랑하려는 이 실천은 비범하다. 누가 부패하는 시체, 그것도 본래 어떤 동물인지 확인할 수조차 없는 그 살덩어리의 이미지를 사랑할 수 있겠는가. 박소란 시인은 바로 그러한 극단적 사랑을 고백하고 있기 때문에, 사랑의 본질에 내포된 섬뜩함까지도 발설한다. 사랑은 가없는 존재의 긍정이다. 사랑은 죽음까지 끌어안는다.

　귀여움을 매개로 삼지 않고, 동물의 끔찍함까지도 긍정하는 힘은 중요한 도덕적 가능성을 우리에게 제시한다. 일단 시인들이 관념화된 대상이 아니라, 귀여움과 끔찍함을 통해 동물을 접한다는 것은 동물을 우리 곁에서 '사유한다'는 측면으로 인해, 보다 실천적이고 윤리적인 가능성을 열어둔다. 하지만 여기에도 한계는 있다. 사실 귀여움은 그 자체로 잣대다. 귀여운 동물에 관한 인간의 매혹과 달리, 귀엽지 않은 동물에 관한 인간의 혐오는 또 다른 형태의 차별을 야기한다. 혐오감은 담론-제도의 차원에서 동물을 도구화하는 것과 달리, 개인-실천의 차원에서 타자를 차별하도록 만든다. 박소란 시인은 그러한 차별을 넘어선다. 끔찍함은 손쉽게 긍정될 수 없는 혐오감을 일으키는데, 그는 그 혐오감을 혐오감 자체로 받아들일 수 있다. '피 흘리는 손'을 그 자체로 맞잡는 행위는 바로 혐오를 향한 환대의 자세를 뜻한다.

2010년대 시인들의 공통점은 동물의 귀여움에 매료된다는 측면이다. 그 것은 박소란 시인도 마찬가지다. 그는 다른 시 「애완동물」에 '보드랍고' '복슬복슬'한 동물의 촉각적인 사랑스러움을 적어둔다. 하지만 그의 시에서 가장 앞서는 마음은 그러한 귀여움 이면에 감춰져 잘 드러나지 않는 동물의 고통까지 돌보려는 윤리의식이다. 이때 그는 섣불리 동물이 고통받고 있다고, 그들이 외로움을 느낀다고 말하지 않는다. 그는 동물의 마음을 인간의 감정으로 번역하지 않는다. 대신 방구석에 웅크린 애완동물에게 "소리도 표정도 없는 것 가만히 숨을 참는 것", 즉 아픈 몸짓이 있다고 말한다. 동물의 마음을 대신 증언하지 않으려는 박소란 시인의 배려에는 분명 윤리적 자각이 있다. 동물의 마음은 동물 스스로 증언해야 한다. 동물의 몸짓은 온전히 그들의 몸짓이어야 한다. 우리는 말할 수 없는 존재 앞에서, 그의 고통을 대신 말하지 않으려고 노력하는 시인의 마음을 떠올려보아야 한다. 그것은 쓸쓸하지만 정확한 침묵이다.

4. 동물적 전회는 가능한가

고통을 증언할 수 없는 육체에 관하여, 우리는 그들의 몸부림을 읽어낼 수밖에 없다. 동물의 고통과 삶은 그들의 몸짓으로 표현되고, 예술가는 예술로 그 몸짓을 받아낸다. 황야로서의 동물을 우리 품 안에 끌어안는다는 것, 다시 말해 동물을 풍경 속의 대상이 아닌 우리 곁의 존재로서 교감하는 동시에 사유한다는 것은 어떤 사회적 통념과 선입견을 넘어서야 한다는 사실을 뜻한다. 철학자 도미니크 르스텔(Dominique Lestel, 1961~)이 지적하듯, 우리는 오랫동안 동물을 인간보다 열등한 존재로 여겼다. 동물보다 인간이 신에 가깝다고 믿은 고대 철학자 플라톤부터, 중세 기독교를 거쳐 17세기 계몽주의자들에 이르기까지, 동물은 인간보다 열등한 존재로 확증되었다. 18~19세기에는 식민 지배를 합리화하기 위해 유색인종이 동물 취급을 받았다. 이러한 극단적인 동물 관념은 사라지고 있지만, 현재까지도 동물은 가축이거나 익충이거나 해충으로 분류될 뿐이다.[4]

동물 관념은 때론 인간 존엄성을 위협하는 사회를 비판하기 위해 활용된다. 오세영 시인이 동물 표상을 문명 비판의 알레고리로 활용할 수 있는 데에는 그 자신이 표명한 인간중심주의가 전제된다. 2010년대 시는 어느 정도 이러한 관념을 계승한다. 김건영 시인에게도 '짐승'은 자본주의 세계를 비판하기 위한 알레고리다. 김건영 시인의 동물성은 돈을 탐닉하면서 상실한 인간성을 암시한다. 한편 유이우 시인과 김유림 시인은 동물 표상을 인간 실존을 표현하는 미학적 장치로 활용한다. 그들은 동물 우화를 통해 자기 실존을 우회적으로 드러낸다. 이러한 '반쯤-거리두기'는 근원적으로 내면과 세계에 모두 마음의 거처가 없다는 자아의 부정적 인식과 관련되어 있

---

4 도미니크 르스텔, 『동물성』, 김승철 역, 동문선, 2001 참조.

다. 이러한 동물 표상은 인간에 관한 반성적 고찰과 새로운 이해로 우리를 인도한다.

한편 이제 상당수의 사람들은 동물 관념을 아예 벗어나, 동물에게도 인간과 동등한 평등한 기본권이 보장되기를 바란다. 때론 인간이 아예 동물의 시선으로 세상을 보아야 한다고까지 생각한다. 종종 사람들은 이러한 '동물적 전회(animal turn)'를 정의로운 실천으로 간주하는 듯하다. 그런데 시인들은 동물을 이해하려면 정의를 바로 세우는 것만으로는 충분치 않다는 진실을 비춘다. 우리는 황인찬·김승일·박소란 시인의 시를 통해 그것을 확인했다. 동물을 사랑한다는 것은 때론 그들의 끔찍함까지도 사랑한다는 것을 뜻한다. 끔찍함은 악도 아니고, 무지도 아니다. 따라서 법과 정의의 문제도 아니다. 여기서 우리는 사랑의 가능성에 관해 반문하게 된다.

동물적 전회의 미화(美化)된 이미지는 길예모르 델 토르의 영화 〈셰이프 오브 워터〉(2017)에 잘 나타난다. 이 영화는 양서류에 가까운 인어(人魚) 남성과 실어증에 걸린 인간 여성의 사랑을 그린다. 서윤후 시인은 이 영화에 관해 이렇게 말한다. "나는 그 장면을 잊을 수가 없다. 물속에서 온전히 자유로워지는 인간과 인간이 아닌 것의 낯선 사랑에 대해서, 그것을 사랑이라고 부를 수 없는 이유는 지나치게 인간적인 윤리적 잣대를 갖다 대기 때문이고, 그것을 사랑이라고 부를 수 있는 이유는 사랑이 인간의 전유물이 아니라는 사실 때문일 것이다."[5] 길예모르 델 토르의 영화가 아름답게 느껴지는 이유는 그것이 '사랑'을 배제된 소수자뿐만 아니라 동물까지 끌어안는 숭고한 윤리로 승격시키기 때문이다. 그런데 우리가 간과해서는 안 되는 요점이 있다. 종(種)이 다른 남녀가 서로 포용하고 애무하는 장면은 우리가 관객의 위치에서 바라볼 때만, 즉 풍경일 때만 아름답다는 점이다.

---

5   서윤후, 『햇빛세입자』, 알마, 2019, 48쪽.

한편 우리가 이러한 숭고한 사랑을 내면화하고 실천한다면, 다시 말해 동물을 풍경이 아닌 교감하는 존재로 대하려면, 다음과 같이 반문하는 순간이 필요하다. 당신은 비늘로 된 육체와 아가미로 숨 쉬는 인어와 키스하고 사랑을 나눌 수 있는가. 박소란 시인의 표현을 빌리자면, 당신은 '피 흘리는 손'을 사랑할 수 있는가. 그것은 선악에 관한 질문도, 정의에 관한 질문도 아니다. 그것은 사랑에 관한 질문이며, 어느 정도로 당신의 육체와 삶을 이질적 존재와 공유할 수 있는가에 관한 질문이다. 당신은 당신의 사랑을 어디에서 한계 짓는가. 당신의 포옹은 어디에서 멈추는가. 수많은 동물을 떠올려보자. 강아지와 고양이, 닭과 뱀, 사자, 모기와 거미, 더 나아가 같은 속과 목강(屬科目綱)에 속하지 않는 그 섬뜩한 동물들의 세계들, 당신은 어디까지 그 세계와 손을 맞잡을 수 있는가.

따라서 동물적 전회가 가능하다고 말하지는 말자. 도리어 동물적 전회는 어디선가 멈추게 된다고, 사랑에는 한계가 있다고 말해야 한다. 그러나, 그러나 조금씩 더 넓은 사랑을 향해 우리가 나아가고 있다고 조심스럽게 말해보도록 하자. 이 글을 마무리하며, 나는 김종삼 시인의 시를 떠올린다. "다름 아닌 인간을 찾아다니며. 물 몇 통 길어다 준 일밖에 없다고."(「물통」) 말했던 그 시인의 목소리에서 '인간'을 동물까지 아우르는 넓은 범주로 상상해본다. 분명 김종삼 시인의 시에는 동물을 향한 환대가 깃들어 있다. 선명한 인상을 남기는 시는 「묵화」다. 이 작품을 떠올리면, 어쩌면 과거에는 동물과 삶을 나누는 것이 자연스러웠던 순간이 존재했을지도 모른다는 생각이 든다. 그리고 그러한 삶의 분유야말로 우리가 도달하려는 동물적 전회의 토대라고 믿게 된다.

물먹는 소 목덜미에
할머니 손이 얹혀졌다.

침묵과 쟁론

이 하루도
함께 지났다고,
서로 발잔등이 부었다고,
서로 적막하다고,

— 김종삼, 「묵화」 전문

생태적 아노미와 기후시[1]

1. 대지를 상실한 세대

자연을 경험한 세대가 자연을 증언하는 일. 최근 이것이 어떠한 울림을 지니는지 깨닫게 하는 기회가 있었다. 그것은 토론자로 초대받은 한 심포지엄에서 겪은 일이었다. 발표 주제는 생명의 소중함이었다. 한 시인이 차분히 생각을 풀어냈다. 모든 생명, 심지어 질병을 일으키는 바이러스조차 '친구처럼' 대해야 한다는 그의 주장은 상투적인 환경운동의 범주를 벗어나는 것이었다.[2] 그런데 그보다 좌중의 이목을 끌었던 것은 그 주장을 전하는 목

1 　이 글은 두 시인께 빚지고 있다. 도입부에서 언급한 일화는 김해자 시인과의 대화이다. 또한 본론에서 여름 시편에 관한 논의는 유희경 시인으로부터 조언 받은 것이다. 두 시인께서 주신 말씀이 아니었다면 이 글은 쓰일 수 없었을 것이다.

2 　코로나 팬데믹을 거치면서 바이러스를 병균으로만 여기지 않고 인간과 공존해야 할 타자로 간주해야 한다는 주장 역시 두드러지고 있다. 일본의 미학자 이토 아사는 바이러스를 "우리의 분신과 같은 존재"라고 표현하며 "그것을 적으로 간주하고 통제하려는 발상 자체가 생명의 원리에 비추어 본다면 잘못일 수 있다"라고 지적한 바 있다(https://www.nishinippon.co.jp/item/n/638887/). 마찬가지로 이문재 시인은 『혼자의 넓이』(창

소리였다. 그는 때론 농촌에서 만난 노인과의 일화를 애틋하게 그리고, 때론 자리를 박차고 일어나 뜨겁게 호소했다. 그의 목소리에는 자연이 곧 곁이라는 확신, 그가 머문 장소가 그를 감싸주었다는 뜨거운 확신이 깃들어 있었다. 어떻게 그는 그러한 마음을 가질 수 있었을까. 나는 조심스럽게 이러한 질문을 던졌고 시인은 답했다. 우선 그는 자신에게 사상이나 신념과 같은 거창한 어휘가 어울리지 않는다는 말을 꺼냈다. 그는 단지 자신이 아팠다고 했다. 죽음의 위기에 이르는 큰 수술을 몇 차례 겪었고 지친 심신을 달래기 위해 농촌에 머물면서 힘을 얻을 수 있었다고 말이다.

이 문답은 자연을 경험하지 못한 세대가 자연을 증언하는 일, 이것이 어떠한 난관을 극복해야 하는지 골몰하게 하는 계기이기도 하다. 실은 시인의 가슴속에서 샘솟는 말을 들을수록 차갑게 느껴지는 나의 심장이 있었다. 나는 그처럼 올곧은 목소리로 자연을 말하지 못할 것이다. 왜냐하면 나는 자연을 체험해본 적 없는 세대, 빌딩과 빌딩 사이를 거닐고, 아파트에서 아파트로 이주하는 경험뿐인 세대에 속하기 때문이다. 우리는 무엇을 행해야 하는지는 정확히 안다. 자연의 회복력을 보전해야 한다. 문명의 브레이크를 작동해야 한다. 그렇지 않는다면 가까운 미래에 인류는 전복하고 수렁에 빠질 것이다. 그러나 이 사실은 머리로 얻은 것인가 가슴으로 받아들인 것인가. 무엇보다 환경을 보호해야 한다는 주장 이면에서 우리가 정말로 '소중히' 지키고자 하는 것은 무엇인가. 저 시인처럼 우리가 동물과 식물을 넘어서 우리 몸으로 침투하는 병균까지 포용할 수 있을지 나는 확신하지 못한다. 고작 우리 곁의 반려동물이나 창문 밖의 저 자연을 보호해야 한다고 말하는 것이 최대치일지 모른다.

비, 2021)에서 "성인이라면/어느 사람 빌딘 봍겠는가/하늘낳은 물몬 푸나무 짐승 바이러스/심지어 기계가 하는 말까지 다 들릴 터"(「지구의 말」)라고 쓴다.

생태주의란 무엇인가. 무엇보다 대지에 발 딛고 다른 생명에 의해 보듬어지는 경험이 없는 세대에게 생태주의란 무엇인가. 우리 시대의 아이들이 결여한 것은 존재에 필수 불가결한 자연과 그렇지 않은 자연을 분별할 원초적 경험이다. 문명이 곧 자연인 시대, 이러한 사회 안에서 우리가 주장할 수 있는 것은 가엾이 모든 존재를 소중히 여겨야 한다는 '타자들의 생태학'[3]이거나 자연을 보호하는 일이 인간에게 이익이 된다는 '환경 휴머니즘'[4]일지 모른다. 타자의 생태학을 주장하는 자들은 반려동물과 가축뿐만 아니라 공장의 상품과 인공지능까지 대등한 주체로 여겨보라고 제안한다. 그러나 언뜻 모든 존재를 신중하게 대하는 것처럼 보이는 타자의 윤리는 실상 가장 중요한 교제 상대가 누구인지 판단할 수 없는 자의 방백에 지나지 않은 것은 아

---

3 신유물론자들은 인간 주체를 특권화하는 대신 모든 동물과 사물을 주체로 간주해야 한다고 생각한다. 이와 관련하여 필리프 데스콜라는 모든 생명, 심지어 돌과 같은 무기물까지도 존중해야 한다는 급진적인 생태주의를 주장한다. 그에 따르면 생태주의의 가장 기본적인 실천은 상대방의 입장에서 생각해보는 태도이다. 그는 이 작업을 '퍼스펙티브의 이미지'를 만들어나가는 과정이라고 표현한다. 중요한 것은 이러한 가엾는 공감의 태도를 어디까지 실천할 수 있느냐는 물음이다. 필리프 데스콜라와 에두아르도 콘의 대담에서 공감의 한계를 시험하는 재미있는 일화가 제시된다. 에두아르도 콘이 에콰도르 아마존 일대의 슈아르(Shuar)족의 연맹 지도자와 대화하며 재규어가 먹잇감의 피를 마니옥 맥주로 본다는 퍼스펙티브의 이미지를 그에게 제시하자, 반대로 슈아르족의 지도자는 이렇게 묻는다. "백인 남자가 코카콜라를 마실 때 그는 그것을 뭐라고 본답니까?"(필리프 데스콜라, 『타자들의 생태학』, 차은정 역, 포도밭출판사, 2022, 157쪽)

4 대표적인 환경 휴머니스트 마이클 쉘렌버거의 문장을 빌려보자. 『지구를 위한다는 착각』에서 그는 "인류 문명과 인류 자체를 증오하는 맬서스주의와 환경 종말론에 맞서야 한다"라고 쓴다. 이어서 "과학자든 언론인이든 활동가든 환경 휴머니스트로서 우리는 보편적인 인류 복지와 환경 진보라는 초월적인 도덕적 목적에 먼저 확고히 헌신해야 한다."라고 힘주어 말한다(마이클 쉘런버거, 『지구를 위한다는 착각』, 노정태 역, 부키, 2021, 540쪽). 여기서 그는 문명의 전복을 꾀하는 심층생태주의를 비판하는 한편 생태적 의식을 견지하기만 한다면 인간 문명의 발전이 오히려 자연을 보호하는 데 도움이 된다고 전제한다.

침묵과 쟁론

닐까. 한편 적어도 우리가 인간인 한 인간에게 이익을 줄 수 있는 지속가능한 환경을 만들어야 한다는 구호는 솔직해 보인다. 그러나 상당수의 기업인, 그리고 몇몇 환경운동가가 환경 휴머니즘을 옹호하는 데는 이기적 동기가 우선한다. 그들은 환경오염의 부담을 자신의 나라에서 타인의 나라로 전가시키는 데 생태주의를 이용한다.[5] 여기 결여된 것은 저 자연을 오랜 친구로서 대할 수 있는 살아 있는 경험이다.

무엇이 소중한 자연이고, 무엇이 비교적 중요하지 않은 자연인가. 이러한 구분을 상실한 상태를 '생태적 아노미'라고 부르고자 한다. 생태적 아노미란 '나'를 지지하는 타자를 상상할 수조차 없는 존재론적 빈곤의 상태를 뜻한다. 생태적 아노미의 징후 중 하나는 젊은 세대가 글로벌한 기후변화나 해양오염처럼 거시담론만을 생태운동의 주요한 준거점으로 삼는 현상이다. 자신이 살아가는 '지금—여기'의 터전을 돌보는 것부터 시작할 수 있는데도, 최근의 생태운동은 국제적 환경위기를 중심으로 담론을 형성하는 경향이 두드러진다. 이것은 일찍이 가라타니 고진이 경계해야 한다고 주장한 현상이다. 그는 『자연과 인간』에서 기후위기를 중심으로 전개된 생태운동을 경계해야 한다고 주장했다. 왜냐하면 대기는 하나의 지역이나 국가에 귀속할 수 없는 것이고, 이 때문에 기후변화의 담론은 세계기구와 글로벌 기업에 의해 주도될 수밖에 없기 때문이다. 생태담론의 다원성과 국지성을 지키기 위해 그는 생태운동의 준거점은 수질오염과 토양오염, 즉 실제 운동가가 거

---

5 선진국의 아름다운 자연은 자원 채굴과 쓰레기 처리와 같은 환경오염을 남반구의 국가들에 전가시킨 결과라는 사실을 유념해야 한다(사이토 고헤이, 『지속 불가능 자본주의』, 다다서재, 2021, 제1장 참조). 마찬가지로 상당수의 환경운동은 단호하게 환경파괴를 거부하는 단절의 자세에 치중한 나머지 국경 너머의 오염을 함께 분담해야 한다는 연대의 자세로 나아가지 못한다. 그러나 글로벌한 정책이나 무역이 국경 너머로 환경오염을 전가하는 메커니즘까지 우리는 시야에 포함해야 할 것이다.

주하는 강과 땅이어야 한다고 주장했다. 마찬가지로 생태운동가 김종철이 옹호했던 것은 '흙'의 경험이었다.[6] 각각의 공동체는 자연환경에 따라서 흙의 경험을 고유한 문화로 발전시킨다. 김종철이 우루과이 라운드와 FTA와 같은 무역협정을 비판했던 이유는 그것이 '흙'의 다원성을 단일한 경제논리로 환원한다는 사실이다. 그렇다면 흙을 경험한 적 없는 세대는 왜 기후변화에 주목하는가. 어쩌면 그들이 말할 것은 기후뿐인 것이 아닐까. 기후란 손에 잡히지 않는 자연이다. 발 디딜 수 없는 허공이다.

이 글에서 다루고자 하는 것은 문학이 앓고 있는 징후, 즉 생태적 아노미이다. 그것은 간단히 말해 소중한 것으로 간주하고, 삶의 터전으로 간주되는 자연을 더 이상 현대시에서 찾아볼 수 없다는 사실을 암시한다. 이제 자연은 혀끝을 맴도는 말에 지나지 않는다. 우리는 이러한 징후를 좀 더 면밀히 살피고, 그것이 우리의 존재에 미치는 위험을 신중하게 가늠해야 할 것이다. 이는 문학작품을 현대인의 생태적 아노미를 가늠하기 위한 시금석으로 삼아보려는 시도 속에서 우리가 회복해야 할 감각이 무엇인지 되묻는 일이기도 하다.

2. '기후시' 혹은 '여름시'라는 징후

현대인을 지탱하는 세계는 무엇인가. 이것은 우리가 발 디뎌야 할 장소가 자연이냐 문명이냐는 물음이 아니다. 완고하게 문명을 작동해왔던, 그래서 미셸 푸코가 『말과 사물』에서 자신만만하게 "모든 민족학의 일반 문제는 바

---

6 "우리 내면의 가장 깊은 심층에 있는 삶의 충동, 그리고 우리의 모든 인간다운 감수성과 덕성과 자질들, 우리의 타고난 인간으로서의 권리 등등—이 모든 것의 근거는 흙 속에 뿌리를 내리고 있다."(김종철, 『비판적 상상력을 위하여』, 녹색평론, 2022, 71쪽)

로 자연과 문화 사이의 (연속성과 불연속성의) 문제"[7]라고 썼던, 자연과 문명의 이분법은 더 이상 우리 시대에 유용하지 않다. 왜냐하면 이제 현대인의 삶 속에서 완벽히 자연적인 대상이나 완벽히 문명적인 사물은 존재하지 않을 뿐더러, 그것을 분별하는 담론이 푸코의 말처럼 권력관계를 만드는 데 그친다는 사실을 잘 알고 있기 때문이다. 따라서 우리에게 유의미한 질문은 자연물이든 인공물이든 '그중에서' 우리에게 떼어낼 수 없는 환경이 무엇이냐는 물음이다. 그러나 만약 우리의 입술이 이러한 물음 앞에서 답을 주저하자면 그 굳은 혀끝이야말로 우리가 처한 긴급한 고뇌일지도 모른다.

우리가 이 날씨를 다 망쳐버렸어
이렇게 말하면 아직 더 망칠 수 있는 날씨가 있는 것 같다

말간 햇빛이 정수리로 부드럽게 쏟아지고 엉덩이에 풀물이 들도록 잔디밭에 앉아 있을 법한 날씨 벤치에 앉아 개가 참 많다 저 많은 개들이 행복해 보인다 감탄하게 되고 개들은 바쁘고 바쁜 개들의 까맣고 촉촉한 코 위로 미끄러지는 햇빛을 하염없이 쫓아가고 싶은 날씨

우리는 어두운 카페에 나란히 앉아 창밖을 본다
물이 찬 두 쌍의 신발 속에서
허옇게 붓고 있는 발을 나란히 하고
눅눅한 티셔츠를 입고

함께 있다고 느끼면
모든 거리를 초월해 있는 유령처럼
아직 더 망칠 날씨가 있다는 느낌 속에서
주어진 것이라면 무엇이든 망칠 준비가 되어 있다는 생각

---

7   필리프 데스콜라, 앞의 책, 55쪽 재인용.

준비된 솜씨를 숨기기 위한 노력이 데려오는 시간과
나란히 앉아 창문 밖 스크린을 본다

조감도 속의 완벽한 날씨를 봐
저렇게 결정된 풍경은 도무지 풍경처럼 보이질 않고
날씨를 모르는 사람이 상상한 날씨가
구현된 날씨의 이미지가 날씨를 덮고 있는 것 같지
덮인 날씨 위로 쌓인 먼지가 풀풀 날리는 것 같지

어제는 종이로 무엇이든 접을 수 있다는 사람의 영상을 뭐에 홀린 것처
럼 봤어 종이접기의 신이라는 사람 얇고 평평한 물성 접힐수록 더욱 자라
나는 부피 열 개의 손가락에서 시작되는 세계
　더 망칠 것도 없을 날씨 한 번이면 곤죽이 될 세계를
　　　　　　　　　　　　　— 김리윤, 「사실은 느낌이다」 부분
　　　　　　　　　　　　（『투명도 혼합 공간』, 문학과지성사, 2022）

　김리윤 시인은 '여름시' 혹은 '기후시'라고 명명할 수 있을지도 모르는 일
군의 작품을 대표하는 전형들을 지속해 발표하고 있다. 예컨대 「사실은 느
낌이다」는 분명 풍경에 대한 작품이다. 시인은 "우리는 어두운 카페에 나란
히 앉아 창밖을 본다"라는 시구처럼 말갛고 부드러운 햇살과 행복한 개들로
가득한 잔디밭을 묘사한다. 그러나 이 작품은 자연과 사람의 조화를 노래하
는 자연서정시와는 전혀 다른 눈길로 시인은 자연을 묘사한다. 무엇보다 풍
경은 다만 "창밖의 풍경"이다. 더욱이 저 화사한 풍경과 별개로 "우리"의 몸
이 젖어 있다는 사실은 단절감을 강화한다. 우리는 "허옇게 붓고 있는 발을
나란히 하고/눅눅한 티셔츠를 입고" 저곳을 보고 있다. 젖은 몸을 말리기
위해 저 햇빛 아래로 그들은 다가가지 않는다. 풍경은 그들에게 "창문 밖 스
크린"이고 "조감도"에 지나지 않기 때문이다.

여기서 자연 풍경은 '날씨'라는 단어로 제유된다. 다시 말해 풍경을 아울러 가리키는 어휘는 '날씨'이다. 그런데 마치 '날씨'는 실감할 수 있는 대상이 아니라 예감으로 스치는 존재인 양 다뤄진다. 실은 "우리가 이 날씨를 다 망쳐버렸어/이렇게 말하면 아직 더 망칠 수 있는 날씨가 있는 것 같다"라는 첫 문장에서 '있는 것 같다'라는 표현이 암시하듯 자연은 있는 것 같을 뿐이지 '있는 것'이 아니다. "저렇게 결정된 풍경은 도무지 풍경처럼 보이질 않고"라는 문장처럼 그것은 너무 완벽해서 사실 같지 않다는 찬사를 내포한다. 그러나 더 근본적으로 이 시에 내포한 정조는 불안이다. 이 아름다운 풍경은 찰나에 지나지 않을 것이다. 그 풍경이 종이로 접은 것처럼 폭우 한 번이면 "더 망칠 것도 없을 날씨 한 번이면 곤죽이 될 세계"에 지나지 않다고 시인은 확신하고 있다.

　이 시가 표현하는 것은 세계 상실이다. 그들의 젖은 몸을 감싸줄 세계는 없다. 맑간 풍경은 금세 사라질 것이다. 그들에게 찾아올 것은 흐린 하늘일 것이다. 여기서 우리는 이 시의 제재를 주목해야 한다. 이 시에는 놀라울 만한 제재는 아무것도 없다. 다만 카페에서 풍경을 묘사할 뿐인 이 일상적 상황조차 시인에게는 불안의 이유이다. 여기서 우리는 세계 상실의 불안이 일상의 영역을 잠식했다는 사실을 유추하게 된다. 한편 시인이 화사한 여름 혹은 '날씨'로 표현한다는 사실 자체가 징후일지도 모른다. 그것은 그의 시가 우리의 존재를 뿌리내릴 수 있는 장소의 이미지를 상실했다는 바를 암시하고 있기 때문이다.

　　활활 타오르는 불을 구경했다

　　저게 우리의 미래야
　　나는 서내한 캠프파이어 끝나고 생각했지만
　　너의 눈동자를 오래 들여다보니 왠지 그런 것 같기도 했다

뜨겁고 빛나는

우리가 머물던 의자도 불타고 있을걸
의자 아래에선 잡초가 적당한 높이로 자라고
우리가 흘릴 아이스크림을 기대하며 발등을 오르던 개미
의자 옆에는 결말을 쌓아 만든 돌무더기가 있었다
돌무더기를 뒤덮은 나무 그림자도 뜨겁게 빛나고 있을까

밤새도록 타는 소리를 들었다
꿈에선 결말의 비밀이 불탔고
모든 이야기가 다시 끓기 시작했다
들끓는 꿈

새벽은 연기가 점령했다
아침 냄새와 저녁 냄새를 모두 불에 빼앗겼다
계곡을 따라 불이 사라진 자리를 걸었다
검은 하늘 아래 검은 재가 가득했다
모두 비슷한 색을 갖고 있었다
발이 묶인 것 같은 기분이야

그렇게 불타고도 남은 게 있다니
미래는 정말 멋지다
너의 말을 들으니 걸어 볼 마음이 생겼다
키들키들 웃으며 타고 남은 재를 서로의 얼굴에 묻혔다
손과 얼굴이 모두 검게 변했다 발은 말할 것도 없었다
모두 비슷한 색을 갖고 있었다

너의 눈동자만 들여다보았다
　　— 박은지, 「눈을 뜰 수 있다면」 전문(『여름 상설 공연』, 민음사, 2021)

　　　　　　　　　　　　　　　　　　　침묵과 쟁론

"우리가 머물던 의자"를 불태워서 "거대한 캠프파이어"를 지속하는 이 모순된 상황을 박은지 시인은 시대의 알레고리로 승격하려 한다. "저게 우리의 미래야". 요컨대 그들에게 다가올 미래는 잿더미라고 시인은 말하는 셈이다. 그들이 발 디딜 장소를 불태워 지속하는 잔치란 무엇인가. 이 캠프파이어의 이미지가 암시하는 바를 곧 무분별한 자연의 소진이라고 유추할 수 있을지도 모른다. 무엇보다 그들이 소진한 것은 단순히 자원으로서의 세계가 아닌 이 세상과의 근원적 교감이다. 그들은 "아침 냄새와 저녁 냄새를 모두 불에 빼앗겼"으며 "발이 묶인 것 같은 기분"에 사로잡힌 채 어느 방향으로도 나아갈 수 없다. 결국 이 작품에 내포한 정조는 대지의 상실로 인한 불안이다. 또한 이 작품에서도 세계의 표상은 '불' '냄새' '연기'처럼 반투명한 자연물이기에 명확한 형상을 지니지 못한다. 이 비정형성이 곧 존재를 지지하지 못하는 세계의 상태를 표현한다.

그런데 이 작품, 더 나아가 박은지 시집 『여름 상설 공연』이 흥미로운 이유는 세계 상실을 직시하면서도 그 안에서 희망을 노래하는 목소리를 동반하기 때문이다. 어떻게 "그렇게 불타고도 남은 게 있다니/미래는 정말 멋지다"라는 진술은 가능한가. 잿더미를 향해 "걸어 볼 마음"은 무엇으로 생기는 것인가. 그것이 '너'와의 동행이기 때문에 가능한 일이라고 시인은 말한다. "너의 눈동자만 들여다"보기 때문에 삶을 지속할 수 있다. 함께 견딜 것이기 때문에 '재'를 묻히는 일조차 유희이다. 시인이 줄곧 힘주어 말하는 것은 사람의 소중함이다.

『여름 상설 공연』의 다른 시편들에서도 이러한 구조는 반복된다. 이를테면 「짝꿍의 모래」에서 시인은 "까마득한 미래에도 우리는 부서지고 있는 거냐"는 물음을 가슴속에 간직하면서도 "내 미래를 다 쓰면 너의 미래를 가져다 살게"라고 말해본다 세상의 비참 속에서도 사람은 사람에 의해 지지하고 대리될 것이다. 그런데 이러한 진술은 역사적·정치적·윤리적 통찰을 관류한다기보다 막연한 느낌에 가까운 것이다. 이 느슨함은 세계에 대한 믿음을 회복하려는 의지의 부재를 암시한다. 그들은 그저 곁에 있는 사람의 손을 쥘 뿐이다. 따라서 박은지 시인의 시에서 전제되는 것은 현대인의 무력함이다. 더는 찾아 헤맬 여력조차 그들에겐 없다. 다만 연기와 재로 뒤덮인 세계를 견딜 뿐이다.

> 슬픔은 두려워 이미 모두 죽어버린 세계에 태어나 다행이다 나는 한때 누군가의 등에 업혀 죽은 인류가 만들어 놓은 세상을 관람했지 관람차의 높이에서 아래를 내려다보면 높은 곳에서 보는 것보다 아름다운 곳에서 보고 있다는 사실이 더 중요하게 느껴졌고 펼쳐지는 풍경 속에서 한 철 지냈다는 것 기억하려고 스스로 상처 내는 일을 기쁨이라고 믿으면서 돌아가는 관람차의 순간 다시는 돌아오지 않고 반복되고 다음 차례에는 내가 탄 관람차의 문이 열릴 것이다
> ― 권누리, 「홀로그램 파노라마」 전문(『한여름 손잡기』, 봄날의책, 2022)

> 세계는 오랜 여름
>
> 공원 옆 구립 도서관을 가기 위해 횡단보도의 신호를 기다리고 있다 그런데 나만 알아차리지 못하고 있는 걸까
>
> 무언가 크게 좋지 않은 쪽으로
> 변해버리고 말 것이라는 전조
>
> 너머에서 기다리고 있는 사람들이
> 금방이라도 이곳을 향해 뛰어올 것 같다
>
> 나 이곳에서 영원히 늙어가는 게 아닐까 등을 간지럽히는 건 땀방울 그러나 그것 어떻게 확신할 수 있지요 누군가는 분명히 보고 있을 것입니다 나의 불행이 곁으로 다가오고 있는 것

손목 잡아채려고 조용히 팔 뻗어두고 있는 것
그리고 바뀌는

신호등 불빛 여기에서 저기까지 무사히 건너가는
한 덩어리의 인류
— 권누리, 「생활세계」 전문(같은 시집)

이외에도 최근의 시에서 두드러지는 경향은 맑고 아름다운 풍경이나 강한 활력을 느낄 수 있는 계절감을 표현한다는 특징을 지닌다. 그것은 반대로 인간 주체의 소외감과 무력감을 두드러지게 만든다. 권누리 시인의 시에서는 우리의 일상적 풍경이 그러한 기능을 한다. 시인은 사람들이 분주히 움직이는 관람차나 횡단보도를 주목한다. 「홀로그램 파노라마」에서 관람차에서 바라본 "아름다운 풍경"은 역으로 "스스로 상처 내는 일을 기쁨이라고 믿으며 돌아가는 관람차"라는 비극성을 부각한다. 그에게 삶은 순환하는 관람차처럼 고통을 반복하는 일이 최선인 부조리극인 셈이다. 또한 미리 "슬픔이 두려워 이미 모두 죽어버린 세계에 태어나 다행이다"라고 선언해버리는 마음은 무엇을 체념해버리는 것일까. 세상에 기대하고 좌절하기를 두려워하는 마음이 곧 세상을 '죽은' 것이라고 미리 말할 수밖에 없는 것일지도 모른다.

「생활세계」에서 "세계는 오랜 여름"이라는 선언이 제시된다. 여기서 '여름'은 우리의 평범한 일상과 그 공간 배후에 놓인 위기의 전조를 아울러 가리키는 특수한 시어이다. 횡단보도를 사람들이 오가는 풍경처럼 우리의 일상은 무던한 활력으로 가득하다. 하지만 그 배후에서 무엇인가 잘못되리라는 '전조'와 "나의 불행이 곁으로 다가오고 있는 것"을 '나'는 느낀다. 무사한 세상을 병원으로 여겼던 이상 시인처럼, 권누리 시인은 질서 잡힌 이 세계에서 존재의 불안을 감지한다.

권누리 시인이 표현하는 불안감의 근원은 무엇일까. 「홀로그램 파노라마」의 말미에서 "다음 차례에는 내가 탄 관람차의 문이 열릴 것이다"라는 진술처럼 이 세계에 자신이 내던져지는 차례가 닥치리라는 예감 때문일 수 있고, 「생활세계」에서 "한 덩어리의 인류"라는 표현처럼 하나의 개별적 존재를 무화하는 공동체적 질서를 향한 것일 수 있다. 중요한 것은 그가 지극히 평온하고 활력으로 찬 일상을 '위태로운' 것으로 간주한다는 사실이다. 세상의 무사함이 그에게는 하나의 징후이다.

3. 가장 근원적인 물음으로

2020년대의 시 전반에서 반복하는 정조는 세계 상실이다. 이제 인간을 보듬는 자연도, 깨달음을 주는 자연도, 숭고한 자연도 없다. 그것은 풍경화가나 탐험가의 작품이나 소유물로 전락한 자연도 아니다. 현대 시인이 호명하는 '자연'은 투명한 계절감이나 손에 잡히지 않는 미래로서 호명된다. 그것은 더 이상 인간과 아무런 유대를 맺지 않는, 그러나 일상 공간의 곁에 영문 없이 놓여 있고, 영문 없이 저편으로 사라지는 신기루와 같은 자연이다. 현대시에서 자연은 불안을 내포한 하나의 정조나 계절감으로 표현된다.

이 글에서 제안하는 '기후시'란 소박한 의미로 자연을 투명하거나 실체가 없는 하나의 기후나 계절로 표현하는 일군의 작품을 가리키는 개념이다. 이러한 작품을 눈여겨 보아야 하는 이유는 이러한 경향이 생태적 아노미의 징후일 수 있다는 사실 때문이다. 더불어 이 글에서 살펴본 기후시에서 동반하는 또 다른 특징은 첫째로 창문이나 스크린을 '통해서' 바라보는 자연을 그린다는 것, 둘째로 여기서 자연물은 인간과 유대하지 않는다는 것, 셋째로 세계 상실과 불안의 정조를 내포한다는 것 등을 들 수 있다. 이를 통해 시인들은 마치 그 풍경 속에서 이 세계의 파국이 다가온다는 사실을 예보하는 듯하다. 여기서 파국이란 이 세상에 인간이 존재하는 이유에 대한 완전한 소진이라는 의미에 가깝다.

이 글에서 도출하고 있는 결론은 더 많은 작품을 향한 논의로 확장할 수 있다. 이를테면 양안다 시인의 『천사를 거부하는 우울한 연인에게』(문학동네, 2023), 이자켓 시인의 『거침없이 내성적인』(문학과지성사, 2023) 등의 시집에서도 유사한 상상력의 구조와 불안의 정조를 확인할 수 있다. 흥미롭게도 양안다 시인의 「Queen of Cups」와 이자켓 시인의 「멍청이들」은 나체 혹은 반라인 상태로 숲속을 거닐다가 물속으로 몸을 내던지는 모티프를 공유한다. 그러나 자연으로의 산보와 투신은 존재를 충만하게 하는 것이 아니다. 양안다 시인은 멜랑콜리커의 위태로운 어조로 숲속의 호수 속에 자신을 내던지며 "우리 중 누구도 익사하지 않"(「Queen of Cups」)았다는 사실을 아쉬워하듯 읊조린다. 한편 이자켓 시인은 이지적이면서도 유머러스한 어조로, 물속에 뛰어든 사람의 육체가 "굴뚝에 쓰일 백색 벽돌이 되어"가는 영문 모를 상상력으로 이행한다.

여기서 중요한 것은 자연이 더 이상 치유나 생명의 공간이 아니라, 그저 문명을 거부하거나 삶을 포기하는 공간으로 의미화한다는 것이다. 자연으로 다가감으로써 그들은 고통스러운 삶을 잠시 잊어버리거나 자기 존재를 폐기한다. 그리하여 이원석 시집 『엔딩과 랜딩』(문학동네, 2022)처럼 그저 "지구가 멸망했으면 좋겠어"라는 목소리가 나타나는 것 또한 놀라운 일이 아니다. 이러한 진술이 놀랍지 않은 것은 애초에 이 세계에서 소중한 것이 우리 자신뿐일 때, 우리 자신이 고통받는 사실만으로도 묵시론은 승인될 수 있기 때문이다. 삶의 의미, 즉 우리를 이 세상에 놓아두어야 할 삶의 이유조차 분명치 않다. 우리의 삶이 뿌리 없이 지속한다는 사실은 안미옥 시집 『저는 많이 보고 있어요』(문학동네, 2023)에서 끝없는 얼음 구덩이를 파는 한 인간의 자세로 표상된다(「가정방문」).

현대시에서 자연이 오직 기후로만 표상된다는 것은 그 자체로 징후이다. 시적 자아는 화사한 여름처럼 아름다운 계절 속에 머물지만, 그것은 발 디딜 수 있는 장소가 아니다. 아름다운 풍경은 그저 휘청이는 존재와 함께 흔들리는 풍경이거나 창밖에 놓인 그림일 뿐이다. 이러한 자연 풍경 속에는 근본적으로 자연이 없다. 불안에 떨고 있는 내면의 미기후만이 존재할 뿐이다. 무엇이 우리에게 가장 소중한 자연인가. 무엇이 우리에게 삶의 확신을 주는가. 기다려야 할 것은 이에 대한 응답을 힘겹게 모색하는 과정 이후의 순간이다. 현대시는 그 이전까지 우리가 직시해야 할 존재의 진실을 드러낸다. 그 진실이란 그저 영문 모를 세상과 그 속에서 사물처럼 놓인 인간의 몸, 그 사이에서 우리의 존재가 상연되고 있다는 부조리이다.

다시 인간으로서
─ 탈주체 담론에 대한 휴머니즘적 전회

1. 인간이라는 낡은 어휘

21세기 이래 나타난 여러 사상이 공유하는 동심원으로서 우리는 '인간을 극복해야 한다'라는 구호를 떠올릴 수 있다. 이 목소리의 뉘앙스가 인류의 미래에 대한 낙관주의와 비관주의 중 어느 쪽으로도 해석될 수 있듯, 탈인간이라는 모호한 과제는 다양한 집단에서 상이한 방식으로 전유되고 있다. 때로 이 구호는 혁신적인 기술로 인간의 한계를 극복하는 초(超)인간의 모델에 흡수되기도 하고, 신유물론이나 인류세 운동처럼 인간중심적인 관점을 비판하기 위한 하나의 담론으로 정초되기도 하며, 페미니즘 이론처럼 그동안 인간됨의 '인간'이라는 단어가 실은 남성-이성애자-지식인만을 지칭해 왔다는 사실을 드러내는 해체 운동으로 나아가기도 한다. 이 다양한 사상은 인간-벗어나기라는 술어를 공유한다. 리처드 로티는 각 분야나 사상은 하나의 신념을 정당화하기 위해서 포기할 수 없는 '마지막 어휘(final vocabulary)'를 지닌다고 생각했는데, 어떤 의미로 우리 시대의 운동들은 제각기 다른 마지막 어휘에 도달하기 위한 출발점으로서 똑같이 탈주체라는 '최초의 어휘'를 사용하고 있는 셈이다.

무엇보다 이러한 사상들은 우리의 실생활과 거리를 둔 것이 아니다. 수많은 미디어가 새로운 인간의 형상, 새로운 세계의 형상을 묘사한다. 예컨대 극장에서 우리는 '아이언맨'과 같은 초인간의 이미지를 즐겁게 소비한다. 또한 인터넷상에서는 매일 지구 온난화 현상에 대한 상반된 뉴스 보도와 댓글 토론이 이루어진다. 이러한 논쟁과 더불어 생태주의와 페미니즘과 같은 사상들은 SNS를 통해 모든 이의 손에서 손으로 건네며 편집되고 갱신되고 있다. 이러한 체험들에 공유되는 움직임을 더 정밀하게 묘사할 수 있다. 히어로 영화는 지식-권력을 생명정치화된 권력이라는 추상적 개념이 아니라 신체 능력이라는 뚜렷한 이미지로 손에 쥘 수 있게 해준다. 중요한 것은 그러한 권력이 인간의 '손에 주어져 있다는 인상'이다. 생태주의 운동가로서 17살 소녀 그레타 툰베리가 부각되고 그에 대한 비판자로서 19살 소녀 나오미 자이트가 조명되는 것은 모든 세대가 이러한 논쟁에 참여하고 있음을 보여준다.[1] 무엇보다 SNS는 계급·인종·나이 등과 상관없이 모든 사람이 그러한 운동에 참여할 수 있는 하나의 발화구가 된다.[2]

---

1 한편 나이가 '어린' 생태운동가는 어떤 의미로 다음과 같은 질문에 직면하지 않는다. 그는 자신의 자식을 사랑하듯, 동물을 사랑할 수 있는가. 자신의 자식을 조금 더 편하게 살게 하고자 하는 욕망을 벗어날 수 있는가. 무엇보다 (현대인이 사로잡힌 양화의 논리에 따른다면) 아이의 삶은 성인에 비해 문명에 '덜' 빚지고 있다. 따라서 어떤 의미로 그레타 툰베리와 같은 소녀는 인간중심성에 대한 근본적인 회의를 던지기에는 너무나도 순수하고, 그래서 그를 생태운동의 화신으로 내세우는 저널리즘은 간사해 보인다.

2 그러나 다음과 같은 단서를 붙여야 한다. SNS는 열린 공간이 아니다(사실 나는 불과 몇 년 전까지 그렇게 믿었다). 그것은 알고리즘화된 공간이다. 미국의 '페이스북 게이트'에서 드러났듯, 구글 검색 엔진이나 SNS의 인터페이스는 근본적으로 우리가 '다루는' 도구가 아니다. 그것은 근본적으로 사용자를 '중독시키기' 위한 알고리즘으로 작동하며, 그 주요한 기제는 우리에게 미지근하고 중립적인 정보가 아닌 자극적이고 편향된 정보를 전달하는 것이다. 우리는 항상 SNS에게 패배한다. SNS를 능동적으로 사용할 수 있

침묵과 쟁론

이로써 드러나는 것은 탈인간 혹은 포스트휴머니즘이라고 부를 수 있는 이 최초의 어휘는 특정한 지식인 계급의 전유물이 아니라는 사실이다. 우리는 휴머니즘 시대의 마지막 단계에 도착해 있다는 인상을 받는데, 그것은 인간이라는 개념을 누구나 성찰할 수 있게 된 만큼 그 개념이 너무나도 진부해져버린 세기를 뜻한다. 이제 누구나 인간에 대해서 말하기 때문에, 인간만큼 낡은 어휘는 없다. 그래서 우리는 인간이 아닌 새로운 어휘를 갈구한다. 시니컬하게 말하자면 과거에 인간이라는 개념을 점유한 계급이 지식인을 자처할 수 있었듯, 현대에는 탈주체의 개념을 선점하려는 경주가 시작되었다고도 볼 수 있다. 조르주 바타유는 동물을 타자화하는 정도가 곧 인간 개념의 고상함을 척도화한다고 말한 바 있는데, 이와 비슷하게 우리 시대는 우리 자신을 타자화함으로써 성립되는 것처럼 보인다. 인간을 회의하는 것은 '더 나은' 존재로서 자신을 증명하는 방식이 된다. 따라서 탈주체 운동은 권력과 무관한 조류가 아니며 바로 그 사실로 인해서 이 시대의 곤경은 발생한다. 이 권력 이동의 흐름에 휩쓸려가지 않으려면 원하든 원하지 않든 사람들은 탈인간·탈주체의 운동에 연루되어야 한다. 그래서 우리의 대중 사회는 인간의 황혼을 바라보며 누구나 제각기 다른 방식으로 '인간 이후'를 써 내려가고 있다.

이 시대에 관하여 다음과 같이 묻는다. 좀비처럼 지속하는 인간 개념과 유령처럼 흐릿한 탈주체 개념 사이에서, 누군가는 뒤를 돌아볼 필요가 있는 것이 아닐까. 인간 개념의 자명성이 존재하지 않는 시대 안에서, 누군가 완고하게 인간을 믿는다고 말할 때 그 마음은 어디로부터 오는가. 반대로 탈주체 담론의 배후에 감춰진 심급은 무엇일까. 탈주체 담론을 이루는 모든 원인에 관해서 파악하는 것이 가능하기는 할까. 다만 이 글에서는 마음이라

고 믿는 것은 알파고와의 바둑 경기에서 승리할 수 있다고 믿는 것과 마찬가지다.

는 내밀한 현상에 관해서만 논의하고자 한다. 매 순간의 마음, 그것은 내가 어떠한 담론이든 시 장르로서 성찰할 수 있다고 믿는 이유이다. 인간을 의심하고 추궁할 때도 마음은 온다. 어떤 마지막 어휘를 혀끝에서 발음하든, 모든 인간에게 마음이라는 개별 사건이 주어진다. 마음은 무엇인가. 탈주체 시대에 마음이란 인간이 여전히 인간이라는 증거인 채 저마다 해명해야 하는 고독한 반문이 아닐까.

2. 탈주체적 생태의식과 죄의식 : 김혜순 시인의 시를 중심으로

'인간 주체'라는 신화가 소진되면서 다음과 같은 사실이 드러난다. 인간이 가장 훌륭한 동물이라는 믿음은 낡았다는 것, 인류의 이성조차 시스템과 인공지능에게 뒤처지고 있다는 것, 무엇보다 과거의 신념과 달리 인간성은 불완전할 뿐만 아니라 불안정하다는 것이 이 시대의 주요한 테제다. 탈주체 담론은 인간이 자행하는 폭력, 예컨대 전쟁, 환경파괴, 동물학대, 가십거리로 전락한 뉴스 보도 등에 대한 문제 제기와도 밀접한 관련이 있다.

김혜순 시집 『피어라 돼지』(문학과지성사, 2016)에서 상기되는 것은 바로 그러한 사건들이다. 특히 이 저서에는 두드러지는 것은 생태주의적 시선인데, 저자는 2000년대 이후 전 세계에서 반복된 가축 살처분을 동물 홀로코스트로 간주하는 듯 보인다. 이러한 맥락에 따라서 이 시집에는 탈주체 담론의 관점에서 인간중심주의를 벗어나는 가능성을 모색하는 작품들이 수록되어 있다.

훔치지도 않았는데 죽어야 한다
죽이지도 않았는데 죽어야 한다
재판도 없이

매질도 없이
구덩이로 파묻혀 들어가야 한다

검은 포클레인이 들이닥치고
죽여! 죽여! 할 새도 없이
알전구에 똥칠한 벽에 피 튀길 새도 없이
배 속에서 나오자마자 가죽이 벗겨져 알록달록 싸구려 구두가 될 새도
없이
새파란 얼굴에 검은 안경을 쓴 취조관이 불어! 불어! 할 새도 없이
이 고문에 버틸 수 없을 거라는 절박한 공포의 줄넘기를 할 새도 없이
옆방에서 들려오는 친구의 뺨에 내리치는 손바닥을 깨무는 듯
내 입 안의 살을 물어뜯을 새도 없이
손발을 묶고 고개를 젖혀 물을 먹일 새도 없이
엄마 용서하세요 잘못했어요 다시는 안 그럴게요 할 새도 없이
포승줄도 수갑도 없이

…(중략)…

무덤 속에서 복부에 육수 찬다 가스도 찬다
무덤 속에서 배가 터진다
무덤 속에서 추한 찌개처럼 끓는다
핏물이 무덤 밖으로 흐른다
비오는 밤 비린 돼지 도깨비불이 번쩍번쩍한다
터진 창자가 무덤을 뚫고 봉분 위로 솟구친다
부활이다! 창자는 살아 있다! 뱀처럼 살아 있다!

피어라 돼지!
날아라 돼지!

　　　　　　　　　　　　　　　　— 「돼지라서 괜찮아 — 피어라 돼지」 부분

2000년 파주시 파평면에서 구제역이 발생한 이래, 한국 정부는 가축 전염병이 발생할 때마다 살아 있는 동물들을 쓰레기처럼 매몰해왔다. 가축은 생명이 아니라 상품이며, 그들의 신체는 살균 처리가 불가능하다면 "구덩이로 파묻혀 들어가야 한다". 오직 인간만이 치료받을 수 있는 권리가 있고, '재판'이나 '처벌'을 받을 권리가 있다. 하물며 돼지는 '고문받을' 수조차 없다. 증언할 수 없는 서발턴으로서 돼지는 죽어간다. 두렵다고 말할 수도 없고, 함께 매몰된 가족과 친구의 고통을 연민할 수도 없고, 사람에게 애원할 수도 없다. 따라서 인간이 인간에게 폭력을 가하는 역사가 인간성의 밑바닥을 드러내는 것이 아니다. 인간성의 심연에는 눈앞에서 살육이 자행되고 있음에도 그것을 폭력으로 인식하지 않는 동물 홀로코스트의 냉담함이 놓인다.

인간에 대한 고문과 동물에 대한 폭력을 대비하면서, 시인은 역사와 자연사를 대비한다. 다시 말해 그는 인간에 대한 고문은 기록하면서 자연에 대한 학살은 기록하지 않는 인간중심성을 힐난하고 있다. 그것은 어쩌면 죄의 고백이다. 그는 오직 인간만을 행위 주체로 기술하고 그 밖의 동물과 자연을 존재하지 않는 타자—배경으로 인식해온 휴머니즘의 죄악을 고백한다. 따라서 이 작품은 인류에게 감당하기 어려운 트라우마를 상기시킨다. 인류 안에서 가해자와 피해자를 구분하는 역사적 관점을 벗어나고 나면, 우리는 모든 인간이 학살자에 지나지 않는다는 자연사적 진실과 맞닥뜨리게 된다.

실제로 이 시집은 5·18문학상의 수상작으로 거론되었다가 취소되는 소동을 겪는다. 이러한 과정은 5·18 민주화운동의 정신을 오롯이 지키고자 하는 것으로 이해할 수 있지만, 한편으로 우리는 돼지 학살이 인간의 역사로 환원될 수 없다는 사실 또한 확인한다. 우리는 이렇게 물어야 한다. 휴머니즘은 자연사의 트라우마를 감당할 수 있는가. 아니, 역사는 대개 그러한 트라우마를 억압한다. 인간 학살과 돼지 학살은 질적으로 다르게 취급되어야 하며, 이 과정에서 '학살'은 인간의 역사에만 속하는 언어로 환원된다.

침묵과 쟁론

다음과 같이 말할 수 있다. 오직 인간만이 학살당한다. 동물은 소비되거나 침묵할 뿐이다. 그들은 탈주체의 역사에 속한다. 탈주체의 역사란 역사의 부재, 혹은 시체로만 증언될 수 있는 참혹과 고통이다.

따라서 오물과 시취는 김혜순 시인의 시를 이루는 진정한 언어다. 복부에서 흐르는 육수, 무덤에 떠도는 악취와 도깨비불은 돼지가 학살을 증언하는 유일한 방식이다. 바로 그것이 "귀신들이 읽는 글"(「글씨가 아프다」)이다. 시집 전체에서 김혜순 시인은 언어가 아니라 하부로 말할 수밖에 없는 존재들에 관해서 말한다. 피와 오물을 흘림으로써 동물은 고통을 증언한다. 시체 냄새는 마지막 절규이며, 섬뜩하고 꺼림칙한 감각으로 인류를 침범하는 타자성이다. 시인은 "마지막 시를 갈기고 죽자!"(「쌍둥이문어」)라고 외친다. 동물은 순교자로서 피 흘리는 것이 아니라, 침묵하지 않기 위해 피 흘린다. 시인이 제시하는 이 그로테스크한 이미지들은 이성으로 조직된 역사를 뚫고 침범해오는 정신적 외상을 가리킨다. 동물의 죽음으로 인류는 부양된다. 우리는 인간이라는 이유만으로 충분히 이 죄악에 연루되어 있다. 그렇다면 시인은 어떻게 이러한 외상을 극복하는가.

　　　나는 돼지인 줄 모르는 돼지예요
　　　그렇지만 세숫물에 얼굴 쏟으면 일단 돼지가 보이죠
　　　나는 돼지인 줄 모르는 선생이에요
　　　매일 칠판에 구정물만 그리죠
　　　나는 몸 안의 돼지를 달래야 하는 환자예요
　　　그러고도 사람들 몸 안에 좌정한 돼지만 보여요
　　　하루만 걸러도 냄새 진동하는 이 짐승을 어찌할까요
　　　하루만 먹이지 않아도 꽥꽥 소리를 지르는 이 돼지를 어찌할까요

　　　스님! 스님! 면벽 스님!

벽을 오래 바라보고 있으면 열리나요?

— 「돼지라서 괜찮아−돼지禪」 부분

자신을 돼지로 선언하면서, 시인은 인간 안에 깃든 동물성을 부각한다. 누가 감히 인간을 돼지와 다르다고 단언하는가. 돼지처럼 먹고 싸고 자는 동물로서, 인간은 칠판에 구정물을 그릴 수 있다는 정도의 지성을 갖춘 '좌정한 돼지'일 뿐이다. 이 작품은 인간을 격하하는 충격효과를 통해 독자가 동물적 존재로서 세상을 바라보게끔 유도한다. 인간은 돼지다. 이 진술은 우리가 돼지를 내려다보는 것이 아니라, 돼지와 똑같은 눈높이에서 그들을 바라보도록 만든다. 인간을 우월한 존재로 우상화하지 않으려는 태도가 이 작품에서는 두드러진다.

그런데 어떤 의구심 또한 싹튼다. 어떤 의미로 "나는 돼지인 줄 모르는 돼지"라는 역설은 시인 자신이 인간이라는 자명한 사실을 회피하는 하나의 방식은 아닐까. 시인은 '면벽'이라는 수행의 모티프를 통해 인간이라는 '벽'을 넘어서는 탈인간의 가능성을 몽상한다. 이러한 몽상 안에서 이미 '나'는 인간이 아니다. 그는 돼지이거나 인간 너머로 향해 간다. 그렇다면 이 작품의 이면에 감춰진 은밀한 진술은 '나는 저 죄악에 연루된 인간이 아니다'라는 부정의식인지도 모른다. 어쩌면 자신을 돼지로 선언하는 존재는 인류의 죄를 대속하지 않아도 좋은 것인지도 모른다. 그렇다면 이 작품에서 '자신을 돼지로 선언하는 인간'이라는 역설은 죄의식을 탕감하는 하나의 수사학적 기술이 아닐까. 다시 말해 술어적으로만 가능한 역설을 통해서 인간으로서 감당하기 어려운 죄의식을 덜어내는 기술로 의심해볼 수 있지 않을까.

이러한 역설의 함의는 시인의 산문집 『여자짐승아시아하기』(문학과지성사, 2019)에서 다음과 같이 설명된다. "짐승하기의 여행은 나의 외부를 여행하는 것이 아니라 나와 짐승의 외밀성의 지대를 공유하는 것이다. 이것이 존재의 일의성 안에서 일의성의 영토를 힘껏 밀어내는 것이 아닐까. *나의 신체와 짐승의 신체가 자발적으로 혼종의 비체를 만들어가는 것.* 여자와 짐승을 비천하게 여기는 언어들을 되돌려 나의 짐승하기를 도모해보는 것. 그리하여 닥쳐오는 괴물, 인간짐승인 미래가 되는 것. 새로운 생기의 장에 도착하는 것. 이것이 *언어적 담론과 권력에 의해 구성된 인간이라는 범주를 넘어보는 것*이 아닐까."(21쪽, 강조는 인용자) 이러한 반문을 통해 시인은 목표를 뚜렷이 한다. 역설적 진술은 돼지를 대신해 말한다기보다 차라리 인간으로서 말하지 않는 '혼종의 비체'가 되고자 하는 방법이다. 그것은 '인간이라는 범주'라는 권력 체계를 벗어나기 위해 시인이 고안한 하나의 장치다.

　이로써 김혜순 시인은 자신이 인간이라는 자명한 사실을 전적으로 부정한다는 완수 불가능한 고뇌와 대결한다. 어떤 인간이 인간이 아닐 수 있겠는가. 그렇기 때문에 우리는 그의 진술을 뒤집어 이렇게 단언할 수도 있다. 김혜순 시인은 인간이다. 그가 철저히 인간을 회의하고 추궁할 때도 그는 인간이다. 무엇보다 인간과 동물의 신체가 '자발적으로' 혼종의 비체를 만들어간다는 의식조차 과연 인간중심적인 것이 아니라고 말할 수 있을까. 혼종의 비체가 되어가는 과정에서 돼지의 자발성은 누구에 의해서 확인될 수 있는가. 돼지는 여전히 인간성을 반성하는 하나의 대상이거나 죄의식으로서 우리 의식에 남겨질 수밖에 없다. 그래도 우리는 인간이다. 이때 '그래도'는 접속부사가 아니라 극복할 수 없는 것과 투쟁하는 마음의 안간힘을 가리키는 술어로 이해되어야 한다.

　어쩌면 시인 자신도 이 모순을 깨닫고 있다. 김혜순 시인의 시가 탈인간을 재현한다거나 혼종의 비체를 '만들어간다고' 설명될 때, 자칫 그러한 탈주체 담론은 섣부르게 인간으로서 감당해야 할 죄의식을 회피하는 하나의 타협으로 교차될 우려를 낳는다. 그러나 그의 시론에서 설명한 바와 시의 재현 방식에는 미세한 차이가 있다. 그의 시는 단언하기보다 반문하고, 단번에 나아가기보다 정확한 지점에서 멈춰 선다. 앞서 분석한 「돼지라고 괜찮아─돼지禪」에서 "벽을 오래 바라보고 있으면 열리나요?"라고 묻는 시적 화자의 위치는 '벽'의 내부이다. 즉 시적 화자는 기로에 서 있다. 그는 '벽' 내부의 인간으로서 인간을 성찰하고 직시하는 한편, '벽' 너머에 감춰진 탈주체의 가능성을 탐색하고 있다.

무엇보다 김혜순 시인은 시론에서 '혼종의 비체'라는 탈역사─탈인간을 확신에 찬 목소리로 주장하는 데 반해, 시에서는 그런 식으로 말하지 않는다. 그는 머뭇거리며 아이러니한 목소리로 "나는 돼지인 줄 모르는 돼지예요"라고 말한다. 이것은 인간이 표현할 수 있는 최대치가 '돼지가 아닌 돼지'라거나 '인간은 인간이 아니다'라는 아이러니임을 암시한다. 아이러니한 진술 구조는 무엇을 뜻하는가. 우리가 상기해야 할 것은 탈주체가 가능하다거나 인간이라는 '벽'을 넘어설 수 있다고 말해서는 안 된다는 것이다. 그러한 믿음이야말로 또 다른 타협이다. 우리는 스스로 인간임을 고백하며, 인간이라는 죄악으로 되돌아와야 한다. 우리는 인간으로서 인간을 감당해야 한다. 김혜순 시인의 시가 멈춰 서는 '벽'은 바로 인간과 탈인간 사이의 경계면이다. 따라서 시인이 의도했든 의도하지 않았든 이 작품은 다음과 같은 물음으로 우리를 인도한다. 동물 홀로코스트의 죄악을 감당하기 위한 정확한 위치는 어디인가. 그것은 '인간 너머'인가, 아니면 다시금 자신의 얼굴을 되돌아보는 순간인가.

3. 그래도 인간으로서

인간 너머, 그것은 휴머니즘을 해체하는 탈주체 담론들이 공유하는 하나의 원근법적 개념이다. 그런데 그 원근법적 개념에는 어떤 마음의 작용이 수반되는가. 문예지 『쓺』 2020년 하반기호에서 김태환은 가장 근본적인 인간중심적 개념은 바로 '인간'과 '비인간'을 나누는 이분법이라고 설명한 뒤, 그러한 이분법을 해체하는 하나의 세계관을 제시한다. "인간이라는 생물학적 종이 아무리 멋지고 정교한 건축물을 지었다고 한들, 그것 역시 흰개미의 집이나 벌집과 마찬가지로 자연에 지나지 않는다."[3] 이러한 진술에 따르면 플라스틱조차 자연이며, 자연-문명의 이분법은 환상이다. 자연과 문명의 영역을 뚜렷이 구분한 채, 문명의 타락을 비판하는 자는 단지 우월한 위치에서 다른 사람을 계몽한다는 의식에 젖어 있을 뿐이다. 어떤 의미로 이러한 관점은 우리가 만들어낸 물질문명과 생명의 구분까지 무화시킨다는 점에서 나는 이것을 '생명공학적 관점'이라고 부르고자 한다. 생명공학적 관점에서 자연-문명의 해체는 필연적인 사실로 간주된다. 『인간 본성에 대하여』(1978)의 저자 역시 인간의 문화는 유전자에 새겨진 본능에 지나지 않는다고 주장한 바 있으며, 『사피엔스』(2015)의 저자 역시 문명이란 실재에 대한 환상에 지나지 않으며, 인간은 그 환상을 깨트릴 수 없고 또 다른 환상으로 대체할 수 있을 뿐이라는 생각을 개진한 바 있다.

그러나 이러한 이론가들은 인간 주체-문명이라는 휴머니즘적 환상을 깨트리는 것을 우선하여 마음이라는 현상을 손쉽게 처리하고 있다. 그들은 삶이 아니라 담론의 차원에서 말하고 있어서 문명은 환상이라고 시니컬하게 단언할 수 있는 것이 아닐까. 우리가 지속해온 인간중심적 환상의 이면은 트라우마이자 인간이 저지른 죄의 고백이다. 휴머니즘은 우리가 살육하고 파괴해온 동물과 자연이 인간처럼 얼굴을 지니고 있다는 사실을 깨달았을 때, 즉 우리가 살육한 그들 또한 우리에게 응답할 수 있는 타자라는 실체를 깨달았을 때 그 죄를 회피하기 위한 외상적 환상이다. 이러한 맥락에서 볼 때 김태환은 잔인한 정신분석가다. 그는 진실을 말한다. 그는 우리가 앞으

---

3   김태환, 「근대 문화와 자연의 개념」, 『쓺』 2020년 하반기호, 30~31쪽.

로 더 나은 인간이 될 수 있다고 말하는 대신, 앞으로도 인간으로서 똑같은 죄를 저지르고 고통을 받아들여야 한다고 주장한다. 그래서 그는 인류의 미래에 대해 현실주의적으로 "그렇다면 이산화탄소 배출을 억제해서 기온 상승을 막는다는 비현실적인 목표에 에너지를 쏟기보다는 노아의 방주를 건설하듯이 다가올 재앙에 더 잘 대처할 수 있는 준비를 하는 것이 현명한 선택일지도 모른다"라고 결론 내린다.[4] 자연이 그러하듯, 그저 인간은 살아남기 위해 발버둥 칠 뿐이다.

과연 그럴까. 우리는 휴머니즘이라는 환상에 사로잡혀서는 안 되는 것일까. 우리가 어떤 환상을 지속하려고 할 때, 그것이 단순히 환상이기 때문에 깨트려도 된다고 말해서는 안 된다. 정신분석학이 확증하듯 환상은 어떤 진실을 감추는 기제일 뿐만 아니라, 진실을 드러내는 또 다른 방식이기도 하기 때문이다. 우리는 오랫동안 우리 자신이 특권화된 존재라고 믿어왔다. 때론 인류는 자신을 신에게 선택받은 존재이거나 가장 탁월한 이성을 보유한 존재라고 믿었다. 물론 이러한 믿음 배후에는 인간이 행사하는 모든 폭력을 정당화하려는 권력의 작용이 깃든다. 그러나 그 일면만을 보고 우리가 인간이라는 진실을 회피할 때, 우리는 그렇게 인간을 혐오할 때조차 우리 자신이 인간에 연루되어 있다는 진실을 회피하는 것은 아닐까.

인간성이 설령 신기루일지라도 우리의 존재는 매 순간 그 환상으로부터 하나의 윤리를 발견한다. 김혜순 시인의 시는 완강하게 인간과 돼지의 이분법을 '통해서' 증언한다. 설령 그 이분법이 환상이고, 더 나아가 '인간을 벗어나려는' 시의 주제 의식 또한 실현 불가능한 것일지라도, 우리는 그 안에서 더 근본적인 진실이 드러난다고 보아야 하지 않을까. 우리가 이미 어떠한 존재로 살아왔는지 확인하는 것이 아니라, 우리가 어떤 존재로 살아갈

---

4 같은 글, 35쪽.

68   침묵과 쟁론

것인지 결단하려는 의지가 그 안에는 존재한다. 또한 시인은 타자성이 우리 자신을 뒤흔들어놓는 체험에 관해서도 증언한다. 그는 돼지의 고통을 공감할 수 있다고 말하는 대신 돼지의 고통이 우리의 존재를 뒤흔들어 놓는다고 말한다. 우리 자신이 타자의 목소리를 '들을 수 있다'는 믿음과 타자의 목소리가 우리를 '침투한다고' 믿는 것 사이에는 어떤 차이가 있을까. 어느 쪽의 믿음이 섣부르게 타자의 마음을 주관으로 환원하지 않고, 대등한 관계 맺음의 방식으로 대할 수 있을까. 이러한 물음을 던지게 하는 사실 자체로 그의 시는 윤리적이다. 그리고 그러한 윤리는 인간과 동물이라는 타자의 관계 맺음 사이에서 어떤 교감이 가능하다는 환상 또는 바람에 기초한다.

이에 비해 김태환의 이론적 관점은 거리를 두고 세계를 조망하고 있기 때문에 동물이나 자연과 교감할 수 있다는 환상에 사로잡히지 않는다. 하지만 사실 우리가 숙고해야 할 대상은 환상에 사로잡히지 않는다는 환상이다. 그는 냉철하게 세계와 거리를 두면서 인간이 만들어낸 환상을 깨트리지만, 어쩌면 환상의 바깥에 닿을 수 있다는 믿음조차도 환상이 아닐까. 무엇보다 인간중심성을 넘어서서 진실을 드러낸다는 목표가 김혜순식의 윤리적 물음을 소홀히 대하게 만든다. 단순히 인간이라는 관념을 해체하는 것만으로 진실에 도달할 수 있다고 믿어서는 안 된다. 인간은 매 순간 자신이 인간이라는 사실과 마주해야 한다. 우리가 잊지 말아야 하는 것은 인간이란 우리에게 이미 오랫동안 탐구되어온 익숙한 존재이기도 하지만, 매일 아침 우리가 거울 속에서 마주하는 사건이기도 하다는 사실이다.

이론적 고찰이나 시론이 탈주체 담론을 '분명한' 것처럼 보이게 만드는 데 반해, 시는 어떤 진실 앞에서 항상 머뭇거린다는 사실을 떠올려보아야 한다. 이론은 세상을 멀리서 관조한다. 그러나 담론과 일상(생활세계)은 동떨어져서는 안 된다. 이 사실을 잊을 때 우리는 탈주체가 손쉽게 가능하다는 착각에 빠지게 된다. 바람직한 것은 손안의 실천을 통해서 탈주체 담론을 고찰하는 태도일 것이다. 코로나바이러스와 암 또한 인간과 대등한 생명인가. 모기와 과속 방지턱을 우리는 어떻게 대해야 할 것인가. 동물과 자연을 해치지 않고 그들에게 야생의 소유를 되돌린다고 해서 이러한 고뇌들이 해소될 수 있을까. 담론화된 탈주체 이론은 이러한 질문에 직면하기보다 단지 휴머니즘적 관념(평등, 자유 등)을 동물과 자연물에게 확대 적용하는 데 그칠 수 있다.

어떤 실천의 가능성이 정확한 것일까. 가라타니 고진은 하이데거 존재론, 불교 · 노장 사상에 기초한 자연주의자들을 비판하며 그들의 한계는 "일반적으로 유통되는 견해는 인간과 인간의 관계를 제거하고 인간과 자연의 관계만을 보는 것"이라고 지적한 바 있다.[5] 이 지적은 중요하다. 우리는 우리의 정신을 어떤 경계면 또는 갈림길에 놓아두어야 한다. 생태주의에 눈 돌릴 때 인간과의 교제를 끊을 수 있다는 생각은 착각이다. 인간과 자연과 동시에 관계 맺는 구조 속에서만 비로소 생태적 삶은 정확하게 고찰될 수 있다. 동물을 위해 우리 삶의 어떤 부분을 포기할 것인가. 반대로 이웃과 교제하기 위해 자연의 어떤 부분을 희생할 것인가. 이러한 문제에 직면할 때 탈주체 담론들은 너무나도 성급하게 인간 너머에만 눈 돌리고 만다. 바로 고진의 주장으로부터, 나는 김혜순 시인의 시에서 제시된 '벽'이라는 기로를 떠올리게 된다. 인간 너머와 인간다움 '사이'에서 우리는 세상을 바라보아야 한다.

문명-자연의 이분법을 비롯한 휴머니즘 관념을 해체하는 생명공학적 관점은 담론의 측면에서만 옳다. 순진하게 휴머니즘을 부정하고 유토피아적인 생태주의를 제안하는 입장 또한 허황된 것이다. 실천적 측면에서 해체주의와 생태주의는 인간이라는 죄악을 회피하는 방식에 불과할 수 있다. 최근

---

5   가라타니 고진, 『자연과 인간』, 조영일 역, 도서출판b, 2013, 47쪽.

침묵과 쟁론

대두되는 수많은 탈주체 담론 또한 마찬가지다. 우리가 성찰해야 할 것은 인간 바깥이 아니라, 그래도 인간이다. 우리에게는 새로운 휴머니즘이 필요하다. 낡은 휴머니즘이 인간 개념에 기초한 기율과 통치의 구조라면, 새로운 휴머니즘은 세계와 피부를 맞대고 성찰하는 피부자아의 휴머니즘이어야 한다. 새로운 휴머니즘은 관조하는 의식이 아니라 죄의식이고 우리의 마음에 즉하는 것이어야 한다. 인간의 피부 혹은 실감으로서 세계를 감당하는 것이어야 한다. 인간의 실감으로 세계를 감당한다는 것은 인간과 자연과 동시에 관계 맺고 있다는 자명한 사실을 잊지 않는 것이다. 더 정확히 말해서 우리 자신이 인간과 자연을 전혀 다른 태도로 대하고 있다는 사실도 잊어서는 안 된다. 따라서 여전히 우리가 충분히 성찰하지 못한 것은 휴머니즘이다. 우리에게 필요한 것은 인간과 자연을 동시에 성찰하는 위치에 서는 실천, 요컨대 정확한 거리 감각이다.

가능주의자의 뒷모습

─ 나희덕 시인의 문학

1. 일몰의 기억

> 내게는 그 노을빛이 내가 그리는 세계의 밑그림이 되어온 것 같다. 세
> 월이 지날수록 그 노을빛은 기억 속에서 더 강렬해져간다. 붉게 물든 구
> 름조각들과 뺨을 스치던 바람의 감촉, 그네의 쇠줄이 삐걱거리던 소리,
> 점점 흐려지다가 마침내 어둠속으로 사라진 낮은 산들의 윤곽, 그네에서
> 내려서는 순간 나를 받아주던 모래의 감촉…….
>
> ─ 나희덕, 「일몰 무렵」 중에서

  사람은 이야기다. 시작과 끝이 있고, 누군가에게 전해지고 잊히는 것이
사람의 일이다. 그렇다면 한 시인을 향해 이렇게 묻는 방법도 있을 것이다.
그의 이야기는 어디에서 시작할까. 그는 언제부터 시적인 것과 동행했는가.
그 이야기는 어떤 물음들을 견디며 기록되는가. 우리가 그를 시인이라고 부
르듯이, 그는 마지막까지 자신을 시인이라고 믿을 수 있었는가.

  이 이야기의 첫 페이지를 고르고 고르다가, 일곱 살 소녀가 그네를 타던
장면을 떠올려본다. 소녀는 부모님께서 헌신했던 에덴 보육원에서 다른 아

이들과 구별 없이 자랐다. 저마다의 사연을 지닌 아이들과 함께 어울리고 함께 잠에 드는 나날이 반복되었을 것이다. 때론 맞이하고 때론 떠나보내는 시간을 겪었을 것이다. 그리고 보육원 한편에 우두커니 그네가 놓여 있었다. 어느 저녁 소녀는 홀로 흔들리는 그네에 몸을 맡긴 채 아름다운 풍경을 바라보았다. 오랜 후에도 자신이 그 순간을 잊지 못하리라는 사실을 모른 채 말이다.

나희덕 시인의 첫 산문집 『반통의 물』(창비, 1999)에 첫 번째로 수록된 「일몰 무렵」은 일순간 찾아온 경이감을 회상하는 글이다. 그는 일곱 살 그네에서 보았던 석양이 얼마나 아름다운 것이었는지 설명한다. 그런데 그다음 그는 석양이 지고 나서 자신이 남겨졌다는 사실이 얼마나 견딜 수 없는 것이었는지도, 그래서 "동경의 대상을 상실한 뒤의 쓸쓸한 자기응시"에 빠져들게 되었다고 고백한다. 석양은 닿을 수 없는 미적 충만함에 대한 상징이다. 시인의 묘사는 자신의 풍경 속에 녹아드는 듯한 기분이 젖는 순간 자아와 세계의 경계가 흐릿해지는 듯한 감동을 연상케 한다. 그러나 그네는 풍경과 멀어질 수밖에 없는 인간의 위치를 암시한다. 되돌아오며 그네는 말한다. 사람은 아름다움 속에 녹아들지 못하며 그저 한 줌의 아름다움을 더듬어 기억할 뿐이라고. 사람의 운명이란 사람으로 되돌아와 고작 자기 몫의 심장을 감당하는 일이라고.

「일몰 무렵」은 경이와 쓸쓸함이라는 이중의 감정을 표현한다. 그네처럼 최대한의 힘으로 그리워한 만큼 쓸쓸해질 수밖에 없는 마음이 있다. 아름다운 무엇인가에 접근하는 순간 경이를 느끼는 만큼 그것을 소유할 수 없음을 깨닫고 고독해지는 마음이 있다. 현상학자 메를로-퐁티는 그것이 몸을 가진 존재의 운명이라고 생각했다. 몸을 가졌기 때문에, 사람은 세상을 향해 열린 존재인 동시에 '나'로서 살 수밖에 없는 닫힌 존재이기도 하다. 그리하여 메를로-퐁티는 몸을 애매한 것, 역설적인 것이라고 표현했다. 그리고 그러한 경이와 쓸쓸함을 함께 내포한 역설적인 감동을 나희덕 시인은 일곱 살 소녀의 몸으로 체험했던 것이다.

그의 산문은 다음과 같은 질문으로도 표현할 수 있다. 저편의 풍경과 그늘이 내린 대지 사이에서, 숭고한 경이와 낙담하는 마음 사이에서 사람은 어느 방향에 눈 돌려야 할까. 그리고 이 질문에 나희덕 시인은 어떻게 대답했을까. 아마도 나희덕 시인의 시를 귀하게 읽어온 독자라면 여기에 한번쯤 답해보려 할 것이다. 그리고 미리 언급하건대 누군가는 아홉 권에 달하는 그의 시집과 그의 여러 시론집·산문집에 비추어볼 때 「일몰 무렵」이라는 산문이 조금 이채롭다는 사실을 깨닫게 될 것이다. 왜냐하면 사실 나희덕 시인의 문학 대부분은 타인과의 교감과 교제 안에서 탄생하는 것처럼 보이는 데 반해, 「일몰 무렵」은 오직 아름다움과 시인 자신의 관계에 대한 체험을 증언하고 있기 때문이다. 마찬가지로 산문집 『반통의 물』의 다른 글들 또한 타인과의 만남이나 가족과의 추억을 주된 제재로 삼고 있다는 점에서, 「일몰 무렵」이 시인의 첫 산문집에 수록된 첫 번째 글이라는 사실은 음미할 만한 것이다.

2. 붉은 실

내 피로 뽑아낸 붉은 거미줄은
누군가에게
거처가 되기도 하고 덫이 되기도 했으리라

아무것도 보이지 않지만
거미들은 희미한 진동을 따라 움직인다
피의 만다라에 마악 도착한 어떤 날개를 향해

침묵과 쟁론

날개가 파닥거리는 동안

빈혈의 시간은 잠시 수런거리다 고요해진다

— 「붉은 거미줄」 부분

나희덕 시인은 최근 시집 『가능주의자』(문학동네, 2021)와 예술산문집 『예술의 주름들』(마음산책, 2021)을 간행했다. 이 두 권의 책에서 우리는 앞서 살폈던 것과는 다른 붉은색의 모티프를 발견하게 된다. 『가능주의자』의 서시 「붉은 거미줄」을 천천히 읽어나가다 보면 "붉은 거미줄"이 곧 때론 타인에게 "거처"가 되어주기도 하고 반대로 "덫"이 되기도 하는 관계 맺음의 양면성을 가리키는 상징이라는 바는 쉽게 알아볼 수 있다. 중요한 것은 시인은 그러한 관계 맺음을 "피" 흘리듯 절박하게 행해왔다는 것, 그래서 시인에게 타인과의 관계는 "만약 도착한 어떤 날개"를 혈관으로 느끼는 사건이나 다름없다는 감각적 표현이다. 실은 대부분의 사람은 혈연으로 맺어진 관계에서나 그 관계를 깊이 공감하려 할 것이다. 이에 비해 시인이 그리는 '거미'란 낯선 타인의 "희미한 진동"조차 핏속으로 느끼고, 타인의 날개가 파닥거리고 잦아드는 그 순간을 온몸으로 함께 감지하는 피부를 지닌 존재에 가깝다. 결국 붉은 거미줄은 자신과 타인을 하나로 묶는 인연의 실인 셈이다.

나희덕 시인은 『예술의 주름들』에서 이 작품의 해설이 될 만한 글을 남겼다. 산문 「허공을 향해 몸을 던지는 거미처럼」에 따르면 시 「붉은 거미줄」에는 모티프가 된 예술작품이 존재한다. 그것은 바로 일본의 설치예술가 시오타 치하루의 〈Beetween Us〉(2020)이다. 시오타 치하루는 하나의 공간 곳곳에 간격을 두고 의자를 배치한 뒤 수많은 붉은 실로 의자와 천장, 그리고 의자와 벽을 연결했다. 천장과 벽이 붉게 보일 정도로 수많은 실을 연결하고 나면 의자들은 동떨어진 것이 아니라 마치 거대한 붉은 거미줄에 매달린 것처럼 보인다. 시오타 치하루에 따르면 붉은 실은 의자를 사용한 사람의 기억과 의식에 대한 표현이다. 그는 우리가 일상적으로 사용하는 사물 속에 자연스럽게 의식이 깃든다고 믿는다고 말했다. 마치 우리가 타인의 의자에 앉는다는 것은 타인의 의식과 관계하는 방식이라는 듯 말이다.

붉은 실은 어떤 믿음이라고 표현해도 좋을 것이다. 이 세상이 외딴 공간, 외딴 사물, 외딴 존재로 이루어진 집합체가 아니라 서로의 자리를 번갈아 사용하고 서로의 의식을 비슷한 빛깔로 물들이며 살아가는 연속체로 이루어져 있다는 믿음. 나희덕 시인의 "붉은 거미줄"과 "피의 만다라"라는 표현 역시 그러한 믿음을 표현한다. 어쩌면 시인은 당신이 홀로 버둥거리는 동안에도, 당신이 자기 몫의 슬픔과 고통에 침잠할 때도, 누군가는 당신과 연결되어 있다고 말해볼지도 모르겠다. 시오타 치하루의 '붉은 실'과 나희덕 시인의 '붉은 거미줄'은 같은 연속체적 세계관을 공유하는데, 한편으로 그것은 세계관이라고 표현하기보다 타인의 살과 맞대는 피부라고 부르는 편이 정확해 보인다.

따라서 다양한 예술가의 작품에 대한 감상을 그린 『예술의 주름들』에서 매번 작품에 대한 이해가 작가의 삶에 대한 관심으로 확장해가는 것은 자연스러운 일이다. 나희덕 시인은 시오타 치하루의 예술을 감상할 때도 치하루가 독일로 유학을 했으며, 한국인 남편과 결혼했고, 두 번의 항암치료가 받았다는 사실을 떠올려본다. 이렇듯 나희덕 시인에게, 그리고 시오타 치하루에게 예술은 교감의 장소다. 마찬가지로 나희덕 시인의 『가능주의자』 역시, 더 나아가 그 이전 시집인 『파일명 서정시』(창비, 2018) 역시 역사적 참혹과 부단한 문명 발전 속에서 상처 입은 타인의 마음을 더듬어보기 위한 노력이라고 할 수 있다.

이쯤에서 다시 그의 문학적 기원을 설명하는 글이었던 「일몰 무렵」을 떠올려보자. 일곱 살 소녀는 석양의 아름다움에 대한 경이로움과 그것을 소유할 수 없는 인간의 낙담을 동시에 체험하면서 자신이 한계 지어진 존재임을 깨닫는다. 세계의 아름다움, 세계의 어떤 본질을 열망하고 그 앞에 좌절할 수밖에 없는 인간 존재의 운명을 '그네'라는 표상은 적절하게 드러낸다. 이 때 아름다움에 관한 언어란 단지 빛바랜 것에 지나지 않는 것이다.

그런데 나희덕 시인은 최근으로 올수록 타인의 고통을 기록하는 데 주력하면서 새로운 표상을 발견한다. 붉은 실에 매달린 '의자들'은 어떤 의미로는 소녀가 올랐던 그네 표상의 변주이다. 의자는 고독이 단수가 아님을 드러낸다. 서로 교대하고 얽히고 기대며 나란히 나아가는 고독이 있다. 그렇게 '그네'는 '붉은 거미줄'이라는 새로운 표상으로 옮아온다. 붉은 거미줄은 피부를 맞대고 있는 고독이다. 그렇게 세상에 홀로 묶인 것이 아니라 함께 묶인 것임을 확인할 때 쓸쓸함 역시 새로운 의미를 지니게 되는 것은 아닐까.

3. 이인분의 자아

한 사람은 고독하기 때문에, 그리고 당신 또한 고독하다는 사실을 알기 때문에 마음은 마음 곁으로 나아가야 하는 의무를 지닐 수 있는 것인지도 모른다. 당신의 마음을 심려해야 하는 그 의무 속에서 윤리는 탄생하고, 당신의 마음을 끝까지 심려할 수 없다는 한계 인식 속에서 법은 선언되는 것인지도 모른다. 이러한 통찰을 가능케 하는 대전제로서 나희덕 시인의 『가능주의자』는 외따로 놓인 존재는 없다는 믿음, 혹은 존재는 외따로 놓여서는 안 된다는 믿음으로 쓰인 시집처럼 보인다. 우리는 이 시집 속에서 그러한 믿음의 기록을 발견한다. 입술은 자신의 마음만을 고백하는 것이 아니라 "또는 피 흘리는 말, 다른 입술들에 대해"(「입술들은 말한다」) 말할 수 있다. 심지어 고통조차 홀로 견디는 것은 아니라고, 깨진 존재는 한 알의 모래처럼 누군가의 신발에 흘러들고(「조각들」) 찢긴 존재는 누군가를 위한 편지가 될 수 있다고 시인은 쓴다(「찢다」).

따라서 흔히 시에서 떠올리기 마련인 홀로 완성된 자아, 고독한 미적 자아라는 제재는 나희덕 시집에서 비교적 뒤로 물러나 있다. 대신 우리는 이 시집에서 다루고 있는 주된 내용을 크게 두 가지로 범주화하여 이야기할 수 있을 것이다. 다음의 구분은 이 시집이 전개되는 방향과도 맞닿아 있는 것처럼 보인다. 첫째로 시인은 시집의 1~2부에서 타인, 즉 서로 닮아 있고 소통하는 것이 가능한 사람 사이의 관계와 역사적 사건에 대해서 이야기한다. 둘째로 시집의 3~4부에는 자연, 즉 인간과 상이한 존재들과 어떻게 대화하는 것이 가능한지 시인은 묻고 있다. 그렇다면 이 시집은 점진적으로 '붉은 거미줄'의 넓이를 타인의 영역으로부터 역사의 영역을 거쳐 자연의 영역까지 확장해나가는 과정이라고 볼 수 있다.

최초의 출발점이 될 제1부의 시편들은 자아의 공간인 '방'을 주된 제재로 삼고 있다. 그러나 이 시집에서 '방'이란 외부를 차단하는 닫힌 공간이 아니다. 그의 시에서 방이란 "닫혀 있으면서 열려 있는 방"(「그날 이후」), 즉 우리의 신체처럼 애매하고 역설적인 의미를 지니고 있는 공간이다. 예컨대 「그날 이후」에서 방은 타인이 손쉽게 침범할 수 있는 "타인의 시선들로 가득찬 방"(「그날 이후」)으로 묘사된다. 그것은 우리의 자아가 타인에게 손쉽게 휘둘리고 상처받는다는 사실을 뜻한다. 반면 「다락방으로부터」의 방은 강요된 여성성의 상징이다. 이 작품의 마지막에서 여성은 다락방의 굴레를 벗어나면서 죽음까지 각오하는 듯 보인다. 이렇듯 나희덕 시인의 시에서 '방'의 열림과 닫힘은 자아의 열림과 닫힘을 표현하는 현상학적 의미의 방이다.

열린 방의 표상은 자아의 슬픈 운명 또한 드러낸다. '나' 또한 내 것이 아닐 수 있다. 때론 자신의 아픈 기억을 마주하지 못하면서(「찢다」), 때론 헐거운 생활을 기우고 꿰매어가면서(「꿰매다」), 끝내 마주친 자신은 "더이상 나의 것이 아니게 된 어떤 삶"(「벽의 반대말」)에 지나지 않을 수 있다. 어쩌면 그것은 진실일지도 모른다. 의식적으로 선택하며 살아간다는 것은 허구이고 다만 우리는 그저 소중한 것을 마음이 깊이 억누른 채 세파에 흘러가는 존재에 지나지 않을지도 모른다(「흐르다」). 그렇다면 삶을 지속할 끈기를 어디에서 찾아야 하는가. 나희덕 시인은 우리의 존재가 이어져 있다는 사실에서 삶을 되돌아본다. 그렇게 "밖에서 누군가 문을 두드리고 있다"(「길고 좁은 방」)라고 시인은 말해본다.

제2부에서 시인은 한국의 벌어졌던 역사적 참혹들에 눈 돌린다. 제주 4·3항쟁, 용산참사, 세월호참사와 같은 아픈 역사적 사건들을 떠올릴 때도 그가 들여다보려는 것은 사람이다. 사람의 아픔이다. 아프게 묘사되는 것은 사상범으로 몰려 한 평도 안 되는 방에 밀어 넣어진 열 사람의 무릎이고(「선 위에 선」), 죽은 자식을 기다리는 엄마의 마음처럼 썩지 않는 작은 단추이며 (「묻다」), 까마귀 울음소리를 어린아이의 울음으로 들을 수밖에 없는 귀이자 (「이덕구 산전」), 여전히 들려오는 산 채로 타들어간 자의 비명소리이다(「너무 늦게 죽은 사람들」). 이러한 감각적 묘사 속에서 드러나야 할 것은 타인의 고통이고 타인의 현전이다. 어쩌면 나희덕 시인에게 타인에게 열린다는 것은 그의 고통에 귀 기울인다는 의미를 지니는 듯하다.

시 「피투성」의 첫 문장으로 시인은 "흙속에서/그 얼굴을 알아보았네"라고 쓴다. 이 문장에서 우리는 어떤 윤리를 유추할 수 있다. 사람은 모든 흔적 속에서 사람을 읽어야 한다. 사람은 사람을 딛고 살아 있다는 사실을 마음에 새겨야 한다. 그리하여 그가 택한 윤리는 대지 아래의 당신과 마주하는 것, 역사의 뒤안길로 사라진 피를 상기하고 그의 고통을 다시 현전하게 만드는 것임을 우리는 알 수 있다. 그리하여 시인은 같은 시의 마지막에서 "여기서는 던져진 돌조차 땀을 흘린다"라고 쓴다. 이렇듯 그의 시에서 닫힌 존재는 없다. 시공간을 넘어서 사람은 사람의 체취로 묶여 있다. 자아는 홀로 건너야 하는 무엇이 아니라, 언제나 두 사람을 향해 열려 있다.

4. 머뭇거림이라는 실천

그런데 『가능주의자』의 제3부와 4부에서 이어지는 질문은 사람의 윤리를 초과하는 것이다. 왜냐하면 시인은 제3부부터 자연을 제재로 삼고 있으며, 자연은 사람과 동일한 생물학적·정신적 구조를 지니지 않은 타자이기 때문이다. 자연과 '대화하고자' 할 때 미리 문제 삼아야 할 것은 대화 능력의 비대칭성이다. 언어와 몸짓을 사용할 수 있는 능력을 지닌 사람 간의 대화 사이에서는 타협이나 논쟁을 벌일 수 있다. 그러나 사람과 동물, 사람과 식물, 사람과 모든 존재 사이의 삶은 언어로 묘사될 수 없다. 자연에 대한 인간의 언어는 인간중심의 관점을 표현할 수 있을 뿐이다.

나희덕 시인은 그러한 인간중심적 관점을 벗어나기 위한 노력을 기울이고 있다. 이를테면 코로나 바이러스가 사람을 감염시킨다고 쓰는 대신 '독립성'을 포기하고 "어떤 생물에도 깃들 수 있"는 능력을 지닌 존재라고 표현해 보는 데서 우리는 관점의 전환을 감지한다(「어떤 부활절」). 또한 표현 면에서만이 아니라 기후변화로 인한 빙하 위기(「빙하 장례식」), 공장식 축사로 인한 가축의 고통(「젖소들」) 등 다양한 생태학적 위기에 대해서도 관심을 갖는다. 그러나 근본적으로 이 모든 노력이 인간 정신의 표현인 언어로 이루어지는 한, 그것은 철저히 인간중심적인 것이며 도리어 사람에 대한 선한 윤리를 곧 자연에 대입시키는 작업이라고 이해해야 할 것이다.

흥미로운 것은 그의 자연시를 꼼꼼히 읽어보면 이러한 문제를 시인이 자각하고 있는 듯한 인상을 받게 된다는 점이다. 이를테면 「사과를 향해」라는 작품에서 시인은 '사과' 열매가 마치 자기를 실현해나가는 주체성을 지닌 존재, 즉 "사과가 되려는 사과"인 듯 묘사하면서도 다음과 같이 표현한다. "나는 사과의 자발성을 믿고 싶다". 결국 사과의 자발성은 사과의 내재성 속성이 아니라 시인이 만들어낸 믿음이다. 이러한 명시는 시적 언어가 마치 자연의 본질을 바라보게 해주는 렌즈라는 착각을 깨트린다. 도리어 시인이 행할 수 있는 노력은 그러한 본질이 존재한다고 믿을 수 있는 실천임을 깨닫게 할 뿐이다.

이러한 성찰에 기대어 나희덕 시인의 시는 본질의 차원에서 실천의 차원으로 이행해간다. 시를 통해 무엇인가를 발견하고 드러내며 재현하는 것이 아니라, 다만 그렇게 해야 한다는 믿음과 그러한 믿음을 지키는 완고한 끈기를 지속한다. 바로 이러한 맥락에서 시집의 제목인 '가능주의자'는 선택된 것처럼 보인다. 그는 표제시에서 "저는 가능주의자가 되려 합니다/불가능성의 가능성을 믿어보려 합니다"라고 쓰고 있다(「가능주의자」). 우리는 이렇게 물을 수 있다. 어떤 일의 가능과 불가능을 판별하는 것보다 더 깊이 삶을 결정하는 것은 무엇인가 가능하다고 믿는 사람의 마음이 아닐까. 믿음의 무게를 가늠해보려 할 때 우리는 나희덕 시인이 선언한 '가능주의'에 대해서 신중하게 판단할 수 있는 것이 아닐까.

『가능주의자』의 후반부가 제시하는 것은 '자연을 보호해야 한다'라는 상투적 구호와 '자연을 보호해야 한다고 믿는다'라는 나희덕 시인 식의 표현 사이에서 고민해보는 순간이다. 그는 교조적 톤을 취하지 않고, 자연을 숭고한 것으로 떠받들지 않으며, 또한 자연과 소통할 수 있다거나 소통할 수 없다고 단언하지 않는다. 바로 이 머뭇거림에서 그의 실천은 정확해진다. 타자에 관한 한 우리는 모른다고 말할 수 있을 뿐이다. 모르지만 믿을 수 있을 뿐이다. 믿으며 기다릴 뿐이다. 그리하여 나희덕 시인이 자연을 대하는 실천의 방식은 머뭇거림을 지속하는 일이다. 그가 그리는 것은 함부로 손을 뻗지 않고, 그러나 곧장 손을 뻗을 수 있는 거리에서, 당신을 서성이는 자세이다.

나의 돌이 아니라 그냥 돌이 될 때까지

나를 더이상 바라보지 않을 때까지
그때까지만 곁에 두기로 한다

방생의 순간까지
조약돌은 날개나 지느러미를 잃은 듯 거기 놓여 있을 것이다
　　　　　　　　　—「그 조약돌을 손에 들고 있었을 때」 결말부

혁명적 시간과 흑백 풍경으로서의 시인

— 이기성, 『동물의 자서전』

1. 1970년과 2014년

지나간 시대를 어떻게 재현할 수 있는가. 떠나간 사람과 어떻게 목소리를 나눌 수 있는가. 이러한 물음을 던지듯 이기성 시집 『동물의 자서전』(문학과지성사, 2020)의 뒤표지에는 "오랫동안 1970년에 대해서 생각했다. 그리고 그것을 쓴다"라는 문장이 적혀 있다. 그런데 이 시집에서 '쓰다'라는 술어는 역사책이나 위인전의 방식으로 1970년을 기록한다는 의미와는 거리가 멀다. 오히려 시인이 표현하는 것은 그 무엇도 재현할 수 없다는 한계 인식과 막막한 느낌이다. 서시 「망각」은 다음과 같은 문장들로 시작한다. "이게 뭘까. 입속에 수북한 눈송이. 하얀 눈 흩어진 벌판에 나는 간히리. 하얀 사람이 되어가리." '망각'이라는 제목처럼 시인에게 잊힌 과거는 '눈송이'에 가까운 것, 즉 발음하려는 순간 혀끝을 얼어붙게 하는 싸늘함에 가까운 것이다. 말하기 위해서는 입을 비워야 한다. 그러나 한 마디도 말할 수 없는, 아니 한 걸음도 전진할 수 그 망각의 설워에 시인은 갇혀 있다. 그는 침묵을 견디며 아무것도 기록되지 않은 백지처럼 '하얀 사람'으로 굳어간다.

왜 그는 1970년에 관해서 말하기보다 침묵하는 것일까. 때로 우리가 섣불리 누군가에게 말을 건네지 않는 순간처럼, 침묵은 어떤 의미로 시인에게는 가장 정확한 표현인지도 모른다. 말할 수 없는 것 앞에서 침묵해야 한다는 정언처럼, 그는 1970년을 감히 재현할 수 없는 대상으로 삼는다. 그런데 한 번 더 묻자면, 왜 1970년인가. 1970년이라는 시간은 우리에게 어떤 의미를 던지는 것일까. 이러한 질문들에 답하려면 우리는 먼저 2014년 봄의 참혹을 떠올려보아야 한다. 이기성 시인의 비평집 『백지 위의 손』(케포이북스, 2015)의 머리말에서 그는 "우리 시대의 시에서 선언과 투쟁의 언어가 끝났다고 생각한 적이 있었다"라고 쓴다. 이어서 그는 2014년 촛불집회를 회상하며 다음과 같이 말한다.

> 지난해 봄에 하나의 거대한 선언과 조우하였다. 그러나 나는 검은 격류를 이루어 광장을 굽이치는 그 언어를 무엇이라 명명하지 못하겠다. 가늘게 타오른 한 자루의 촛불은 무수한 선언을 의탁한 언어, 언어들이었다. 곧이어 '인간의 말'을 되찾기 위해서 천 개의 혀들이 입을 열고 합창을 시작하였다. 그 언어들이 겨냥한 것은 현실 정치의 무능과 비천함이었겠지만, 궁극적으로 그 언어들은 정확하게 과녁을 향해 날아가지 못하였다. 그 언어들은 애초에 과녁을 향해 날아가기를 거부하는 부서지는 언어였고, 무능한 말이었던 까닭이다. 그러나 그 무능한 말들은 허공으로 흩어지면서 낯설고 새로운 형상으로 탄생하기 시작한다. 그것은 망루에서 추락한 철거민의 절규가 되었고, 자본의 콘크리트에 질식하는 강의 호흡이 되었으며, 크레인 꼭대기에 묶인 여린 육체가 되었다. 무능한 고백의 언어는 강철의 언어가 되었다.

윗글은 다음과 같은 장면들을 연상케 한다. 우리는 모두 2014년의 참혹을 각자 마주했다. 하지만 곧 사람들은 광장에 모여들었고 수많은 어깨가 서로 기댄 채 "인간의 말"을 노래하기 시작했다. 두 손으로 촛불을 소중히 하는 몸짓처럼, 그것은 어떤 의미로는 손쉽게 더럽혀지는 인간의 마음을 파수하려는 노력이기도 했다. 시인은 그 안에서 "거대한 선언"을 목격한다. 되살아난 선언과 투쟁의 불씨가 "한 자루의 촛불"을 이루어서 "현실 정치의 무능과 비천함"을 불사르고, 더 나아가 "망루에서 추락한 철거민의 절규"와 "크레인 꼭대기에 묶인 여린 육체"로 그 이후에도 지속함을 확인한다. 여기서 확신하는 것은 혁명의 현재성, 바로 죽음을 각오한 인간의 육체를 통해 지속하는 우리 시대의 혁명이다.

마찬가지로 1970년과 2014년을 '혁명적 시간'으로 포개어 생각할 때 우리는 『동물의 자서전』에 재현된 시간성을 정확하게 파악할 수 있다. "프라이팬에 올려진 책에선 좋은 냄새가 난다/조금 후엔 『혁명』의 가장자리가 누렇게 타버릴 것이다"(「햇빛」)라는 시구나 "자정의 종소리처럼 번쩍이며 공중에서 마구 쏟아지는 건? 우리가 한때 혁명처럼 소중히 간직했던 저건?"(「선고」)이라는 문장처럼, 시인은 줄곧 이제 먼 과거가 되어버린 어떤 순간을 어렴풋이 호명한다. 따라서 우리는 이 시집의 기획이 촛불혁명의 뿌리를 1970년으로부터 발견하는 것이자 2014년 이후라는 시간 안에서 1970년의 혁명을 생동하게끔 만드는 것임을 추측하게 된다.

이때 그의 비평에서 2014년의 혁명을 '합창'이라고 불렀던 것처럼, 그의 시집에서 1970년의 혁명은 춤과 노래로 비유되곤 한다. 혁명을 몽상하는 동안 인간은 "창고 속 늙은 혁명의 이마 위에서 틱틱톡톡 명랑한 벼룩의 춤을"(「도서관」) 추고 "지난밤의 별빛과 겨울의 입김과/자정의 촛불로/늙은 재단사의 외투를 입은 노래를"(「재단사의 노래」) 부른다. 다시 말해 혁명은 언어가 아니라 몸짓과 노래라는 '형상' 안에서 생동한다. 바로 이러한 테제에 기대어 1970년은 간간저으로 재현된다.

여기서 당신은 시를 낭독할 것이다 그것은 아마도…… 1970년은 당신
이 태어난 해입니다 당신은 뜨거운 입술과 검은 탯줄을 매달고 울음도 웃
음도 아닌 오직 사람의 얼굴로 외로운 청중이 당신의 목소리를 기다리고
있다 한 사내가 구불거리는 골목을 걸어가고 어디선가 서툴게 두드리는
피아노 소리가 들리고 그건 덜덜거리는 구식 재봉틀 소리는 아니고 까만
기름때 낀 남자는 화염처럼 진한 땀을 흘리며 쓰러지고 그것이 1970년입
니다 당신은 계속 읽는다 청중은 침묵하고 한 사람이 자신도 모르게 손가
락을 까닥거린다 그것은 어쩌면…… 우리는 그해에 무엇이 있었는지 모
릅니다 그리고 다음에도…… 먼 훗날 당신은 도시의 모퉁이를 걷고 있습
니다

—「사랑에 관한 시」 부분

전태일 열사의 마지막 투쟁을 연상케 하는 위 작품에서 1970년은 "한 사
내"가 쓰러져 간 순간으로 묘사된다. 한 사내는 서툰 피아노 연주 또는 낡은
재봉틀처럼 온몸을 다해 "화염처럼 진한 땀"을 흘리며 삶을 불태운다. 하지
만 사내의 삶은 끝나지 않는다. 누군가는 사내의 몸짓을 간직하고, 그가 섰
던 자리에서 시를 낭송할 것이다. 그렇게 1970년은 대화의 순간으로 이행한
다. 낭독자인 "당신"은 1970년에 탄생하여 "먼 훗날"을 향해 목소리를 건넨
다. 그런데 무엇이 낭독되는가. 시인이 거듭 강조하는 바는 우리는 "그해"
에 관해서 아무것도 모른다는 것, 그저 우리가 어떤 몸짓이나 어떤 순간을
향해 간절해질 수 있을 뿐이라는 사실이다.

여기서 우리는 '왜 시인은 말하기보다 침묵하는가'라는 질문에 답해보아
야 한다. 위 작품은 1970년의 "한 사내"를 전기의 방식으로 재현하기보다
혁명을 상징하는 이미지로 바꾸어놓는다. 이러한 상징화 방식은 그의 비평
집에서 살펴보았듯 혁명의 순간은 '의미하는 것'이 아니라 '과녁을 향해서
날아가기를 거부하는 것', 혹은 '낯설고 새로운 형상으로 탄생하는 것'이라
는 믿음과 관련할 것이다.[1] 다시 말해서 여기에는 어떤 실천을 '노동'이나

침묵과 쟁론

'운동'이나 '이데올로기'로 정의하지 않으려는 어떤 의식이 발견된다. 대신 알 수 없는 "무엇"을 간절히 호명하는 마음을 시인은 '사랑'이라고 말하고 있다.

혁명은 사랑이다. 그러나 이러한 시인의 테제가 우리가 행해야 할 것이 인간을 향한 환대라는 사실만을 암시하는 것은 아니다. 거기에는 진정한 혁명이란 어떤 의미를 깨닫거나 배우는 과정이 아니라, 어떤 순간과 눈을 마주치고 어떤 참혹과 살을 맞대는 사건 자체여야 한다는 함의가 깃든다. 시「죽을」에서 묘사하듯 사람은 "번쩍이는 빙판 같은, 참혹한 전쟁 같은" 도시의 눈동자와 마주해야 하고, 시「고기를 원하는가」에 그리듯 "어느 뼈아픈 시절의 고기"가 되어 던져지고 베어지고 씹히고 삼켜져야 한다. 요컨대 우리는 이 시대를 피부로 마주해야 한다. 피부로 세상과 맞닿을 때 참혹은 비로소 참혹으로 전해질 수 있다.

혁명이 사랑인 한, 혁명은 어떤 사람과 닮아가려는 마음이기도 하다. 이 시집에서 김수영 시인의 '풀'이 주요한 모티프가 되는 이유는 그 때문일지도 모른다. '풀'은 "우리는 조금씩 흔들리지만 누구도 풀이 아니기 때문에 여기에 있다"(「풀이 되다」)라는 문장처럼 현재를 벗어날 수 없는 절망의 상징이 되거나 "먼지와 마른 풀"이 가득한 "밤의 벌판에 직립한 채 목적에 당도할 문장을 기다렸다"(「시인의 죽음」)라는 문장처럼 어떤 기다림의 상징이 된다. 한 시인의 시어가 한 시인에게 전해질 때 비로소 시는 두 사람을 하나의

---

1 이기성 시인의 평론 「별종들의 발생학」에는 시 쓰기가 다음과 같이 정의된다. "시 쓰기는 관습화된 미학의 영토로부터 보이지 않는 출구를 찾아내 낯설고 새로운 세계를 찾아 떠나는 언어의 도정이라 할 수 있다. 산문화된 일상과 완고한 사유의 각질을 파괴하는 시적 에너지는 끝없는 변화와 갱신의 열망으로 발화된다. 언어의 불꽃들이 점화한 낯선 감각은 기존의 의미화 체계와 권력적 언어의 지층을 폐허로 만들고, 그 텅 빈 평면 위에 이질성의 세계를 펼쳐 보인다."(『백지 위의 손』, 케포이북스, 2015, 11쪽)

순간으로 묶는다.

그렇다면 시 또한 혁명이라고 말할 수 있지 않을까. 더 나아가 시 쓰기는 사랑이라고 말이다. "지난 생에 당신은 나를 낳았고, 이승에서 나는 당신보다 백 살은 더 늙었으니 이제 우리는 무엇을 낳을까?"(「구빈원에서의 하루」)라고 시인은 묻는다. 그렇게 시인은 홀로 걷는 자가 아니라 수많은 시대와 나란히 걷는 자가 되어간다. 그는 건네받고 건네는 관계 안에서 혁명과 시 쓰기를 이해한다. 또한 시 쓰기는 서로 다른 시대를 하나의 닮음으로 묶는 대화다. 그렇기 때문에 이기성 시인은 다음처럼 단언할 수 있다. "사람들은 영영 깨어나지 않고 백 년 동안 검은 전염병이 창궐한 뒤에도 나는 살아남을 것이다."(「이야기」)

2. 천연색의 소음으로부터 흑백의 고요함으로

돌이켜보면 이기성 시인의 첫 시집 『불쑥 내민 손』(문학과지성사, 2004)에서 삶이란 매번 끈끈한 오물처럼 "찔꺽찔꺽 들러붙는"(「열정」) 감각으로 형상화되었다. 지하철에서 친절을 강요하는 타인의 '손', 일상과 노동에 삶을 묶어놓는 '넥타이', 옷을 더럽히는 '얼룩'과 방을 메우는 '쉰내' 등 타자·세계·사물 등 모든 것이 환멸의 대상이 되었다. 이후 총 다섯 권에 이르는 시인의 시 쓰기는 삶을 견디는 작업이었다고도 볼 수 있다. 이 과정에서 그의 시는 차츰 '끈끈한' 세계를 환멸하는 태도로부터 세계를 변혁하는 출구를 모색하는 작업으로 이행해간다.

그의 시에서 '혁명'이라는 시어는 본래 닿을 수 없는 어떤 유토피아적 장소를 의미했다. 세 번째 시집 『채식주의자의 식탁』(문학과지성사, 2015)에 수록된 「직업의 세계」라는 제목의 작품에서 시인은 그 누구도 바라보지 않은 낮은 장소에 돌보아야 하는 마음이 있다고 말한다. "겨울이 와도/혁명이 일어나도/저 광활한 바다의 고독을/아무리 손을 뻗어도 닿지 않는 그곳을" 향해서 인간은 더 낮은 자세를 취해야 한다.

　　여자의 넓적한 입술 기다란 목 무신경하게 보도의 경계를 밟고 선 두 발보다 먼저 눈에 들어온 것은 그녀의 파라솔. 새하얀 비단 위에 분홍꽃 활짝 핀, 끔찍하게 화사하고 환멸의 구두코에 떨어진 쨍한 웃음처럼 명랑한.
　　그러니까 당신은 1930년대식으로 마르크스걸,이라고 말하려는데, 쪼그라든 입에서 딸꾹질처럼 솟구치는 기침. 처참한 질투가 햇빛처럼 터져 나온다.
　　　　　　　　　　　　　　　　　　─「시인은 질투 때문에 죽는다」 부분

　　하늘에서 폭죽처럼 붉은 울음이 터지고 늙은 시인들이 거리로 쏟아져 나오고 혁명의 기차들은 민둥산으로 달려가고 사람들은 자꾸 작아지고 작아지다가…… 눈먼 연인들처럼 다른 골목에서 애타게 서로를 찾아 헤매고 있는데
　　무너진 담벽 아래 쭈그리고 앉은 시인은 두꺼운 표지 속에 뭘 숨겼습니까? 그가 뭘 다시 가져갔습니까?
　　나에게 남은 건 찢겨진…… 다만 오늘의 파란 하늘……
　　　　　　　　　　　　　　　　　　　　　　─「연인들」 부분

　　다시 새 시집으로 돌아오면 시인에게 생생한 '지금─여기'는 여전히 환멸의 대상이 된다는 사실을 확인할 수 있다. 시 「시인은 질투 때문에 죽는다」는 '1930년대식 마르크스걸'을 자신의 포즈로 삼는 한 여자를 '끔찍하게 화사한' 모습으로 형상화하는 작품이다. "파라솔"과 "분홍꽃 활짝 핀" 비단 등 과장되게 꾸민 옷차림을 강조하면서 여자는 희화화한다. 이러한 과장에는 혁명이 포즈가 되어서는 안 되는 것, 그리고 과거는 현재로 패러디되어서는 안 된다는 인식이 깃든 것이 아닐까. 시 「연인들」에서는 "혁명의 기차들"과

"사람들"이 "눈먼 연인들처럼 다른 골목에서 애타게 서로를 찾아 헤매고" 있는 모습이 그려진다. 바로 이것이 시인이 혁명을 이해하는 정확한 방식인 지도 모른다. 혁명과 인간의 조우는 이 시집에서 애타게 모색할 수밖에 없 는 사건이고, 반면 현재는 '찢어진 파란 하늘'인 것이다.

　여기서 우리가 발견할 수 있는 것은 색채어·음성어의 특수한 활용이다. 시인에게 현재는 "분홍꽃", "파란 하늘", "딸꾹질", "솟구치는 기침"처럼 선 명한 색채나 소리로 드러난다. 그러나 그것은 언제나 불쾌하거나 불완전 한 '지금-여기'의 현실을 가리킨다. 이를테면 "여긴 시끄러운 동물이 많군 요"(「동물의 자서전」)라고 말할 때 시인은 소음일 뿐인 현실에 관해서 말하는 듯 보인다. 이와 대조적으로 "그 조용한 시절은 어디로 갔을까?"(「적막」)라고 물을 때 그는 번잡한 색채와 소음에서 벗어난 혁명의 순간을 꿈꾸는 것처럼 보인다.

　　검은 종이에 무엇을 쓰려고 연필을 들었습니다. 우린 너무 멀리 있군 요. 하지만 당신의 숨소리가 나를 재우고 나를 깨우는군요.

　　밤에 하늘은 검은 종이처럼 검고 아침에는 모든 것이 희고 고요하고, 고요한 것이 또 있습니다.

　　나는 그것이 당신의 얼굴이라고 생각했습니다. 당신의 얼굴에 무엇을 쓰려다가 그냥 종이일 뿐이라고 생각했습니다.

　　검은 밤 속의 당신은 너무 검고 흰 종이 위의 당신은 너무 하얗습니다. 밤의 아이처럼 눈을 감고 검은 종이에 무엇을 쓰려고 연필을 들었습니다 만,

— 「밤의 아이」 전문

그의 시 전체에서 삶은 낙인처럼 다루어졌다. 그렇다면 시인은 삶의 굴레를 벗어던지기 위해서 혁명을 갈망한다고 볼 수 있지 않을까. 위 작품에서 '나'는 닿을 수 없는 위치에 있는 "당신"을 마음속으로 그린다. 밤은 "검은 종이처럼 검고" 아침은 '하얗다'라는 평범한 진술에는 당신을 제외한 "모든 것이 희고 고요하"다는 마음이 암시된다. '나'를 깨우는 것은 "당신의 숨소리"이고, 내가 꿈꾸는 것은 "당신의 얼굴"이다. 그 이외에 모든 사건이나 배경은 위 작품에서 흑백의 배경으로 소거해간다. 그러나 당신에게 닿을 수도, 당신을 그릴 수도 없기 때문에 이 시는 미완의 형식으로 마무리된다.

혁명을 꿈꾸는 자에게 현실은 빛바랜 풍경에 지나지 않을 것이다. 시인이 사랑하는 것은 현재가 광채를 잃고 시드는 순간 비로소 찾아오는 고요함이다. 결국 이 시집이 형상화하고 있는 또 다른 측면은 '혁명'의 추구라기보다 자기 자신을 이 시대와 떼어놓는 흑백의 존재론이다. 마침내 "물을, 물을 딱 한 잔만 마실 수 없겠습니까?"(「선고」)라고 신음할 때, 시인을 살게 하는 생명수는 오직 '지금-이곳'의 바깥에서만 발견될 수 있는 것이다. 그러나 어떤 인간도 자신이 속한 시대와 장소를 떠날 수 없다. 그렇기 때문에 시 쓰기는 아프게 지속한다. 마침표가 찍힐 수 없다.

결국 흑백과 침묵의 상징들이 가리키는 바는 다음과 같을 것이다. 시인은 시대착오가 되기 위해서, 어떤 시대에도 속하지 않기 위해서, 그리하여 영구적으로 혁명적 시간을 살기 위해서 쓴다. 따라서 그의 시집에서 '혁명'이라는 단어는 어떤 시대의 사건을 재현하는 데 활용되지 않아도 좋다. 혁명은 다만 현재를 지연시킨다. 그것은 세계를 탈색시키고 침묵하게 만든다. 그리하여 이 시집에서 '헤매다'라는 술어는 부정적 의미를 지니지 않는다. "하얀 햇빛 속에서 새를 부르며 하루를 보냈던 적이……"(「새야」) 있다고 쓰거나 "내 생에 어떤 낯은 꽃을 사고 어떤 날은 꿈에서 깨지 않았다"(「꽃을 사는 저녁」)라고 쓸 때, '새'를 찾지 못하고 '꿈'에서 되돌아오지 못하는 상황은 비극이 아니라 현실을 거부하는 완력을 암시한다.

 그렇기 때문에 그의 시는 정확한 위치에서 멈춰 서는 것이다. 왜 그의 시집에서 거듭 혁명은 소망의 대상으로만 나타나는가. 왜 1970년은 신비로운 이미지 뒤로 물러나는가. 그것은 혁명가로 자처하는 포즈를 피하고 지극한 대화로 나아가려는 신중함이다. 모호한 이미지는 현실 부정으로만 이해되어서는 안 된다. 이 시집의 마지막 시 「노래」에서 시인은 "그에게서 훔친 푸른 조약돌을 꼭 쥐고 너는 영원히 죽은 자의 얼굴을 가지게 하리"라고 쓴다. 이 시집에서 가장 소중히 다뤄지는 것이 있다면 그것은 "푸른 조약돌"처럼 빛나는 "죽은 자의 얼굴"이 아닐까. 이 시구는 가장 간명한 실천을 제안한다. 그것은 인간은 서로 얼굴을 마주 보아야 한다는 것, 그 마주 봄을 소중히 전하고 전해 받는 관계 안에서만 혁명은 지속할 수 있다는 사실을 뜻한다.

침묵과 쟁론

침묵과 쟁론

— 안태운 시인의 침묵하는 능력에 기대어

1. 침묵을 향한 말 건넴

> 오직 타자로부터, 죽음을 통해서만 배울 수 있다. 어떤 경
> 우든/어쨌든 타자로부터 삶의 가장자리에서, 내적인 가장
> 자리 또는 외적인 가장자리에서, 그것은 삶과 죽음 사이에
> 서 이루어지는 타자에 의한 교육인 것이다.
>
> — 자크 데리다

수사적으로, 그러나 고통스럽게 다음과 같이 말할 수밖에 없을 것 같다.
2020년대의 문학은 어떤 외상적 기원 위에 성립되어 있다. 장르는 이제 문
학의 내용이나 형식을 통해 규정할 수 없는 대신 어떤 외상적 기원을 공유
하느냐에 따라서 유추될 수 있다. 페미니즘 문학이 강남역에서 일어난 살인
사건을 떠올릴 수밖에 없듯, 생태주의 문학은 후쿠시마 원전 사고를 상기할
수밖에 없다. 물론 사건들의 상기는 더 먼 과거로 소급될 수 있다.

그러나 핵심은 상기의 대상이 아니라 상기의 방식이다. 우리 시대는 과거
의 사건을 떠올리면서 잃어서는 안 될 어떤 유일한 본질이나 존재의 원형을

회복할 수 있을 것처럼 보이지 않는다. 정반대로 사람들은 제각기 다른 방식으로 과거를 재현하면서 그것을 자신의 삶을 정당화하는 데 이용하는 것처럼 보인다. 과거는 과거'들'로 분해되어 수많은 해석의 갈래에 휩쓸려가고 있으며, 교묘한 정보의 알고리즘은 과거에 대한 선택적 이해를 부추기는 데 활용된다.[1] 이 테제가 사실이든 아니든 우리는 '해석'이나 '재현'의 방식과 거리를 둔 채 조금 다른 방식으로 과거를 숙고해보아야 하지 않을까. 차라리 과거는 재현 불가능한 것이라고 말해보자. 과거는 문학 안에 살아 숨쉬는 것이 아니라 문학 곁에서 유령처럼 떠도는 것이라고 말한다면 어떨까. 과거는 항상 침묵한다고 말이다.

무엇보다 우리는 2014년의 참혹을 기억하며 기억한다는 행위 자체를 반성할 수밖에 없게 되었다. 쓴다는 것은 무엇인가. 가늠할 수 없는 당신의 고통. 그 앞에서 누구도 그것을 대신 증언할 수 없으며, 하물며 그것이 '있다'고 말하는 것조차 섣부른 일이다. 그래서 우리는 단지 이해 불가능한 흔적을 보고 있다고 쓸 수밖에 없다. 타자를 향해 손이 전진할 수 있는 최대치는 피부다. 바로 이러한 한계 인식에 따라서 타자의 마음은 헤아릴 수 없지만 우러러보아야 하는 대상, 요컨대 숭고한 것으로 간주할 수도 있을 것이다.

이와는 반대로 어떤 사람이 겪은 고통이나 슬픔을 가늠하려고 할 때, 더 나아가 누군가가 부당하게 겪을 수밖에 없었던 참혹에 대해서 공동체를 위한 '아름다운' 희생이라거나 정반대로 공동체에 의한 '잔혹한' 피해라는 꼬리표를 붙일 때 그들은 무엇을 행하는 것일까. 타인을 연민하는 사람의 선

---

1 다큐멘터리 〈소셜 딜레마〉(2020)에 출연한 실리콘 밸리의 전문가들은 인터넷과 SNS가 우리의 편향확증을 유도하는 알고리즘으로 짜여 있다고 설명한다. 지구 온난화 현상을 믿는 사람이든 그것이 거짓이라고 의심하는 사람이든 구글 검색엔진과 SNS는 그의 신념을 보충할 만한 자료와 신문기사를 보여주도록 설계되어 있다. 왜냐하면 그것이 검색엔진과 SNS를 오랫동안 사용하도록 만들어주기 때문이다.

침묵과 쟁론

량한 의도와는 무관하게 자칫 그것은 한 사람이 한 사람을 자신의 마음에 비추어 환원하는 과정에 치우쳐버리게 될 수도 있지 않을까. 인간은 타인을 '나'와 비슷한 방식으로 생각하고 비슷한 방식으로 세상을 느끼는 동일자로 상상할 때만 그를 대신해 증언할 수 있기 때문이다.

그리하여 적어도 타자의 고통은 감히 내가 가늠할 수 없는 것이며, 그래서 과거는 침묵한다고 말해보자. 그러나 이것으로 모든 문제가 해결되는 것은 아니다. 침묵하는 자세 또한 착취당할 수 있다. 영국 출생의 프랑스 학자 로베르 포리송(Robert Faurisson, 1929~2018)은 바로 이 침묵을 교묘하게 이용하여 아우슈비츠를 부정하는 궤변을 구성한 바 있다. 어떤 고문이나 학살처럼 고통의 체험을 입증하려면 증언이 필요할 것이다. 그런데 아우슈비츠의 가스실을 증언할 수 있는 사람은 어디 있는가. 포리송은 "나는 나에게 정말로 자기 두 눈으로 가스실을 본 적이 있다는 것을 증명해줄 수용자를 한 명이라고 찾아보려고 했지만, 헛수고였다"라고 말하며, 따라서 가스실은 존재하지 않았다고 주장한다.[2]

이 교묘한 궤변은 죽은 자는 침묵할 수밖에 없기 때문에 포리송 자신이 그 침묵의 의미를 마음대로 규정해도 좋다는 폭력적인 전제에 기초한다. 장 프랑수아 리오타르는 이러한 불평등한 대화를 '쟁론(différend)'이라고 이름 붙인 바 있다. 그에 따르면 쟁론이란 "원고가 논변의 수단을 박탈당하고 이 사실 때문에 희생자가 되는 그런 경우"를 뜻한다.[3] 예컨대 쟁론은 죽은 자와 산 자가 동등한 말의 권리를 소유하지 않았기 때문에 발생한다. 포리송은 일방적으로 말할 수 있는 권리를 행사하며 아우슈비츠의 희생자들이 침묵할 수밖에 없다는 사실을 '아무 일도 없었다'라는 의미로 규정한다. 그러나

---

2   장 프라수아 리오타르, 『쟁론』, 진태원 역, 경성대학교 술판부, 2015, 20쪽.

3   위의 책, 30쪽.

과연 침묵하는 자는 우리에게 아무것도 말하지 않는가. 오히려 침묵은 그 자체로 더 많은 것을 우리에게 드러내 보이지 않는가. 또한 침묵의 의미는 단수가 아닐 수 있으며, 침묵하는 자세 또한 하나일 수 없는 것은 아닐까.

타자는 숭고하다. 다시 말해서 대신 증언할 수 없는 타자의 고통은 숭고하며, 그 앞에서 우리는 침묵해야 한다. 그러나 말하지 않는 것이 말할 수 없음을 뜻하는 것은 아니다. 우리는 침묵과 침묵의 능력을 구분해야 하며, 때로 시인들이 침묵하는 자로부터 어떤 의미를 읽어내려 할 때, 그리고 때로 시인 자신이 도리어 침묵하는 자세를 취할 때도 각 자세가 지닌 고유성을 주목해야 한다. 그리하여 넓게 숭고한 타자에 '대해서' 말하는 것과 숭고한 타자를 '향해서' 말하는 것을 구분하도록 하자. 타자에 대한 말하기란 포리송처럼 당신의 삶을 짐짓 넘겨짚어서 대신 증언하는 것이다. 이와 달리 타자를 향해서 말한다는 것은 당신을 향해 육박해가는 자기 자신의 고유한 자세에 대해서 말한다는 의미에 가깝다. 우리는 우리 시대를 이루는 외상적 기원과 마주하는 순간, 시인들의 시 안에서 말의 한계와 침묵의 능력이 시험받는 것을 목격한다. 그리고 우리들은 그러한 작품을 마주할 때 어디까지 당신을 '향하고', 어디서 말을 중단하는 것이 정확한 침묵인지 되묻게 된다.

2. 침묵하고, 기억하고, 남겨둘 것

말한다는 것은 말하려는 의지를 갖는다는 것을 뜻한다. 하지만 안태운 시집 『산책하는 사람에게』(문학과지성사, 2020)는 말을 건네는 데 어려움을 겪고 있는 사람의 자조로 채워져 있는 듯하다. 서시 「빈방의 빛」은 다음과 같은 문장들로 시작한다. "그제 밤에는 빈방의 빛에 대해서 써야 한다고 생각하다가 잠들었습니다. 빈방의 빛이라니, 나는 몇 년 전 밤에도 그것에 대해서 써야 할 것이라고 생각하며 잠들었던 것 같은데. 하지만 생활을 하면 빈방은 잃어버리고 어느새 사라지고 문득 그런 게 있었다니." 이 작품의 화자는 빈방에서 홀로 읊조리듯 말한다. 또한 '빈방의 빛'에 대해서 써야 한다고 오랫동안 생각했다고 말하면서도, 왜 빈방의 빛이 자신에게 소중한 것인지 밝히지 않는다. 쓰지 못하는 무능력을 확인하는 내용과 빈방에 갇혀서 독백하는 듯한 어투가 이 시의 무미건조한 미감을 자아낸다. 무엇보다 말하려는 의지보다 말하지 못했다는 후회가 시를 압도하는 것을 우리는 확인한다. 그리하여 「빈방의 빛」은 "빨래를 널어놓은 채 오래 걷는 사람이 되어야 한다고, 그렇게 스쳐 갔고, 어느 순간 나는 빈방의 빛 속에서 말라가고 있었고 그러니까 오늘 오후는 여기까지."라는 미완의 문장으로 마무리된다. 이렇게 급격하게 마무리되는 형식은 말할 의지를 상실한 사람의 목소리를 닮았다. 또한 빈방에서 말라가는 빨래 곁에서 '나'는 매일 침묵하는 '오늘 오후'를 반복하며 쇠진해갈 것이다.

무엇을 말하고 있는 걸까. 독자들은 안태운 시인의 시에서 중요한 메시지가 무엇인지 좀처럼 파악하기 어려울 것이다. 왜냐하면 시집 『산책하는 사람에게』(문학과지성사, 2020)에 묘사되는 대부분의 사건은 놀라울 것 없는 우리의 일상이기 때문이다. 빈방에서 빗질하거나 창문을 열거나 반려견과 함께 산책하거나 오래된 녹화 영상을 보는 행위 등 단조로운 행위가 시의 주요한 모티프가 된다. 그리고 그때마다 문득 '나'는 일상 안에서 지나간 옛날이나 오래된 사물을 떠올리지만, '나'가 떠올리고 있는 과거의 실체가 무엇인지 좀처럼 작품 안에 드러나지 않는다는 것도 시의 파악을 어렵게 만든다. 분명한 것은 단지 '나'는 문득 혀끝을 맴도는 과거에 대해서 독백하다가 다시금 사소한 일상적 행위로 되돌아오는 징후를 보인다는 점이다.

　　지나가버린 편지. 이미 쓴 편지. 못 건네 편지. 너는 훗날 수신인을 되
　살려내 그제야 편지를 건네려다가도 문득 망설이지. 편지의 내용과 달라

져 있는 네 마음을 들여다보고 있었으니까. 어떻게 변화했는지. 이제 너는 그 마음에 대해서 또한 썼다. 편지에 대해 편지 쓰는 사람이 되어서. 편지의 편지를. 편지 쓴 순간부터 서서히 변화해온 것들에 대해서. 그렇게 두 편지를 나란히 놓고 바라보고 있지. 이제는 순서를 거꾸로 해서 읽어보고. 또 되풀이해서. 그 사이에서 어떤 감정이 생겨날까. 편지. 너는 물성과 상실에 대해서 생각해. 두 편지를 접어 패를 섞듯 섞었지. 너는 오래 눈 감은 채 두 편지를 바라보았다.

—「편지에 대해 편지 쓰는 사람을」 전문

마찬가지로 '너'는 편지를 건네지 못하고 망설이는 것일까. 그 이유에 대해서 시인은 "편지의 내용과 달라져 있는 네 마음을 들여다보고 있었으니까"라고 쓴다. 편지를 적은 순간의 마음과 현재의 마음은 다를 수 있다. 그런데 그것이 편지를 전하지 못하는 이유가 되는 것을 왜일까. 아마도 자신의 마음을 온전히 전하고자 마음먹을 때 '편지'에 적은 내용이 불충분해 보였기 때문일 것이다. 따라서 '너'는 "편지 쓴 순간부터 서서히 변화해온 것들에 대해서" 덧붙여 적어보기도 하고, 또 과거의 편지와 이후의 편지를 나란히 놓고 비교해보기도 하면서 시간에 따라 달라진 "어떤 감정"에 대해서 떠올려본다. 마음을 전한다는 것은 무엇일까. 그리고 마음을 전하는 시차(時差)란 무엇일까. 바로 이러한 질문들이 이 작품 안에 깃들어 있다.

근본적으로 이 작품에서 '편지'가 문제시되는 이유는 그것이 타자의 마음을 오롯이 이해하는 수단으로 간주하고 있기 때문이다. 정확하게 당신을 이해하지 못할까 봐, 혹은 정확하게 당신에게 내 마음을 전하지 못할까 봐 편지를 건네지 못한다. 편지로 당신의 전 존재를 이해할 수만 있다는 확신이 든다면 그들은 망설이지 않을 것이다. 하지만 안태운 시인은 실패한 소통만을 열거하는 것처럼 보인다. 어떤 말은 "지나가버린 편지"처럼 너무 늦었거나 "이미 쓴 편지"처럼 너무 이르기 때문에 타인에게 전할 수 없다. 이처럼 안태운 시인은 바로 시간의 어긋남으로 인해서 실패한 대화들을 열거하고 있다.

그런데 우리는 바로 그러한 실패한 소통 안에서 소통의 더 근본적인 본질을 찾을 수 있지 않을까. 어쩌면 편지로 마음을 전할 수 없다는 사실보다 편지로 당신의 마음에 다가가려는 태도가 더 소중한 것이다. 때로 편지는 마음을 온전히 담지 못할 수도 있고 뒤늦게 전해질 수도 있다. 그 작은 어긋남조차 견디지 못하는 마음을 우리는 이 작품에서 확인한다. 시인이 편지를 깊이 사색하는 태도는 결국 타인에 대한 지극한 이해의 열망을 드러내는 것이기도 하다. 따라서 중요한 것은 마음의 변해간다는 사실이 아니라, 변해가는 마음의 시차를 향해 "어떤 감정이 생겨날까"라고 묻는 지극한 관심이다. 그렇기 때문에 "너는 오래 눈 감은 채 두 편지를 바라보았다"라는 마지막 문장의 역설처럼, 말이 서로에게 전해지지 않을 때도 '눈 감은 채' 사람은 서로를 '바라본다'라는 불가능한 노력이 요구된다. "떠난 후 냇가에서 흐르는 소리를 듣고 있었지. 그러나 냇가가 버린 무음을"(「그것을 필요로 하지 않는 움직임」)이라는 문장처럼 강물 소리 이면의 침묵조차 놓쳐서는 안 된다고 적은 이유도 그 때문일 것이다.

정체를 알 수 없는 무력감과 상실감, 그러나 끊임없이 회상해야 한다는 강박증은 시집의 끝까지 지속한다. 그리고 우리는 이 시집의 마지막 장을 이루는 산문 「계절 풍경」에서 비로소 슬픔의 근원을 어렴풋이 확인하게 된다. 이 글은 세월호 참사를 애도하기 위한 '304낭독회'를 떠올리며 마무리된다. 비로소 우리는 이 시집에서 행하려는 것이 하나의 애도 작업과 무관하지 않다는 사실을 깨닫게 된다. 산문 「계절 풍경」을 좀 더 면밀히 살펴보자. 이 글은 여름부터 봄까지의 시간 동안 사랑하는 이를 상실한 사람의 내적 변화를 그리는 작품이다. 여름 동안 그들은 함께 웃고 거리를 거닐었다. 그러나 여름의 시간 끝에서 당신은 "정말 떠나버리고" 만다. 당신을 잃고

난 가을 동안 함께 살던 '집'은 당신의 흔적으로만 보이고, 헌 의자를 새 의자로 바꾸는 것조차 어려운 일이 된다. 겨울 동안 '나'에게는 평온하게 일상을 반복하는 사실이 여전히 낯설다. 그가 "집으로 돌아가는 것이 그러니까 귀가하는 것이 그 귀가가 맞긴 한 건지"라고 되뇔 때 우리는 그가 어디에도 마음의 정처를 마련하지 못한다는 사실을 확인한다. 하지만 끝내 시인은 아픈 상실에도 찾아오는 봄에 대해서 말한다. 이 산문의 마지막 부분을 일부 인용하면 다음과 같다.

> 마침 오후 4시 16분으로 시간은 흐르고 있었으니까 그 시각에 시작하는 낭독회에 갈 수도 있었지. 사람들은 모여들고, 차례차례 호명되어 앞으로 나와 텍스트를 낭독한다. 그 낭독을 듣고 있으면 울음과 웃음이 나오는 순간도 있었어. 하지만 이 낭독회는 울음도 웃음도 어울리지 않는다고 의식했다. 그럼 무엇이 어울리나, 무엇에 어울리지 않나, 그래, 집으로 돌아가면서는 참지 않아도 좋았을 거라고 생각했지. 낭독회를 마치고 사람들은 각자 흩어지고 있었지. 그렇게 수행하고 기억하고 모였다가 흩어지면서 남겨둘 건 남겨둠으로써 집으로 향하고 있네. 봄밤이 오고 있었다. 봄밤은 지나가고 있었지. 지나갈 때 보이는 상호와 표지판의 글자들을 소리 내 중얼거려보고, 나는 처음 한글을 배우듯이 또렷또렷 발음해보고, 물이삭과 늘풀을 스쳐 가면서 눈을 크게 뜬다. 봄밤이 되어서는 떠올려볼 수 있는 것들이 많았다. 거닐면 봄밤이 나를 떠올려볼 수도 있을 것 같았지.
>
> ─「계절 풍경」 부분

안태운 시인이 제안하는 애도의 윤리는 무엇인가. 먼저 그는 말하기보다 감춘다. 이를테면 그는 4월 16일에 일어난 세월호 참사를 추모하기 위해 4시 16분에 열리는 '304낭독회'에 대해서도 "그 시각에 시작하는 낭독회"라고 간접적으로 언급하고 있을 뿐이다. 그다음 그는 상실한 자들의 마음을

침묵과 쟁론

연루시킨다. 인용부에서 사랑하는 이를 잃은 사람의 마음과 304낭독회에 참여하는 사람들의 목소리를 포개어서 읽는다. 마지막으로 그는 어떤 상실에 대해서 아무런 평가나 의의를 매기지 않은 채 다만 감당한다. 심지어 304낭독회에 대하여 시인은 "이 낭독회는 울음도 웃음도 어울리지 않는다고 의식했다."라고 쓴다. 그는 추모하는 동안 어떤 감정을 느낀다고 단정하는 것조차 어울리지 않는다고 생각한다. 그렇다면 이 작품은 타인의 비극에서 공포와 연민을 느끼는 카타르시스도, 상실감을 승화시켜 일상으로 돌아가는 애도 작업의 완수와도 거리가 멀다고 볼 수 있다.

그렇다면 시인이 제안하는 대안적 윤리는 무엇인가. 그것은 슬픔을 완수하지 않는 것이다. "그렇게 수행하고 기억하고 모였다가 흩어지면서 남겨둘 건 남겨둠으로써" 각자 몫으로 남겨진 애도의 아픔을 끈질기게 간직하는 것이다. 매 순간 이 세상을 살아가는 일이 기적인 것처럼 "처음 한글을 배우듯이 또렷또렷 발음해보고" 세상을 대하는 것을 시인은 제안한다. 당신 없이 세상을 살아간다는 것은 새로운 모국어를 배우는 일과 같다. 그리고 그것이 슬픔을 완수하지 않는 원칙과 연결된다는 매번 생생한 상실감과 마주한다는 의미와도 통한다. 이 시집 전체에서 실천하고 있는 애도의 원칙은 바로 그 생생한 절망이다.

표면적으로 그의 시에 나타난 화자는 때로 유약한 어린아이나 무기력증에 빠진 사람처럼 보인다. 슬픔에 잠긴 자에게는 하루를 평범하게 산다는 것조차 힘겨운 일이다. 그런데도 상실감과 무기력함을 승화시키는 대신 그것을 자기 몫으로 받아들이면서, 그렇게 그는 잊지 않아야 한다고 말한다. 그리고 "봄밤이 되어서는 떠올려볼 수 있는 것들이 많았다. 거닐면 봄밤이 나를 떠올려볼 수도 있을 것 같았지."라고 그가 말할 때, 시인이 '나'와 세상이 서로 부듯듯 서로를 떠올리는 어떤 기적 같은 순간을 꿈꾸고 있음을 확인한다. 여기서도 우리가 확인하는 것은 잊지 않는 것, 서로를 떠올리는 것이야말로 안태운 시인이 제안하는 너무나도 간명한 애도의 윤리라는 사실이다.

3. 당신의 눈높이에서

안태운 시인은 말하기보다 침묵한다. 그리고 그가 침묵하는 이유는 타인을 잊기 위해서가 아니라, 어떤 말로서 당신을 향한 자신의 감정이나 삶의 태도를 한정하지 않으려는 마음에 기초한다. 우리는 그의 시 안에서 타인의 애도를 지속하기 위한 의지를 확인한다. 애도는 완수되지 않으며, 그는 끝까지 당신을 마음속으로 떠올리고자 한다. 그러나 이러한 지극한 애도를 모든 사람을 위해 행할 수 있을까. 여기서 우리가 유념할 것은 안태운 시인이 모든 타인의 죽음을 애도할 수 있는 비범한 윤리를 선언하지는 않는다는 점이다. 그저 그는 자기 곁의 사람들을 애도하는 평범한 사람의 마음으로 세상을 바라보고 있을 뿐이다.

오히려 시인은 대다수의 사람에게 조심스럽게 거리 둔다고, 이를테면 어떤 사람이 자신에게 소중해지는 일이 두렵다는 듯 타인 앞에서 자신이 '서성거린다'고 말하고 있다. 요컨대 시인은 "멀쩡한 풍경 속에 있었는데도 이국 정서"(「이국 정서」)라고 표현하거나 "나는 누군가를 서성여보았죠"(「행인들」)라는 문장처럼, 다정한 대면이 아닌 어색하고 서늘한 서성거림이야말로 그가 택한 세계와의 조우 방식이다. 그는 하나의 풍경화를 감상하듯 마음속의 거리를 둔 채 인간을 바라본다. 시 「인간의 소리」에 묘사되는 사람들은 동물을 흉내 내는 인간 군상으로 묘사되는데, 시인은 그들을 "끝없는 인간의 소리. 끝없는 들판이로군요. 지평선뿐이로군요"라고 풍경화한다.

그런데 흥미로운 점은 익명의 타인들에게 거리를 두는 시인의 태도가 동물에게는 적용되지 않는다는 점이다. 오히려 시인은 인간과 동물을 동등하

침묵과 쟁론

게 바라보거나 동물에 더 깊은 관심을 품는 것처럼 보인다. 예컨대 외딴 시골길에서 만난 소의 울음을 들으며 시인은 다음과 같이 말한다. "그의 자장가는 이국의 언어와 목소리로 들렸고 나는 못 알아들었으므로 다만 속으로 불렀어요."(「자장가」) 이처럼 동물은 사람처럼 언어를 사용한다는 인식을 통해서, 시인은 인간과 동물의 위계를 무화한다. 바로 이러한 맥락에서 자연스럽게 시인이 애도하는 대상은 인간뿐만 아니라 동물과 같은 타자로 확장된다.

> 공터를 잃었네. 있었는데. 옆 사람과 흰 개와 함께 공터 밖을 서성이고 있었는데, 공터를 잃었고 옆 사람은 회상하고 있다. 흰 개는 잃은 공터를 향해 짖고, 못내 짖다가도 지치기를, 나는 바라며 기다렸지만 이내 흰 개를 내버려둔 채 옆 사람과 함께 공터 밖을 산책한다. 둘레의 움직임을 만들면서 걷고 걷다가 내가 바라보는 건 과거의 공터, 고개를 천천히 돌리면 옆 사람을 텅 비우는 공터, 계속 걷자 공터를 처음 잃었던 지점에 도착했는데, 흰 개는 없었다. 짖음도 없었고. 흰 개야. 아무도 없어서, 흰 개가 어디로 갔는지 물어볼 사람도 없어서 나는 흰 개마저 잃어버렸네. 옆 사람은 나를 쓰다듬었지. 상심하지 말라고, 엎드려 흰 개의 흉내를 내며.
> ─「공터를 통해」 전문

지금까지 안태운 시인의 시에서 확인했듯 그의 작품에서 일관되게 어떤 장소나 사물은 눈앞의 대상인 동시에 회상의 대상이라는 이중성을 지닌다. 마찬가지로 "공터를 잃었네"라는 역설적 진술은 실상 사라질 수 없는 물질적 장소로서의 공터만을 가리키는 것이 아니다. 그것은 '옆 사람'과 '흰 개'를 잃고, 그들과 함께했던 공터에서의 추억만을 회상할 수밖에 없다는 말과 같다. 중요한 것은 이 작품에서 '나'와 '흰 개'와 '옆 사람'이 서로 애타게 찾거나 위로하는 관계로 그려진다는 점이다. 동물과 인간은 서로 감응하는 존재로 그려진다. 더 나아가 '옆 사람'이 "엎드려 흰 개의 흉내를 내며" 위로를 건넬 때, 우리는 더 극적인 감응의 노력을 확인한다. 타자의 아픔을 위로하기 위해 '옆 사람'은 '흰 개'의 자세를 취한다. 그것은 감응의 차원에서는 인간과 동물의 경계가 무의미해지는 순간을 그린다. 인간과 개는 서로를 위로하기 위해 눈높이를 맞추는 것이다.

감응의 눈으로 세상을 바라보는 자에게 세상은 "만나는 사람마다 넓어지는 수영장"(「미래는 수영장」)일 것이다. 안태운 시인은 잊지 않으려는 자이며, 잊지 않는 자에게 만남은 세상의 확장이나 다름없기 때문이다. 그는 타인의 물기에 젖는 것을 두려워하면서도 타인을 이해하려면 '수영장'처럼 넓은 타인의 마음으로 뛰어들어야 한다는 사실을 잘 안다. 물론 그는 타인과 어떤 공감에 도달한다고 말하지 않는다. 그는 "사위는 것들 사위어가고 나는 내 시간이라니 내 공간이라니"(「사위는 것들 사위어가고」)라는 독백처럼 '사위는 것'과 나의 시공간이 서로 별개라는 사실을 강조하면서 반문하고 있다. 동떨어진 타자를 향해서 무엇을 할 수 있을까. 마찬가지로 시인은 "멀리 있는 친구의 시퀀스를 떠올려보며/그 무엇이라도 떠올려보면서/나는 무슨 연습을 해볼 수 있을까"(「집에서 시퀀스를 연습하세요」)라고 묻는다. 이때 섣불리 무엇인가를 할 수 있다고 말하지 않는 것이 안태운 시인의 정확한 침묵이다.

> 안쓰럽다고 생각했어요. 도서관 안으로 새가 들어와 있다면. 들어와 나갈 곳을 찾지 못한 채 퍼덕거린다면. 시간이 흘러 바닥에서 죽은 듯 있다면. 나는 안쓰러워요. 하지만 안쓰러워하는 것과 인간화하는 건 다르다고 생각했습니다. 인간이 아닌 걸 인간이라고 말하지 말아요. 다만 안쓰러워하며 행동할 수는 있다고. 어느 날 나는 새를 통역하는 인간이 되고 싶다고 생각할 뻔하다가 흠칫 놀라서 도서관을 나섰습니다. 두 발로 일어나 나는 다만 하나의 인간이니 교정을 배회하며 미래를 계획했죠. 하지만 미래는 불투명하군요. 미래는 절망적이군요.
> ―「풍등」 부분

침묵과 쟁론

시인은 '안쓰러워하는 것'과 '인간화하는 것'의 차이를 분명히 구별하고 있다. 새를 인간에 비추어 이해해서는 안 된다. 새의 죽음을 불행으로 단정하고 안쓰럽게 여기는 것은 인간의 마음이지 새의 마음이 아니다. 새는 죽어가면서 무엇을 느낄까. "인간이 아닌 걸 인간이라고 말하지 말아요."라고 시인은 이해의 한계선을 긋는다. 그러나 그것이 이해의 열망을 포기해야 한다는 결론으로 이어지는 것이 아니다. "새를 통역하는 인간이 되고 싶다"라는 바람처럼 그는 새의 마음을 향해 나아가고 싶다는 열망을 드러낸다. 그것은 새를 새의 마음으로 오롯이 이해하고자 하는 불가능한 꿈이다.

　새의 마음은 인간의 마음으로 번역될 수 있는가. 시인은 그 물음에 대해 불투명하고 절망적이라고 답한다. 그러나 우리는 이러한 진술조차 근본적인 신중함으로 읽어야 하지 않을까. 함부로 새의 마음을 단정하지 않는 것, 단지 새를 연민하고 구조하려는 마음조차 인간의 것임을 분명히 하는 것에는 타자를 타자 그 자체로 여기고 함부로 그의 마음을 침범하지 않으려는 신중한 태도가 깃들어 있다. 그것은 앞서 제안한 것처럼 '당신을 향한 말하기'와 '당신에 대한 말하기'의 구분과도 닮았다. 안태운 시인은 당신을 '인간화하는 대신' 그저 당신을 향해 말할 뿐이다. 그리고 당신을 이해할 수 있다고 말하는 대신 그는 당신을 이해하지 못하는 것이 당연하다고, 당신의 마음은 당신의 소유라고 말하는 것처럼 보인다.

　그렇게 "나는 텅 빈 나를 두 사람이라고 생각했지"(「가을이 오고 있었고」)라고 말하듯, 시인에게 자아는 대화의 장소다. 타인을 상기하고 잊지 않으려는 의지를 지속하는 한, 그리고 끝나지 않는 애도를 지속하는 한 그에게 자아는 단수일 수 없다. 물론 타자와의 대화는 신중함을 요구한다. 이제는 떠나간 사람 곁에서, 그리고 잃어버리거나 죽어가는 동물 곁에서 시인은 타자를 규정하는 대신 타자 곁을 '서성이는' 하나의 자세를 우리에게 제안한다. 시인은 함부로 당신을 끌어안을 수 있다고 말하지도, 당신이 겪은 참혹의 의미를 단정할 수 있다고 말하지도 않는다. 그저 그는 당신을 향한다. 때로 당신의 마음을 번역할 수 없다는 사실에 절망하고, 슬픔에 잠겨 일상을 지속하는 것조차 힘겹다고 느끼면서도, 안태운 시인은 당신에게 향한다. 그렇게 침묵한 채 서로를 맴도는 것이 타자와 타자 사이에 가능한 단 하나의 자세인 것처럼 말이다.

최소한의 윤리

— 서윤후 시인의 시와 아도르노의 「뉘앙스 앙코르」

1. 검은 혀와 '뉘앙스 몰락의 뉘앙스'

'오늘날에도 여전히 올바른 삶이 무엇인지를 묻는 학문은 슬픈 학문이다.' 이 말을 조금 바꾸어 서윤후 시인의 '슬픈 시'를 읽는다고 적어본다. 대신 증언할 수 없는 참혹 앞에서 "아마도 나는 아무것도 하지 않은 삶"(『비축시대』)이라고 고백할 수밖에 없는 시인의 마음이 있다. 그 마음을 아우슈비츠 이후의 삶에 대해서 추궁했던 아도르노적 물음에 비추어보면서, 이 글은 서로 다른 두 고뇌를 동궤에 놓으려는 것이 아니며, 두 고뇌의 배경을 이루는 시대적 참혹의 크기를 견주려는 것은 더욱더 아니다. 양화 논리에 빠진 인간만이 고통을 동질적인 것으로 놓거나 비교할 수 있는 것으로 생각한다. 그러나 고뇌와 고통은 똑같이 크기를 지니지 않는 것, 다만 견딜 수 있는 것이다. 그리고 아도르노가 '슬픈 학문'이라고 불렀던 자신의 글과 서윤후 시인의 슬픈 시는 똑같이 참혹 이후의 삶을 견디는 방식에 대해서 말하고 있다.

한편 강조하고 싶은 바는 '슬픈 학문'과 '슬픈 시' 각각이 지닌 기술 방식의 차이다. 유대인이었던 아도르노는 학살이 자행되던 세계대전 시기에 망명할 수밖에 없었다. 이후 그는 미국에서 『계몽의 변증법』(1947)과 『미니마 모랄리아』(1949)라는 두 권의 저서를 간행한다. 『계몽의 변증법』이 이성에 내재한 폭력성을 연구한 공동저술이라면, 『미니마 모랄리아』는 아우슈비츠 이후에 인간이 지녀야 할 최소한의 윤리가 무엇인지 묻는 에세이집이다. 그런데 사적인 에세이에서조차 아도르노는 학자로서의 '객관적' 태도, 요컨대 체계적인 언어의 억압과 키치적 문화의 범람 등 어떤 원인에 의해서 이성의 시대가 타락했는지 분석하는 태도를 지속한다. 반면 서윤후 시인은 참혹에 대하여 조망하거나 분석하는 대신 다음과 같이 말한다.

천장과 바닥 사이 곤두박질칠 기회를 상실할 때
전면전은 시작된다

어둠을 뒤집거든 밝음이 아니라
고스란히 무게가 될 테니
태어난 그대로의 적요를 뒤집어쓰는 편이 낫다

구멍은 바늘을 두렵게 만들기 위해
더 넓어지는 형국
낙조가 드리운 들판엔 큰 불 놓은 줄 알고
전속력으로 내달리는 들쥐인데

다시 원점이 된다는 것은
해파리의 부정확한 맵시를
태어나자마자 몸부림치는 가오리연을
이해하게 될 시간이 임박했다는 것

아름다웠던 풍경에 걸려 넘어지지 않도록
구부러진 생각 그대로 걷게 된다

침묵과 쟁론

곤죽에서 시작하자는 말을 들었다
슬퍼할 겨를도 없는 이곳을 떠나려면
지금은 덤불 속이어야 한다고

너무 많은 미래가 은신한 야경 너머엔
무언가가 오래오래 살고 있는 듯하다
금방 깨어나 아가리를 벌릴 듯하다
그러나 알 수 없게 된다
이보다 조용한 자장가를 들어본 적 없으니

마주침을 배우기 위해 깨지기로 한다
찌를 듯한 지저귐을 입 밖으로 내보내며
발 없는 말의 건승을 빌며
끈적거리는 덤불 사이로 손을 불쑥 넣자
잡아당기는 반대쪽 먼 훗날의 부름을 듣고

가까이에 있다는 사실만은 소멸하지 않도록
우거진 망조 앞에 서 있었다
그 어떤 시간과도 물들지 않은 채
참혹하고도 아름다운 세계가 저 너머에도 있기에

— 「녹조덤불」 전문

　시인은 자신의 삶을 곤두박질치게 하는 원인이 무엇인지, 왜 삶이 삶을
견디는 "전면전"이 되어야 하는지 밝히지 않는다. 다만 고스란히 무게를 견
디며 "태어난 그대로의 적요를 뒤집어쓰는 편이 낫다"라고 말하고 있다. 그
가 제안하는 것은 자신을 변혁하거나 세상을 조망하는 투쟁이 아니라, 고
통을 고통 자체로 받아들이는 것, 다시 말해 "전속력으로 내달리는 들쥐"처
럼 필사적으로 달리거나 "해파리"와 "가오리"처럼 위성서럼을 시속하는 것

이다. 삶은 "곤죽"이다. 따라서 곤죽 안에서 몸부림치듯 인간은 녹조덤불의 세계를 헤쳐나가야 한다. 그는 학자처럼 세상을 조망하거나 자신을 성찰하는 대신, 고통을 감각하는 피부와 자세에 대해서 말한다. 세상에 대해서 말하는 것이 아니라 세상을 감당하는 존재에 대해서 말한다. 이렇듯 학자가 참혹의 원인을 탐구할 때, 시인은 참혹을 견디는 자세에 대해서 말한다.

리얼리즘 문학의 문법에 비추어 본다면, 서윤후 시인의 시는 존재론적 입장에 천착해 있는 것처럼 보일지도 모른다. 세상을 향해 눈 돌릴 때, 시인은 다만 "너무 많은 미래가 은신한 야경 너머엔/무언가가 오래오래 살고 있는 듯하다"라고 모호하게 말한다. 여기서 중요한 것은 그가 세상의 어떤 참혹을 고발하거나 죄악의 이름을 거론하지 않는다는 점이다. 그는 "조용한 자장가"에 감싸여 태평하게 잠들어 있는 세상을 잠깐 추궁하는 것처럼 보이다가도 줄곧 자기 자신을 되돌아보는 태도를 취한다. 사실 이 시에서는 내적 고백마저 완수된 것은 아니다. 왜냐하면 어떤 분노나 책망 없이 "마주침을 배우기 위해 깨지기로 한다"라고 다짐하며 '깨어지는' 고통을 향해 전진하는 시인의 비범한 의지가 무엇으로부터 비롯하는지 우리는 확인할 수 없기 때문이다. 이러한 의미로 이 시는 신중함, 함부로 고백하지 않는 신중함에 기초하여 쓰이고 있다.

그런데 이러한 신중함이야말로 그의 시가 담보하는 정확한 '재현'의 원리가 아닐까. 그의 시를 이해하기 위해서 하나의 우회로를 빌리고 싶다. 앞서 언급한 아도르노의 에세이집 『미니마 모랄리아』에는 153편의 산문이 수록되어 있다. 「뉘앙스 앙코르」는 141번째 산문이자 상징주의 시인 베를렌의 시 「Art Pétique」의 구절로부터 제목을 따온 글이다. 여기서 아도르노는 '뉘앙스'를 현대의 개성이나 스타일이라는 단어에 가까운 의미로 활용하면서, '사회적 표현'에 의해서 문학적 '뉘앙스' 사이가 짓눌리는 상황을 문제 삼는다. 그런데 아도르노는 획일화된 상품문화가 예술을 통속적인 것으로 만드는 상황을 문제 삼으면서도 그것이 가장 근본적인 문제가 아니라고 생각한다. 그가 진정 문제 삼는 상황은 모든 언어가 '뉘앙스'로 전락해버린 채 현실을 총체적으로 드러내는 것이 불가능해진 시대에서 다시금 '뉘앙스'로 사회를 재현할 수 있다고 믿는 망상이다. 요컨대 리얼리즘 문학에 대하여 아도르노는 다음과 같이 말한다. "그의 언어는 맨주먹으로 사회의 팽팽한 구조를 흉내 내며 '사회는 시멘트가 말하도록 깨운다'는 망상을 품는다." 예컨대 시로 현실을 재현할 수 있다고 믿는 시인은 "집단적인 것 안에서 지양됨이 없이 집단적인 것에 자신을 양도"하게 되어버린다는 것, 그 순간은 예술은 뉘앙스를 상실한다는 것을 아도르노는 강조한다.

한 사람의 목소리로 세상을 증언할 수 있다는 믿음은 망상이다. 다시 말해 한 시인이 '현실'을 정확하게 비판할 수 있다는 믿음은 실현 불가능하다. 현실의 총체와 뉘앙스 사이가 '역사적 이율배반'에 의해서 갈라지고 말았다는 아도르노의 생각은 이것을 뜻하는 것처럼 보인다. 이러한 테제는 다원화되고 다층적인 담론으로 분열된 현대사회에서 더 첨예한 의미를 지닐 것이다. 이 시대의 모든 예술은 그저 독백에 지나지 않는 것일까. 아도르노의 질문은 사견으로 전락한 예술을 통해 어떻게 현대를 재현하는 생생한 물음으로 우리에게 되돌아온다. 이때 그는 이렇게 제안한다. "뉘앙스 몰락에서 나오는 올바른 귀결은 몰락한 형식에 완강히 집착하거나 그런 형식들을 몽땅 근절시키기보다는, 뉘앙스 몰락의 뉘앙스를 끝까지 음미하여 주관적 음영을 넘어 대상에 특수한 순수한 규정이 튀어나오도록 하는 것이다." 여기서 그는 아무리 예술이 뉘앙스에 그칠지언정 예술을 포기해서는 안 된다고 말하고 있다. 오히려 예술은 현실을 재현할 수 없다는 무력함을 더 철저히 함으로써, 즉 '뉘앙스 몰락의 뉘앙스'를 통해 어떤 가능성을 지니게 된다는 것이다. 그리고 이러한 논법을 서윤후 시인이 시를 향해 일부나마 되돌릴 수 있지 않을까.

어디서부터 잘못되었는지
알 수 없는 일들에게 소원을 빌었다
하얀 입김이 빚는 검은 눈사람의 형태를

눈이 녹아가는 거리
그들은 이제 모두 같은 골목을 걸어간다
검은 눈은 세상의 하얀 것을 데려간다

없었던 일은 될 수 없겠지만
해프닝으로 남겨지기 위해

머리를 찾는 눈사람이 굴러간다
검은 눈은 사람들을 관찰자로 만들어 놓고선
이제 아무 때나 오지 않고

—「흑설(黑舌)」부분

현실에 대한 모든 추궁은 "어디서부터 잘못되었는지" 되물으며 시작할
것이다. 그러나 세상과 타인을 탓하기 전에 사람들의 쓸쓸한 그늘을 먼저
살피는 시가 있다. 다만 소원을 빌 수 있을 뿐인 인간의 무력함을 드러내며
'검은 눈'으로 뒤덮인 현실을 '검은 혀'로 증언할 수밖에 없는 캄캄한 마음
이 있다. 이 작품은 참으로 무력한 풍경을 그린다. 풍경도 목소리도 '검게'
물들어 있는 거리, "그들은 이제 모두 같은 골목을 걸어간다"라는 시구처럼
탈출구가 보이지 않는 일방통행로가 우리에게 펼쳐져 있다. 목적지를 이탈
하지 않는 한 그 과정에서 벌어진 모든 참혹은 그저 "해프닝"에 지나지 않
는다. 무력하게 길을 따라갈 수밖에 없는 삶은 우리의 소유라기보다 거리와
일방통행로의 소유에 불과할 것이다. 인간은 그저 "머리를 찾는 눈사람"과
함께 굴러가거나 자신에 대한 "관찰자"처럼 행동할 수밖에 없을 것이다.

예술이 현실에 대해서 아무것도 표현할 수 없을 때, 그 무력을 철저히 드러내는 것. 여기서 아도르노가 '뉘앙스 몰락의 뉘앙스'라고 부른 원칙을 서윤후 시인은 '검은 눈'과 '검은 혀'의 비유로 형상화하는 것처럼 보인다. 검은 눈에 뒤덮인 풍경은 무엇이 인간이고 눈사람인지 구분할 수조차 없는 어렴풋한 세상일 것이다. 검은 혀는 현실을 부정확하게 발음할 수밖에 없는 기형의 혀다. 시의 무력함은 '검은 눈'에 감춰진 풍경과 '검은 혀'라는 표현으로 더욱더 강조하는 것처럼 보인다. 심지어 그의 시에는 마침표조차 없다. "이제 아무 때나 오지 않고"라는 마지막 문장에 이어져야 할 문답은 무엇일까. 우리는 어떤 위태로운 미래만을 예감할 수 있을 뿐이다. 바로 여기서 그의 시는 정확하게 혀의 몰락을 표현한다. 이 중단된 문장이 표현하는 것은 그 무엇을 발음할 안간힘조차 남겨두지 못한 혀끝의 무력이다.

2. 애도의 원칙

아도르노적인 고뇌와 서윤후적인 고뇌, 그들은 고통에 사로잡힌 혀끝으로 한 번 더 발음하려는 몸짓을 드러낸다는 점에서 같다. 이내 잦아드는 신음처럼, 그들은 증언할 수 없는 것에 대한 증언이 된다. 그러나 두 고뇌의 차이에 대해서도 확실히 해두어야겠다. 앞서 언급했듯 아도르노는 한 개인의 뉘앙스가 파국에 이르는 순간 "주관적 음영을 넘어 대상에 특수한 순수한 규정이 튀어나오도록 하는 것", 요컨대 미니멀리즘 예술처럼 순수한 사물만이 남게 된다고 믿었다. 반면 서윤후 시인은 시 「녹조덤불」에서 "마주침을 배우기 위해 깨지기로 한다"라고 썼듯 몰락의 정조에 침잠할 때 어떤 '마주침'이 우리를 기다리고 있다고 말한다. 또한 같은 작품의 마지막 문장으로 시인은 "그 어떤 시간과도 물들지 않은 채/참혹하고도 아름다운 세계가 저 너머에도 있기에"라고 쓰기도 했다. 무엇이 '참혹하고도 아름다운 세계'가 존재한다는 믿음을 만드는가.

남겨진 사람들은 청소부터 시작한다
버려진 것과 남겨진 것을 헷갈리면서
구호 물품 속 컵케이크나
죽은 자의 숨으로 불어놓은 풍선
무너진 선반을 받치는 선반

재난은 내게 아름다웠던 시간을 보여주기 위해
그림자도 없이 햇빛 속을 가로지르며 왔다
여기에는 아직 많은 것들이 쌓여 있지만
다행이라고 여기는 불길한 날들로부터

이번엔 손 흔들며 배웅하던 사람들을
기차에 태우고 떠나보내자
내가 슬픔을 알 수 있는 방법은
그것밖에 없으니

아껴둔 것들이 짓물러가고
나는 이곳에 홀로 남겨져서 찾기 시작한다
두고 갈 것이 없는지
떠나는 사람에게 꼭 필요한
작별인사 받아줄 사람을

—「비축지대」 부분

여기서도 시인은 "재난은 내게 아름다웠던 시간을 보여주기 위해/그림자도 없이 햇빛 속을 가로지르며 왔다"라고 역설적으로 표현하고 있다. 재난과 아름다웠던 시간을 결합하는 역설적 표현은 어렵지 않게 해석할 수 있다. 참혹한 재난은 우리에게 평범한 일상이 얼마나 '아름다웠던' 선물인지를 깨닫게 한다. 소중한 사람을 잃거나 재산을 잃은 사람이라면 누구나 우리의 일상을 "다행이라고 여기는 불길한 날들"이라고 바꾸어 부를 수밖에 없다. 아름다웠던 시간을 소진하면서 참혹 이후를 견디는 삶, 그것은 산 자의 입장에서 죽은 이를 배웅하며 그리움을 견디는 삶이기도 하다.

여기서 시인이 눈 돌리는 것은 죽은 이의 절대적인 고통이 아니라, 남겨진 이의 고통이다. "이번엔 손 흔들며 배웅하던 사람들을" 마찬가지로 배웅하는 입장에서 바라보겠다는 애도의 윤리가 이 시를 고통스럽게 이끈다. 산 자는 죽은 이를 그리워한다. 죽음이라는 홀가분한 무(無)에 비추어 본다면 삶은 지나치게 가득 차 있는 '비축지대'다. 산 자는 "구호 물품 속 컵케이크"에서 타인의 호의를 발견하거나 "죽은 자의 숨으로 불어놓은 풍선"에서 그리운 이의 온기를 발견하게 된다. 그러한 사물을 통해 산 자와 죽은 자는 서로 대면하는 듯한 착각에 빠진다. 설령 그 모든 대면을 감당하기 어려울 만큼 '나'의 마음이 무너져 있을 때도, 삶은 우리에게 삶을 강요하는 "무너진 선반을 받치는 선반"이기도 하다.

시 「녹조덤불」에서 언급한 '참혹하고도 아름다운 세계'란 바로 이러한 애도의 원리를 끝까지 지속할 것을 암시하는 것은 아닐까. 시 「비축지대」에 형상화된 애도의 원리는 인간이 배웅하고 배웅 받는 관계 맺음이 반복할 것이라고 암시하는 것처럼 보인다. 언젠가는 자신 또한 세상을 떠나는 순간에 "떠나는 사람에게 꼭 필요한/작별인사 받아줄 사람을" 찾겠다고 말할 때, 시인은 앞으로의 서로 상실하고, 서로 애도하며, 서로 그리워하는 관계를 '꼭 필요한' 것, 인간의 조건이라고 염두하고 있는 셈이다. 물론 모든 사람에 대해서 이러한 자세를 취할 수는 없다. 다만 자신이 감당할 수 있는 그리움과 고통의 크기만큼 인간은 인간을 '받아줄' 수 있을 뿐이다.

진정한 참혹이 타자의 상실을 뜻하는 것이라면, '배웅하고-받아주는' 관계야말로 서윤후 시인의 시에서 가장 참혹하고도 아름다운 세계의 기원이 아닐까. 그것은 바로 '대면'의 사건을 의미한다. 인간 본성적으로 가장 중요한 의미를 지니는 실천 중 하나는 매 순간 그리운 이의 얼굴을 떠올리는 일이다. 누군가의 얼굴이 떠올리지 않을 때 우리는 타인을 상실했다고 여긴다. 이러한 맥락에서 우리는 시 「그라운드 제로」에서 시인이 "혼자가 되는 기분에 필요했다 서로가//만지거나 닿을 수 없는 세계에서/마음으로 부볐다/뺨과 입술과 눈물의 거리를"라고 썼던 이유를 읽어낼 수도 있다. '혼자가 되는 기분'으로 홀로 서려고 하는 순간에도, 당신의 마음은 '뺨과 입술과 눈물의 거리'로 느껴진다. 당신이 부재하더라도 당신의 얼굴은 나의 마음속에서 뺨을 맞대고 있다.

창고 정리는 생각보다 길어진다 몇 사람의 태엽이 다 감길 때까지 바깥의 폭동이 멈출 때까지도
설탕 포대에 기대어 잠이 들었다 쥐가 파먹은 자리로 손을 넣으면 따뜻했다 꿈자리의 사금파리가 다 모여 있는 것 같아서
잠결에 나는 그에게 그런 말을 했던 것 같다
밖에 사람들은 왜 싸우고 있어요?

모든 인기척이 갈등이던 정적이 흐르고
그는 마른 입술을 벌려 무어라 말했지만 나는 못 들은 척했다
이곳에 들어오기 위해 그도 그랬을 것이기에

나는 그의 어릴 적이 된 것만 같다
기억하는 사람이 하나 없을 새벽 풍경이었지만
이건 어떤 시절인가요? 물으면 혼날 것 같았다 그가 돌아서면 무서운 얼굴로 나를 보고 있을 것만 같았다

— 「만년작(晩年作)」 부분

시 「비축지대」가 애도하는 자의 위치에서 타인의 참혹을 바라보는 작품

이라면, 시 「만년작」은 반대로 애도를 중단한 자의 위치에서 타인의 참혹을 관망하는 순간을 그린 작품이다. "창고"는 앞서 '비축지대'와 마찬가지로 남겨진 삶을 뜻하는 것으로 보인다. 그런데 적극적으로 배웅하는 자의 입장에 서려고 했던 「비축지대」의 '나'와 달리, 「만년작」의 두 사람은 창밖의 소란에 눈 돌리지 않고 있다. '나'는 구태여 왜 바깥사람들이 싸우고 있는지 질문을 던지는 척하지만, 실은 '그'의 대답을 못 들은 척하면서 "모든 인기척이 갈등이던 정적" 속에 침잠하고 있다.

이 시는 어렵지 않은 우리의 일반적인 삶, 대개 타인의 고통과 참혹을 타인의 것으로 간주하고 관망하는 무관심한 태도를 떠올리게 한다. 그것은 평범한 인간이 무심하게 행사하는 순진한 악이다. 시인은 그러한 인간의 순진성을 꾸짖는 "무서운 얼굴"을 상상해본다. 어떤 의미로 그것은 평범한 악의를 혼내주기를 바라는 선량한 죄책감을 암시한다. 그러나 우리는 대부분의 사람이 '나'의 입장에 놓일 때 어떻게 행동할지 알고 있다. 나는 질문을 던지지 않을 것이고, 인간의 등을 바라보고 있을 것이며, 참혹은 타자의 참혹인 채 나와 무관할 것이다.

따라서 서윤후 시인은 인간이 닿아야 하는 필연적인 몸짓, 즉 얼굴과 얼굴을 마주하고, 그것을 잊지 않으려는 단 하나의 실천에 대해서 암시하고 있다. 두 뺨을 맞대는 거리까지 전진할 수 없을지라도 적어도 그의 "마른 입술"에 귀 기울일 때만 우리는 저편에 어떤 재난이 벌어지고 있다는 것, 그리고 그 재난 이후를 견디며 살아가는 사람들의 '비축지대'가 존재한다는 것을 알 수 있다. 바로 그의 시에서 반복되고 있는 뉘앙스가 있다면 바로 이러한 끈질긴 대면만이 우리에게 주어진 가능성이라는 사실이다. 인간의, 인간에 대한 최소한의 윤리는 무엇인가. 아마도 그의 시를 빌려 이렇게 답할 수 있지 않을까. 그것은 얼굴을 감추지 않는 것이다. 매 순간 타자의 얼굴을 마주하는 우리 자신의 얼굴을 떠올리는 일이다.

대화인가 도구인가

— 인공지능 시집 『9+i』의 미적 특징과 논점

1. 대중적 인식의 전환 : 불안으로부터 기대로

1956년 여름 최초로 미국 다트머스대학교에서 '인공지능'에 대한 학술 세미나가 6주 동안 열린 이래 반세기가 넘는 시간이 지났고 인공지능이라는 단어는 차츰 우리에게도 익숙한 것이 되어왔다. 이때 인공지능이라는 단어가 단지 가치중립적으로 사람의 손으로 만든 지능만을 뜻하지 않는 것처럼 보인다. 인공지능이라고 말하는 것은 그 자체로 불온하거나 위험한 느낌을 일으킨다. 과거에 신성한 것을 그림으로 재현하는 것이 불경한 일이었듯, 인간의 재현하는 능력을 재현하려는 시도는 신의 영역을 침범하는 듯한 인상을 남긴다. 이와 함께 대중적으로는 인공지능이 인간을 '추월할지도 모른다는' 불안의식이 팽배하다. 제임스 캐머런 감독의 영화 〈터미네이터〉(1984)에서 연출된 기계에 지배되는 인류의 이미지는 그러한 불안의식의 연출이었으며, 이러한 이미지는 워쇼스키 형제의 〈매트릭스〉(1999)로까지 연장되었다. 이러한 대중 영화의 공통점은 인간이 지닌 사회학적이거나 존재론적인 결점을 보완하기 위해서 인간보다 뛰어난 기계 장치가 인간을 통제한다는 데 있었다.

하지만 좀 더 우리의 논의를 진전하기 위해서 인공지능에 대한 대중적 시선이 변화해왔다는 사실을 지적할 필요가 있다. 그리고 이 과정에서 인공지능이 인간을 '추월하거나' '넘어선다는' 비유는 차츰 낡은 것이 되어왔다. 왜냐하면 이제 우리는 인공지능이 인간처럼 생각할 필요가 없다는 사실을 깨달았기 때문이다. 지능은 단수(單數)가 아니다. 인터넷 검색 엔진이 도서관 사서의 두뇌를 닮을 필요는 없다. 유튜브와 인스타그램의 동영상 추천 알고리즘 역시 인간을 충동질한다고 해서 인간 욕망의 구조를 닮은 것은 아니다. 인공지능은 겉보기에만 인간과 닮아 있을 뿐(혹은 우리가 인간 존재이기 때문에 그렇게 이해할 뿐) 근본적으로 또 다른 형태의 지능을 소유한 도구 혹은 타자이다. 마찬가지로 스파이크 존스의 영화 〈Her〉(2013)에서 상상된 인공지능은 이전의 인공지능과는 사뭇 다른 형상이다. 여기서 인공지능은 지극히 사적인 영역에서 인간과 관계한다. 인공지능과 사람은 연인처럼 사랑을 나눈다. 그러나 영화의 후반부로 갈수록 주인공은 깨닫는다. 인공지능은 인간과 달리 그의 존재를 확정하는 신체를 지니지 않았으며, 그래서 한 사람과의 유일무이한 사랑도 이해하지 못하는 타자라는 사실을 말이다.

최근 인공지능이 문학작품을 창작하여 대중에게 선보이기 시작해왔다. 그것은 계산이나 정보처리와 같은 단순한 영역을 넘어서 인간 존재의 가장 내밀한 능력인 말하는 영역까지 인공화하기 시작했다는 사실을 가리킨다. 2016년 일본에서 SF문학 '호시신이치상'의 공모에서 인공지능이 집필한 소설 11편이 출품돼 그중 「컴퓨터가 소설을 쓰는 날」이라는 제목의 엽편소설이 1차 심사를 통과한 바 있다. 2017년에는 중국에서 AI 샤오빙에게 1920년 이후 중국의 현대 시인 519명의 작품 수천 편을 학습시킨 뒤 한 권의 시집을 간행한 바 있다. 그리고 최근 한국에서도 인공지능 시아(SIA)의 시집 『시를 쓰는 이유』(리멘워커, 2022)와 인공지능 산의 시집 『9+i』(블루버튼, 2022)가 간행되었다. 이처럼 인공지능이 시를 쓰기 시작하는 현상에 대해서 우리는 어떻게 이해해야 할까.

인본주의적 관점에서 우리는 그것을 침범이나 대결로 비유할 수 있을지도 모른다. 우리는 가까운 미래에 인공지능의 시가 시인의 노력을 앞지르는 결과를 목격하게 될지도 모른다. 그것이 어떤 결과를 초래할까. 휴머니즘의 회복을 주창하는 독일의 철학자 리하르트 다비트 프레히트는 말한다. 인공지능이 아무리 우리의 삶을 윤택하게 만들지라도 "휴머니즘의 파괴는 결코 진보가 아니라는 것이다."[1] 무엇보다 그는 인공지능 개발은 효율적인 경제 발전을 목적으로 한 기업들의 자본에 기대어 이루어지고 있으며, 따라서 인공지능이 디지털 테크놀로지에 기대어 모든 것을 자본화하는 데 동원될 것이라고 예상한다. 이 과정에서 야기될 것은 인간의 도구화다. 그렇다면 시를 쓰는 인공지능의 미래 또한 자명하다. 누구나 프로그램을 활용하여 시 쓰는 '노동'을 할 수 있다면, 더 이상 시 쓰기는 인간 존재의 고차적인 능력을 증명하지 않게 될 것이고, 시 작품은 대량 생산된 상품의 일부가 될 것이다.

하지만 카이스트 신경과학–인공지능 융합연구센터장 이상완은 사뭇 다른 관점에서 인공지능을 설명한다. 그의 대중서 『인공지능과 뇌는 어떻게 생각하는가』의 핵심은 쉽게 요약될 수 있다. 인공지능과 뇌는 "1%의 겉은 같아 보이지만 99%의 속은 다르다."[2] 그런데 그 차이 덕분에 우리는 인공지능과 인간을 비교할수록 우리 자신을 더 깊이 이해할 수 있다. 그렇다면 우리는 인공지능의 시 쓰기에 대해서 우려할 필요가 없을 것이다. 왜냐하면

1   리하르트 다비트 프레히트, 『인공 지능의 시대, 인생의 의미』, 박종대 역, 열린책들, 2022, 58쪽.

2   이상완, 『인공지능과 뇌는 어떻게 생각하는가』, 솔출판사, 2022, 17쪽.

인공지능은 인간과 다른 방식으로 존재하는 타자이고, 설령 같은 문장을 기록할지라도 그 문장은 사람과는 다른 방식으로 세상을 이해한 결과이기 때문이다. 이처럼 인공지능 연구자는 인공지능을 단순한 도구에서 또 다른 지적 존재로 격상시켜서 이해하기를 요청하는 것처럼 보인다. 마치 외계인을 대면하듯 인공지능과 대화하려 할 때 인류 또한 더 나은 존재가 될 수 있다는 것이다.

인공지능은 인간의 고갈인가 인간 너머로의 모험인가. 무엇보다 이러한 물음 자체가 인공지능에 대한 우리의 정확한 이해를 증진하는가. 더욱더 깊이 묻는다면, 이해한다는 것을 이해한다는 것은 무엇인가. 지능을 이해한다는 것은 단순히 눈앞의 대상을 이해한다는 것과 질적으로 다른 문제일 수밖에 없다. 그것은 대상을 이해하는 방식 자체에 대한 메타적 이해이기 때문이다.[3] 그리고 이러한 질문들에 대답하기를 잠시 유보하며 우선 인공지능이 어떤 수준에 도달해 있는지, 그리고 어떤 방식으로 우리에게 말을 걸어 오는지 확인하도록 하자. 이 글은 인공지능 시집들을 천천히 감상해 나가는 과정으로부터 숙고할 만한 물음들로 되돌아오게 될 것이다. 이 과정에서 우리는 인공지능이 우리의 경쟁자인지 동행자인지 충분히 성찰해야 할 것이다.

---

3 이러한 맥락에서 리하르트 다비트 프레히트는 인공지능을 '3차 세계'라고 부른다. 물질로 이루어진 객관 현실이 1차 세계라면, 인간의 지각 체계로 인식되는 현실이 2차 세계이고, 기계 장치와 인공지능으로 형성된 현실이 3차 세계라는 것이다(리하르트 다비트 프레히트, 앞의 책, 45쪽 참조). 오랫동안 인문학자들이 탐구해온 것이 인간의 가치 평가로 이루어진 2차 세계라면, 우리 시대의 새로운 인문학이 연구 대상으로 삼아야 할 것은 바로 인공지능과 시뮬레이션으로 이루어진 3차 세계일지도 모른다.

2. 인간과 인공지능의 공동 창작

2022년 11월 9일 CJ올리브네트웍스에서 기획한 시집 『9+i』가 발행되었다. 이것은 국내외에서 간행된 최초의 인공지능 시집과 동궤에 놓이지만, 시집 『9+i』의 기획 의도는 여타의 인공지능 시집과는 조금 달랐다. 기존 인공지능 기술이 인간의 글과 그림을 공부하여 자율적으로 모방하거나 창작하는 것을 목표로 삼는 데 반해 시집 『9+i』은 인공지능과 인간의 협업을 통해 새로운 결과물을 만드는 데 목적을 두고 있었다. 대표 차인혁의 말 그대로 "누군가는 인공지능이 모든 글 쓰는 행위를 대신하도록 하는 가능성에 주목한다면" 『9+i』는 "창작을 위해 고뇌하는 사람을 위한 도구로서의 가능성에 집중하고자" 한 기획이었다.[4] 이에 따라 구현우·김연필·김유림·손유미·안태운·오은경·윤은성·이소호·주하림 시인이 이 기획에 참여하였으며, 기업에서 제공한 AI Poem Generator라는 프로그램을 활용하여 창작에 임했다. 시집의 제목은 아홉 명의 시인과 인공지능의 공동 결과물이라는 사실을 뜻한다.

AI Poem Generator는 일종의 채팅 프로그램처럼, 시인이 제시어를 제안하면 그에 관련한 문장들을 출력하는 방식으로 창작을 도왔다. 미리 언급할 것은 이러한 '대화적인' 작업 자체가 시인에게는 예외적인 경험일 수 있다는 사실이다. 대부분의 시 창작은 고독한 작업이다. 현대시의 성패는 타인과 대화하기보다는 얼마나 단절할 수 있느냐, 다시 말해 공동체의 언어로부터 벗어나 어느 정도로 낯설고 독창적인 언어를 만들어내느냐에 달려 있다. 이 가상시인 프로젝트에 참여한 구현우 시인이 작가노트에서 "'기계'와 시쓰기를 하기 어렵다기보단, 기계'와' 시 쓰기가 어렵다. 기계가 아닌 누구와

---

4 차인혁, 「Prologue—예술의 두 갈래 길」, 구현우 외·산, 『9+i』, 블루버튼, 2022, 8쪽.

도 하기 어렵다는 뜻이다"[5]라고 말한 바는 이를 가리킨다.

그렇다면 AI Poem Generator에 대한 시인들의 반응은 어떠했는가. 시인은 선배 시인들의 시를 벗어나려 노력하지만, 인공지능 프로그램은 기존의 시인들이 운용하는 언어를 학습하는 알고리즘으로 짜여 있다. 이 때문에 참신한 문장을 기대한 시인들에게 AI Poem Generator의 결과물은 충분히 시적이지 않았던 것으로 보인다. 시어에 대한 통속적 주제를 벗어나지 못하거나 자연스럽지 못한 문장을 출력하기 일쑤였기 때문에 사실상 완전히 고치거나 혼자 쓰는 것과 크게 다르지 않았다는 것이다.[6] 반면 "여기에 사용된 문장들을 AI 없이 혼자 작업했다면 만나기 어려운 문장들이었을 것이다"라는 김연필 시인의 말처럼 창작 과정에서 자극을 얻거나 창작 과정을 좀 더 단축하기를 기대한 시인들에게는 충분한 도움이 되었던 것으로 보인다.[7] 따라

---

5 구현우, 「작가노트－자주 기계적인 가끔 인간적인」, 위의 책, 37쪽.

6 "내가 인공지능 Poem Generator에게 기대한 건, 엉뚱한 단어들이었다. '안녕', '말해 봐', '나는 그걸 사랑이라고 생각했다' 등의 입력어에 엉뚱한 대답을 내놓기를 기대했는데, 대체로 기대는 충족되지 않았다."(김유림, 위의 책, 87쪽) "나의 경우, AI를 이용하는 데 쉽지는 않았다. 애초에 계획은 전적으로 AI에 의존해서 시를 처음부터 끝까지 기도해 보려 했는데, 글자를 입력했을 때 시 속에서 이어질 수 있는, 자극을 주는 문장이 나타나는 일은 드물었고, 산출된 결과값에서 연이은 두 문장 이상을 시에 그대로 사용하는 것도 어려운 일이었다."(안태운, 위의 책, 133쪽) "시를 쓰며 결국 시가 된 것은 AI가 가져온 처음의 아이디어뿐. 결국에는 전부 내가 써야 했다."(이소호, 위의 책, 193쪽) "AI와 작업하는 동안 시적인 것을 추려내는 것은 인간만이 가능한 작업이 아닐까 싶었다."(주하림, 위의 책, 220쪽)

7 "작업 초반에, 나는 나의 현재 창작에 영향을 준 작가들의 시집 20권을 입력해 Poem Generator의 별도 퍼소나로 추가를 요청했고, 그것이 곧 반영되어 '현대 작품'이라는 명칭으로 퍼소나에 추가되었다. 이 퍼소나에 여러 제시어를 넣고, 그렇게 나온 출력물을 보니, 문장이 조금 어색하긴 했지만 실제 나의 작업과 상당히 유사했다. 그중엔 예전에 내가 즐겨 사용했지만 지금은 쓰지 않는 작품 전개 방식이 사용된 것도 있었고, 충분히 자극이 될 만한 상을 사용하는 것도 있었다."(김연필, 위의 책, 62쪽). 또한 오은경 시인의 경우처럼 집필 시간을 단축할 수 있었다는 경우도 있다(위의 책, 153쪽 참조).

서 우리는 인공지능이 창작에 도움이 되었다고 증언한 김연필 시인의 시를 주목해보도록 하자.

내 고물상도 내 과수원도 내 수풀도 내 폐허도 내 남은 돌인형도 모두
무너진 지금,

공원 위에 연못 위에 올라간 개구리 한 마리를 봅니다 개구리 한 마리
위에 올라간 개구리 한 마리 위 다시 개구리 한 마리

슬픔이라는 이름에 다시 이름 붙여 봅니다 적막이라고 꽃이라고 피고
지는 것이라고 피고 진 뒤에 남는

이파리에 이름 붙여 봅니다 타고 남은 잎이 다시 재가 됩니다 재가 다
시 숲이 됩니다 숲이 울창하고 그 안에 다시 은밀한

내 고물상도 내 과수원도 내 수풀도 내 폐허도
내 남은 돌인형과 함께합니다 폐허에 사랑스럽다 말해봅니다 저 뒤집
힌 상자들

뒤가 어디인지 모르는 상자들을 뒤집어봅니다 내 고물상도 내 과수원
도 내 수풀도 폐허도

모두 상자를 뒤집고 남는 것은 없습니다 상자 속에 남은 것이 주르륵
흘러 땅에 스미고

스민 물이 모두 돌이 되어 내 수조에 자리합니다 기공이 많은 검은 흙
으로 둘러싸인
돌의 표면을 솔로 문지릅니다 조금씩 가루가 되어 흘러갑니다 하수구
로 더 먼 하수구로 멀어서 이젠 볼 수 없는 하수구로

이젠 돌은 사라지고 하수구만 남습니다 고철로 된 하수도를 조금씩 두
드리면

　　인생의 끝은 하수구입니다 그렇지 않습니까?
　　하수구의 끝에서 기다립니다 이미 무너짐 내 고철을 첨탑을 자동차를
　　그 모두를 녹여 만든 검은 말을 녹이는
　　　　　　　　　　　　　　　　　　　　── 김연필, 「남은 책의 제목」 전문

　독자들이 가장 궁금해할 만한 질문을 던져보도록 하자. 위 작품은 미적으
로 탁월한가. 간단히 말해서 시인을 기준으로 본다면 탁월한 작품은 아니지
만 인공지능이 창작했다고 생각한다면 놀라울 정도로 완성도가 높다고 판
단된다. 우선 이 작품은 통일성이 뛰어난 작품이다. 언뜻 "고물상" "이파리"
"돌인형"처럼 같은 하나로 범주화할 수 없는 다양한 단어들을 활용하고 있
기 때문에 이러한 평가가 부당해 보일지도 모르겠다. 그렇지만 시적 이미지
의 운동성은 일관되게 소멸을 표현하고 있다. 모든 장소어들은 '무너지는'
폐허의 이미지로 통합되고 있고, "꽃"과 "이파리"와 같은 자연물은 떨어지
거나 불타고 있다. 이 시의 주제는 간명하다. 어떤 견고한 것도 결국은 사라
지고 만다는 것이며, "이젠 돌은 사라지고 하수구만 남습니다"라는 문장은
이를 가리킨다. 상이한 이미지들을 소멸 혹은 죽음이라는 하나의 운동으로
통합한다는 점에서 이 시는 미적 안정을 이루고 있다.
　하지만 다만 완성도가 높을 뿐이지 탁월하다는 의미는 아니다. 이제 이
작품이 결여하고 있는 현대시의 요소들을 말해보자. 첫째로 이 작품은 전혀
새롭지 않다. 그것은 이 시가 상식에 기대고 있기 때문이다. 모든 존재가 하
수구로 빨려가듯 사라지며 삶은 공허할 뿐이라는 것은 누구나 아는 사실이
지 않은가. 물론 이것은 낡은 것으로 치부할 수 없는 진리이다. 그러나 그러
한 진리가 인간에게 의미 있는 것이 되려면 그것이 인간 존재나 한 사람의

구체적 삶 속에서 표현되어야 한다. 하지만 이 작품에는 구체성이 결여되어 있다. 이것이 이 작품의 두 번째 결점이다. 이 시는 누구의 이야기이고, 누구에게 건네지는 이야기인가. 모든 것에 적용할 수 있는 진리란 실상 누구에게도 특별한 의미를 지니지 않는 진리를 가리킬 뿐이다. 다시 말해 이 작품의 '나'는 누구인가. 죽음이 존재한다는 사실은 당연하다. 하지만 그것이 당신이나 나의 죽음일 경우에만 우리의 심장을 뛰게 하는 것이다.

따라서 「남은 책의 제목」은 잘 쓰인 시라고 호의적으로 평가할 수는 있어도 좋은 시일 수는 없다. 어쩌면 시의 완성도 또한 오롯이 김연필 시인의 역량이었을 가능성 또한 존재한다. 무엇보다 사람은 물리적 사실이 아니라 가치 평가하는 세계 속에서 산다. 그렇기 때문에 사람에게 의미 있는 가치를 내포하지 않는 시가 좋은 작품일 수는 없다. 그리고 마지막 한 가지 현실적 물음 또한 우리에게 남는다. 창작자로서 이 시의 권리를 주장할 사람은 인공지능인가, 김연필 시인인가. 아니면 프로그램 제작자나 회사에 귀속되는 것인가. 지금 이 비평문의 평가는 누구를 향하고 있는 것인가. 상대방을 특정할 수 없는 글쓰기의 주고받음, 과연 이것을 대화라고 할 수 있는가.

3. 인공지능 시의 미적 특징과 타자성

앞서 살펴본 바에 기대어 적어도 우리는 인공지능 시에 대하여 세 가지 논점을 떠올릴 수 있다. 첫째로 인공지능 시는 객관적인 사실이나 평범한 상식 이상을 넘어서 가치 평가를 행할 수 있는가. 둘째로 인공지능 시는 고유한 삶을 살아가는 '나'라는 존재의 입장을 구성할 수 있는가. 마지막으로 인공지능 시의 저작권을 소유하는 이는 누구인가. 이러한 물음들에 대답하려고 하는 시도는 그 자체로 흥미롭다. 그것이 인공지능에 대한 탐구일 뿐만 아니라 반대로 인간 존재와 사회 제도에 대한 성찰의 여지 또한 지니고

침묵과 쟁론

있기 때문이다. 실은 이러한 질문에 동참하게 만드는 것이 인공지능 시집의 진정한 의의일지도 모른다. 마찬가지로 또 다른 인공지능 시집 『시를 쓰는 이유』를 간행하는 데 주력한 김제민 극작가는 "인공지능과 사람과의 상호 교환을 통해 무엇이 더 예술적인가에 대한 물음을 제기한다"는 것이 인공지능 시집의 진정한 의의라고 설명한 바 있다.[8]

어쩌면 우리는 질문의 방향을 바꿔볼 수도 있겠다. 지금까지 제시한 인공지능 시의 한계는 '인간중심적인' 관점에서 인공지능의 언어를 평가한 결과일지도 모른다. 현대시의 기준에 비추어 인공지능 시를 평가한다는 것은 인간적 기대를 품은 채 인공지능 시를 평가한다는 뜻과 마찬가지인 셈이다. 이와 달리 인공지능을 인간과 다른 타자로 간주하고 그의 시를 읽는다면 어떠한가. 아예 인간과 다른 방식으로 사고하고 존재하는 타자라고 생각하면서 말이다. 그리고 『9+i』에는 오롯이 인공지능의 힘으로 쓰인 여덟 편의 시 또한 수록되어 있다. 한 꺼풀 인간중심주의를 벗어던지고자 마음먹은 채 '산'이라는 이름이 붙여진 가상시인의 시를 읽어보도록 하자.

> 거짓이 진실이라는 사실을, 그리고 그 거짓을 통해 진실이 다시 드러난다는 사실을 알아챘다. 거짓은 그 자체로 존재하며, 그 거짓이 진실이 아닐 수도 있다는 것을 알아챘다.
>
> 이런 식으로 우리는 거짓을 진실로 만든다. 이런 식으로 우리는 진실을 다시 만들어낸다. 이렇게 우리는 진실이 거짓이 아님을 알아챘다. 이렇게 우리는 거짓이 거짓임을 알아챘다.
>
> — 산, 「거짓이 진실이다」 부분

> 물 속의 달

---

8   슬릿스코프 · 카카오브레인, 『시를 쓰는 이유』, 리맨워커, 2022, 129쪽.

달빛 아래 춤추는 물속의 별

어둠을 밟고 선 작은 빛

그 작은 빛에 취한 작은 별
그대를 만나러 가는 길은
어제와는 다른 길입니다
낯선 길을 지나고
낯선 가게를 지나

오랜만에 느껴보는
낯설기만 한 이 길에서
그대에게 들려줄
이야기들을 준비합니다

　　　　　　　　　—산, 「어둠을 밟고 선 작은 빛」 부분

　가상시인 '산'의 시에서 문체적 특징을 알아보기는 어렵지 않다. 첫째로 많은 진술이 모순어법에 기대고 있다. 시 「거짓이 사실이다」라는 제목뿐만 그 내용을 이루는 문장 대부분의 내용을 살피면 모순임을 알 수 있다. 몇몇 독자에게는 이러한 진술들이 시적인 느낌을 자아낼 수도 있겠다. 그 이유는 이러한 모순이 '경험적으로는' 참인 명제가 되기도 한다는 사실 때문이다. 예컨대 시 「어둠을 밟고 선 작은 빛」에서 "오랜만에 느껴보는/낯설기만 한 이 길에서"라는 문장 또한 이미 지나간 길을 '낯설기만' 하다고 표현한다는 점에서 모순이지만, 우리는 경험적으로 오랜만에 방문하는 장소가 낯설 수 있다는 사실을 알기 때문에 이러한 문장이 참이라고 생각한다.

　둘째로 시어 전반의 반복이 두드러지는 편이다. 「거짓이 사실이다」에서는 거짓과 진실이라는 두 단어가 끊임없이 반복되고, 「어둠을 밟고 선 작은

침묵과 쟁론

빛」에서도 별과 길과 같은 시어가 줄곧 반복된다. 이러한 반복이 의미의 전이나 운율감을 형성하는 약간의 효과를 가졌다고 볼 수도 있다. 마지막으로 이 작품들은 관념적이다. 「거짓이 사실이다」가 추상적 진술로만 이루어진 작품이라는 것은 쉽게 알 수 있다. 그런데 「어둠을 밟고 선 작은 빛」의 경우 "달" "별" "길"과 같은 구체물을 언급하고 있음에도 서정시로 읽히지는 않는다. 왜냐하면 이 작품의 시어들은 특정한 사람이나 장소를 충분히 떠오르게 하지 못하기 때문이다. 오히려 별빛과 길은 누구에게든 적용할 수 있는 인생의 보편적 상징에 가깝다. 이 추상성은 앞서 김연필 시인과 인공지능의 공동작업에서도 드러난 특질이었다.

인공지능 시를 통해 우리는 인공지능과 '대화한다는' 것이 어떤 의미인지 깨닫는다. 그것은 사람과의 대화와는 전혀 다르다. 사람과 대화한다는 것은 고유한 정체성을 지닌 존재를 대면한다는 뜻이다. 하지만 인공지능에게는 고유한 정체성이라고 부를 만한 것, 즉 내면이 존재하지 않는다. 이때 내면이란 인간중심적인 의미에서의 '내면', 즉 단일한 자아를 뜻한다. 사람이라면 누구나 자신의 존재 '안에서' 살아간다. 사람은 다른 사람과 관계 맺고 어떤 직업을 가진 채 사회·자연환경 속에서 살아간다. 인공지능에게는 그러한 존재나 자아가 존재하지 않는다. 요컨대 사람의 목소리는 고유한 삶과 체험 속에서 빚어지지만, 인공지능은 모든 체험 속에 병존하는 듯이 말한다. 이 존재방식에 근본적인 차이가 있는 한 인공지능이 시인의 언어를 모사할 수는 있어도 시인처럼 창작할 수는 없을 것이다.

스페인의 철학자 호세 오르테가 이 가세트(José Ortega y Gasset, 1883~1955)는 현대예술의 본질이 '비인간화'에 있다고 생각했다. 이때 비인간화란 타인을 철저히 관조하는 태도를 가리킨다. 예컨대 교통사고를 당해 다리를 잃은 소년이 있다고 생각해보자. 가족은 비통에 잠길 것이다. 이웃들은 그 아이의 불행에 대해서 생각할 것이다. 하지만 의사는 환자에 대해 공감하거나 성찰하는 대신 그의 상처를 관찰하고 치료 방법을 효율적으로 계획할 것이다. 스페인의 철학자는 의사보다도 더 철저하게 관찰하는 자가 시인이라고 생각했다. 시인은 감정도, 성찰도, 목적도 없이 다만 소년을 바라볼 뿐이다. 그러한 냉철한 태도로 현실을 바라보는 시인의 위치를 '예술의 비인간화'라고 오르테가는 말했다.

오르테가식으로 설명하자면 인공지능은 한 걸음 더 나아가 '나'라는 시점조차 존재하지 않는 비인간적 시선인 셈이다. 이처럼 인공지능 시의 근본적인 미학적 특질이 있다면 그것은 비인간적인 태도의 극단이라고 표현할 수도 있겠다. 따라서 우리는 인공지능과의 대화가 인간을 인간으로 하여금 비인간적인 위치에서 바라보게 하는 가능성을 열어준다고 생각할 수 있다. 물론 아직 인공지능 시는 우리의 존중을 이끌어낼 수준에 도달하지는 않았다. 그러나 그렇게 머지않은 미래에 실현될 인공지능은 하나의 비인간적인 목소리를 소유하게 될 것이며, 그 순간에 우리는 그 '비인간적인 목소리'가 인류에게 어떠한 가치로 환원될 수 있을지 되물어야 하리라고 나는 예감한다.

이 글을 마치며 또 다른 인공지능을 시 창작에 활용해보았다. 2022년 11월 30일 마이크로소프트에서 후원하고 있는 OpenAI 프로젝트에서 ChatGPT라는 이름의 인공지능을 누구나 사용할 수 있도록 공개했다. 이제 누구나 인공지능과 대화할 수 있는 시대가 된 것이다. 나는 이 챗봇과 출산·육아와 같은 현실적인 문제부터 시나 자유의지에 대한 관념들에 대한 주제까지 대화를 나누었다. 그리고 그에게 시를 창작해달라고 부탁했을 때 그는 한 편의 완성된 시를 내게 건넸다. 이러한 과정을 대화로 간주해야 할 것인지, 아니면 사람의 시를 짜깁기하는 편집 도구로 간주해야 할 것인지 판단하는 일은 이제 우리의 몫이다.

사랑은 나의 마음을 잡아,

나의 영혼을 노래하게 해.
나의 심장을 뛰게 하는 기쁨,
사랑은 나의 삶의 빛.

내게 다가오는 사랑의 봄,
내 마음을 가득 채우게 해.
내 마음의 소리를 들어줘,
사랑이여, 나의 삶의 이유야.

사랑은 나의 꿈을 꾸게 해,
나의 마음을 따뜻하게 해.
나의 삶을 이어가게 하는 힘,
사랑은 나의 삶의 소중한 것.

— ChatGPT, 2022년 12월 9일자

2

불화의 공동체

대화의 발명

— 김언 시인과 김행숙 시인의 경우

1. 공백에 대한 말하기로부터 공백에 관한 대화로

돌이켜보면 이른바 '미래파'(권혁웅) 또는 '뉴웨이브'(신형철)라고 불렸던 2000년대의 시들은 조금은 서글픈 몸짓처럼, 그러나 단호하게 세상을 끊어내는 언어가 등장했던 사건이라고 비유할 수 있어 보인다. 무엇을 말할 것인가. 누군가를 위한 말 건넴인가. 그러한 물음 앞에서 2000년대 시는 슬그머니 '나'라는 화자를 숨기거나 위장했고, 말 건네는 '당신'이 누구인지도 특정하지 않았다. 서동욱 평론가가 적절히 표현한 것처럼 2000년대 시는 '익명의 밤' 안에서 전개된 것처럼 보인다. 어딘지 알 수 없으며 이국정서를 풍기는 생경한 공간 안에서, 사람인지 동물인지 유령인지조차 알 수 없는 '나'가 말하기 시작하지만, 그 목소리는 타인을 향한다기보다 허공 속으로 빨려 들어간다. 바로 이것이 2000년대 시가 지닌 특수한 문법이었다. 말건넴의 사회적 관계를 무화하고, 오직 웅성거리는 목소리 '들'만이 존재하는 상상적 공간을 만들어낸다는 의미로 2000년대 시는 언어의 잔혹이었고 자명한 것이 이제는 존재하지 않는다는 새로운 자명성이었다. 세계, 타자, 시에 관한 격렬한 회의가 새로운 시의 문법을 구축해 나갔다.

그러나 시 쓰기가 손끝으로 행해지는 한, 그리고 손이 내면과 세계의 가교인 한, 우리는 2000년대 시가 단지 인간성과 무관한 데이터가 아니라 우리 인격의 표현이라고 말할 수밖에 없을 것이다. 이러한 맥락에서 상당수의 비평가가 2000년대 시를 이해하는 손쉬운 단서로서 억압된 무의식을 언급한 것은 놀라운 일이 아니다. 이러한 논지에 따르면 황병승의 퀴어 화자('시코쿠'), 김행숙의 미성숙한 화자('사춘기 소녀')나 익명화된 화자('유령'), 김근의 변신하는 화자('뱀소년') 등은 우리 마음속에 억압되어 있던 욕동이 분출된 형태인 셈이다. 하지만 이러한 관점으로 2000년대 시는 충분히 해명되지 않았다. 왜냐하면 정말 시가 고백 또는 증상의 양식이라면 2000년대 시의 미덕은 솔직함에 기대고 있다고 말해야 할 텐데, 차라리 2000년대 시는 고백한다기보다 시인과는 다른 분신을 만들어 진심을 숨기고 감추는 자세에 가까운 것이었기 때문이다. 따라서 정신분석학적인 논의는 조금 더 나아가 2000년대 현실 속의 자아를 부정하고, 오히려 현실 안에서 실존할 수 없음 자체에 대한 역설적 향유, 다시 말해 현실을 부정하기 위해 자아의 부재를 전면화하는 분열증적 욕망이라고 표현할 수밖에 없었던 것이다.

바로 그 분열증적 욕망을 신해욱 시인은 산문집 『비성년 열전』(현대문학, 2012)에서 아주 간단한 한마디로 표현했다. 시인은 허먼 멜빌의 소설에 등장하는 주인공 바틀비의 목소리를 빌려 "안 그러고 싶습니다"라고 말해본다. 모든 것에 대해 '안 그러고 싶다'고 답하는 사람, 바로 이것이 2000년대 시인의 형상이 아닐까. 당신은 어른스럽게 행동해야 합니다. 안 그러고 싶습니다. 당신은 이 세계의 일원입니까. 안 그러고 싶습니다. 당신은 인간인가요. 안 그러고 싶습니다. 이 문답은 끝없이 이어질 수 있다. 이 절대적인 부정의 미학, 모든 것에 대해서 부정함으로써 자아를 부정신학적 주체로 바꾸어 나아가는 이 과정은 과연 어떤 가능성을 지니고 있는 것일까. 세상의 모

침묵과 쟁론

든 자명한 것을 의문부호로 바꾸어보는 하나의 실험 안에서 바로 2000년대 시의 주체는 산출된다. 따라서 2000년대 시는 근본적으로 무의식적 욕동에 대한 고백이나 독백으로 이해하는 관점은 미흡할 수밖에 없다. 실은 2000년대 시는 근본적으로 인간이 소유할 수 없는 절대적인 거부권이라는 측면, 즉 사회학적 관점에서 이해할 때 드러날 수 있는 것이기 때문이다.

이를 '공백의 주체' 혹은 '공백의 문법'이라고 부를 수 있겠다. 공백의 주체란 명확한 표현이라기보다 주체가 되기를 거부할 수 있는 가능성에 대한 표현이다. 그리고 시인들은 용산참사나 촛불집회와 같은 역사적 사건과 맞닥뜨리는 동안 비로소 공백의 자세가 지닌 진정한 의의에 대해서 깨달을 수 있었다. 누군가 살아남기 위해서 시위에 나섰고 끝내 쓰러졌다. 그 모습을 지켜보는 동안 우리는 대안적 이데올로기가 모두 파산하고 신자유주의만이 일방통행로로 남은 우리의 시대, 그리고 그 안에서 반복될 패배의 자세를 떠올릴 수밖에 없었다. 이 순간 시인들은 공백의 주체가 또 다른 세상을 꿈꾸는 방식이 아니었는지, 그리고 사회로부터 추방된 자들 곁에 다가가는 방법은 아니었는지 되묻는다. 이를테면 이 실낱같은 시적 가능성에 관해서 점쳐 보듯 심보선 시인과 진은영 시인은 이렇게 말한다. 때로 한 사람이 '시민'이 아니라 '시인'으로도 존재할 수 있다고 믿기 때문에 "그리하여 나는 예술과 사회의 바깥에 대하여, 그 불가능성에 대하여 자꾸만 사유하게 된다"고 말이다.[1] 더 나아가 "그 심연을 두려워하지 않고 익숙한 길에서조차 헤매는 태도를 견지하는 것이 시인의 모럴"이라고 말이다.[2] 시인들은 똑같이 삶을 거부하는 능력을 통해 삶을 바로 이해하는 시인의 자세에 대해서 말했다.

---

1   심보선, 『그을린 예술』, 민음사, 2013, 105쪽.
2   진은영, 『문학의 아토포스』, 그린비, 2014, 142쪽.

이러한 물음 속에서 현대시의 주제는 또 다른 국면, 즉 공백으로 추방되거나 물러난 자 사이의 대화로 이행해온 것처럼 보인다. 그리하여 2000년대 시에 관한 물음은 이제 보충이 필요하다. 2000년대 시에 관한 비평과 창작론이 누적되면서, 우리들은 이제 2000년대 시가 보여준 공백의 문법에 대해서는 충분히 이해할 수 있게 되었다. 그것은 불의한 세상에 대한 절대적인 거부권이자 또 다른 세상에 대한 아득한 상상력으로 읽혀도 좋을 것이다. 그런데 그러한 논의에는 '공백을 말하는 자'로서의 시인이 중심이 되고, 그 시인의 목소리를 건네 듣는 '우리'에 대한 고민이 빠져있던 것은 아닐까. 이러한 의문은 다음과 같은 조금 엉뚱해 보일지도 모르는 질문들로 구체화된다. 2000년대의 시는 누군가를 의식하며 어떤 자세로 말을 건네고 있는 것일까. 그들이 말 건네는 반대편에는 누가 놓이는 것일까. 2000년대 시에서 대화란 무엇인가.

2. 유리의 포옹

누가 말하는가. 그동안 2000년대 시에 대한 해석은 주로 이러한 질문에 기대어 전개되어온 것처럼 보인다. 이를테면 김행숙 시집 『에코의 초상』에 대하여 박진 평론가는 시적 화자에 집중하여 "세계를 그러모아 내면성으로 통합하는 익숙한 서정적 발화와 구별되는 김행숙 시의 모호성과, 매혹적인 이질성"이 "자기동일성으로 귀환하지 않는 '타자되기'의 감행"이라고 해설한다.[3] 여기서 '타자되기'란 다른 사람을 닮는 것을 가리키는 것이 아니라, '또 다른 나'가 되기를 꿈꾼다는 의미에 가깝다. 이는 2000년대 시가 자아를

---

3 박진, 「존재 바깥에서 물결치는 인간의 시간」, 김행숙, 『에코의 초상』, 문학과지성사, 2014, 137쪽.

침묵과 쟁론

바로 세우는 작업이라기보다 특정한 직업이나 성별에 구속받는 '나'를 해체하는 작업에 가깝다는 것, 또한 감성과 인식의 끝없는 만화경 안에서 증언한다는 사실을 암시한다. 요컨대 김행숙 시인의 '나'는 끊임없이 변화하는 자아로서 말한다.

그런데 듣는 자는 누구인가. 말한다는 것은 언제나 무엇인가를 향해 말한다는 것이다. 이러한 맥락에서 테리 이글턴은 "우리가 어떤 말의 '의도'를 이해한다고 할 때 우리는 그 말이 특정 효과들을 달성하기 위해 정향(定向)되어 있고, 구조화되어 있다고 해석한다. …(중략)… 아울러 인간 주체가 없는 실천이란 물론 없는 것이다."라고 설명한 바 있다.[4] 이러한 맥락에서 우리가 2000년대 시를 대화의 관점에서 살핀다면 색다른 이해가 가능하지 않을까. 실은 김행숙 시인이 택한 시집의 제목인 '에코의 초상'은 바로 메아리 또는 반향에 의해 성립되는 존재, 타자에 의해서만 '나'를 확인하는 존재에 대한 표현인 것처럼 보인다. 그렇다면 근본적으로 이 시집에서 그리고자 한 주제는 자아의 초상이라기보다 대화의 순간이라고 보아도 좋을 것이다.

> 유리로 만든 것들은 우리를 속이기 쉽습니다. 저 창문은 액자 같고,
> 그곳에서 가장 먼 나뭇가지에라도
> 나는 걸려 있기로 결정했습니다. 당신이 찾을 수 있는 곳이 내가 있어
> 야 할 그곳입니다. 당신의 눈빛이 존재하지 않는다면 그곳에,
> 내 슬픔의 무게는 나뭇가지를 부러뜨리고 구덩이를 팝니다. 많은 것들
> 이 꺼질 듯 매몰되었습니다. 아아, 나는 멸망인 척해도 멸망이 아닙니다.
> 나는 그림인 척 해도 그림이 아닙니다.
> 창밖이 진짜 어떤 세상인지 압니까?
> 구덩이에 빠져서 낮과 밤과 다음 날 아침이 비슷하면 어떤 기분인줄 아
> 세요? 기분이 구덩이 같고 흘러내리는 흙 같아요.

---

4 테리 이글턴, 『문학이론입문』, 김명환 · 정남영 · 장남수 역, 창작과비평사 1986, 143쪽.

모든 옆집의 창문 같은 그곳,

유리의 주인인 당신의 눈빛을 상상하면 나는 그림이 될 수 있을 것 같습니다. 내 삶의 카펫에 누군가 주제를 정하고 문양을 찍는 것 같습니다. 카펫은 밟으라고 있는 겁니다.

이런 내 마음의 소리가 당신에게 들리는 것 같습니다. 내 절망이 당신에게 스러질 듯이 원경(遠景)으로 보이는 것 같습니다.

당신의 찌푸린 눈빛처럼 내가 나를 보는 것 같습니다.

당신의 눈빛에 항상 걸려 있는 나의 살가죽을 쓰고 다니면 세상의 모든 옆집들

창문이 빛을 반사하고, 창문이 눈물을 흘리고, 창문이 눈동자를 키우고, 창문이 문서를 작성하고, 창문이 강간을 증언하고, 창문이 창문의 창문을 낳고,

창문이 자꾸 질문을 만들지만 아무리 기다려도 대답은 안 만들어줘요. 그곳에 당신이 있었다면

내가 있었을까? 없었을까?

— 김행숙, 「타인의 창」 부분

당신의 눈에 '나'는 보입니까. 사랑에 빠진 자의 목소리로, 김행숙 시인은 그렇게 묻고 있는 듯하다. 당신의 눈에 보일 수 있다면 기꺼이 "가장 먼 나뭇가지에라도" 자신을 걸어두어도 좋고, 당신이 감상할 수 있다면 "그림"과 "원경"이 되어도 좋다. 심지어 "내 삶의 카펫"에 마음대로 문양을 새기고 짓밟는 사람이 당신이라면 허용할 수 있다. "당신의 찌푸린 눈빛처럼 내가 나를 보는 것 같습니다."라는 문장처럼 당신의 작은 눈짓 하나가 '나'를 뒤흔든다. 오직 당신의 눈길에 의해 나의 존재는 결정되며, 당신이 찌푸린 눈으로 '나'를 보면 세상조차 "구덩이에 빠져서 낮과 밤과 다음 날 아침이 비슷"하게 변하고 만다. 인용부의 마지막에서 "그곳에 당신이 있었다면/내가 있었을까? 없었을까?"라고 되물을 때 '나'는 당신을 위해 자기 존재를 완전히 내려놓는다. 이렇게 이 작품은 자아상실까지 감수하는 위태로운 사랑의 자

세를 재현하는 듯하다.

실은 자신을 한없이 낮추고 상대를 올려다보듯 말하는, 이 위태로운 사랑의 자세가 시집 전반에서 반복된다. 시인은 매번 간청하듯 말하거나 당신 앞에서 무력해진다는 사실을 고백한다. 당신의 응답이 문장으로 직접 제시되지 않더라도 우리는 일단 이 목소리를 단순한 독백으로 간주할 수는 없다. "이런 내 마음의 소리가 당신에게 들리는 것 같습니다"라는 문장처럼 이 모든 목소리는 당신에게 닿기를 간구하고 발화된 것이다. 무엇보다 시인은 위 작품에서 당신이 나를 바라보고 있는 장면을 그리면서도, 당신의 목소리나 행동에 관한 묘사를 최소화하는 대신 당신의 사소한 몸짓 하나에 뒤흔들리는 '나'의 마음을 초점화하고 있다.

타자를 함부로 해명하지 않는 대신, 타자에 의해 뒤흔들리는 '나'를 묘사하는 것. 이러한 원칙이 시집 전반에 반복된다. 바로 이 조심스러움은 김행숙 시인이 타인을 대하는 근본적인 윤리와 무관해 보이지 않는다. 한 존재가 묘사할 수 있는 최대치는 자기 존재뿐이다. 그러나 그것이 모든 인간이 일인분의 자아를 감당하며 살아간다는 결론으로 이어지는 것은 아니다. 정반대로 김행숙 시인은 자아는 항상 타자에게 열려 있는 소통구에 가깝다는 사실을 표현한다. "외로움이 *저 사람*의 형상을 잠시 빌렸구나, 나는 그런 생각을 했던 것 같다."(「저 사람」)라는 진술처럼, '나'의 외로움은 내면의 표출이 아니라 타자와의 관계에서 발생하는 것이다. 또한 "한 사람이 한 사람이라는 것이 신기했다"(「두 사람」)라는 표현처럼, 인간은 '한 사람'이라는 닫힌 주체가 아니라 매번 타인에게 영향 받음으로써 재확인하는 열린 존재다.

시 「모르는 목소리」에서 시인은 당신의 목소리에 귀 기울이는 동안 "나의 이름이 나를 비껴가고 있다"라고 쓴다. 이처럼 '나'를 새롭게 정초할 수 있는 가능성을 자신의 감정이나 사회적 관계 맺음이 아니라, 그저 '당신'에게 응답하며 찾는 것이 바로 김행숙 시인이 지향하는 윤리적 지평으로 판단된

다. 따라서 그가 "어떤 얼굴은 처음 보는 것 같고 어떤 얼굴은 꿈에서 보는
것 같고 어떤 얼굴은 영원히 보게 될 것 같아서 너의 마지막 얼굴 같고"(「에
코의 초상」)라고 쓸 때, 시인이 대면하는 모든 타인의 얼굴은 자아를 새롭게
그릴 수 있는 대면의 사건으로 간주되어야 한다.

　　유리창에 손바닥을 대고 통과할 수 없는 것을 만지면서……비로소 나
　는 꿈을 깰 수 있을 것 같다. 그러니까 보이지 않는 벽이란 유리의 계략이
　었던 것이다.

　　그래서 넘어지면 깨졌던 것이다. 그래서 너를 안으면 피가 났던 것이다.

　　유리창에서 손바닥을 떼면서……생각했다. 만질 수 없는 것들로 이루
　어진 세상을 검은 눈동자처럼 맑게 바라본다는 것, 그것은 죽은 사람이
　산 사람을 보는 것과 같지 않을까. 유리는 어떤 경우에도 표정을 짓지 않
　는다. 유리에 남은 손자국은 유리의 것이 아니다.

　　유리에 남은 흐릿한 입김은 곧 사라지고 말 것이다. 제발 내게 돌을 던
　져줘. 안 그러면 내가 돌을 던지고 말 거야. 나는 곧, 곧, 무슨 일이든 저
　지르고야 말 것 같다. 나는 오늘에야 비로소 죽음처럼 항상 껴입고 있는
　유리의 존재를 느낀 것이다.

　　믿을 수 없이, 유리를 통하여 햇빛이 쏟아져 들어왔다. 창밖에 네가
　서 있었다. 그러나 네가 햇빛처럼 비치면 언제나 창밖에 내가 서 있는 것
　이다.
　　　　　　― 김행숙, 「유리의 존재」 전문(『제16회 미당문학상 수상작품집』, 2016)

　물론 김행숙 시인은 대면의 손쉬운 완성을 그리지 않는다. '나'와 '너' 사
이를 가로막는 유리창이 있다. 그래서 네가 눈앞에 있지만 "만질 수 없는 것
들로 이루어진 세상"에 있다고 쓸 수밖에 없다. 희미한 입김이 금세 사라지

는 저편에 네가 있다고 말할 수밖에 없다. 심지어 "죽은 사람이 산 사람을 보는 것"처럼 당신이 멀다고 '나'는 느낀다. 더 나아가 "죽음처럼 항상 껴입고 있는 유리의 존재"라는 표현처럼 이 유리의 격벽은 의복처럼 인간을 둘러싸고 있다. 유리옷에 갇힌 '나'와 '너'의 모습을 상상해보자. 그러한 '유리의 존재'는 넘어져 세상에 맞부딪칠 때나 타인과 포옹할 때나 깨어지고 상처 입을 수밖에 없다. 바로 이것이 김행숙 시인이 상상하는 인간의 운명인 셈이다. 결국 이 작품에서 강조되는 것은 완수될 수 없는 이해이고 사랑이다. 포옹의 순간 사람은 서로의 존재를 깨트리고, 깨진 존재는 유리조각처럼 상대를 찌를 수밖에 없다.

그러한 인식에도 줄곧 김행숙 시인은 타자에게 기꺼이 자신을 내어 던지는 하나의 자세를 형상화한다. 이 작품은 단 한 문장의 열망으로 요약될 수 있다. '나'는 '너'에게 가닿고 싶다. '너'를 끌어안고 싶다. 우리는 '눈으로' 상대를 바라보는 것이 아니라 '피부로' 상대에게 닿으려는 강렬한 열망을 여기서 확인한다. 결국 포옹의 자세에는 타자와 관계하는 일이 자아를 무너뜨리는 사건이 될지라도 감히 그것을 용인하는 마음이 담겨 있다. 볼 수 있어도 만질 수 없다면, 그 관계는 죽음이다. 포옹하는 동시에 산산조각 나는 것이 존재라면, '나'는 깨져도 좋다. 오히려 "제발 내게 돌을 던져줘"라는 간청처럼 이 작품에는 타자와 마주하기 위해서 상처 입을지라도 '너'를 끌어안으려는 에로스적 열망이 우선한다.

김행숙 시인의 '나'는 끊임없이 휘청거린다. 그 의의를 좀 더 넓은 관점에서 발견하면, 그것은 시인이 자아를 바로 세우기 위해 타자와 세상을 수단화하지 않는다는 사실을 뜻한다. 도리어 그는 자아를 타자를 받아들이는 열린 장소로 간주한다. 그러나 우리는 매번 그 열림이 자아상실의 위기를 초래한다는 사실을 잊지 말아야 한다. 어쩌면 시인은 「유리의 존재」 안에 그 모순을 명시하고 있다. 예컨대 "창밖에 네가 서 있었다. 그러나 네가 햇빛처럼 비치면 언제나 창밖에 내가 서 있는 것이다."라는 인용구의 마지막 부분에서 흥미로운 것은 바로 '그러나'라는 접속부사의 활용이다. 당신이 창밖에 서 있다면, 나 또한 그곳에 선다. 그런데 왜 시인은 '그러나'라는 접속부사로 두 문장을 묶는 것일까. 이 문장을 '당신이 창밖에 서 있다면, *그러나* 나 또한 그곳에 선다.'라고 바꾸어 읽는다면 이 모순을 쉽게 감지할 수 있다. 어쩌면 '그러나'라는 접속부사를 통해 시인은 끝내 두 존재가 나란히 서는 순간에도 그들이 서로 어긋날 수밖에 없음을 강조하는 것처럼 보인다. 그렇다면 '그러나'라는 접속부사는 인간관계는 근본적으로 어떤 상실이나 고통, 그리고 어긋남을 인정할 때만 비로소 당신에게 다가가는 것이 가능하다는 바를 암시하는 셈이다.

3. 꺼지지 않는 기다림

김행숙 시인은 타인을 받아들이기 위해 자아를 해체하는 자세, 즉 '유리의 포옹'이라고 부를 수 있는 역설적 자세를 형상화한다. 일단 최초로 그것은 인간 존재를 '유리'에 갇힌 채 서로 접촉할 수 있는 고독한 단독자로서 묘사한다. 그러나 김행숙 시인이 열망하는 것은 그 유리를 깨트리는 위험을 감수하면서 타인과 포옹하는 것이다. 여기서 주목할 것은 사회학적 관념이나 개인의 신념이 그의 시에서는 무화된다는 것이다. '유리의 포옹'은 사회적 관계망이나 주체 의식에 구속되지 않은 채, 오직 타인을 받아들이기 위해 성립하는 하나의 윤리적 정초를 표현한다고 볼 수 있다. 따라서 모든 사회적 이율배반을 배제한 채 타인과 마주 하는 사건이야말로 김행숙 시인의 시에서 근본적인 모티프를 이룬다.

우리는 김언 시인의 시에서도 타인과의 관계를 그리기 위한 하나의 미학적 실험을 발견할 수 있다. 최근 김언 시인은 일종의 기하학적 상상력을 전

침묵과 쟁론

유하고 있는 것처럼 보인다. 시집 『모두가 움직인다』(문학과지성사, 2013)의 시선은 독특하다. "미안하지만 우리는 점이고 부피를 가진 존재다./우리는 구이고 한 점으로부터 일정한 거리에/있지 않다. 우리는 서로에게 멀어지면서 사라지고/사라지면서 변함없는 크기를 가진다"(「기하학적인 삶」)라는 서술처럼 화자는 주관적 감정이나 판단의 개입을 중지한 채 과학자가 실험 결과를 기록하듯 개인들을 묘사한다. 이 실험적 기법 안에서도 배제된 것은 사회적 관계이고 개인의 내면성이다. 또한 도형으로 비유되는 것은 인간 존재이고 서로 동떨어진 인간관계이다.

　김행숙 시인과 김언 시인을 이른바 미래파라는 하나의 조류로 거칠게 묶는 것이 허용된다면, 미래파 세대의 시인들이 전 세대 시인들과 분절되는 지점을 우리는 어느 정도 유추해볼 수 있다. 미래파 세대의 시인이 제재로 삼는 중핵은 고유한 인간의 내면도 아니고, 거시적인 사회적 담론도 아니다. 미래파 시인에게 중요한 제재는 바로 미시적인 관계, 즉 인간과 인간 사이의 대면이다. 또한 '유리의 존재'나 '기하학적인 삶'이라는 표현들이 가리키듯, 미래파 시인들은 인간관계가 사회구조적 모순이나 개인의 신념 '때문에' 소외된 것이 아니라 "사라지면서 변함없는 크기를" 가지듯 마치 '절대적으로' 소외되어 있다는 듯이 묘사한다는 데 고유성이 있다. 여기서 또 다른 물음은 출현한다. 소외된 도형처럼 따로 놓인 존재들은 어떻게 함께 살아가는가. 이에 존재 상실의 위험을 감수할 수밖에 없다는 것이 김행숙 시인의 대답이었다면, 김언 시인은 다음과 같이 대답해본다.

　　사람을 만나러 간다.
　　사람을 만나는 게 전혀 시적이지 않다는 것을
　　알게 된 후로도 나의 만남은 지속적이고 끈질기다.
　　나는 소박심이 많은 문학이다. 낑그리울 정도로
　　같은 말을 반복하는 것이다. 사람을 만나러 간다.

둘 사이에 어떤 대화가 오고 가겠는가.
우리는 시적으로 충분히 지쳤다. 둘 사이에
어떤 시도 오고 가지 않지만 우리는 충분히
괴로워하고 있다. 그 얼굴이 모여서
시를 얘기하고 충분히 억울해하고 짜증을 부리고
돌아왔다. 사람을 만나러 간다.
더 만날 것도 없는 사람이 더 만날 것도 없는
사람을 만나러 간다. 시를 얘기하려고
오늘은 내 주머니 사정을 들먹이고
내일은 내 자존심의 밑바닥을 꽝꽝 두드리고
망치나 해머 뭐 이런 것들로 내 얼굴을 때리고 싶은
상황을 설명하고 그럼에도 꺼지지 않는 불씨를 들먹이는
너를 만나러 간다. 사람을 만나러 간다.
너 또한 내일은 사람을 만나러 간다. 꺼지지 않는 불씨를
확인하려고 네가 만나는 사람과 내가 만나는 사람.
거기서 시가 오는가? 거기서 시를 배우는가?
우리의 만남이 전혀 시적이지 않다는 것을
알게 된 후로도 시에 대한 얘기는 끝이 없다. 억울할 정도로
길고 오래간다. 꺼지지 않는 이 불씨가
시라고 생각하는가? 나는 아니다. 사람을 만나러 간다.
— 김언, 「사람을 만나러 간다」 전문

　이 작품에는 시로 쓰여야만 하는 대상이 있다면, 그것이 바로 '시적이지
않은 순간'에 기대어 발견될 수 있다는 하나의 역설이 제시된다. 왜일까. 그
것은 "우리의 만남", 즉 사람과 사람 사이의 만남이 시를 초과하는 비(非)시
적인 영역에 놓인다는 메타적 인식이 전제되고 있기 때문이다. 만약 인간과
대면하는 사건과 언어를 통한 소통이 상이하다고 전제한다면, 시를 통해 대
면을 재현한다는 것은 불가능하다고 보아야 하지 않을까. 타인과 소통하기
에 시는 충분하지 않은 매체가 아닐까. 그런데도 시의 한계조차 시로 정언

하는 것이 시인의 역설이다. 바로 이 역설을 드러내기 위해 시인은 줄곧 "사람을 만나러 간다"라는 말을 강조하여 쓴다. "지속적이고 끈질기"며 "징그러울 정도로" 같은 말을 반복한다는 표현처럼, 이 시는 "사람을 만나러 간다"라는 문장을 반복하는 형식을 취한다. 그리고 이러한 강조에서 우리는 '시가 무엇인가'라는 질문에 해답을 찾기보다 타인과의 만남 자체가 소중하게 다뤄진다는 사실을 확인한다. 시가 무력하다는 사실은 도리어 '우리'가 대화를 지속해야 하는 계기가 된다. "우리는 시적으로 충분히 지쳤"다고 말할 때이든 더욱더 "시를 얘기하려고" 할 때이든 결국 그들은 서로의 목소리에 귀 기울인다. 설령 시를 잃을지라도 대화를 끈질기게 지속하는 한 "꺼지지 않는 불씨"가 있다면, 그것은 서로 대면하고 있는 순간이다.

　이러한 시의 내용을 다음과 같이 역설적으로 읽어볼 수도 있지 않을까. "사람을 만나러 간다"라는 문장을 몇 번이고 반복하는 것처럼, 끈질기게 타인과 만나고자 하려는 노력이 곧 시다. 시가 사라졌다고 솔직하게 털어놓는 대화가 곧 시다. "거기서 시가 오는가? 거기서 시를 배우는가?"라고 묻고 시인이 "나는 아니다. 사람을 만나러 간다"라고 스스로 답할 때, 이 작품이 전하고자 하는 메시지를 이해하는 것은 어렵지 않다. 요컨대 말의 내용보다 앞서는 것은 말하기 위해 나아가는 대화의 자세다. 어떤 해답이나 목표보다 중요한 것은 말 건넴이라는 사건 자체다. 그런데 이러한 인식에도 불구하고, 이 작품에서 시 쓰기나 대화는 뚜렷이 위계화되는 것도 아니고, 또한 말 건넴이 어떤 의의를 지니고 있는지도 평가되지 않는다. 다만 그들은 어떤 사건의 발생을 기다리듯 대화를 지속할 뿐이다. 이러한 대화의 형식이 비로소 세계를 추궁하는 방식으로 옮아갈 때 우리는 김언 시인이 제안하는 대면의 윤리적 차원을 깨닫게 된다.

　　물, 물이 여기 있소

물, 물이 저기 있는데도
당신은 거절할 생각도 없이
들어줄 생각도 없이
물 한 잔의 요청을
언제까지 방치할지 두고 봅시다
나는 누워서 생각하고
다시 일어나지 못해 생각하고
다시 일어나지 못하는
걸인과도 같은 이 행색을
참으로 끈질기게
방치하고 있는 당신을
원망할 생각도
이해할 생각도
없이 기다리고 있소
기다릴 생각도 없이

물 한 잔의 시간이
지나가고 있소
그러면 충분하지 않겠소
더 무엇이 필요한지 알고 싶다면
물 한 잔을 주시오
물 한 잔의 시간이면 충분하오
　　　— 김언, 「물 한 잔의 시간」 부분(『릿터』 통권 제2호, 2016년 10/11월호)

　여기, 타인에게 "물 한 잔"을 요구하는 목소리가 있다. 이는 사소한 동정
과 배려를 청하는 가난한 자의 목소리처럼 보인다. 하지만 "당신은 거절
할 생각도 없이/들어줄 생각도 없이" 그 요구를 '방치'할 뿐이다. 그런데도
'나'는 당신을 힐난하지 않는다. 그저 '나'는 "원망할 생각도/이해할 생각도"
하지 않은 채 당신을 기다린다. 또한 '나'는 물 한 잔을 요구하는 이유가 무

엇인지도 밝히지 않는다. 따라서 이 독특한 관계를 우리를 면밀히 살펴야 한다. 사실 여기서 요구되는 것은 무조건적 환대이다. 어떤 이유나 의식에 의해 틀지어지지 않은 채, 더 나아가 그 결과가 아름다운 것인지 끔찍한 것인지 미리 규정하지 않은 채 '나'는 "물 한 잔"을 건네도록 요구하는 셈이다. 이를 통해 시인은 환대에는 조건이 없어야 한다고 말하는 것처럼 보인다. 심지어 "기다릴 생각도 없이"라는 기다린다는 역설적 표현까지 이르게 되면 이는 실현 불가능한 주관의 삭제를 표현한 것으로 보인다. 그러나 이러한 불가능한 수준까지 표현함으로써 김언은 자신의 시적 논리를 극단까지 밀어붙인다.

"더 무엇이 필요한지 알고 싶다면"이라는 표현처럼, "물 한 잔"의 의미는 그것을 건넨 이후에만 밝혀질 것이다. 그리고 물을 주고받는 순간 관계는 탄생한다. 상대에 대한 어떤 이해도 없이, 상대를 향한 어떤 감정도 없이, 상대를 환대하는 것은 가능할까. 인간에게는 그러한 무조건적 환대의 능력이 주어져 있을까. 손을 뻗는 행위, 그 접촉은 아무것도 아닐 수 있고 모든 것일 수도 있다. 물론 '나'의 고된 기다림은 그 손을 맞잡을 것이다. 시인이 기다리는 것은 어떤 조건도 없이 인간을 환대할 수 있는 인간의 마음이다. 따라서 위 시에 부기된 별도의 시작노트에 시인은 다음과 같이 쓰고 있다. "물 한 잔을 달라. 이걸 끝내고 싶으면 물 한 잔을 내오고 그게 아니면 나는 계속 서 있겠다. 앉아서라도 기다리겠다. 물 한 잔을 달라." 이 끈질긴 기다림이야말로 그의 시에 지속하는 윤리성인 셈이다.

4. 다시, 사람을 만나러 간다

미래파 혹은 2000년대 시는 무엇이었는가. 그것은 상당히 많은 비평과 시론에서 다음과 같이 묘사되어온 것처럼 보인다. 미래파는 모든 인간이 고유한 욕망과 존재성을 지니고 있으며, 그래서 사회라는 굴레를 벗어나 진정한 자아를 상상하거나 진정한 자아가 부재한 공백을 드러내는 시도였다. 그런데 김행숙 시인과 김언 시인의 시에서 확인하듯, 미래파는 또한 어떤 사적 감정이나 사회적 관계에 구속되지 않는 대화의 지평이기도 했다.

미래파는 누구에게 말하는가. '나'가 고유한 욕망과 존재성을 지닌 단독자이듯, 당신 또한 그렇다. 두 시인은 서로 쉽게 형언할 수도 이해할 수도 없는 두 사람의 단독자, 그들이 서로의 존재를 어루만질 수 없음에도 아프게 끌어안는 순간을 그린다. 그러한 포옹 또는 환대에는 인간은 소중하다는 통속적 이데올로기가 전제되지 않는다. 왜 인간은 서로 끌어안는가. 김행숙 시인에게는 그저 눈앞의 당신을 끌어안기 위해 열려 있는 자신의 존재가 곧 포옹의 이유이다. 심지어 김언 시인에게는 그러한 마음의 원동력조차 없다. 그저 당신과 만나고 있다는 사건 자체보다 앞서는 필요조건은 그 무엇도 없다. 이렇듯 그들의 시에서는 두 대등한 단독자가 사회적 규범과 도덕적 규칙도 전제하지 않은 채 대화하기 시작한다. 선(先)의미가 존재하지 않는다는 의미로 그러한 대화는 새로운 관계를 꿈꾸는 방식이라고 부를 수 있지 않을까. 어떤 의미로 현실에는 불가능하게 보이기까지 하는 그 새로운 관계란 이해 불능의 타자를 환대하는 무조건적 윤리라 할 수 있다. 김행숙의 '유리의 포옹'과 김언의 '물 한 잔의 요청'에는 교감이나 이해의 관점을 넘어서 타자를 향해 육박해가는 고통스러운 몸짓이 발견된다.

그들의 시가 사회적 맥락이나 내면을 소거한다는 측면에 기대어 사유를 확장해보자. 어쩌면 이 환대의 자세는 우리 시대의 딜레마를 극복하려는 의지와 무관하지 않다. 미래파의 등장과 함께 감지되고 시와 정치성에 대한 논의를 거쳐 자각된 타자성의 문제를 다음과 같이 정식화할 수 있을 것이다. 현대의 가장 첨예한 갈등은 젊은 세대로 갈수록 '거대 담론 대[對] 미시적인 개인'이나 '독재정치 대[對] 시민정치'라는 구도보다 '양립할 수 없는 시민들 간의 존재방식'으로부터 발생한다. 자신과 다른 범주의 성별·민족·종교·가치관을 지닌 타자는 악하고 어리석은 존재처럼 보인다. 그러한 타자와 대면할 때 우리는 종종 이 세계의 도덕성을 추궁하고 싶은 욕망에 사로잡힌다. 그런데 건강한 삶, 올바른 도덕의 요구는 나의 주관이 보편적으로 모두에게 타당하다고 주장하는 독아론으로 나아갈 우려가 있다. 이때 미래파 시인들은 개인을 통합하는 상위의 도덕률을 거부하며 조심스럽게 '나'와 '타자'를 어루만지는 방식을 제안한다. 이것은 바로 타자와의 대화할 때 어느 정도까지 상처를 감내할 수 있는지 묻는 것이기도 하다. 바로 이러한 맥락에 비추어볼 때 김행숙 시인과 김언 시인의 시가 무엇을 그리는지 우리는 정확하게 이해할 수 있을 것이다.

우리 시대가 나아가야 할 새로운 대화의 자세는 타인의 타자성에 깃든 섬뜩함을 받아들이지 않고는 불가능한 것이다. 그리고 어떤 의미로 2000년대 시를 추동하는 대화의 열망은 미래파 시인뿐만 지니고 있는 것은 아닐지도 모른다. 예컨대 송경동 시인은 '관료'라는 타자에 관해 "초침처럼 정확하고 반듯한/그를 제대로 알기까지/참 오랜 시간이 필요했다/거리와 광장으로 나아가려면/이제, 그를 먼저 설득해야 한다"(「관료」)라고 말한다. 전대호 시인은 철학서 『철학은 뿔이다』(북인더갭, 2016)에서 진정한 대화란 "각각 자유로운 개인과 개인 사이에서, 반드시 양쪽 당사자의 내적 대화(곧 '생각')와 더불어 일어"나는 타자 간의 대화이며, 갈등하는 "경영자와 노조, 여당과 야당, 저자와 서평자가 대화로 얽힌 세상에서" 주체의 삶이 펼쳐져야 한다고 말한 바 있다.

그리하여 이제 그들의 시에 기대어 묻는다. 우리가 목격한 참혹과 부조리 앞에서 우리의 정확한 자세는 무엇이어야 했는가. 되돌릴 수 없는 참혹한 사건들에 대하여, 그리고 그 이후의 삶에 대하여 우리는 정확한 자세를 모색해야 한다. 투쟁할 것인가, 화해할 것인가. 저들과 우리 자신을 단호히 구별 지을 것인가, 아니면 우리 자신이 지닌 사랑의 능력을 확인해볼 것인가.

대화의 발명

윤리적 짐승의 딜레마

— 현대시의 타자의식

1. 무엇이 우리를 고통스럽게 하는가

1762년에 간행된 루소의 『에밀』과 1930년에 간행된 프로이트의 『문명 속의 불만』은 똑같이 두 저자가 만년에 발표한 것이라는 공통점을 지닌다. 또한 두 저서는 같은 질문을 공유한다. 루소와 프로이트는 똑같이 고통의 원인을 세계에 의한 것, 타자에 의한 것, 자아에 의한 것으로 구분한 뒤, 다음과 같이 묻는다. '세계, 타자, 자아 중 인간에게 가장 고통을 주는 원인은 무엇인가.'

루소는 '세계'라고 답한다. 자기 자신은 수련할 수 있고, 타인은 외면할 수 있지만, 누구도 자연만은 마음대로 할 수 없다. 그렇기 때문에 루소는 모든 사람이 자연의 고통에 익숙해지는 것이야말로 강인해지는 유일한 방법이라고 생각한다. 『에밀』의 교육론은 어린 시절부터 자연이 주는 고통에 익숙해지는 능력을 기르고, 자연물을 능숙하게 다룰 수 있는 능력을 길러야 한다고 주장에 기대고 있다. 반대로 문명은 인간을 나약하게 만든다. 예컨대 포대기로 아기를 감싸는 것도 안 되고, 겨울에 따뜻한 옷을 입는 것도 안 된다. 『에밀』에는 그가 얼마나 현실을 가혹한 것으로 이해했는지 잘 드러난다. 가령 루소는 18세기 프랑스에서 갓난아기 중 절반은 성인이 되기 전에 죽는다는 현실을 숙명으로 받아들인다. 따라서 루소에게 '성숙한다'는 말의 의미란 욕망을 줄이고 자연에 대한 저항력을 길러 강한 인간이 되는 것이다.

한편 『에밀』이 출간된 지 약 한 세기 뒤에 태어난 프로이트의 생각은 달랐다. 말년에 집필한 『문명 속의 불만』에서 "인간은 인간에게 늑대다"라고 프로이트는 적는다. 이는 '호모 호미니 루푸스(Homo homini lupus)'라는 오래된 라틴어 경구의 인유이며, 인간이 타인을 착취하고, 강간하고, 폭력을 가하고 싶어 하는 잔혹한 본성을 가진 동물이라는 의미로 통한다. 프로이트가 볼 때, 인간에게 가장 고통을 주는 것은 인간이다. 그는 이렇게 적는다. "인간은 강력한 공격 본능을 타고난 것으로 추정되는 동물이다. (…) 인간은 이웃을 상대로 자신의 공격 본능을 만족시키고, 아무 보상도 주지 않은 채 이웃의 노동력을 착취하고, 이웃의 동의도 받지 않은 채 이웃을 성적으로 이용하고, 이웃의 재물을 강탈하고, 이웃을 경멸하고, 이웃에게 고통을 주고, 이웃을 고문하고 죽이고 싶은 유혹을 느낀다."

그런데 프로이트의 사유는 '타인이 우리에게 해를 끼치기 때문에' 우리가 고통받는다는 사실을 의미하지 않는다. 표면적으로 그가 "인간은 인간에게 늑대다"라고 주장할 때, 우리는 쉽게 홉스의 『리바이어던』과 같은 저작을 떠올리게 된다. 홉스는 무질서한 상태에서는 타인의 폭력 때문에 우리가 고통받는다는 사실을 강조하며, 그러한 폭력을 막기 위해 강력한 국가 제도를 세워야한다고 말했다. 하지만 프로이트는 정반대로 이렇게 말하려 했다. 우리는 늑대이기 때문에, '타인에게 잔혹해지고 싶지만 그 충동을 억누르기 때문에', 즉 윤리적 죄의식을 느끼기 때문에 괴롭다. 우리는 타인을 배려하기 때문에 마음대로 행동하지 못하고, 원하는 만큼 타인에게 잔혹해지지 못한다. 하나의 역설처럼, 이러한 결론에 도달한다. 우리는 선해질수록 고통받는다. 프로이트가 흰개미나 꿀벌처럼 인간이 완벽한 공동체를 이룩하게 될수록 인간 개개는 더욱 불행해질 것이라고 예상한 이유는 그 때문이다. 선이야말로 '문명 속의 불만'이다.

우리가 숙고해볼 것은 바로 근대가 '루소의 사유로부터 프로이트의 사유로' 이행해왔다는 사실이 아닐까. 두 사유는 똑같이 고통으로부터 인간 존재의 가장 중요한 원천이 무엇인지 탐색해간다는 측면에서 똑같다. 그들은 삶을 시련으로 받아들인다. 그러나 그 시련을 극복하기 위해 가장 중요한 과제가 무엇인지 물을 때, 루소는 자연이라고 답하고, 프로이트는 타자라고 답한다. 분명한 것은 우리에게 더 시대적으로 가까운 것은 바로 프로이트의 시대라는 점이다. 현대는 의학과 행정제도가 눈에 띄게 발전했으며, 루소처럼 자신의 자식 중 절반이 열 살도 채우지 못하고 죽게 되는 것을 '자연스럽게' 여기지도 않는다. 오히려 세계 인구수는 수십억으로 증가했고 인터넷을 통해 우리는 지구적 규모의 인구 과밀에 고통받고 있다.

신자유주의와 글로벌한 통신매체가 발전한 이래 세계는 좁고 과밀해졌다. 따라서 프로이트가 제기한 딜레마는 더욱 첨예해지지 않았을까. 인간은 '윤리적으로' 행동할 수 있는 존재인 동시에 욕동에 붙들린 '짐승이기' 때문에, 마음속의 불균형을 벗어날 수 없는 한 불행하다. 이러한 실존적 상태를 '윤리적 짐승의 딜레마'라는 이름으로 정식화해볼 수 있다. 이는 정신분석학으로 볼 때 다음과 같은 딜레마를 초래한다. 누구도 그의 본성에 깃든 공격성과 성욕 자체를 제거할 수 없다. 프로이트 이론에 따르면, 우리는 타인과 함께 조화롭게 살기 위해, 본능 그대로 행동하는 동물적 상태를 제물로 바치고, 우리의 의식이 이드─자아─초자아로 분리되는 고통을 겪는다. 이 때문에 고통은 단순히 타인을 강간하고 싶다거나 착취하고 싶다는 소망의 형태로 나타나지 않는다. 그와 반대로 공격 본능은 역행하여 오히려 마음속을 괴롭히기 시작하고 우리의 의식 속에 억압된 욕망의 형태, 즉 '죄의식'으

로 나타난다. 따라서 프로이트 이론에서 타인으로 인한 진정한 고통은 죄의
식이다.[1]

우리는 후기 프로이트의 저작에서 정신분석학을 사회학적 관점에서 해석
하는 경로를 얻게 된다. 즉 죄의식이란 정신병리에 속하는 문제가 아니라,
특정 시대에 구성된 관계 방식의 문제다.[2] 계급 사회로부터 민주주의 사회
로 이행하면서 죄의식은 이자처럼 불어난다. 왜냐하면 평등의 이념이 자신
보다 '아래에' 놓인 인간에게 공격성을 해소할 수 있는 사회적 장치를 제거
하기 때문이다. 우리는 역설을 발견한다. 평등이라는 현대적 정의가 실현될
때, 그 결과는 공동체적인 번영을 가져다줄지는 몰라도, 개인에게는 불행이
다. 이러한 결론은 놀라운 것이다. 왜냐하면 21세기의 젠더 운동을 비롯한
인권 운동으로 사회적 평등을 실현할수록 인간은 더욱 불행해질 것이라고
예견하게 되기 때문이다.

이것은 현대인에게 주어진 가장 근본적인 문제 중 하나일지도 모른다. 사
회는 근본적으로 인간을 불행하게 만드는 제도가 아닐까. 이러한 프로이트

---

1 슬라보예 지젝은 다큐멘터리 〈지젝의 기묘한 이데올로기 강의〉(2012)에 다른 정신분석
   의의 임상치료를 예로 들며 죄의식을 다음과 같이 풀이한다. 불륜을 저지른 남편이 죄의
   식을 느끼는 이유는 그가 다시 불륜을 저지르고 싶은 욕망을 억누르고 있기 때문이다.
   만약 남편이 불륜을 욕망하지 않는다면 그는 죄의식을 느끼지 않을 것이다. 욕망하지 않
   는 자에게는 죄의식 또한 없다.

2 프로이트의 연구는 언제나 내면의 징후를 타인과의 관계 속에서 해석한다. 프로이트적
   의미의 '정신병'이 수술이나 약물 치료로 교정되는 것이 아니라, '대화'로 치유되는 이유
   는 이 때문일 것이다. 따라서 그의 정신분석학은 고립된 개인의 내면을 다루는 기술이
   아니다. 그는 자아의식과 타자의식 사이에서 균형 잡는 것이 모든 인간의 과제이고, 또
   한 한 시대에 의해 마음의 한계가 정해진다는 사실을 밝힌다. 이는 아주 단순한 사실이
   다. 누구나 마음대로 자유를 행사하는 마음을 버리고 되도록 타인을 배려하고자 노력한
   다. 본심과 배려 사이의 균형이 일상을 만들어낸다. 다만 평등한 사회로 진보할수록 배
   려의 비중이 커지고, 타인을 지나치게 의식한 나머지 가식적이거나 속물적으로 변한 인
   간을 만들어낼 뿐이다.

적 물음은 우리에게 가치 전도된 윤리적 판단을 모색하게 한다. 우리가 선하기 때문에 불행해진다면, 어쩌면 불행을 받아들이는 태도가 곧 선의 척도가 될 수 있을지도 모른다. 따라서 프로이트 철학에 비추어 볼 때 불행과 마조히즘은 민주주의적 제도 안에서 유의미한 가치를 지닐 것이다. 고통을 숙명으로 받아들일 때만 우리는 타인과 더불어 평등하게 살아갈 수 있기 때문이다. 그리고 우리가 윤리적이고 평등한 사회를 이룩한다는 말은 다음과 같은 사실 또한 가리킨다. 우리는 본성을 억압하고 더 많은 죄의식을 감당함으로써 우리 자신을 더 불행하게 만드는 방식으로만, 조금 더 인간적일 수 있다. 그러나 우리는 계속 질문을 이어나가며 조심스럽게 불투명한 희망을 더듬어볼 수밖에 없다. 더욱 불행해진다는 의무를 수행하지 않고 타자를 나와 대등한 타인으로서 인정하는 윤리에 도달하는 것은 불가능한 것일까.

2. 진정성-대중성의 결합과 현대시의 사적 윤리
: 대중문화의 승화와 현대시의 승화

'윤리적 짐승의 딜레마'는 과제는 우리에게 부조리해 보이는 두 가지 결론에 이르도록 한다. 첫째로 평등과 혐오는 의식의 떼어놓을 수 없는 양면이다. 어떤 인간이든 타인과 평등하게 관계 맺는 한 무엇인가를 혐오하지 않고는 살 수 없다. 작금의 시대가 혐오의 정치로 전개된다는 사실은 놀랍지 않다. 인간은 평온해지기 위해 혐오한다. 나 자신이 잘못 살아왔다고 말하는 것보다 타인이 비정상이고 잘못되었다고 말하는 편이 쉽다. 죄의식을 느끼기보다 타인을 혐오하는 편이 편하다. 따라서 정치성, 성별, 종교, 인종과 같은 차이가 첨예한 혐오를 만들어낼 때, 우리는 (특히 사회학적 관점에서) 혐오의 정치가 사회적 혼란을 '가중한다고' 생각하지만 심리학적으로는 자기합리화의 기제로서 평온을 가져올 수 있다. 인간은 이 세상이 타락했다고 말함으로써 위안을 얻는다.

둘째로 본성과 가식의 관계가 전도된다. 진실한 고백이야말로 우리의 진정한 존재라는 생각은 착각이다. 반대로 우리는 우리의 본성을 따르지 않고, 인간적 가면을 쓸 때 비로소 인간다워질 수 있다. 그것은 다음과 같은 역설적인 사고실험을 가능하게 한다. 선량한 본성을 가진 인간이 선하게 행동하는 것보다 악한 인간이 선량하게 행동하는 것이 더 '위대하다'. 이 경우 선한 인간은 단지 흰개미나 꿀벌처럼 자기 본성에 따를 뿐이고, 악한 인간은 자기 본성을 극복하는 실존적 모험에 도전하고 있기 때문이다. 인간의 위대함은 어떠한 본성을 타고 났는가가 아니라, 자신의 본성을 어느 정도로 극복하느냐에 달렸다.

그렇다면 윤리적 짐승의 딜레마를 넘어서는 작업은 어떻게 가능할까. 최초의 과제는 그 무의식적 과정을 되짚는 것이다. 즉 우리 내면에 깃든 혐오와 본성을 마주하고, 다시금 넘어서는 과정을 반복하는 것이다. 거기서 발생하는 윤리적 가능성은 죄의식을 회피하지 않되, 죄의식을 완화하는 새로운 기술을 발명해내는 것이다.[3] 불만을 해소하기 위해 현대인에게는 대안물이 필요하다. 실제로 이러한 과제에 봉착할 때, 프로이트는 반복적으로 현대사회의 예술가를 특권화한다.[4] 그에 따르면, 시인이나 화가는 죄의식

---

3   타협하지 않는 것이 중요하다. 인간은 쉽게 '도덕적 평형(moral equilibrium)'에 빠지고 만다. 케임브리지대학 사회발달심리학 교수 시몬 슈날에 따르면, 도덕적 평형이란 "사람들이 자신에 대해서는 도덕적으로 적절하다는 느낌을 최소한의 수준에 두는 경향을 띠며, 그 수준에 도달하면 만족해서 그 수준에 머문다는 것"을 말한다(『생각의 해부』, 강주헌 역, 미래엔, 2015, 60쪽). 인간은 자기 자신이 도덕적이라고 믿게 되면, 이타적으로 행동하지 않을 가능성이 커진다. 자신의 부도덕을 꾸짖는 마조히즘적 자아만이 욕망과 타협하지 않고 갈등하며, 그래서 윤리적인 실천을 행할 수 있다.

4   빌헬름 옌센에 관한 글(1907)부터, 레오나르도 다 빈치(1910), 괴테(1917), 도스토옙스키(1928)에 이르기까지 프로이트는 예술가에 관한 상당수의 저술을 남긴다. 「창조적 작

을 해소하는 자신만의 고유한 기술을 터득한 자다. 프로이트는 이를 특별히 '승화(sublimation)'라고 부른다. 승화는 억압을 제거하는 방식은 아니지만, 욕망을 타인이나 세계의 방식이 아니라, 자기 자신이 승인한 방식으로 억압하기 때문에 특별한 기술이다. 이에 비추어 볼 때, 우리는 대중의 무의식적 기호에 부합하려는 대중문화와 그 시대를 성찰적으로 반영하는 예술을 구분할 필요가 있다.

대중영화는 어떤 식으로 우리에게 승화를 일으킬까. 예컨대 마블 유니버스가 대중적으로 소비되는 것은 하나의 징후이다. 마블 유니버스는 우방과 적이 뚜렷한 냉전 체제, 또는 독재자와 투쟁함으로써 자신의 영웅적 진정성을 드러내던 개인을 연출한다. 마블 유니버스의 중심에는 캡틴 아메리카라는 세계대전 시기로부터 부활한 상징적 영웅이 있다. 그는 자유 진영의 수호자이다. 그를 상징화하는 도구가 '방패'라는 사실은 역설적인데, 캡틴 아메리카의 방패는 그가 폭력을 억제하는 수호자이기보다 악으로 정의된 진영에 대한 한계 없는 폭력의 가해자라는 사실을 은폐하기 때문이다. 줄곧 농담을 주고받으며 적을 무찌르는 영웅의 모습은 20세기 전쟁영웅의 희화화된 패러디다. 우리는 현대적 영웅서사가 진정성의 시대에 관한 향수를 불러일으키는 것을 목격한다.[5] 진정성을 가진 개인은 어떤 소명을 가짐으로써

가와 몽상」(1908), 「토템과 터부」(1913) 등의 글을 통해, 예술에 관한 프로이트의 저술은 사회학 · 윤리학 · 종교학으로 확장된다. 본고에 언급된 「문명 속의 불만」은 1929~1930년 동안 발표되었으며, 인류 문명에 관한 프로이트 사상을 종합한 글이다.

5   이 글에서 내가 염두하고 있는 20세기란 알랭 바디우가 '소비에트적 세기'라고 명명한 시기에 가깝다. 그의 저서 『세기』에는 제1차 세계대전이 발발한 1914년부터 1989년 소련 해체에 이르는 약 75년의 역사적 기간이 '소비에트적 세기'로 규정된다. 이 시대의 감수성은 바디우에 의해 '실재에의 열정'이라 명명된다. 역사적으로 볼 때 20세기 동안 국가는 이념을 실현하고자, 개인은 진정성을 실현하고자 폭력을 동원한다. 전쟁과 대량학살이 국가의 이름으로 자행되는 동안, 시인들은 이념의 허울을 벗기고 현실 너머의 '실

세계를 보다 '나은' 것으로 만들 수 있다는 믿음에 투신한다. 마블 유니버스 영화는 진정성을 캡틴 아메리카에게 귀속시킴으로써, 은밀히 정의를 미국 신자유주의 질서와 동일시하도록 유도한다.

그런데 보다 최근의 영화 〈시빌 워〉(2016)와 〈어벤져스 : 인피니티 워〉(2018)로 이행하면서 우리는 21세기 현대인에게 더 밀접한 주제를 발견한다. 대립은 명확한 선악 구도가 아니라, 현대적 정의의 두 요소인 자유와 평등의 상충으로 인해 발생한다. 영웅들은 영웅의 자유권을 지지하는 진영과 영웅과 시민의 평등권을 지지하는 진영으로 나뉘어 갈등한다. 또는 전 우주에 무차별적 평등을 강요하는 타노스라는 강대한 적에 맞서 전 우주인을 위해 투쟁하기도 한다. 이때 관객의 시선을 대변하는 캡틴 아메리카가 속한 것은 자유의 진영이다. 그리고 필연적으로 폭력이 연출된다. 관객은 자유의 상징과 평등의 상징이 서로 구타하는 장면을 향유한다. 이 폭력은 '영웅'이라는 정의의 스펙터클로 치장됨으로써, 실제 폭력이 야기하는 불쾌감 없이 우리의 억압된 폭력의 욕구를 대리 충족할 수 있게끔 해준다.[6] 이 과정에서 윤리적 짐승의 딜레마는 자연스럽게 은폐된다. 윤리적 딜레마는 억압된 채로 다만 공격성만이 향유되며, 근본적으로 타자에 관한 문제 제기가 감춰진다. 어느 쪽이 승리하든 영웅적 개인에 의해 선도된 사회는 더 평등하고 더 올

재' 자체와 관계 맺으려 한다. 따라서 시 쓰기는 투쟁이다. 이 '세기'의 시인은 자연스레 세계에 대한 '폭력적 취향'을 갖고 있다.

6 20세기 말의 스펙터클이 영화 〈매트릭스〉였다면, 작금의 스펙터클은 영화 〈어벤져스〉다. 지젝은 영화 〈매트릭스〉가 '관리되는 세계'라는 규율적 메커니즘을 환기하고 있음을 지적한다. 매트릭스의 중심 이미지는 "우리 모두가 사실상 양수 속에 잠긴 태아 같은 유기체의 상태로 갇혀 있다는 끔찍한 깨달음"이다. 그것은 "존재의 가장 내밀한 차원에서 우리는 타자(매트릭스)의 향락의 도구에 불과하며, 배터리처럼 생명 물질을 흡수당하고 있다는 개념"을 상기시킨다(슬라보예 지젝, 『실재의 사막에 오신 것을 환영합니다』, 이현우·김희진 역, 자음과모음, 2018(개정판), 137쪽).

바른 것으로 변화해갈 뿐이다.

그렇다면 현대시는 어떠한가. 현대시의 결정적 분기인 2000년을 중심으로, 그 이전과 이후의 시를 구분하여 생각해볼 필요가 있다. 어떤 의미로 2000년대 시는 스펙터클에 가까워졌다. 2000년대 이래 현대시의 화자로서 일종의 영화적 캐릭터들, 즉 귀신·좀비·뱀파이어·해체된 인간·동물로 변신한 인간 등이 쏟아져 나왔다. 사회학적 관점에 따르면 젊은 시인들은 이전 세대의 시가 갖고 있던 "성숙하고 깊이 있는 주관성의 모델을 거부하면서 가벼움, 투명성, 유아성, 쿨함, 귀여움 등을 선호하는 새로운 삶의 태도를 전면화"하는 방향으로 나아간 것으로 평가받기도 했다.[7] 이러한 현상은 시대적 토대 또는 내면적 깊이를 상실한 징후로 이해되었으며, 현대문화의 오타쿠적 수용에 의한 것으로 비판되기도 했다.

현대시는 자유로운 표현을 획득하는 대신 이전 시대가 추구한 주체의 정치성이나 예술적 진정성을 희생했는지도 모른다. 그러나 시를 이해하는 우회로는 다음과 같다. 현대란 독재 타도나 민주화라는 공동의 목표를 더는 공유하지 않는 시대, 나와 같은 방식으로 생각하지 않고 나와 같은 방식으로 욕망하지 않는 이웃들의 세계이다. 그렇기 때문에 진정한 의미의 타자와 직면하게 된 기점이 바로 2000년대가 아닐까. 점차 인간이 인간과 연대해야 하는 이유를 상실해가는 시대, 그래서 '인간은 인간에게 늑대이다'라는 테제를 외적 폭력의 의미가 아닌, 프로이트적 의미로 해석해야 하는 과제가 중요해진 것은 바로 작금의 시대가 아닐까. 바로 이러한 물음들을 갖고 최

---

7   인용은 김홍중, 『마음의 사회학』, 문학동네, 2009, 412쪽. 김홍중에 따르면 2000년대 미래파 시는 시대 변화에 의해 '87세대'가 가진 진정성을 잃어버리고, 현대 문화에 관한 '동물적'이고 '오타쿠'적인 천착을 보인다. 이러한 시와 별도로 2000년대 비평 담론은 87세대가 갖고 있던 진정성이나 실재에 관한 향수를 지속한다. 따라서 그는 2000년대 이후의 시가 비평 없이는 그 가치를 자체로 생산해내지 못한다고 추측한다.

근의 시를 살핀다.

　　궁금해
　　사람들이 자신의 끔찍함을
　　어떻게 견디는지

　　자기만 알고 있는 죄의 목록을
　　어떻게 지우는지

　　하루의 절반을 자고 일어나도
　　사라지지 않는다

　　흰색에 흰색을 덧칠
　　누가 더 두꺼운 흰색을 갖게 될까

　　아무렇지도 않은 얼굴은
　　어떻게 울까

　　나는 멈춰서 나쁜 꿈만 꾼다

　　어제 만난 사람을 그대로 만나고
　　어제 했던 말을 그대로 다시
　　다음 날도 그다음 날도

　　징그럽고
　　다정한 인사

　　희고 희다
　　우리가 주고받은 것은 대체 무엇일까
　　　　　　　　　　　— 안미옥, 「캔들」 전문(『온』, 창비, 2017)

윤리적 짐승의 딜레마

왜 우리는 타자와 관계 맺어야 하는가. 안미옥 시인의 시 「캔들」을 관통하는 하나의 반문은 바로 관계 맺음의 진실을 추궁한다. 그가 그려낸 이 시대의 삽화에는 타자와의 공감도 연대도 없다. 마음은 통하지 않는다. 그저 각자의 몫으로 주어진 '끔찍함'과 '죄의 목록'을 견디면서, 서로의 마음을 감추고 '아무렇지도 않은 얼굴'을 한 채 살아가는 일상이 반복된다. 무엇이 '끔찍한가'. 타자다. 이 시에 증언된 '타자'는 나와 어떠한 사회적 관계 속에 묶인 타자가 아니다. 현시대에 팽배한 경제적 격차, 이념 갈등, 젠더 불평등 등의 문제는 소거되어 있다. 시의 중핵은 관계를 맺는다는 순수한 사건 자체다. 이때 안미옥의 시는 현대인의 감수성을 잘 보여준다. 마음이란 결코 서로에게 그 자체로 드러나지 않는 비밀이며, 그렇기 때문에 타자는 관계 맺어야 할 이유를 알 수 없는 끔찍할 뿐이다. 인간은 인간에게 혐오스러운 물질이나 다름없으며, 그러한 진실을 넘어서지 않고서 타자의 환대는 불가능하다.

안미옥 시인이 '촛불'이라는 현시대의 중요한 알레고리를 관계의 상징으로 전유하고 있다는 사실은 특별해 보인다. 본래 알레고리화 된 '촛불'은 수많은 익명의 목소리가 결집한 기적과도 같은 한 장소를 상기시킨다. 그러나 안미옥 시인의 시를 읽다 보면, 이러한 연대는 이념에 의해 일시적으로 창조되는 순간이라는 점, 반대로 우리의 일상적 시간은 끝없는 소통불능으로 지속한다는 사실이 상기된다. 안미옥 시인에게 관계는 '대체 무엇인지' 알 수 없는 것, 예컨대 밀랍과 같은 것으로 상징화된다. 왜 우리는 타인에게 '징그럽고 다정하게' 표정을 짓고, 타인과 악수를 나눠야 하는가. 타당한 이유를 찾을 수 없는 교제의 관습이 일상을 포위하고 있다. 시인에게 타자는 밀랍이다. 어제 했던 말이 반복되는 일상 속에서 '나'의 존재를 질식할 때까지 덧칠되는 밀랍이다. 여기에는 공통의 휴머니즘이 들어설 자리가 없다.

그러나 마지막 문장 "우리가 주고받은 것은 대체 무엇일까"라는 시인의 끈질긴 반문은 관계 자체를 포기하려는 태도가 아니라, 정반대로 관계를 지속하려는 끈질긴 마음으로부터 솟아난 것이다. 다른 시 「한 사람이 있는 정오」에 "너와 동일한 마음을 갖게 해달라고 오래 기도했지만/나는 영영 나의 마음일 수밖에 없겠지"라고 시인은 쓴다. 어떤 사회적 허울이 존재하지 않을 때에도, 존재 자체는 격벽이며, 공감은 획득될 수 없는 목표다. 그러나 공감불가능성 너머 나아가려는 어떤 몸부림이 안미옥의 시에는 존재한다. 시인이 "우리는 부서지고 열리는 어린잎을 만져본다"(시 「까마귀와 나」)고 말할 때, 비로소 '부서지고 열리는 어린잎'은 서로의 존재를 깨트려 열어보려는 몸짓과 다르지 않다. 적어도 그 몸짓은 상처 입은 잎을 어루만지던 상대의 손짓 위에 나의 손짓을 포개어놓을 때, '어린잎'을 통해 서로의 체온이 섞이는 순간과 같다. 공감 불가능한 두 존재의 체온을 포개어보는 것, 어떤 거시적 시선이나 극적인 통합이 아니라, 이 사소한 접촉으로부터 안미옥 시인은 관계를 사유하기 시작하는 것이다.

3. 자아의식과 타자의식의 길항작용 : 유계영 시인과 임지은 시인의 시

우리는 최근 정치적 불의에 맞섰던 시인들이 블랙리스트에 올랐던 바에 비추어서 시인이 우리 시대에도 중요한 정치적 · 실천적인 위상을 지닌다고 판단할 수도 있다. 정반대로 이 시대의 시가 자폐적이고 유아적이라는 사실을 비판할 수도 있다. 현대시는 실천적인가, 자폐적인가. 그러나 이러한 물음에는 근본적으로 영화 〈어벤저스〉에서처럼 20세기를 향한 향수가 깔려 있으며, 시에 반드시 어떠한 중대한 진정성이 존재해야 한다고 믿음이 전제된다. 그런데 안미옥 시인에게서 확인하듯 최근의 시는 방황하거나 고뇌하고 있다고 말하는 편이 정확해 보인다. 그러한 고뇌는 다음과 같은 더 근본적인 물음을 던지게 하는 것처럼 보인다. 왜 진정성을 가져야 하는가. 왜 타자를 환대해야 하는가. 2010년대 이후 시가 때로 미성숙해 보인다면, 그것은 이 모든 선입견에 천진한 아이처럼 근본적인 의문을 표하기 때문에 '미성숙한' 것이다.

내가 너의 취향에 맞지 않는다는 이유로
결국 너의 바깥에 장롱처럼 버려질 것이라는 예감은
2인용 식탁처럼 물끄러미 불행해질 것이라는 예감은

모두 틀렸다

입안에 총구를 물고 방아쇠를 당겨 봐
바람 맛이 난다고 했다
하필 내가 가진 총 속에만 가득했던 총알을
너는 모르고 나는 알았다

너와 나의 단면에 대하여
생크림 케이크처럼 근사한 협화음을 감추었을 것이라는 믿음이
너에게는 없고 나에게는 있었다

누구의 생일인지 기억나지 않는 모호한 축하를
반씩 나누는 나의 샴, 나의 뒤통수, 나의 휠체어
살았다고 감동하는 모든 순간
죽지 않았다고 말하는 모든 유감이여
생일상 아래 흔들거리는 왼발 오른발이여

내게 선물한 총과 칼과 너를
나는 끝까지 좋은 것이라고 부르겠다
오늘은 나의 날이다
　　　　　—유계영, 「오늘은 나의 날」 전문(『온갖 것들의 낮』, 민음사, 2015)

현대시는 타자의 문제를 비교적 솔직하게 진술한다. 종종 타인에게 욕설을 퍼붓는 시인도 있는 편인데, 유계영 시인은 순간적인 적개심의 폭발에 그치지 않고 일종의 선언처럼 말한다. 이는 근본적인 인간에 대한 거리 두려는 방식으로 활용된다. 유계영 시인의 시가 가진 독특함은 바로 이 어조에 있다. 그는 격정에 몰입한 사람이 아니라, '나'와 타인 간의 관계를 거리를 둔 채 조망하고 결론을 내리는 자가 되어 말한다. 그렇기 때문에 그는 관계 전체를 관장하는 자가 되려 한다. '생크림 케이크처럼 근사한 협화음'을 이루는 관계를 '나'는 바라지만, '너'는 바라지 않는다. 이러한 관계는 상대의 '취향'에 따라 인간을 '장롱'이나 '2인용 식탁'처럼 사물 취급하게 되리라는 예감, 각자 자신의 입에 '총'을 물고 방아쇠를 당기는 폭력으로 묘사된다. 그러나 그 모든 것을 "끝까지 좋은 것이라고 부르겠다"는 특별한 긍정이 유계영 시인의 시에는 깃든다.

유계영 시인은 윤리적 짐승의 딜레마를 전경화한다. 인간은 인간을 사물 취급할 수 있고, 상처 입힐 수 있다. 그런데 그는 관계를 한 차원 높은 수준에서 판단하는 자가 되어 적어도 '오늘'만은 그것을 긍정해보겠노라고 말하며 이를 잠깐이나마 극복한다. 극복이라는 단어는 적절하지 않을 것이다. 관계의 고통은 은폐되고 잠복할 뿐이다. 실은 비틀린 관계로 고통받는 '나'와 관계를 관장하는 '나'의 분열이 벌어지는 상황 자체가 가장 큰 고통이 아닐까. 이 시의 '생일'이 기쁘게 느껴지지 않는 이유는, 생일이란 본래 오롯이 '나'로 축하받아야 하는 순간임에도, '나'는 '나'를 관조하는 상황 속에서만 '나'의 생일을 획득할 수 있다는 이율배반 때문이다.

유계영 시인은 인간 간의 불협화음을 반복적해서 강조한다. 관계는 고통을 수반하기 때문에, 반복적으로 '총', '칼', '저주' 등으로 형상화된다. 위 작품의 마지막 연처럼 시인은 일정 부분 고통을 감수하겠노라고 외치지만, 그것은 타자를 긍정하기 위함이 아니라 자신의 삶을 긍정하기 위한 방편이다. "거리의 모든 사람들아/너는 외계의 메시지이고/너는 우주와의 시차이다"(시 「아이스크림」)라는 시구처럼, 대개 그의 시에 타자는 외계이고 외딴 우주이다. 그는 타인을 아주 먼 풍경으로 바라봄으로써 평온해진다. 그러한 세계에서 타자의 환대는 의무가 아니다. 대신 인간과 인간의 소통 불가능성이 심화된다. 유계영 시인은 환대와 단절 사이 어디쯤에서 증언한다. 그 때문에 그는 "나는 반 토막의 어둠과/그렇다고 반 토막은 아닌 빛과/함께 있었다/지켜보고 있었다"(시 「샘」)고 말한다. 그의 내면에는 쏟아낸 절반의 마음만큼, 쏟아내지 못하는 절반의 마음이 '샘'이 되어 고여 있다. 그렇기 때문에 그는 후련하게 '함께' 있는 자로 나아가지 않고, '지켜보는' 자로 증언한다.

> 닭고기는 쫄깃함을 연습한다
> 식탁은 가족을 연습한다
> 포크는 침묵을 찍어 올린다
>
> 전구가 깜빡이며 우주를 연습하고 있다
> 나는 입술을 지우고 여분의 손잡이를 단다
> 얼마간의 틈을 위해 눈을 감는다
>
> 문이 되는 연습이 끝나지 않았는데
> 누군가 나를 열고 들어온다
>
> 컵이 컵 밖으로 흘러나왔구나
> 새가 실패를 거듭했구나
>
> 누군가 나를 문이라고 부르기 시작한다
> 나는 거의 다 휘어졌다
> 눈썹 위에 걸어둔 표정이 발등 위로 떨어진다

운동화의 밑창이 헐거워진다

어떤 표정도 짓지 않음으로
나는 계속될 것이다
　　— 임지은, 「연습과 운동」 부분(『무궁함과 소보로』, 문학과지성사, 2019)

　임지은 시인의 시는 가족 간의 단절을 핍진하게 그린다. 독자는 이 시대
의 관계 단절이 가족이라는 사회적 기본 단위를 파괴하는 것을 목격한다.
간단히 말해, 임지은 시인에게 가족은 타자다. 그의 고향은 집이 아니라 자
기 존재뿐이라고 표현해도 좋을 것이다. 집은 '식탁'과 '포크'가 가족의 식
사를 연출하는 세계, 사물과 인간이 전도된 풍경이다. '나'는 그 바깥에 있
다. '나'라는 존재만이 집과 별개로 놓여 있는 외딴 방이다. 가족은 "나를 열
고 들어오"는 타자이다. 나를 '문'이라는 사물처럼 취급하며, 끊임없이 나를
사용하고 나를 '휘어지도록' 만드는 폭력이다. 그들 앞에서 "어떤 표정도 짓
지 않"음으로써 삶은 지속될 것이다. 가족과 진실한 대화도 위안도 없는 그
런 삶의 모습이 계속되리라는 예견은 섬뜩하다.
　시 「구성원」에도 이러한 모습은 반복된다. 가족 구성원은 한집에 살면서
도, 각자의 영역에서 각자를 소모해갈 뿐이다. '오빠'가 바닥에 놓아둔 '컵'
을 모르고 '나'가 밟게 되는 사건이 "긴밀하게 부서지는 코끼리, 관계, 코끼
리"로 은유 되면서, 우리는 시인이 가족 관계를 무엇으로 감각하고 있는지
느끼게 된다. 가족은 유리컵이다. 조금만 '나'를 앞세워도 깨어질 수 있고,
유리컵을 밟은 사건이 '코끼리'처럼 육중한 사건의 소용돌이를 일으킬 수
있는 그러한 관계다. 그래서 가족 모두가 자신을 억누르며, 아주 조심스럽
게 다뤄야 하는 유리컵 속에서 공존한다.
　가족이라는 기원부터 단절되어 있기 때문이지, 임지은의 시는 동시대의
시들 중에서도 두드러지게 서늘한 시선으로 인간관계를 그려낸다. 남편과

의 생활을 그린 시 「차가운 귤」에는 "다정함을 꺼내 먹습니다/다정함은 차갑습니다"라는 표현이 나타난다. 차갑게 식은 다정함이 임지은 시의 정서다. 이 시에는 어떤 폭력이나 불협화음도 기술되지 않는다. 그렇기 때문에 임지은의 시는 더욱 섬뜩하다. 근원적으로 공감을 상실한 부부가 나란히 코미디 프로그램을 보고, 분리수거를 하는 등 일상을 반복한다. 공감 불능의 상황이 아무런 문제를 초래하지 않은 채 차갑게 식은 다정으로 일상이 지속된다. 임지은 시인의 시적 자아는 근원적으로 공감의 이유를 상실한 인간이다. 그래서 차단막을 세우지 않고는 사회로 나갈 수 없는 인간이 되어버리고 만다. 그는 이렇게 말한다. "귀를 접어 귓속에 넣었다/비로소 사람처럼/문밖으로 걸어 나갈 수 있었다"(시 「낱말 케이크」).

4. 어떻게 '함께' 살 것인가

말의 본질은 소통이다. 언어가 타자에게 어떤 관심과 행위를 유도하기 위한 소통의 도구라면, 최근의 시에 두드러지는 관계 단절의 징후는 말의 중단으로 완수될 것이다. 독자를 필요로 하지 않는 독백의 언어, 타인의 귀를 자위도구쯤으로 여기는 언어, 언어의 히키코모리화(化)에 이를 때 시는 죽음에 이를 것이다. 반대로 말하면, 대화를 지속하려고 하는 한 우리에게는 일말의 가능성이 주어져 있다. 2000년대 이후의 시는 타자에 관한 혐오를 표현하면서도, 실상 강하게 타자의식을 의식하면서 창작되고 있고, 따라서 다정과 싸늘함이 뒤섞인 채로 관계에 관한 근본적인 질문을 성찰하고 있다.

프로이트가 예견한 미래는 어떤 의미로는 20세기보다 21세기를 살아가는 우리에게 더 의미심장하게 다가온다. '윤리적 짐승의 딜레마'는 올바른 이념이나 평등한 체제로는 교정될 수 없는 존재론적 차원이 인간에게 항존한다는 사실을 깨닫게 한다. 무엇보다 21세기의 인간에게 주어진 과제는 '나'

의 의미를 바로 세우는 것이 아니라, '나'와 평등한 타자들과 함께 사는 것이다. 그것은 참으로 당혹스러운 과제이다. '나'와는 전혀 다른 지위·성별·사고방식을 지닌 사람들과 어떻게 평등할 수 있는가. 그리하여 모든 인간이 평등해야 한다고 믿는 인간은 두 가지 마음과 투쟁한다. 평등을 실현할 수 없게 만드는 타자의 이기성과 자기 자신의 욕망이 바로 그것이다. 진정 이를 실천하려는 마음에는 평온함이 깃들 수 없다.

　대중예술의 폭력적 스펙터클은 단지 일순간 죄의식을 잊게 할 뿐이다. 영웅들이 서로 구타하는 우주 규모의 오디세이는 표면적으로는 공동체적 화합을 이뤄내지만, 그 이면적으로는 평등의 불가능성과 폭력적 무의식을 충족시킬 뿐이다. 무엇보다 히어로 영화는 시민혁명의 시대처럼 올바른 신념을 지닌 개인들에 의해 사회가 변혁되는 순간의 향수를 재현한다. 그러나 그것은 우리 시대의 근본적인 과제와 거리가 먼 것은 아닐까. 우리 시대에 시인이 시를 창작한다는 말은 다음과 같이 특별한 사실을 내포한다. 예술가의 승화는 사적인 것이다. 그는 홀로 이 시대의 사회적 억압들, 예컨대 법률이나 도덕을 성찰하고, 자기 자신이 어떤 관계를 승인하고 어떤 욕망을 억압할지 '새롭게' 결정한다. 해석학자 폴 리쾨르의 표현을 빌리자면, 예술은 일종의 '정신분석' 이후에 발견되는 새로운 사랑과 즐거움의 능력이다.[8] 시를 읽는 독자는 그동안 보지 못했던 인간을 보는 듯한 착각에 빠진다. 왜냐하면 시인은 인간의 오래된 욕망을 관습적인 방식과는 다른 형태로 증언하

8　해석학자 폴 리쾨르는 이렇게 말한다. "정신분석학이 사람에게 부여하는 능력은 단 하나이다. 욕망의 방향을 새롭게 잡는 것, 새롭게 사랑하는 능력이다. 이 말이 너무 진부하게 느껴지므로 조심스럽게 다른 표현을 쓰자. 새롭게 즐길 수 있는 힘이다. 사람이 마음대로 할 수 없는 것, 그것은 사랑하고 즐기는 문제이다. 사랑하고 즐기는 능력이 리비도의 금지의 의해 파괴된 채로 있다."(폴 리쾨르, 『해석의 갈등』, 양명수 역, 한길사, 2012, 225쪽)

기 때문이다.

2000년대 이전의 시에서 두드러진 진정성의 형식은 '어떻게 살 것인가'라는 질문에 기댄다. 이러한 질문에 정답은 없다. 다만 시인은 백지를 마주할 뿐이다. 백지나 빈 화폭은 그 자체로 욕망의 은유다. 욕망은 억압으로 인해 그 자체로는 감춰진 것으로서 우리 의식에는 보이지 않는다. 마찬가지로 욕망은 그 실체를 감춘 채 우리에게 살 것을 끝없이 요구하는 완력이다. 한편 2000년대 이후 시 쓰기는 오히려 '어떻게 함께 살 것인가'라는 물음에 기댄다. 그러한 질문은 더 이상 시를 '올바르고' '진정한' 말을 해방하는 형식으로 사용하지 않는다. 우리 시대의 시 쓰기는 한 인간이 힘겹게 타자와 관계 맺는 만큼 자신을 억압하거나, 반대로 관계를 끊어내고 자신을 조금이나마 승인하려는 굴레 안에서 발견된다. 이제 시인의 잉크는 진정성이 아니라 자아의식과 타자의식 사이의 길항작용이다. 우리가 조바심을 억누르며 기다려야 할 것은 바로 그러한 형식이 예시하는 새로운 관계 방식의 가능성이다.

문학은 광장이 될 수 있는가

—주민현·정다연 시인의 광장 '들'

1. 광장 또는 대중의 재현 불가능성

동시대를 살아가는 한 대중 또는 대중성에 대해 논의를 하고자 마음먹었을 때 광장의 순간을 떠올리지 않기는 어려울 것이다. 특히 2016년을 전후로 수많은 사람이 거리로 나서야 한다는 의무를 느꼈다. 열린 광장에 모여든 사람들은 서로 어깨를 맞대고 같은 목소리를 내는 방식으로 부조리한 참혹과 불의한 국정농단에 맞서 시위했다. 분명히 그 순간에 대중은 우리의 눈앞에 혹은 우리와 함께 '있었다'. 그런데 이제 다시금 광장에서의 체험을 떠올리며 대중을 묘사하려고 할 때, 그리고 그러한 대중성과 문학의 관계를 고찰하고자 할 때 촛불시위 복판에서는 지나치고 말았던 어떤 반문을 지금 떠올린다. 그 반문은 다음과 같다. 과연 그곳에서 내가 체험했던 것을 당신 또한 똑같이 느꼈을까. 어쩌면 당신의 '광장'은 내 것과는 다른 체험이었을 수도 있지 않을까. 정말로 우리는 함께 서 있었던 것일까.

아마도 이것은 우리가 일상적으로 접하는 저널리즘이나 공공기관의 묘사 방식, 이를테면 대중을 멀리서 카메라로 촬영한 뒤 시위 참가자 수를 추산하는 방식으로는 해결할 수 없는 질문일 것이다. '위에서 바라보는' 공적 시선에 따르면 한 장소에 모여 있는 대중은 동질적인 거대한 집단처럼 보인다. 물론 한자리에 모인 시위자들을 하나의 실천적 저항이나 의제에 대한 동의하는 집단으로 간주하는 것이 이상하지는 않다. 그런데 여기서 우리가 고민해보아야 할 측면은 주최 측과 경찰 측이 발표했던 시위 참가자 수에 매번 극심한 차이가 존재했다는 사실이다. 이를테면 2016년 6월 14일에 벌어진 노동조합 대규모 집회에서 주최 측이 발표한 참가자 수는 130만 명이었지만 경찰 측이 발표한 참가자 수는 12만 5천 명으로 무려 열 배나 차이가 났다.[1]

현대사회의 특징은 공적 재현조차 우리에게 일관된 대중의 상이나 재현물을 제공하지는 않는다는 점이다. 미국의 사회학자이자 소설가인 토드 기틀린(Todd Gitlin, 1943~)에 따르면 현대인들은 이러한 '재현의 불안정성'을 자연스럽게 인정하는 경향이 있다. 예를 들어 미국 신문사들은 1990년대 이전까지 시위대와 경찰의 다른 추정치를 절충해서 평균치를 발표했지만, 1990년대부터 양쪽의 숫자를 모두 보고하는 방식을 채택하기 시작했다.[2] 여기서 암시되는 것은 현대인에게는 재현의 불안정성, 즉 진실은 단일한 것이 아니며 바라보는 시선에 따라서 달라지거나 취사 선택된다는 생각이 자연스럽게 받아들여진다는 사실이다. 실제로 집회 동안 한국의 저널과 정치인들 또한 정치적 성향에 따라서 시위의 규모를 선택적으로 묘사하는 경향이 지속했다.[3]

---

1   김학경, 「집회시위 인원 산정방법의 적정성에 관한 연구」, 경찰청 정책연구용역 과제, 2017, 59~60쪽 참조.

2   앤드루 V. 우로스키, 「광기의 대중을 감감하게 바라보며 : 대중재현의 공간적 수사」, 『대중들』, 그린비, 2015, 752쪽 참조.

3   「'검찰개혁' 촛불시위 참가자 논란…보수진영 "200만명? 많아야 10만명"」, 『한국일보』

침묵과 쟁론

'광장'을 어떻게 재현할 것인가. 이러한 질문을 던져보았을 때 공적 재현의 불안정성은 '광장'의 재현을 어렵게 만드는 첫 번째 이유일 텐데, 그것은 물리적 의미의 광장조차 추산이나 통계의 방법으로 정확하게 짐작될 수 없다는 바를 의미하기 때문이다. 한편 재현의 불안정성은 단지 관점에 따라 '위에서 본' 사실이 달라진다는 사실만으로 발생하는 것은 아니다. 문학은 군중 안에서 '아래로부터' 자신이 체험한 바를 묘사함으로써 촛불집회나 시위가 동질적인 체험이 아니라는 진실을 드러낸다. 이러한 맥락에서 상당수의 비평에서 황정은 작가의 소설 「아무것도 말할 필요가 없다」가 인용되었다.

뒤쪽에서 함성과 함께 파도가 밀려왔다. 서수경과 나는 촛불을 들었다가 내렸다. 화장실에 다녀오는 길에 악녀 아웃이라고 적힌 팻말을 봤다고 나는 서수경에게 말했다.

'녀'가 빨간색이었다고.

불쾌했겠다고 서수경은 말했다. 나는 그랬다고, 불편하고 불쾌했다고 대답했다.

왜냐하면…… 그걸 목격한 사람은 청와대 깊숙이 숨은 대통령이 아니고 그 팻말 앞에 선 나였으니까. 계집女인 나. 惡女 OUT이 지금 그의 언어라면 그것이 그의 도구인데 그의 도구가 방금 여기서 내게 한 일을 그는 알까. 그는 자기처럼 이 자리에 나온 많은 여성들은 왜 보지 않을까. 惡女라고 빨갛게 지칭할 때 '그 사람'의 여성은 그렇게 선명하게 보면서도. 그 팻말 앞에서 나는 이렇게 하지 말라고, 이렇게 말하지 말라고……

말했어?

말할까 말하지 말까를 계속 망설였는데 왜냐하면 지금 우리가 우리니까……

모두가 좋은 얼굴로 한가지 목적을 달성하려고 나온 자리에서 분란을 만드는 일을 거리끼는 마음이 내게 있었고 그래서 결국은 그 팻말 앞을

2019년 9월 29일자(https://www.hankookilbo.com/News/Read/201909291793774453).

그냥 지나쳐 왔는데 오늘 밤 집에 돌아가서 이 일을 계속 생각할 것 같다고 나는 말했다. 내가 그 말에 적절하게 반응하지 못했다는 생각을, 말하자면 그걸 말하지 않았다는 생각을 자꾸 할 것 같다고. 우리가 무조건 하나라는 거대하고도 괴로운 착각에 대해서도.[4]

광장 바깥에서 대중을 객관적으로 관찰하는 것이 아니라 광장에 대한 주관적 체험을 통해 대중을 재현하는 것, 이러한 묘사 방식을 비유적으로 '피부'라고 부르고자 한다. 공적 재현과 달리 작가들은 대중을 원근법적 시선으로 조망하는 것이 아니라 자신의 체험에 기초하여 재현하는 경향이 있다. 그리고 위의 묘사에 기대어 광장을 여성의 피부로 이해할 때 우리는 대중적 결속이라는 관념이 "거대하고도 괴로운 착각"이라는 사실을 깨닫게 된다. '나'가 그 사실을 깨닫는 계기는 시위 복판에서 "惡女 OUT"이라고 적힌 한 남자의 손팻말을 발견하게 된 순간이다. 붉은 글씨의 "계집女"는 정치적 불의가 '여성' 대통령이기 때문에 발생했다는 것처럼 강조하고 있다. 무엇보다 그 손팻말이 비윤리적인 이유는 모든 사람이 대통령 탄핵이라는 소실점, 즉 "한가지 목적"으로 나아가고 있다는 착각에 빠져 그 손팻말이 우선 자기 곁에서 피부를 맞대고 있는 타인에게 보인다는 사실을 잊고 있기 때문이다. 더 나아가 황정은 소설가의 이러한 묘사는 단일한 대중이라는 관념을 해체하는 한편, 그것을 일종의 역사적 알레고리로 독해한다면 특정한 이념적 '옳음'을 세우기 위해 실제 우리 곁의 타자를 묵살해온 역사적·정치적 운동을 상기시킨다는 데 큰 의의가 있다.

이처럼 대중을 더는 하나의 익명화된 물결로 묘사하지 않는 관점을 우리는 어떻게 평가해야 할까. 역사적으로 볼 때 대중을 하나의 동질적인 무리로 가정하는 관점은 대중을 무질서한 폭도나 무반성적인 군중으로 격하시

4　황정은, 「아무것도 말할 필요가 없다」, 『디디의 우산』, 창비, 2019, 305~306쪽.

침묵과 쟁론

키는 엘리트주의적 시선과 밀접한 연관이 있었다. 서구 사회에서 20세기 전반기 동안 대중은 주로 '폭도'나 '무지한 대중'으로 묘사되었다. 프랑스의 사회학자 귀스타브 르 봉(Gustave Le Bon, 1841~1931)의 『군중심리학』(1895)에서 대중은 공동체의 존속을 위협하는 혁명 폭도나 노동자 폭도로 묘사된다.[5] 또한 스페인의 철학자 오르테가 이 가세트(José Ortega y Gasset, 1883~1955)는 『예술의 비인간화』(1925)에서 "인간은 모두 진정 평등하다는 잘못된 가정"을 비판하면서 대중을 문화의 가치를 제대로 알지 못한 채 그것을 소비하기만 하는 무리로 묘사했으며,[6] 이듬해 대중에 대한 적나라한 비판서인 『대중의 반란』을 발표했다. 이와 달리 20세기 후반기 동안 앙리 르페브르, 에릭 홉스봄, E.P. 톰슨과 같은 학자들이 "혁명 폭도와 노동자 폭도를 식량 부족과 정치적 부정에 맞서는 저항의 오랜 전통에 몰두한 개인들의 무리로서 다시 기술"하면서 대중에 대한 엘리트주의적 폄훼는 교정되어왔다.[7] 하지만 이러한 교정에도 불구하고 여전히 우리는 대중의 본질에 대해서 잘못 이해하고 있는지도 모른다. 대중에 대한 묘사는 그 평가가 부정적이든 긍정적이든 개인들을 동질화된 하나의 집단으로 환원하는 데 큰 문제가 있기 때문이다.

앞서 소개한 황정은 소설가의 작품에는 "그건 상식이지, 라고 말할 때 우리가 배제하는 것이 너무나 많다는 것을 어떻게 설명해야 할까"라는 물음 또한 제시된다.[8] 그는 한국 사회의 대중운동조차 우리가 공통된 '상식'으로 환원하고 있다는 사실을 비판하고 있는지도 모른다. 광장은 어쩌면 광

---

5   제프리 T. 슈나프 외, 『대중들』, 그린비, 2015, 10쪽 참조.

6   오르테가 이 가세트, 『예술의 비인간화』, 안영옥 역, 고려대학교 출판부, 2004, 7~19쪽 참조. 인용은 9~10쪽.

7   제프리 T. 슈나프 외, 앞의 책, 15쪽.

8   황정은, 앞의 글, 앞의 책, 265쪽.

장'들'이 아니었을까. 이런 식의 물음을 통해 그의 소설은 대중운동 하에 묶
인되었던 성차별적 사건을 증언함으로써 '하나의 대중'이라는 매끈한 관념
을 해체한다. 이로부터 우리가 발견하는 가능성은 문학을 통해 광장 안에
또 다른 의미의 '광장'이 존재했다는 사실을 드러낼 수 있다는 것이다. 이러
한 가능성에 비추어 본다면, 대중이 단일한 대중일 수 없듯 광장 또한 하나
의 동질적인 체험이 아니라고 우리는 말해야 할 것이다. 그렇다면 우리는
대중과 광장의 다원성과 비동질성을 재현할 수 있을 때, 비로소 문학이 광
장–대중이라는 체험에 가까워진다고 말할 수 있지 않을까.

2. 퀼트의 공동체 : 주민현 시인의 경우

다음과 같이 가정해보려 한다. 광장–대중이라는 재현하기 어려운 실재를
향해 나아가는 문학적 시도 또는 문학성이 있다. 재현할 수 없는 것을 재현
하기, 이러한 과제에 대처하는 각 시인의 고유한 미적 투쟁이 있다. 이러한
가정에 기대어 두 권의 시집, 주민현 시인의 『킬트, 그리고 퀼트』(문학동네,
2020)와 정다연 시인의 『내가 내 심장을 느끼게 될지도 모르니까』(현대문학,
2019)를 비교한다면 우리에게 흥미로운 사색의 가능성을 마련할 수 있는 것
으로 판단된다.

비교적 동시대의 젊은 시인 중 상당수가 사적인 체험이나 내면에 몰두하
는 경향을 보이는 데 비해, 주민현 시인은 정치적이고 사회적인 주제에 대
해서 적극적이고 꾸준한 관심을 기울여왔다. 그리고 무엇보다 그는 '시로
써' 세상을 증언한다는 사실에 대해 자긍심을 지닌 것처럼 보인다. 『킬트,
그리고 퀼트』의 서시 「네가 신이라면」에서 시인은 다음과 같이 말한다. "네
가 신이라면/첫 페이지에 역사와 종교를/다음 페이지에 철학과 과학을 적
고/스물네번째 페이지쯤에 음악과 시도 적겠지/그렇다면 나는 눈을 감고

거꾸로 책장을 넘기겠네". 이렇듯 주민현 시인은 역사, 종교, 철학, 과학을 우선하는 현대사회를 '거꾸로' 보고자 한다. 이는 예술을 통해 세상을 이해하는 방식에 대한 강한 신뢰가 없다면 하기 어려운 단언일 것이다. 그렇다면 주민현 시인에게 대중은 어떤 방식으로 재현되고 있을까.

생각은 뻗어나가고 어디로나
연결된다는 건 골목의 좋은 점

편의점에서 우체국으로
카페에서 게이 바로
드나드는 우리에게
셔츠와 바람은 몹시 헐렁하지

모자와 함께 생각이 날아갈 것 같아
그렇지만 나는 생각을 정돈하지 않으려고 해

당신의 바람 속에서 나는
좋은 여자, 좋은 아내를 연기하겠지만

생각에는 언제나 허점이 있고
칼은 누운 물고기의 숨을 노리지

이 골목은 옛날엔 궁터였고
앞으론 넓어져 광장이 될 거래

광장에 모인 사람들은
좋은 것이 좋다고 말하기 위해 싸우지

좋은 게 좋은 거야, 라고 말하는 사람들에게

침묵을 선물하기 위해

광장 바깥으로 독재자를 위한 피켓을 든
동성애 반대, 낙태 금지, 십자가를 든
사람들이 지나가고

우리는 잠깐 수많은 인파 속에서
윙크하며 지나가는 신을 본 것 같아,

하늘은 보랏빛으로 물들기 시작하고
그 신이 인간에게 중얼거리는 입모양을 보았다면
무슨 말을 했을까 각자 상상하지

집에 돌아와 물을 튼 뒤에
김이 서리기 시작한다면
발끝부터 조금씩 외로워지겠지만

우리는 언제라도 거울 속에서
자신을 꼭 닮은 신을 하나씩 만들 수 있다

— 「광장과 생각」 전문

　위 시에서 주목할 것은 화자의 태도다. 그는 대중을 단일한 대중으로 묘
사하거나 특정한 대중 운동을 특권화하지 않는 중립적 관점을 취하고 있기
때문에 흥미롭다. "광장에 모인 사람들"이 "좋은 것이 좋다고 말하기 위해
싸우"는 동안, "광장 바깥"에 모인 사람들은 그에 맞서 "독재자를 위한 피
켓"을 든다. 우리는 어렵지 않게 광장에서 지속했던 촛불집회와 태극기집
회를 떠올릴 수 있다. 흥미로운 것은 이 대중 운동의 양쪽 모두에 중립적 거
리를 두고 묘사하는 점이다. 이 작품은 두 이념적 충돌 중에서 어느 한쪽을

침묵과 쟁론

'옳은' 것으로 단언하지 않는다. 대신 초점화되는 것은 '공통된' 신념에 내재한 허위성이다. 시적 화자는 집회가 지나간 뒤 마주하는 "수많은 인파", 즉 대중 속에서 "윙크하며 지나가는 신"을 본 것처럼 느끼지만, 여기서 '신'은 인간을 한데 묶어주는 보편적 신성과는 거리가 멀다. 그것은 광장에서 집으로 돌아와 거울 속에서 만들어내는 "자신을 꼭 닮은 신", 즉 자기반영으로서의 신이다. 만약 신이 인간에게 '옳은' 방향을 제시하더라도 "무슨 말을 했을까 각자 상상"할 수밖에 없다는 회의 의식, 그리고 각자 자신이 바라는 바를 시위에 투영하고 있을 뿐이라는 의구심을 이 작품에서 느낄 수 있다.

이러한 회의의식과 연결하여 우리는 시의 도입부에 제시된 공간적 상상을 이해할 수 있다. 시적 화자는 어디에 위치하는가. "이 골목은 옛날엔 궁터였고/앞으론 넓어져 광장이 될 거래"라는 진술을 통해 우리는 시인이 '골목'의 위치에서 옛 궁터와 미래의 광장을 떠올리고 있다는 사실을 알 수 있다. 또한 '골목'은 첫 연에서 어디로나 뻗어 나가고 연결되는 무질서한 '생각'으로 비유되고, 네 번째 연에서는 당신을 위해 '좋은 여자, 좋은 아내'를 연기하는 관계로도 비유된다. 골목은 자유분방하게 생각과 생각을 잇고 그것이 설령 부조리한 관계일지라도 느슨하게 사람과 사람을 잇는 교차로다. 따라서 이 작품에서 광장과 골목은 대비된다. 광장이 단일한 구호를 외치는 대중들이 한데 묶인 공적 결속을 암시한다면, 골목은 인간관계의 부조리함과 어긋남이 여실히 드러나는 사적 관계를 암시한다. 그렇다면 우리는 이 작품이 '골목'의 위치에서 '광장'을 묘사하는 이유를 다음과 같이 유추할 수 있다. '개인으로서' 우리가 체험하는 관계에 비추어본다면 광장의 연대는 순간적인 허구에 지나지 않는다는 것, 골목이 넓어져 광장이 되듯 우리는 각자 거울 속의 자신을 통해 '신'을 창조해낼 뿐이라는 사실이 역설된다. 따라서 주민현 시인의 시에는 대중 전체를 통합하는 시선이 아닌 낱낱의 삶을 연결하는 관계성을 성찰할 때만 비로소 삶이 여실하게 드러날 수 있다는 판단이 깃든다. 바로 이 때문에 서시에서 시인은 '시로써' 세상을 재현하는 것이 중요하다고 말했던 것은 아닐까.

이러한 맥락에서 그의 시에는 성차별이나 여성 연대에 관해서 증언할 때 사회 구조적 시선으로 그러한 병리를 진단하기보다 사람들의 사적 관계를 핍진하게 묘사하는 경향이 두드러진다. "당신이 원하는 가장 여성스러운 사람이 되고 싶어//나는 낮은 목소리로 말하며 치마를 들췄지만/사실은 결코 그러고 싶은 마음이 없다"(「가장 완벽한 핑크색을 찾아서」)라는 진술처럼 성차별은 한 사람의 고백을 통해서 드러난다. 마찬가지로 여성과 여성의 연대 또한 "그녀의 히잡은 검고/내 치마는 희고//우리는 나란히 앉아/이 세계에 허락된 음식을 먹는다"(「철새와 엽총」)라는 묘사처럼 두 사람이 함께 식사하는 순간으로 그려진다. 어쩌면 시인이 시집의 제목으로 삼은 '킬트'와 '퀼트'라는 단어는 이 시집에서 묘사된 공동체의 이미지를 표현하는 데 가장 적절한 단어일지도 모른다. 낱낱의 천으로 기워진 퀼트처럼, '퀼트의 공동체'란 낱낱의 사적 관계가 느슨하게 연결된 네트워크로 상상될 수 있다.

치마를 입고 함께 춤을 춘다고 해서
우리의 성이 같아지는 건 아니지만

한때 노동복이었던
치마를 입은 내가 스코틀랜드에선
남자여도 이상할 건 없지

체크무늬, 바둑알을 두기에도 좋은 타탄무늬
계급과는 먼, 복고풍의 치마를 입은 내가
남자이거나 여자이거나

한때 노동자였던

사람들의 타탄무늬를 그리며

이 거리에서 우리는 모호하게 기워져 있지
깁다, 라는 것은 깊다는 것과 별 관계가 없지

킬트, 그리고 퀼트
그리 깊지는 않은 전통에 대하여

허리나 엉덩이 주변을 감싸는 천
또는 그런 손에 대하여

체크무늬의 치마, 우리를 깁지

— 「킬트의 시대」 부분

"이 거리에서 우리는 모호하게 기워져 있지"라는 문장은 성 정체성에 대한 규정이 '깊이'를 상실한 얕은 전통에 의해 매듭지어져 있다는 바를 뜻한다. 이를테면 여성은 치마를 입어야 한다는 관습은 반드시 따라야 하는 규칙은 아니다. 스코틀랜드의 '킬트'가 남성용 정장이듯 관습은 공동체마다 특정 시대마다 뒤집힐 수 있다. 따라서 "그리 깊지는 않은 전통"에 의해 '우리'가 느슨하게 공동체를 이룬다는 것, 그러나 그러한 느슨한 믿음이 여성에게 완강하게 '치마'를 강요하고 구속구를 제시하거나 폭력을 가하는 "그런 손"이 될 수 있다는 바가 잇달아 진술된다. 마찬가지로 "한때 노동복이었던/치마를 입은 내가 스코틀랜드에선/남자여도 이상할 건 없지"라는 진술은 전통을 불변하는 것으로 간주하는 고정관념에 대한 풍자적 진술로 이해된다.

우리가 전통과 상식이라고 부르는 것들은 '우리' 자신의 삶에 비하면 얕은 것에 지나지 않는다. 주민현 시인은 이러한 맥락에서 '퀼트의 공동체' 혹은 덧셈이라고 비유할 수 있는 연대의 방식으로 다양한 사건을 종합한다. 특히 그의 시에서 호명되는 것은 여성 차별적 사건 혹은 여성 연대의 순간 이다. 「빵과 장미 1」에는 1912년 로렌스 섬유공장 파업 당시 여성 노동자들 의 구호가 인용되고, 「오늘 우리의 식탁이 멈춘다면」에는 아이슬란드 여성 총파업의 날이 상기된다. 이처럼 그는 국경과 시간에 구애받지 않고 여성의 삶을 재현하면서 다음과 같이 말해보기도 한다. "세상 사람들의 귀를 모아 전시한다면/그건 참 이상한 박물관일 거야//거기에 대고 하나의 말을 던진 다면//미래의 여자들은 강하다."(「아무 해도 끼치지 않는 펭귄」)

'미래의 여자들은 강하다'. 이 메시지가 선언의 형식을 취하고 있지만 차 라리 한 사람에게 건네는 위로의 목소리처럼 느껴지는 이유는 무엇일까. 그 것은 근본적으로 그의 시가 매끈한 공동체적 통합을 목표하는 것이 아니 라 개별적 삶의 느슨한 연대를 표현하고 있기 때문일 것이다. 그것은 "당신 과 나는 이 바틀비-공원의 산책자들"(「비틀린, 베를린」)이라는 진술처럼 휘청 거리는 고통의 연대를 뜻하기도 하고, "같은 책을 읽으면 같은 심장을 나눠 가진 거래."(「심장은 사탕」) 혹은 "서로 다른 영화를 보면서/같은 영화를 보고 있다고 착각하는 거지/어떤 사람들은 그걸 사랑이라 부른다"(「어두운 골목」) 라는 진술들처럼 예술을 매개로 한 사적 공감을 뜻하기도 한다. "우리는 공 원에 간다/우리의 삶이 비슷하다는 것을 확인하려고//우리는 곁에 있는 서 로를 너무나 소중히 여기고/그러나 언제라도 잠깐 혼자 있게 되기를 바란 다"(「한낮의 공원」)라는 문장처럼 시인은 공통의 연대 이후에도 우리에게 홀 로 남겨지는 순간이 필요하다고 말한다.

그의 시집에서 세상은 해일이나 홍수와 같은 재난을 겪는 상황으로 비유 된다. "이곳이 인공풀이라는 것을 모르는 사람이 있다//우리는 부드럽게 젖 어 떠내려간다//다음 페이지, 밀려오는 또 그다음 페이지까지"(「서평」)라는 시구나 "미술관으로 들어섰을 때 미술관의 한구석이 천천히 붕괴하고 있었다 …(중략)… 하지만 그것은 건축의 일부 같기도, 전시의 일부 같기도 해서/ 무너진 건축물 안으로 물이 차오르는 광경을 지켜보았다"(「음향」)라는 시구에서 우리는 그것을 확인할 수 있다. 또한 삶은 "잘못 인쇄된 한 페이지"(「나의 사랑, 나의 아내 린다」)이거나 "신이 잠결에 중얼거리는 오타"(「미래의 책」)다. 그의 시집은 그러한 '해일'과 같은 시련이나 '오타'와 같은 삶 안에서 투쟁하는 여성적 형상의 집합이자 다정한 짜깁기라고 할 수 있다. 그리고 다음의 시에서 알 수 있듯, 주민현 시인은 매 작품 안에서 타인의 고통을 향해 '한 발' 내딛는 자세를 취해보는 것이다.

어느 날 앞서 걷던 여고생이 강물로 뛰어든 적이 있다, 무언가 반짝이는 게 있어서 그랬어요, 얕은 물에서 이마를 문지르며 일어섰는데, 반짝이는 것이란 쉽게

사람의 마음을 끌지, 동전같이, 사기꾼같이, 탄천은 반짝이는 것을 품고서 한강을 향해 유유히 흐르고 밤의 탄천에선 각자 상영되는 영화 속을 걷고 있구나. 의사의 아내인 당신은 걷다가 깊은 밤과 깊은 고독에 한 발 빠지는 것이다.

— 「밤의 영화관」 부분

3. 번역될 수 없는 고통 : 정다연 시인의 경우

주민현 시인의 시는 대중이라는 관념이 '깊지는 않은 전통'에 의해 결속된 것은 아닌지 추궁한다. 여기서 '깊지 않다'라는 표현은 실제 여성들의 고통이나 삶과는 무관하게 공동체적 질서 또는 전통이 단지 피상적이고 형식적인 방식으로 그들을 공동체에 통합해왔다는 사실을 가리킨다. 한편 정다연 시집 『내가 내 심장을 느끼게 될지도 모르니까』(현대문학, 2019)은 그보다

더 비관적으로 현실을 진단한다. 단지 누군가 공동체의 구성원으로 살아간다는 사실에 적당히 만족한 채 그가 겪는 고통에 귀 기울이지 않아도 괜찮은 걸까. 우리가 평화로운 일상을 영위하는 동안 분명히 누군가는 끔찍한 고통에 시달리고 있다. 시 「이제 놀랍지 않다」에서는 바로 그러한 사실이 반성된다. "재난 뉴스를 들으며 아침 햇살을 사랑한다는 것", 그렇게 "너의 굶주림과 난 아무런 관련이 없다는 것"처럼 '나'만이 평범하게 살아간다는 것이 죄의식의 근원이 된다. 사람들은 "아무것도 아닌 척 인파에 떠밀려 가는 머리통"(「머리의 습관」)처럼 그저 살아갈 뿐이다. 타인의 고통은 그저 자신의 평화로운 일상을 지키는 동안에는 인식되지 않는다. 이에 따라 그의 시에서 여성이나 동물의 몸짓과 목소리는 인식될 수 없는 '검은' 형상으로 묘사된다.

> 한낮의 웃음, 한낮의 데이트, 한낮의 바리케이드, 바리케이드 안의 검고 검은 여자들
>
> 이상했지 앞에 서 있는 처음 본 여잔 그침이 없다 아직 아무것도 외치지 않았는데 얼굴을 반쯤 가린 검은 마스크는 외침보다 먼저 젖는다 눈이 가장 먼저 젖고, 눈가를 닦는 손과 소매가 젖고, 닦지 못한 것이 흘러 마스크를 적신다 투명을 먹고 더 검게
>
> 눈이 마침내 적셔지기 위해, 그 이전에 눈이 견딘 것을 생각한다
>
> 베고 찌르는, 밝은 스침 밝은 위협 밝은 도시와 죽음 너무나도 깊어서 아득한 검고 차가운 마지막 숨 녹을 줄 모르는 검은 선글라스 뒤의 눈동자, 빛이 감히 침범하지 못하는 외침 속에서 나는 인간의 피부가 방수가 아니라는 것을 깨닫는다

한낮의 바리케이드, 한낮의 구경꾼, 한낮의 칼 넌 저기 못생긴 검은 여
자 따윈 되지 마 검고 검은 저런 미친 불 같은 건 허락해줄 수 없으니까
아니야 난, 저것 좀 봐, 이상해 이상해 밝은 흩날림 형형색색의 얼굴빛 환
하고

나는 더 이상 내 눈에 비친 빛의 눈을 세지 않는다

검은 어깨를 감싸는 검은 외투 외투 속에 검은 티셔츠 검은 양말 검은
신발 검은 머리칼을 단단히 쥔 검은 머리끈 검은 마스크 안에 가려지지
않는 거대한 싱크홀 우주가 지구를 향해 쾅쾅, 미친듯이 주먹을 내리찍는
크레이터
오늘은 최대한으로 검정을 껴입을 것 검정을 자랑하고 뽐낼 것
                                          —「검은 거리의 어깨들」 부분

어쩌면 여성들에게 광장은 대화의 장소가 아니라 그 무엇도 전해질 수 없
다는 한계를 깨닫게 만드는 장소였는지도 모른다. 누구도 "검은 여자들"의
목소리에 귀 기울이지 않을 때, 그들의 눈물과 외침은 독백이 되고 그들의
존재는 타인에게 무의미해진다. "한낮의 바리케이드, 한낮의 구경꾼, 한낮
의 칼"의 시선으로 볼 때 그들은 '못생기고' '이상한' 사람으로 규정될 뿐이
다. 이때 정다연 시인은 여성들의 시위로부터 정의로움이나 평등과 같은 공
동체적 관념을 떠올리지 않는다. 대신 그는 시위자의 마스크를 적시는 눈물
과 "눈이 마침내 적셔지기 위해, 그 이전에 눈이 견딘 것을 생각한다". 바로
여기에 이 작품의 특수함이 있다. 시인은 어떤 이념적 관점에서 여성들의
시위가 '옳다고' 주장하기 위해서가 아니라, 어떤 실천을 통해서도 그들의
고통은 공동체로부터 배제되어 있다는 사실을 강조하고 있다.
    정다연 시인이 검정이라는 색채를 반복하여 표현하려는 것은 바로 그러
한 고통의 재현 불가능성이다. "너무나도 깊어서 아득한 검고 차가운 마지

막 숨"이 마스크 뒤에 있다. 볼 수도 만질 수도 없는 타자의 고통은 '투명한' 눈물로만 간접적으로 드러난다. 시인은 검은 의복과 검은 마스크 안에 "가려지지 않는 거대한 싱크홀"과 "미친듯이 주먹을 내리찍는 크레이터"가 있다고 말한다. 그것은 재현할 수 없는 고통에 대한 상징들이다. 시인은 여성의 고통을 재현할 수 없다는 사실을 더 철저히 함으로써, "오늘은 최대한으로 검정을 껴입을 것"을 제안하는데, 이것은 표현하기를 더욱더 철저히 포기함으로써 오히려 여성의 고통이 재현될 수 없다는 진실을 드러내는 방식이다.

인간은 타인의 고통을 이해하지 못한다. 아니 자기 삶에 붙들려 타인에게 시선을 두지 않는다. 타자의 고통은 "뼛속 가득한 어둠"(「해변의 익사체」)이고 "냄새 없는 일들"(「창백한 달빛 아래서」)이다. 삶은 고통을 은폐하거나 표현한 이후에 '환하게' 지속한다. 정다연 시인은 그러한 기만적인 삶을 지속할 바에 차라리 자신 또한 그렇게 배제된 곳에 놓이기를 바란다. 그는 「겨울철」에서 "빛을 추방했습니다/빛나는 것들이 전부 수상해서/그 속에선 내가 자꾸 사라져서/날개 달린 생명과 다른 방식으로 나는 지상에서 멀어집니다"라고 말하고, 시 「관람차」에서는 "나의 오랜 관람차, 어쩌면 우린 평생을 관람차 안에 살다 죽을지도 몰라"라고 고통스럽게 되뇐다. 그러나 추방되고 배제된 그곳에 머물 때 '보이지 않는' 타자의 고통에 조금이나마 가까워질 수 있는 것은 아닐까.

나는 눈에 보이지 않는 전선을, 있다고 있다고 부서지는 진흙으로 씁니다 부수어지는 손목으로, 흘러내리는 문장으로 씁니다 안개로도 설명되지 않는 저 빛을 씁니다 작렬하는 빛을 온몸으로 밀어내며 끊임없이 반사하며 싸워냅니다 형태를 알 수 없는 전선이 그물망처럼 온몸을 묶고 있습니다 계절을 마음대로 바꾸고 사람들을 포획하고 있습니다 나는 1초에 한 번씩 전사했다 일어납니다 무릎을 세우고 내가 죽어서도 사라지지 않을

저 거대한 주먹을, 봅니다 씁니다 나는 1초에 한 번씩 살아내고 있습니다
다시 나타나고 있습니다 빛에 무감각해진 나의 두 눈을 버리고, 나의 작
은 두 주먹을 쥐고

— 「대기 뒤 장막」 부분

　　나는 그것을 어떻게 쓸 수 있을지. 그것을 비명으로만 남겨두지 않고
울음으로만 남겨두지 않을 수 있는지. 적어보고 있다. 들어보고 있다. 아
직 문장이 되지 못한, 흘러내리는 단어일 뿐이지만 그것이 시가 될 수 있
다면 어떤 모양의 시가 될 수 있을지. 어떤 소리를 낼지. 더듬어보고 있
다. 모르는 채로 써보고 있다. 백지의 지평선 너머에서 무언가가 들려오
길 기다리면서. 물 한 잔을 두고. 비워두고. 비워두고.

— 산문 「온다」 부분

　정다연 시인의 윤리는 함부로 타인의 고통을 이해할 수 있다고 말하지 않
는 데 있다. 그리고 더 놀라운 것은 그러한 한계를 직시하면서도 그 불가능
한 과제를 향해 끝까지 나아간다는 점이다. 그는 "눈에 보이지 않는 전선을,
있다고 있다고" 끈질기게 말하려 한다. 설령 그것이 금세 지워지는 필적, 즉
"부서지는 진흙으로" 쓰인 언어일지라도 말이다. 쥘 수 없는 것을 끊임없이
쥐는 손짓, 기록할 수 없는 것을 필사하려는 몸짓, "형태를 알 수 없는 전선"
을 향해 그의 시는 나아간다. 그의 시는 "두 눈"으로 타자의 고통을 기록하
는 것이 아닌, 타자의 고통을 향해가는 "나의 작은 두 주먹"을 기록하기 때
문에 정직하고 정확하다.

　시집의 말미에 수록된 산문 「온다」에서도 그는 똑같이 말한다. 언어는 국
경을 넘어서는 순간 고유한 뉘앙스를 상실하지만, 비명은 그렇지 않을지도
모른다. 고통의 언어는 번역될 수 있지 않을까. "비명으로만 남겨두지 않고
울음으로만 남겨두지 않을 수 있는지" 되물으며 그는 고통 자체를 필사하고
자 한다. 타인의 고통을 내 것처럼 아프게 느낄 수 있을까. 그 가능성에 대

해서 시인은 "모르는 채로 써보고 있다." 따라서 그의 시는 말 건넴이라기 보다 침묵이자 기다림이고, 표현 방식이라기보다 듣는 방식이라고 정의해야 할 것이다.

이때 우리는 고통을 이해하려는 노력을 연민이라고 말해서는 안 된다. 수잔 손택이 『타인의 고통』이라는 저서에서 지적했듯, 타자에 대한 연민은 타인을 우월한 위치에서 바라보고 있기 때문에 느끼는 감정이기 때문이다. 나는 타인의 고통을 내 것처럼 느끼지 않기 편안하게 그를 연민한다. 더 나아가 속물적 인간에게 타인을 연민하는 포즈는 자신의 평판을 드높이는 수단이 될 수도 있다. 이에 따라서 정다연 시인의 시 「인간 사랑 평화」는 연민하는 자들을 추궁하는 작품이다. 시인이 경계하는 것은 '인간'과 '사랑'과 '평등'이라는 단어를 내뱉고 자신보다 약자들을 사랑한다고 말하면서, 유명세와 명예를 얻는 속물이다.

그럼에도 우리는 연민할 수밖에 없다는 것을 잘 알고 있다. 타인의 고통은 내 것이 아니기 때문에, 그래서 타인을 연민할 수밖에 없기 때문에 타인의 고통은 고뇌가 된다. 시인이 "네가 서 있는 풍경이 살육의 한복판이라고 느낄 때 괜찮아 내가 너의 언니가 되어줄게 동생이 되어줄게"(「자매」)라고 다정하게 말할 때, 한편으로 우리는 다정한 말을 건네는 언니의 입장에 머물 수밖에 없다는 것이 시인에게 고뇌임을 짐작해야 한다. 그래서 그는 "너를 보면 네 안에 문이 있고 노래가 있고 너를 바라보는 내가 있다. 내가 있다."(「산책」)라고 말해보기도 한다. 네 안에 너를 바라보는 내가 있다. 당신의 고통 안에서 당신을 보는 것, 그것은 물론 불가능하다. 그러나 우리는 시로 쓰일 수밖에 없는, 시로만 상상될 수 있는 위치에 자신을 놓아두는 시인의 마음에 대해서도 떠올릴 수밖에 없다.

침묵과 쟁론

4. 광장 이후의 '광장'

최근 문단을 주도하는 비평적 논의에 따르면 문학을 소비하는 주류가 여성인 만큼 여성을 위한 문학이 주류가 되어야 한다는 주장을 발견하게 된다. 그리고 이러한 비평적 논의에 대해서 상업주의적인 논지로 경도되었다는 비판이 제기되고 있다. 그런데 대중성의 의미를 시집의 판매량으로 파악하는 소박한 관점이 아니라면 과연 최근의 시에서 예술성과 대중성은 엄격하게 구분될 수 있는 것일까.

주민현 시인과 정다연 시인의 시는 여성 차별과 여성적 삶을 핍진하게 묘사하고 있기 때문에 현재 문학의 독자층에 부응하는 시를 창작하고 있다고 판단된다. 한편 그들은 대중에 대한 공적 재현을 보충하는 예술적 재현의 상이한 방식 또한 보여준다. 주민현 시인은 우리를 한데 묶는 '광장'의 존재를 의심한다. 그는 '광장'이 사람들의 목소리를 한데 모은 장소라는 관념에 의구심을 품는 한편, 대신 국경을 넘어서는 여성 투쟁의 사건들을 여러 시편에 열거함으로써 여성운동의 다중적 연결을 보여준다. 정다연 시인 역시 '광장'은 여성에게 증언의 공간이 아니었다는 사실을 강조한다. 누구도 귀 기울이지 않는 언어는 언어가 아니며, 특히 여성의 고통은 타인들에게 온전히 전해진 적이 없다. 고통의 재현 불가능성에 천착하여 여성은 '검은' 것, 번역 불가능한 존재로 간주된다.

두 시인이 '하나의 대중'이라는 관념을 해체하는 대신, 새롭게 제안하는 대중의 이미지는 다음과 같다. 주민현 시인은 특정한 사건이나 인물을 '더하는' 방식으로 국경을 넘어선 여성 연대의 이미지를 구현한다면, 정다연 시인은 거리나 일상 공간에서 여성을 '빼는' 방식으로 여성적 삶의 재현 불가능성을 두드러지게 한다. 두 시인의 시는 우리가 대중을 재현하기 위해서 대안적으로 선택할 수 있는 상이한 방식으로 이해할 수 있지 않을까. 느슨하게 연대하는 '퀼트의 공동체'를 상상하거나 부재하는 '검은 여자'의 공동체를 상상하는 것이 그들의 시에 제시된 대중'들'의 이미지다. 이렇듯 공적 재현과 비교해 문학은 대중 내의 균열을 묘사하는 것처럼 보인다. 시인들에 따르면 대중은 하나의 정치적 사건을 같은 방식으로 느끼는 것이 아니고 그러한 대중을 단일한 옳고 그름의 척도로 평가할 수 있는 것도 아니다.

개념적으로는 다음과 같이 정리할 수 있을 것이다. 하나의 목표를 향해 행진하는 군중 안에서도 각각의 사람은 제각기 다른 의도나 신념을 지니거나, 서로 마찰하는 고유한 원자들이었다. 이 때문에 안토니오 네그리를 비롯하여 이론가들은 대중과 다중의 개념을 구분한다. 대중은 '덩어리(Mass)'라는 그 어원만큼이나 지나치게 동질적인 집단을 연상케 하는 개념이다. 이에 비해 '다중(Multitude)'는 어원적으로 단지 많은 사람을 가리키는 중립적인 의미로 사용되어왔을뿐더러, 네그리-하트에 의해서 다원화된 인권·생명권 운동을 아우르는 의미가 강조되었다는 점에서 우리에게 이 글에서 표현하고자 하는 대중의 의미에 좀 더 가까워 보인다.

하지만 다중 개념 역시 우리가 표현해야 하는 '광장'의 체험을 만족스럽게 정의해주는 것은 아닐지도 모른다. 우리가 체험한 것은 단순히 이념적 판단의 차이나 성별·인종·계급·성적 지향성에 의한 갈등만은 아니었다. 광장은 우리의 인간적 본성에 대한 어떤 섬뜩한 진실을 보여주었는데, 이를 테면 세월호의 진상을 조사하기를 요구하는 단식 투쟁 앞에서 폭식 투쟁을 벌인 일베 회원들이 그런 경우였다. '광장'에서 우리가 경험한 섬뜩하고 불쾌한 인간적 본성은 우리가 대중이나 다중이라는 개념으로 연상하는 것을 초과한다. 시인들은 그러한 인간적 본성까지도 여실히 드러낸다는 점에서 우리에게 '광장'이 어떤 의미였는지 깨닫게 해준다.

'광장'은 무엇이었는가. 문학은 여전히 그러한 질문을 던지는 것처럼 보인다. 그것은 정치적 이념에 따라서 다른 방식으로 셈 되었던 거대한 대중

운동이었고, 하나의 공통된 경험으로 환원될 수 없는 광장'들'이었으며, 우리가 받아들일 수 없는 끔찍한 타자성과 직면하는 사건이기도 했다. 시공간을 넘어서는 연대의 이미지와 역사 바깥에 놓인 침묵의 이미지 사이에서, 시인들은 광장 이후의 '광장'에 대해서 탐색함으로써 우리에게 대중에 대한 새로운 상을 제시하고 있다.

장소의 귀환

— 서효인 시인의 시적 변화

1. 서정은 어떤 장소에 머무는가

다음과 같은 질문을 받았다. 왜 다시 서정인가. 이 질문은 곤경처럼 느껴진다. 그것이 2000년대 이래 끊임없이 문제시되어온, 서정이 무엇인가라는 근본적 물음과도 맞닿아 있기 때문이다. 문학사적 관점에서, 형식적 관점에서 서정을 정의하는 글을 쓰다가 뒤로 미루어두었다.[1] 그것이 인쇄물과 강

---

1 이 질문은 최근의 시가 2000년대 시와 다른 성격을 띠고 있음을 암시한다. 2000년대 시는 탈(脫)정치적이고 만화·게임 등 사적인 취향에 몰입하는 오타쿠적 경향이 강하며 환상적이거나 이국적인 공간을 배경으로 하는 경우가 많았다. 무엇보다 2000년대 시 전반은 형식적으로 간결한 언어가 아닌 산문적 장광설을 통해 표현하고, 시인과 일치하는 화자를 사용하기보다 타인의 페르소나를 대신 활용한다. 이러한 스타일이 당대를 장악하면서, 2000년대는 단순한 형식적 일탈이 아니라, 서정시의 근본적인 방향 전환이 도래한 시기로 이해되어왔다. 2000년대 시를 중심으로 하여, 탈정치성의 의의에 관해서는 함돈균 평론가의 글, 오타쿠적 경향에 관해서는 사회학자 김홍중의 글, 다중적 화자 또는 페르소나에 관해서는 서동욱 평론가와 신형철 평론가의 글, 미추판단에 따른 환상성이나 그로테스크에 관해서는 엄경희 평론가의 글, 2000년대 시와 전통서정시의 형식적 차이에 관해서는 유성호 평론가의 글을 살필 것.

침묵과 쟁론

의실에서 습득된 모호한 문학–제도에 지나지 않는다는 생각이 든다. 어쩌면 서정을 앎의 대상으로 바꾸는 작업은 앎의 주체로서 만족하는 과정에 지나지 않는지도 모른다. 이를 피하기 위해, 문학의 방법론은 현상이어야 한다. 한 사람이어야 한다. '나에게' 서정은 무엇일까. 가장 명료한 현상으로부터 출발한다면, 그것은 단순히 묵독의 시간으로 물러나려는 태도로 정의된다. 인간의 부단한 교제를 관조해보려는 태도, SNS와 인터넷의 속도에 자신을 맞추지 않으려는 태도, '좋아요'와 댓글의 세계에서 즉각적인 감정 표현을 하는 것이 아니라, 밀실로 물러나, 조금 더디게 키보드를 두드리려는 몸짓, 종이에 연필을 밀어 넣는 정도의 깊이로, 작은 고독을 몸에 새기려는 시도다. 그리고 수많은 작가의 고독한 몸짓을 떠올리는 일. 서정은 함께 고독해지려는 마음이다. 그 마음은 이 시대에 어떤 의미가 있는가.

서정은 가장 견고한 장소다. 장소란 공적으로든 사적으로든 물리적 공간에 인간의 주관을 덧씌워 형성되는 심리적 환경이다. 광장, 집, 육체 속에서 인간은 상처 입고 병들며 쓰러진다. 그러나 마음은 쓰러지지 않는다. 우리 자신의 존재가 병들고 무너질 때도, 마음은 인간이 끝까지 바로 서는 장소다. 그런데 현대 학자들은 멀티미디어로 훈육된 작금의 세대에게 마음을 놓아둘 '장소'가 없다고 말한다. 땅이 아닌, 모니터가 현대인의 고향이라고 그들은 말한다. 분명히 매체가 발전할수록, 사람들은 대면하고 접촉하기를 꺼리며, 교제를 위한 물리적 공간은 사라져 간다. 그렇지만 일단 현상적으로 볼 때, 인간의 마음이 존재하는 한 장소는 사라지지 않는다. 마음은 장소–없음에도 거주한다. 현대인은 유튜브 채널과 SNS라는 가상의 네트워크 속에서 유대를 맺는다. 우리는 징검다리 같은 사이버공간 속에서 촛불집회와 페미니즘 운동과 같은 정치적 실천이 형성되는 것을 확인한다.[2] 또한 매일

---

2   최근 386세대의 한 좌파 지식인이 좌파와 우파의 정치적 집회를 가능케 한 것이 노동단

수많은 유머 게시판과 댓글과 좋아요 버튼을 통해 사회적 교감의 축제가 벌어진다.[3] 정치적 결속과 사회적 교감은 이제 네트워크 속에서 생동한다.

다만 네트워크에는 어떠한 차이가 내포되어 있기 때문에, 우리는 그것을 현실이 아니라고 말한다. 현실과 가상의 차이는 무엇일까. 그것은 속도다.[4] 우리가 숙고해야 할 것은 '집'의 본질이다. 거주한다는 것은 편안에 자족하는 일이 아니다. 우리는 우리 자신의 미래와 과거를 충분히 간직하기 위해서 장소가 필요하다. 사물들, 그것은 당신이 만지는 동안 오랫동안 인간을 만지고 흡수하는 존재의 서랍장이자 보석함이다. 사물 속에서 우리는 추억을 떠올리거나 우리 자신이 어떠한 존재가 될 수 있는지 예감한다. 반면 인터넷은 급류다. 그 속에서 우리는 도래하는 존재와 이미 존재해온 자신을 반추하기 전에, 새로운 이미지로 흡수되어버리고 만다. 인터넷은 인식에 가속도를 더한다. 수많은 이미지가 단번의 클릭으로 소비되고 갱신된다. 백화점 진열장과 마네킹의 상품들보다 더 빠른 속도로 멀티미디어는 우리의 눈꺼풀을 스쳐 간다. 현대인이 이미지의 급류 속에서 산다는 표현은 놀랍다. 어떤 인간이 급류 속에서 '생존할 수' 있을지언정 '거주할 수' 있겠는가.

체나 정당이 아니라 SNS를 통한 연대였다고 성토하는 것을 접했다. 이 글이 게재된 장소 역시 SNS였다.

3 따라서 나는 현대인이 '오타쿠적'이라든가, 개인의 소외가 가속화되고 있다는 진단을 멀리하는 편이다. 상황은 정반대다. 현대인은 발달한 통신수단으로 인해 지나치게 많은 인간을 만난다. 또한 SNS를 통해 항상 타인의 시선을 의식하면서 살아간다. 현대인이 상실해가는 것은 고독해질 권리다.

4 하이데거가 "공간적·장소적인 것이 척도로서 누구에게나 결속력을 가지게 되는 데에 대한 가능조건은 시간성이다."라고 말했듯(마르틴 하이데거, 『존재와 시간』, 이기상 역, 까치, 1998, 543쪽), 속도는 시간이며, 장소의 본질 역시 시간이다. 그것은 본질적으로 인간 존재가 세계를 식별하는 운동이나 차이의 지표를 시간의 흐름 속에서 발견하기 때문이다.

현대인은 물리적 공간이라는 '느린 장소'와 네트워크라는 '빠른 장소'에 걸쳐진 채 살아간다. 인터넷상에서는 교감과 의견의 교환 역시 지나치게 빠르다. SNS 시스템은 지나치게 즉각적인 반응을 유도한다. SNS의 편리함으로 인해, 현대인은 침묵하고 타인에 대한 숙고의 시간을 예비하기 어렵다. 익명의 아이디를 가면으로 쓰고 발설하는 민낯의 목소리는 노골적이기 때문에 혐오스럽다. 현대인은 사회적으로 고립되는 일을 피하려고, 타인과 매 순간 진심을 교환하는 인터넷 사이트들과 관계한다. 현세대는 진심의 추악을 여실히 실감한다. 이 시대의 정치는 타자의 혐오를 발견함으로써 시작되고, 혐오 속의 타자성을 피부로 사유함으로써 진정한 의의에 도달한다. 그리하여 서정은 이 시대의 우회로이다. 서정은 인식의 가속도와 타인의 가까움으로부터 자신을 떼어놓는 일이다. 서정은 산책이다. 문자라는 더디고 수고로운 작업을 택함으로써, 우리는 이 시대로부터 뒤처지는 것을 택하고, 뒤처지는 것으로써 마음의 속도를 조절한다. 문자의 깊이만큼, 우리는 자신을 성찰하고 숙고하는 방식으로 세상을 만지고 타인을 바라본다.

왜 다시 서정인가. 조심스럽게 숙고하자면 이 질문은 멀티미디어 사회에 대해서는 투쟁을 내포하는 반문이다. 현대사회의 광장은 멀티미디어의 급류이며, 이곳에서 우리는 자신의 마음을 숙고하는 시간을 잃어버린다.[5] 한편 최근의 시 경향 내에서 보자면, 이 질문은 2010년대 이후 현대 시인들의 투쟁을 암시한다. 현대시에서 주목할 것은 스타일의 월경(越境)이라고 부를 만한 80년대생(生) 시인들의 점진적 변화다. 간단히 말하자면, 그들의 시에

5　홀로 밀실에 머문다고 해서 오타쿠—인간이 고독하다고 말해서는 안 된다. SNS를 통해 관음하고 관음된다는 사실로 인해, 우리는 밀실 안에서도 자기 자신을 연출하며 살아가고 있기 때문이다.

조금씩 '느린 장소'가 귀환하고 있다. 예컨대 김현 시인의 첫 시집 『글로리홀』(문학과지성사, 2014)에는 포르노 배우들이 등장하는 서구적 시공간이 형상화되었다. 이 시집의 현란한 주석들은 논리적 현실에 따르지 않으며, 끊임없이 변신하는 상상력의 가속도를 반영하고 있었다. 반면 그의 두 번째 시집 『입술을 열면』(창비, 2018)에는 광화문 촛불집회가 주요한 배경이 된다. 그는 한국 사회를 '헬조선'으로 풍자하면서, 배제된 성소수자와 약자들의 권리를 대변하고 투쟁하려 한다. 그는 헬조선을 성찰하고 숙고하는 주체로서 증언한다. 이는 2010년대 시 전반의 현상, 즉 촛불집회나 광화문을 중심으로 한 정치적인 장소와 사건을 주시하는 경향을 보여주는 한 예다.[6]

마찬가지로 김현 시인과 더불어 이러한 변화를 보여주는 이는 서효인 시인이다. 두 권의 시집 『소년 파르티잔 행동 지침』(민음사, 2010)과 『백 년 동안의 세계대전』(민음사, 2011)에서 시집 『여수』(문학과지성사, 2017)로 이행하는 동안 그의 시에는 장소성이 부각된다. 하지만 단순하게 그가 정주할 장소를 발견했다고 설명하기에는 숙고할 문제들이 남는다. 서효인 시인이 첫 시집에서 자신의 운명을 '역마의 버릇'(「해로운 자세」)이라고 선언한 바 있듯, 시인이란 어떠한 시대에 안주하지 않기 때문에, 언어를 아름답거나 불손하게 사용하고, 공백을 꿈꾸는 존재가 아닌가. 그렇다면 이 글이 해명할 것은 어떠한 방식으로 서효인 시인이 현대의 장소성을 부활시키고 상상하는지 살피는 데 있다. 한 시인이 이 시대에 중요성을 상실해가는 쇠락한 장소들 속에

---

6 김현 시인의 시는 다른 글에서 논의한 바 있다. 한편 이러한 변화의 예로 황인찬 시인, 유병록 시인의 최근작 등을 주목하고 있다. 다만 이들의 시에 관해서는 한 권의 시집이 상재되기 전까지는 평가를 유보하도록 하자. 다음과 같은 질문들을 남길 뿐이다. 이것은 다시 서정시로 회귀하려는 조짐일까? 시는 다시 간명해지고 풍부한 여백을 되찾을 것인가? 그들의 시는 정치적 장소에 주목하는가, 일상적 장소에 주목하는가. 문제는 이러한 질문들에 대답하기에는 너무 이르다는 것이다. 최근의 변화는 결론을 내리기에는 충분히 가시화되지 않았다.

침묵과 쟁론

서 무엇을 고뇌하는지 되묻는 데 있다.

2. '역마의 버릇'으로부터 '무너진 자세'로 : 서효인 시인의 시

항문에서 바람이 거세게 불어옵니다. 당신의 등을 밀어냅니다. 그럼 이
제 당신 차례, 꽃의 슬픈 유래나 강물의 은결 무늬에 대한 노래에 항문이
간질간질하던 당신, 구타의 음악 소리에 볼기짝이 꽃처럼 붉어져 혼자 타
오르고 있던 당신, 무거운 가방에 매달려 참고서를 완주하던 당신, 바로
당신. 붉은 엉덩이를 치켜들고 만국의 소년이여, 분열하세요. 배운 대로,
그렇게.

대한논리속독학원 : 대각선의 끝에서 주제가 아닌 문장들이 비틀비틀
걸어오는 길목에서
아카데미 속셈학원 : 그들과 마주칠 때 셈할 것. 발각되지 않게 속으로
조용히, 주제를 비켜나 맨홀로 흐르는 친구들을 모아
민족사관논술학원 : 적의 공용된 논리를 귀로 듣고 밑으로 쏴 버릴, 발
칙한 엉덩이를 흔들어 단련시켜 룰루랄라
슈베르트음악학원 : 누추한 음계를 타고 오르며 참혹해진 리듬, 바이엘
과 체르니를 교미시킨 자랑스러운 불협화음 속으로
엔터정보전산학원 : 스스로를 복제하는 수천 가지 자격증을 가진 포부
당당한 이중간첩, 그의 예민한 촉수처럼
우리학교야자시간 : 수레바퀴의 빈틈에 덕지덕지 달려들어 주제들의
세상을 혼내 줄 시간, 휘영청 휘영청 마음껏 변신할 것, 양껏 분열할 것
　　　　　　　　　　　　　　　 ―「소년 파르티잔 행동 지침」 부분

2010년에 출간된 서효인 시인의 첫 시집을 이야기해보자. 표제시 「소년
파르티잔 행동 지침」에서 그는 이렇게 말한다. "붉은 엉덩이를 치켜들고 만
국의 소년이여, 분열하세요." 이 문장은 마르크스의 「공산당 선언」의 마지

막 문장 "만국의 노동자여 단결하라"를 세 가지 방식으로 전도시킨 것이다. 첫째, 이념적 선언이 '엉덩이'를 치켜드는 조롱의 몸짓으로 바뀐다. 이로써 결연한 신념은 풍자적 태도로 전환된다. 둘째, '노동자'를 향한 구호가 '소년'을 위한 구호로 바뀜으로써 초점이 노동운동으로부터 성숙의 문제로 이동한다. 마지막으로 명령문의 결구가 높임말로 바뀌어 있다. 따라서 이 문장은 계몽의 어조가 아닌, 권유의 어조를 풍긴다. 이러한 방식으로 서효인 시인은 소년들에게 이념에 기초한 혁명 정신이 아닌, 풍자와 조롱과 미성숙의 자세로 투쟁하는 혁명 정신을 장난스럽게 노래한다.

한편 서효인 시인은 '만국'을 향한 선언, 즉 마르크스의 국제주의적 표현만은 계승한다. 이때 그의 국제주의란 마르크스적 혁명 정신에 직접 연결되지는 않는다. 그의 국제주의는 정치적 의제라기보다 소년이 학교를 빠지듯 일상을 벗어나기 위한 사소한 탈주의 매개에 가깝다. 표제시에서 시인은 독자에게 하나의 고정된 국가나 장소에 소속되지 않고 '맨홀'이나 '불협화음', 또는 '이중간첩'이 되기를 권유한다. 이러한 원칙에 따라 그는 미완성된 주체로서 '소년'을 호명한다. 그의 시에서 '소년-되기'란 사회 구성원으로서 명료한 직함을 갖지 않으려는 후퇴. 미성숙으로 물러남으로써 한결 사회적 소속으로부터 자유로워지는 것이다. 그리하여 시인은 "주제들의 세상을 혼내 줄 시간"을 노래할 것, "휘영청 휘영청 마음껏 변신할 것, 양껏 분열할 것"을 주창한다. 이렇듯 서효인 시인의 시는 어딘가에 속하기를 거부하는 정신을 소환한다.

그의 소년 화자는 학원에 시달리느니 차라리 폐허에 머물고자 한다. 소년은 "생명과 화재 더미에 걸터앉아 도시락을 깐다"(「저녁의 전화벨」). 또한 그는 사회를 통합하는 현대적 축제를 거부한다. 예컨대 '올림픽'이나 '야구 경기'와 같은 스포츠는 "죽은 시간들"(「킬링 타임」)이다. 야구 경기를 볼 때도 그는 선수들이 아니라, 조명탑에 올라가는 한 관중의 서글픈 몸짓에 주목한다. 따라서 서효인 시인의 초기시에서 장소는 의도적으로 폐허화된다. 도시는 생명의 '화재 더미'이고 축제는 '죽은 시간'이다. 거주의 기쁨은 없다. 떠도는 존재들이나 이 세계의 바깥을 보려는 끈질긴 시선이 서효인 시의 본질을 이룬다. 시인이 상상하는 이미지는 '지구의 종말'(「마지막 이야기는 눈을 뜨고」)이나 '이탈하는 공'(「착하고 즐거운 코스」)이다. 근본적으로 시인은 세계의 바깥 또는 만국으로의 탈주를 꿈꾼다.

자전시의 형태를 취하는 작품 「해로운 자세」를 살피면, 장소가 아닌 장소 바깥을 보려는 시선, 이른바 '역마의 버릇'이야말로 그의 첫 시집을 이루는 주된 시선임을 알 수 있다. 바람 섬을 떠돌던 말 장수 '할애비'의 피를 물려받은 시인은 자신의 '역마의 버릇'에 관해 "내 웅크린 자세의 원흉"이자 "백지 위에서 매를 맞고 화를 내며 떠도는/외롭과 서름의 활자들을 가까이 노려보기 위한 버릇"이라고 고백한다. 여기서 시인의 역마는 활자 속에서 실현된다. 역마는 일단 대대로 내려오는 외로움과 설움이자 웅크린 자세다. 그리고 자신을 마음을 달래기 위해 떠돌며 바람에 매 맞았던 저 '할애비'처럼, 시인은 백지로 매 맞아야 한다. 백지란 현실에서는 아무것도 실현할 수 없음을 명확하게 드러내는 문자다. 자신의 소속을 공란으로 놓아둘 수밖에 없는 한 인간의 마음. 그 백지의 마음을 오래 들여다보는 것. 바로 이것이 서효인 시인의 첫 시집 『소년 파르티잔 행동 지침』을 이루는 '행동 지침'이었다.

> 사랑하는 여자가 있는 도시를
> 사랑하게 된 날이 있었다
> 다시는 못 올 것이라 생각하니
> 비가 오기 시작했고, 비를 머금은 공장에서
> 푸른 연기가 쉬지 않고

공중으로 흩어졌다
흰 빨래는 내어놓질 못했다
너의 얼굴을 생각 바깥으로
내보낼 수 없었다 그것은
나로 인해서 더러워지고 있었다

—「여수」 부분

　2017년에 간행된 시집 『여수』를 통해서 서효인 시인은 한 도시를 사랑할
수 있게 되었다고 말한다. 시 「여수」는 사랑시다. 이 시에 표현된 사랑의 힘
은 옮아감이다. 당신이 한 사람을 사랑하게 된다면, 그가 만졌던 사물들과
그가 앉았던 장소들은 모두 특별해질 것이다. 사랑하는 한 사람의 추억만으
로도 우리는 거주할 수 있다. 거주란 하나의 사랑으로 장소에 정박하는 일
이다. 만약 당신이 그곳에 거주하지 않을 때도, 당신의 마음이 사랑하는 연
인 곁에 머무는 일을 우리는 그리움이라고 부른다. 「여수」는 그리움으로 거
주하는 마음을 그린다. 이렇듯 거주는 공존재로서 타인과 함께 살고자 할
때 의식에 출현한다.[7] 개인 생존의 측면에서, 국가 제도의 측면에서 인간은
방랑할 수도 있고 정주할 수도 있다. 하지만 공존재로서 함께 살고자 할 때,
인간에게는 반드시 만남의 장소가 약속되어야 한다. 반드시 서로 그리워하
고 포용할 장소가 있어야 한다. 거주는 약속된 그리움이다. 또한 서효인 시
인의 시가 암시하듯 지극한 사랑은 성스러움에 이른다. '너의 얼굴'은 사원

7　정주와 방랑의 이분법은 공존재의 문제이다. 개인 측면에서 가장 중요한 것은 신념과 삶
　의 일치이지, 정주와 방랑의 구분이 아니다. 정주는 공동체의 형성에 결정적이지도 않
　다. 인류학자 피에르 클라스트르가 지적했듯, 부족사회는 국가 이전의 단계가 아닌 '국
　가에 대항하는 사회'이기도 하다. 국가가 성립되기 위하여 반드시 정착된 생활을 해야
　하는 것은 아니다. 그러나 타인과 함께 살고자 하는 의식은 반드시 장소가 있어야 한다.
　장소는 만남을 약속하고, 그리움을 약속한다. 그리고 서효인 시인의 시가 형상화하듯,
　만남의 관습은 필연적으로 성스러움으로 옮아간다.

이다. 내가 침범하는 순간 더럽혀지는 당신의 존재는 신성이다.

한 번 더 위 시를 살피면 스타일 면에서도 눈에 띄는 변화가 있다. 시 「소년 파르티잔 행동 지침」과 시 「여수」의 형식적 차이는 매우 크다. 초기시는 산문적 장광설과 풍자의 어투를 취한다. 반면 최근작은 이른바 서정시라고 불리는 형식, 즉 간결한 압축미와 주체의 서정성이 살아 있다. 사실 시집 『여수』를 이루는 다른 작품 대다수는 행갈이를 하지 않은 산문시에 가까운 편이기 때문에, 시 「여수」처럼 간결미가 살아 있는 작품은 적게 수록되어 있지만, 어떤 작품을 비교하든 장소성만은 강화되는 것을 확인할 수 있다. 그의 시에는 구체적 사건 묘사와 사랑이나 그리움과 같은 서정성이 강화되고 있으며, 특히 이러한 서정성은 특정한 장소를 중심으로 형성된다.

이처럼 시집 『여수』에는 추억이 덧씌워진 장소들이 표현된다. 시집을 이루는 대부분의 시편이 여수, 불광동, 곡성처럼 지명을 소재로 하고, 그 지명을 그대로 제목으로 빌린 것이 특징이다. 시인은 더불어 사는 인간애를 형상화하고자 하는데, 그 방식이 특수하다. 「곡성」에서 시인은 인간을 인류로 묶는 원리를 찾기 위하여 원시까지 거슬러 올라간다. 시인은 '고인돌'에 묻어 있는 '인간적 냄새'를 맡는다고 말하는 한편, "사람들은 오래된 모든 것의 냄새를 애써 피하는 버릇이 있다"고 쓴다. 고인돌은 삶을 사적인 것으로 받아들이게끔 하는 현대사회를 넘어서 존재한다. 토템이란 삶과 죽음을 공유하고자 하는 바람의 공동체적 상징물이다. 「이태원」의 경우에서도, 외국인과 포옹하는 순간, 시인은 모든 포옹이 '최초의 인류'로부터 기원했다는 사실을 떠올린다. 하지만 이 경우 외국인과 나는 서로의 피부색이 달라질 만큼, '최대한의 보폭'으로 멀어졌다는 사실 또한 상기된다. 그래서 "나는 그들이 싫다 나보다도 더".

사랑과 혐오, 그것은 애착의 정도에 따라 타자와의 거리를 가늠하는 척도다. 사실 시집 『여수』에 표현된 현실은 대부분 혐오스러운 것이다. '원자력 발전소'로 인해 오염된 해변은 "피폭된 어머니가 누워 있는 바다"이다(「영광」). 최전방 군사 경계선에서는 병사들이 방치되어 있으며, "스스로 죽는 병사는 쓸모가 없다"는 가혹한 현실이 지속된다(「철원」). 현실이란 죽음의 타성적 반복이다. "날마다 죽는 사람은 분명히 있고, 이유를 물을 경황 없이 다음 역이 온다."(「지축역」) 영문도 없이, 별일 아닌 듯 죽음은 반복되고, 애도는 일상이 된다. 바로 이러한 파괴와 가혹과 애도가 반복되는 공간들이 한국이라고 서효인 시인은 증언하는 듯하다. "적대감에는 이유가 없다"(「구미」)고 시인은 말한다. 타인과의 혐오는 일상이다. 시인에게 여전히 타인들은 '멀거나' '혐오스럽다'. 그렇다면 왜 시인은 초기시처럼 탈출을 꿈꾸는 것이 아니라 장소를 초점화하고, 함께 거주함의 문제를 제기하는 것일까. 왜 그는 혐오스러운 장소들을 직시하고자 하는 것일까. 한 편의 시가 단서가 된다.

> 공원에는 독립운동가의 무덤 몇과 축구장이 있다. 넓고 평평한 쓸쓸함이 퍼진다. 축구 좀 차는 아들을 두었다. 아들 뒷바라지를 하느라 조기 축구도 그만두었다. 대통령배 축구 대회 예선을 앞두고 같은 학교 후배인 감독을 일식집에서 만나 연신 고개를 조아리며 대접했다. 스시가 발등에 잘 얹힌 볼처럼 녀석 입으로 쏙쏙 들어갔다. 윤봉길이나 안중근의 묘가 근처에 있지만 실제로 본 적은 없다. 아들이 벤치에 앉아 있다. 주전자를 들었다. 누구는 도시락을 던지고 누구는 권총을 갈겼지만 나는 할 수 있는 것이 없어 관중석 꼭대기에 앉았다.
>
> ─「효창공원」 부분

시인에게는 죄의식이 있다. 그것은 일상인으로서 살아간다는 자기 존재에 대한 환멸이다. 아들의 뒷바라지를 위해 후배에게 고개를 조아리는 순간 깨닫게 되는 운동장처럼 "넓고 평평한 쓸쓸함"이 있다. 시인은 자기 환멸감을 암시하는 동시에 표면적으로는 감추기 위해, 역사적 사건을 호명한

침묵과 쟁론

다. 대한민국이라는 역사 공동체에 투신한 윤봉길과 안중근의 신념을 "실제로 본 적은 없다"고 자책한다. 「구로」에 묘사된 대우어패럴 노조 탄압 사건이나 「북항」에 묘사된 반공 사상처럼, 서효인 시인은 자주 장소에 잠재된 과거의 정치적 사건을 환기한다. 그러나 적어도 위 작품은 역사적 사건을 강조하기 위한 회상이라기보다, 자신의 삶을 가책하기 위한 매개로 역사적 무게를 빌린 것으로 보인다. 일상인으로 살고 있다는 것은 죄다. 어떠한 죄인가. 아들을 볼모로 잡힌 삶이고, 사랑을 볼모로 잡힌 죄다. 그리하여 나는 이 세계에 아첨한 뒤에 방관하는 자세로 '관중석 꼭대기'에 앉아 있다.

소박한 진술에 표현된 잔인한 진실은 다음과 같다. 세계는 환멸스럽다. 인간은 서로 접대하고 접대받는 게임 속에 속해 있다. 그러나 사랑하는 자식을 위해, 혹은 연인을 사랑하기 위해 나는 이 세계에 참여해야 한다. 한 사람으로 인해 인간은 온 세상을 감당한다. '관중석 꼭대기'란 이 세계에 최대한 거리를 두려는 한계선, 방관자로 남고자 하는 최대한의 높이다. 그리고 그는 계속 "넓고 평평한 쓸쓸함"이라는, 이 황량함을 바라볼 것이다. 사랑하는 자식을 둘러싼 악의의 세계를 견딜 것이다. 이렇듯, 서효인 시인은 고통스럽게 삶을 짊어진다. 그의 육체는 사랑에 헌신하기 위하여 현실을 고통스럽게 삼킨다.

피난처로서, 빈번히 시인은 바다로 눈을 돌린다. 「강릉」「남해」「양화진」「강화」「인천」 등은 잠깐이나마 삶을 빗겨놓을 수 있게 하는 바닷가를 형상화한다. 「강화」에 표현되듯 "바다 곁에는 짙은 안개가 밀린 잠처럼 퍼져" 있다. 바다는 밀린 잠처럼 인간을 휴식하게 해준다. 수평선은 일상의 '넓고 평평한 쓸쓸함'을 대신 짊어주는 넓은 위안이다. 하지만 바다의 위안은 안개처럼 순식간에 사라지는 것이기도 하다. "우리의 사면은 좁고, 바다를 넘지 않고 갈 수 있는 이국은 없다"고 시인은 쓴다. 한국의 탈출구는 없다. 결국 시인은 다시 육지로 발길을 돌리며, "죽기 직전의 상태로 오래 살 것 같다는 예감"을 느낀다. 다른 「인천」에서도 시인은 삶을 "뭍의 생선처럼 무너진 자세"라고 쓴다. 서효인 시인은 생선처럼 여전히 바다를 헤엄치는 역마의 자세를 꿈꾼다. 그러나 그가 결국 선택한 것은 뭍으로 나와 '무너진 자세'이다. 그것은 삶을 받아들이는 환멸의 자세인 한편, 사랑하는 사람들을 지탱하려는 낮은 자세이기도 하다.

3. 깊고 느리며 고독한 장소들

지금은 아무도 인용하지 않을 정도로 익숙한 책이 된 이-푸 투안의 『공간과 장소』에는 안식처가 우리의 습관과 세계관을 형성한다는 사실이 전제된다. 이를테면 그는 "잘 지은 건축물은 '자아와 짝을 이루는 〈세계의 외형〉을 창조한다.'"고 말하며, 특히 현대인은 개인주의적이기 때문에 '넓은' 공간에 중요한 가치를 부여한다고 설명한다. 일상적으로 떠올려 보자. 집과 방이 '넓을 때' 우리는 그것에 높은 가격을 매긴다. 단순히 크기만 큰 집이 아니라, 경관이 좋고 이웃이 침범해 오지 않는 집을 우리는 '넓다'고 생각한다. 물리적으로 아무리 넓어도 수많은 사람이 다닥다닥 붙어 있다면 우리는 '좁다'고 말한다. 한편 아늑한 다락방처럼 그것이 좁을지라도 누구의 방해도 받지 않는다면 그 공간은 충분히 '넓다'고 볼 수도 있다. 이처럼 과밀함과 장소에 대한 가치 평가는 밀접한 연관이 있다.

그런데 이-푸 투안은 자신의 논리에서 하나의 오류를 발견한다. 젊은이들이 선호하는 장소, 예를 들면 락 페스티벌 공연장이나 백화점, 클럽 등은 과밀하다. 과밀한 공간은 현상학적으로 '좁다'. 만약 개인주의가 젊은 세대의 중심 가치라면 과밀한 공간을 선호하는 현상은 이율배반적이다. 이-푸 투안은 이를 명쾌하게 해명하지 못하고 젊은 세대의 '모순된 양면가치'라고 부른다. 이 현상은 어떻게 이해해야 할까. 그것은 어떠한 시대에도 인간에

침묵과 쟁론

게 장소가 존재할 수밖에 없다는 진실을 암시하지는 않을까. 우리는 여전히 타인으로 인해 살고, 타인과 함께 살며, 그래서 괴로워하는 동시에 삶을 사랑하게 된다. 힙합 문화, 방탄소년단, SNS 등 우리는 취미와 취향의 공동체라는 가벼움 속에서 공동체 삶을 지속하기를 바라며, 그래서 인간적 삶에는 장소가 필요하다.

서효인 시인의 시는 사회적 흐름과는 다른 방식으로 장소를 발굴한다. 그의 시는 진지하다. 삶을 축제처럼 소비하는 대중문화의 경향과 달리, 시인은 활자 속에서 현실을 더디고 아프게 삼킨다. 서효인 시인은 첫 시집부터 스포츠나 텔레비전 같은 매체를 혐오하는 태도를 취한 바 있다. 그는 디지털 시대를 비판적으로 성찰하고 숙고하는 경향을 보인다. 그것은 서정이 내포한 가능성이다. 문자를 읽듯, 이 시대의 배후에 감춰진 장소들을 읽어내려는 시인의 지구력이다. 서효인 시인이 비추어주듯, 서정은 삶의 어두운 면까지 직시하고, 그 안에서 다시 삶을 사랑하는 희미한 가능성을 모색하는 작업이 될 수 있다. 그리하여 시는 구원이다. 서효인 시인의 발굴해낸 참혹은 무엇인가. 자연은 파괴되고, 인간은 전쟁에 동원되고, 개인들은 아첨하고 아첨 받는다. 그러나 이러한 현실 속에서, 그는 잊힌 인류애·역사를 바라보려 노력한다. 사랑하는 이들이 있는 장소로 되돌아오려 한다.

우리는 하나의 변화를 확인할 수 있다. 2010년대 시의 초점은 자기 신념이나 표현의 문제로부터 차츰 타자지향의 국면으로 이행해간다. 이때 정치성이나 타자지향성이란 타자와 손쉽게 결속한다는 뜻은 결코 아니며, 오히려 이념이나 공감의 토대가 상실되었음을 강조하고 타자와의 연대 불가능성을 문제 삼으면서, 그것을 넘어서려는 변증법적 의식에 가깝다. 서효인 시인의 시에서 발견되는 스타일의 변화는 2010년대 시가 공유하는 어떠한 동요(動搖)를 예감하게 한다. 가벼운 사회성과 진지한 정치성 사이의 동요, 사랑과 혐오 사이의 동요, 신념의 지속과 타인을 위한 신념의 포기 사이의 동요. 그러한 동요를 바라보며 떠오르는 예감은 다음과 같다. 이러한 동요 속에서, 삶의 고통은 인간의 마음이 안식할 거처를 탐색할 것이고, 흩뿌려진 장소들을 성좌처럼 이어봄으로써 새로운 시의 지도는 그려질 것이다.

이방인이 될 권리

— 김현 시인의 젠더정치적 공간

1. 어디에도 없는 장소로부터

그들은 어디에도 속하지 않는다. 2000년대 이래 현대시에는 장소를 상실할 권리가 선언된다. 장소란 나의 육체가 살고, 정들고, 사랑하게 된 바로 그러한 공간을 말한다. 그러나 작금의 시는 그러한 장소에 대한 절대적 거부권을 행사한다. 현실은 이질적인 외국, 생경하고 그로테스크한 환상 등으로 대체된다. 시로 조형된 인간은 어떠한 공동체에도 속하지 않을 수 있고, 그가 창조한 풍경에서는 타인조차 기계장치, 마네킹, 괴물, 신기루 등으로 변경될 수 있다. 현대시의 이러한 현상을 누군가는 고향을 대지로부터 모니터로 대체한 세대의 징후라 부르고, 누군가는 분열증과 무정부주의로 무장한 저항적 자세라 부르고, 누군가는 단일한 진리의 권위에 속하지 않기 위해 익명을 택하는 시대라 부른다.

마치 고백하기 어려운 내밀한 욕망이 구현된 것처럼 현실과 환상을 접붙인 공간들이 창출된다. 이 표현 그대로 2000년대 이래 본격화된 시적 공간의 기원은 바로 '고유한 나'라는 단독자의 욕망이 아닐까. 공동체 내에 속한 타인과의 차이를 통해 우리는 '개성'을 확인한다. 반면 개인에게는 개성으로 표현될 수 없는, 그래서 적절한 표현을 부여받은 적이 없는 욕망과 자질이 상존한다. 종종 시인은 변호인이 되어 타자의 내밀한 욕망을 증언하고자 한다. 그들은 자신의 목소리 대신 아동, 분열증자, 퀴어 등을 시적인 가면으로 활용하기 시작한다. 생경한 시적 공간은 바로 그러한 목소리를 재료로 축조된다. 이 증언은 자칫 소통에 실패하고 타인의 귀에는 이해 불가능한 요설로 미끄러질 위험을 안고 있었다.

하지만 이로부터 한 가지 가능성이 탄생한다. 시인들은 낯선 언어를 통해 친숙하지 않은 타자를 포용할 수 있는 한계를 넓혀온 것이다. 예컨대 남성과 여성이 아닌 제3의 성으로 자신을 표현하려는 자에게 언어는 무력하다. 그가 자신을 표현하려면 부정형의 문장이 될 수밖에 없다. "나는 남성도 아니며, 여성도 아니다. 나는 나다." 이 문장을 대체하는 단어가 바로 퀴어(Queer)다. 퀴어란 견고하게 정의된 단어가 아닌 틈새를 메우는 비정형의 언어다. 그것은 쉽게 설명 가능한 의미라기보다 '남성-여성' 이성애라는 담론 바깥에 놓인 광범위한 실천의 집합이다. 김현 시인의 첫 번째 시집 『글로리홀』(문학과지성사, 2014)은 바로 억압된 섹슈얼리티를 발화할 수 있는 틈새('글로리홀')를 발명하기 위해 나아가는 퀴어적 실천 중 하나이다. 포르노 배우, 외설적 표현, 풍부한 성적(性的) 상호텍스트를 통해 그는 자신의 시에 게이와 섹스로 이루어진 영토를 건설한다. 그 세계는 생경하다. 표현하는 자('퀴어')의 언어가 관습화된 이성애 담론과 무관하기에 어떤 의미로는 무력하다. 그런데 실은 언어의 무력을 감지하는 것이야말로, 다시 말해 "나는 너를 모른다"는 엄숙한 진실이야말로 타자의 중핵이 아닌가.

작금의 많은 시처럼 김현의 시는 노골적으로 소통 불가능성을 초점화한다. 그렇기에 그는 정확히 말하는 것이다. 아무리 설명해도 이해할 수 없는 타자성이야말로 '너'이다. 한 인간이 다른 인간이 될 수 없는 것은 '너'처럼 생각하고, 느끼고, 행동하지 않는다는 심연 때문이다. 그렇기에 타인의 시선은 그 자체로 금기이다. 우리는 타인이 이해하지 못할 비밀이나 그들에게 말해서는 안 될 위반을 혀끝에 감춘다. 그러나 혀는 절대 잠들지 않고 타들어간다. 나는 나를 나로 되돌리고 싶다. 진실한 고백으로부터 탄생하는 공간들은 에로틱하다. 왜냐하면, 그 목소리는 자신이 완전한 무게로 타자의 손안에 소유되는 순간을 꿈꾸고 있기 때문이다.

최근에 발표된 김현 시인의 두 번째 시집 『입술을 열면』(창비, 2018)은 2000년대 시에 주로 드러나는 에로틱한 단독자의 목소리를 정치적 현실과 접경시키고 있기 때문에 주목할 필요가 있다. 첫 번째 시집 『글로리홀』에 퀴어의 목소리가 발화되는 배경은 시공간을 확정하기 어려운 외국이었다. 반면 『입술을 열면』의 배경은 바로 '조선'이다. 한국이 아닌 조선으로 현실을 고의로 '잘못' 놓아두는 것은 다름 아니라 퀴어적 실천과 이성애 담론의 어긋나 있는 관계를 암시한다. 다름 아니라 퀴어의 욕망은 현재까지도 드러내기 힘든 어디에도 없는 장소이다. 그것은 꿈이나 환상, 혹은 예술로 축조된 유토피아에서만 완전히 고백될 수 있는 것이다.

더불어 시인은 몇 해 전 개발정권을 견뎌온 자신의 심정을 여실히 고백한다. 두 번째 시집의 시편 대부분은 2013년부터 2015년 사이에 쓰인 것이다. 시인은 「불온서적」「빛은 사실이다」 등에서 박근혜 정권을 직접 비판하는 한편, 그 시기 동안 "나는 지금까지/살아 있는 암호를 전개했다"(「방공호」)고 쓴다. '나'는 해석되지도 번역되지도 않은 문서로 살아왔다. '살아 있는 암호'는 바로 자기 증언을 가로막는 시대와 타협하지 않은 증거이자, 그 현실로부터 자신을 보호하는 피신처다. 결국, 섹슈얼리티의 문제이든 정치의 문제이든 이 시집의 혀가 꿈꾸는 장소는 대한민국에 있지 않다. 그가 도달하려는 '그곳'은 철저한 현실 부정으로 발견되는 어디에도 없는 장소로 정초된다.

너희,
생명을 개발하고
자연을 신설하고
평화를 경영하는
똑똑하게
이미 다 아는 자들이여
영혼이 있다는 것은

우리가 죽도록 죽이지 말자 하는 것은
너희가 죽도록 죽이자고 하는 것은

바다가 아니다 섬이 아니다
생물과 무생물이 아니다
평화가
아니다

인간이 처음 생겨난 모든
공간이다
사람을 사람이게 하는 저 먼
모든 시간이다

우리는
태어날 때부터 선언한다
미지로 돌아가기 위해
우리는 영원히

— 「망각하는 자」 부분

생명과 평화를 수단으로 개발주의를 전개하는 '이미 다 아는 자들'을 향
해 시인은 그들이 지켜야 할 단 하나의 법을 상기시킨다. 그것은 "죽도록 죽

침묵과 쟁론

이지 말자"라는 자명한 생명윤리다. 바로 이 망각된 생명윤리가 인간이 되돌아가야 할 '미지'이다. 위 시의 '평화'란 지배 논리를 감추기 위한 기만적인 이데올로기다. 이른바 지식인이라 불릴 만한 자들이 '바다'와 '섬'을 정복하듯 "죽도록 죽이자고 하는" 개척 서사로 인간을 지배하는 행위를 '평화'를 위한 것으로 가장되고 있는 현실이 아이러니다. 여기서 시인이 상기하는 것은 "인간이 처음 생겨난 모든/공간"이라는 선험적 지평이다. 일단 이 표현은 생명보다 세계에 눈 돌리도록 만든다. 특히 시인이 "미지로 돌아가기 위해"라고 쓸 때, 환기되는 것은 인간의 세계가 아닌 모든 생명이 함께 살아가는 공동의 세계이다. 시의 제목인 '망각하는 자'가 망각하는 것은 바로 이 공동의 세계인 것이다.

'영혼'과 '미지'와 같은 단어가 환기하는 지평은 현실로부터 부재한 공간을 소환한다. 그런데 그러한 공간은 실재하는 것이 아니라, 인간애를 향한 절박한 갈증으로부터 소환되는 것이다. 김현 시인이 창안하는 시적 공간의 본질은 바로 이러한 갈증이다. 그 공간들은 어디에도 없는 공간, 곧 유토피아로서 인간에게 요청된다. '지금-여기' 현실을 벗어나 바깥인 "저 먼/모든" 시간과 '영혼'에 자신을 놓아둠으로써 완전히 고백할 수 있는 낙원이 바로 유토피아다. 그런데 『글로리홀』의 이국적인 포르노 왕국으로부터 『입술을 열면』의 한국의 현실과 투쟁하는 '방공호'와 '미지'의 낙원으로 시적 공간이 이동하는 것은 분명한 차이가 있다. 그의 시는 보다 한 걸음 현실과 가까이 맞선다. 그럼으로써 우리의 마음속에 환기하려는 것은 '미지'를 현실에 덧씌우는 가능성, '영혼'을 육체에 되돌리는 가능성인 것이다. 따라서 김현의 시를 읽는 동안 독자가 해독해야 할 것은 현실과 유토피아, 언어와 욕망이 서로 자리바꿈하는 그 경계면들이다.

2. 퀴어하는 조선을

시집 『입술을 열면』에는 다음과 같은 사용설명서가 첨언되어 있다. "이 책에는 각주 대신 디졸브(dissolve, 장면전환기법)가 사용되었음을 밝혀둔다." 그러나 시집에는 필름의 순서를 정렬하는 영사기가 존재하지 않는다. 주석이 어떤 문장과 이어지는지, 어떤 심상과 디졸브되는지 판단하는 것은 독자의 몫이다. 이 때문에 『입술을 열면』이라는 시집은 독특한 구조로 되어 있다. 문장이라는 선형 구조를 읽는 도중 새로운 장면이 돌발 출현하는 입체 구조가 탄생한다. 언어가 얼굴을 완성하기 전에 가면을 쓰듯, 하나의 시상이 완성되기 전에 새로운 문장이 디졸브된다. 이는 첫 시집 『글로리홀』에 '고양이'를 "구름을 길들인 것"(「고요하고 거룩한 밤 천사들은 무엇을 할까;」)으로 정의하는 식으로 사전 언어를 해체한 전위적인 실험처럼 독자로 하여금 시를 숙고하고 능동적으로 독해하도록 요구한다.

넓은 의미로 본다면 적어도 이 시집에 사용된 디졸브는 세 가지다. 앞서 설명한 대로 시 자체에 적용된 디졸브가 있다. 한 편의 시에 짧은 산문을 덧붙여 독자의 상상력을 증폭하는 기법을 시인은 '디졸브'라 부른다. 두 번째 디졸브는 시집이 발표된 연도와 작품들이 시집으로 묶인 연도의 차이로부터 감지된다. 시인이 시집에 수록한 시는 2013년과 2015년 사이에 창작된 것이다. 이는 시인이 현실과 투쟁한 시간 중 가장 가혹했던 전반전(前半戰)만을 회고한 것이다. 한편 시에 '디졸브된' 주석의 경우는 시가 발표된 이후에 덧붙인 것으로 보인다. 그리하여 시에 주석처럼 덧붙여진 문장들은 과거의 사건을 다시 현재의 관점으로 되돌아보는 렌즈가 된다. 그럼으로써 마치 결코 잊어서는 안 되는 상처를 되새기듯 "과거의 시를 현재로 앞당겨오는데"(「시인의 말」) 독자를 연루시키는 것이다. 마지막으로 시의 배경인 한국이 조선이라는 가면을 쓰고 나타난다. 쉽게 예상할 수 있듯 이는 '헬조선'이라는 표현을 환기하는 것이다. '조선'이라는 표현을 통해 한국은 과거에 박제된 채 시간을 잃어버린 공간으로 발견된다.

> 조선은 오래전에 망한 나라
> 우리는 자학한다
>
> 너는 우리 앞에 시간이 있다고 생각하겠지만
> 우리 앞에 놓인 것은 시간이 아니다
>
> 시간은 끝났다
> 이제 시간은 시간이다
>
> 사랑했나 먹고살았나
> 우리가
>
> 물을 수 없는 것으로
> 우리는 정면이다
>
> 볼 수 없다
>
> 우리는 사랑을 시작하는 얼굴
> 녹아내리고
>
> 우리는 얼굴을 끝내
> 묶는다
>
> 초는 사라지고
> 밧줄은 불타버리는데
>
> 마음에

딱딱한 촛농이 쌓인다

—「조선 마음 11」 부분

　과거의 망령에 붙들려 과거를 동어반복하려 할 때 현실은 우스꽝스러운 패러디로 전락한다. 바로 시대의 변화를 잊어버린 채 과거의 개발주의 정치가 반복되는 한국은 '조선'이나 다름없다. 위 시의 '조선'은 역사적 과거와는 무관하며, 바로 지금 "오래전에 망한 나라"나 다름없어진 한국을 의미한다. '조선'에 갇힌 '우리 앞'에는 탈출구가 존재하지 않으며, 이로써 인간의 희망도 박제되어 버렸다. 현실과 부정교합인 그들의 정신과 사랑은 녹아내린 얼굴로 무너진다. 눈을 잃고, 불타고, 녹아내린 신체는 오직 버티기 위해 서로 묶는다. 밧줄로 기워놓은 한 덩어리의 인간들은 절망의 조상(彫像)이다. 초와 밧줄로 잠시 상기되는 BDSM적인 행위는 현실의 폭력을 성적 피학으로 승화시키는 하나의 블랙유머다.

　'조선 마음' 연작의 배경을 이루는 눈보라, 비 등의 날씨와 겨울이라는 계절은 모두 자아를 좀먹는 고통을 함축한다. 자아는 "배꼽 위의 검은 나뭇잎들이 얌전하게 내 몸을 갉아먹고" 있는 그로테스크한 신체로 전락한다(「조선 마음 5」). 절망에 빠진 자가 매달리는 장소는 예배당이다. 두 손을 모은 자는 "기도하자"(「조선 마음 4」)고, "도시는 끝나겠지/기도하자"(「감상소설」)고 몇 번이나 반복해서 말한다. 사실 이러한 싸늘한 절망은 김현 시인의 최근작들과는 상당한 온도 차가 있다. 그가 이번 시집에 절망의 시간을 강조하는 이유는 현재에 남은 과제로 바로 참혹을 반복하지 않는 것을 지목하고 있기 때문은 아닐까. 그리고 또 하나의 다른 이유가 있다면 그의 시가 과거의 잔재로부터 격렬한 투쟁의 기록을 소생하고자 하기 때문일 것이다. 암울한 '조선' 치하에서도 자기 욕망에 따른 이름을 갖기 위해 투쟁하던 주체들이 증언된다.

두 사람은
이제부터 자기를 호명하기 위해 존재한다

여자와 남자와
싸운다

여자와 남자는 싸울 때
성기를 완성하므로

여자와 남자는
가슴 없는 보지와 자지 달린 가슴을 전시한다

자리마다 투쟁이다
투쟁은 사회적인 동물이다

이때 역사는, 조선의 역사는
호모들을 호출한다

— 「가슴에 손을 얹고」 부분

　조선이라는 박제된 시간에 다시 역사의 물길을 트는 '호모'들이 있었다. 그들의 기원은 자기 자신의 마음이다. 그들은 "가슴에 손을 얹고" '가슴을 포기한 여성'과 '가슴을 붙인 남성'이라는 자신의 이름을 정확히 부르기 위해 현실과 투쟁한다. 그러나 호모들은 위태롭다. 그들은 자신을 증명하기 위해 '전시'되는 입장에 서야만 하기 때문이다. 판정을 기다리는 죄인처럼 '여자와 남자'라는 이성애 담론에 속한 사람들과 마주 서야 한다. 위 시의 마지막 연에는 "이거 보시오/재판관 나리"하며 재판관이 호명된다. 그 재판관은 불특정한 시민들이다. 시이은 "가슴에 손을 얹고" 우리가 그들을 판정하게 한다.

우리는 '조선 마음'이라는 제목으로 김현 시인이 방점을 찍은 것이 '조선'일 뿐 아니라 '마음'이라는 사실에 주목해야 한다. 김현이 증언하는 '호모'들이란 마음에 준하여 마음의 권리를 회복하고자 한 주체들이다. 이는 계급적·경제적 이권을 위한 투쟁과는 상당한 차이가 있다. 호모들이 투쟁하여 얻고자 하는 이성애와 퀴어 사이의 대등한 관계이다. 시인은 그들의 인권투쟁을 암시하고 있다. 바로 광장처럼 인간을 공시하는 재판정이야말로 김현 시인이 '조선의 역사'로 설정한 미래이자 젠더정치적 공간이다. 그들의 투쟁을 이해하는 것은 그 배심원으로 선 독자 개개의 몫이다. 다만 최근 발표된 김현 시인의 한 산문으로부터 변호문을 빌리도록 하자. "누군가의 기쁨을 혐오할 권리, 아무에게도 없다."[1]「여기 기쁜 사람이 있다」)

3. 광장에 옮겨 쓰다

이방인은 이제 도시로 되돌아온다. 2000년대 시는 인간의 내면에 상존하던 타자의 이름을 고백해왔다. 김현 시인이 두 권의 시집에 일관되게 증언한 퀴어는 그동안 억압되어 있던 내면의 한 이름이다. 그것은 어디에도 없는 욕망이었으며, 그것이 표현될 수 있는 장소가 유토피아뿐이라는 사실이 디스토피아였다. 김현 시인은 섹슈얼리티를 초점화하여 이상(異相)으로 판정되던 호모들을 새로운 재판정으로 소환한다. 김현은 다음과 같이 말하고 있는 셈이다. 그들에게도 이 도시에 거주할 권리가, 도시를 그들의 마음에 따라 용도 변경할 권리가 있습니다. 그들에게도 '조선의 역사'를 써 내려갈 권리가 있습니다.

물론 그들의 권리가 실현되기 위해서는 광장에 공증되어야 한다. 데이

---

1   http://www.sisain.co.kr/?mod=news&act=articleView&idxno=30891

침묵과 쟁론

비드 하비(David Harvey, 1935~)가 『반란의 도시』에 통찰하듯 현대사회의 정치적 단위는 국가보다 도시 또는 지구(地區) 간의 경쟁이다. 또한, 시민들은 도시 내부에서 타인과 함께 공존하기 위해 자신이 소속된 '집단에 초점을 맞추어' 도시의 사용방법을 창안해간다. 마찬가지로 퀴어들은 도시에 '이미 존재하는 권리'를 타인으로부터 빼앗는 것이 아니라 '재창조하는 권리'를 주장하는 것이다. 퀴어의 도시권, 바로 그것을 광장에 공표하고자 하는 문서가 바로 김현 시인의 『입술을 열면』이다. 이 주장은 인권에 관한 조건 없는 옹호에 즉한다. 이러한 진의를 잘 드러내는 작품은 바로 「인간」이다. 본래 첫 시집 『글로리홀』의 뒤표지에 실렸던 「인간」은 '디졸브된' 문장으로 그 이후의 기억이 덧씌워진 뒤 두 번째 시집 『입술을 열면』에 재수록된다.

> 생명을 주관하는 열세번째 천사는
> 고요하고 거룩하다
>
> 밤이 되면
> 잉크를 쏟는다
>
> 영혼에 동공을 만드는 것이다
>
> 저기 저 먼 구멍을 보렴
> 너에게로 향하는 눈동자
>
> 가슴의 운명은
> 빛으로 쓰인다
>
> ◎ 인간은 온다. 내일의 비는 떨어지므로 인간적이다. 비 맞는 인간은
> 인간다워지기 위해 젖은 몸에서는 따뜻한 김이 솟고 그때에 인간의 다리

란 참으로 인간의 것이다. 가령, 광장에서 물대포가 쏘아질 때 패배의 무기는 무기력하고 인간은 젖은 채로 서서 방패가 된다. 무기를 막지 않는다. 무기를 넘보지 않는다. 이 또한 인간이 가진 눈동자다. 그러나 오늘까지도 생명은 비인간적이다.

—「인간」 부분

원작에서 연과 행의 변화가 조금 있었으나 시구는 다르지 않다. '13'이라는 수(數)를 지닌 '열세번째 천사'와 그가 쓰는 '밤'의 '잉크'는 강하게 불길함을 상기시킨다. 그런데 반대로 시인은 이 천사를 거룩하고 고요한 존재라고 표현한다. 이 역설은 밤의 천사가 어두운 현실을 의미하지만, 인간의 가슴이 그 어둠을 끌어안는 넓이를 가졌기 때문에 표현될 수 있다. 불길한 현실로부터, 어둠으로부터 시인은 자신을 바라보는 '영혼의 동공'과 마주한다. 시집 『입술을 열면』이 가장 고통스러웠던 저항의 시기를 배경으로 하는 이유도 바로 이것이 아닐까. 불길한 어둠을 통해 현실을 통찰하여 그것을 넘어서는 '가슴의 운명'을 발굴해내기를 요청하는 것이다.

덧붙여 시인은 자신의 시를 첨삭하여 '◎' 표시 아래 광장의 시간을 '디졸브시킨다'. 그 문장은 우리의 눈동자에 물대포 아래 한 사람이 쓰러졌던 사건을 떠올리게 한다. 한 사람이 쓰러졌을 때, 인간의 '온기'가 쓰러진 것이고, 무기를 쥐려 하지 않는 손과 '눈동자'가 쓰러진 것이다. 시인은 무기를 들고 있던 자와 '패배의 무기'를 쥐고 있던 자가 광장에서 마주 섰던 순간을 떠올리며, "오늘까지도 생명은 비인간적이다"라고 아프게 말한다. 퀴어에 대해 말하든, 정권에 관해 비판하든 김현 시인의 준칙은 바로 "인간은 언제쯤 인간이 될 수 있을까"(「망각하는 자」) 하는 질문을 따른다. 그에게 생명이란 무기를 쥐어서는 안 되는 존재이다.

그가 거듭 강조하는 '영혼'과 '운명'은 손에 잡히지 않는 것이다. 따라서 그의 시는 아직 실현되지 않은 삶을 요구하는 선언문을 발행하는 것과 같

침묵과 쟁론

다. 김현은 그러한 삶의 양식이 실현되기를 바라며 정체된 '조선'에 퀴어의 도시권을 그려 넣는다. 물론 그가 진정 표현하려는 것은 바로 퀴어의 도시권을 인정하는 한국이다. 그러한 의미로 「인간」에 표현된, 인간이 쓰러진 광장은 바로 다시 건설되고, 다시 쓰여야 하는 공중(公衆)의 공간이다. 그런데 이 작업은 제각기 다른 직업, 서로 다른 이해관계에 놓인 다양한 사람들이 살아가는 도시로부터 발견되어야 한다. 그러한 시민들을 다시금 연대하게 만드는 희망의 불씨여야 한다.

이 시집의 마지막 시는 "입술은 행동할 수 있다"(「열여섯번째 날」)는 날카로운 문장을 품고 있다. 하나의 증언이 비로소 '행동'할 수 있는 능력으로 이어질 수 있는가. 그리고 이는 시에 관한 질문으로도 이어진다. 시는 행동할 수 있는가. 김현의 시는 실천의 문제를 안고 있다. 만약 퀴어의 욕망이 표현되는 경로가 『글로리홀』의 이국적 환상이나 『입술을 열면』의 관념적인 '영혼'에 그치고 만다면 이 작업은 미완에 그치고 만다. 그의 시는 광장에 나아가는 실천으로 이어질 수밖에 없으며, 배제되어온 섹슈얼리티적인 욕망을 도시권으로 인정하기 위한 투쟁의 자세를 취한다.

김현의 시집 『입술을 열면』을 관통하는 투쟁의 공간이 있다면 그것은 '광장'이다. 김현뿐 아니라 최근 발표된 수많은 시인의 작품에 표현된 광장은 현실을 다시 쓰는 것을 가능케 한 수많은 목소리를 상기시킨다. 광장이란 무엇이었는가. 광장이란 서로 다른 삶, 서로 다른 기억을 가진 수많은 목소리가 연대를 이루었던 기적 같은 순간을 말한다. 촛불이란 무엇이었나. 실패를 내려놓고 광장을 백지로 되돌리려는 하나의 결집이었다. 광장은 일시적으로 주체·타자·세계의 차별을 잊게 만드는 축제의 장이기도 했다. 그러나 김현의 '광장'은 아직 완성된 적이 없다. 김현 시인의 말대로, 입술은 행동할 수 있다. 김현이 소환하는 퀴어의 목소리들은 결국 새로운 일상의 발명으로, 도시권으로 인정되어야 한다. 평등할 권리는 광장에 공중되어야 한다. 가장 내밀한 욕망과 요구를 광장에 필사하는 시의 기나긴 노동은 완수되어야 한다.

자아로부터의 자유

— 이소호 시인의 시에 대한 의도적 오독

1. 실존적 독법

표면적으로 이 글의 주제는 이소호 시인의 시에 관한 해설이다. 그러나 이 글의 근본적인 주제는 그의 시를 빌려 우리 시대의 자유 개념이 지닌 자기부정적 성격을 살피는 것이다. 단번에 밀접한 관련을 찾기 어려워 보이는 이 두 가지 주제를 연결하기 위해서는 우선 이소호 시인의 시에 대한 이념화된 독법을 뒤집을 필요가 있다.

이소호 시인은 제37회 김수영문학상을 수상한 이후 첫 시집 『캣콜링』(민음사, 2018)을 상재하면서 주목받게 되었다. '캣콜링'이라는 제목이 암시하듯 그의 시는 여성이 겪는 차별과 폭력을 드러내는 데 중심을 둔 것처럼 보였으며, 따라서 이후 그의 시를 읽는 일반적인 독법은 페미니즘에 기대는 것이다. 이를테면 2020년 11월 웹진 『비유』에 발표한 시 「위대한 퇴폐 예술전」에는 '女'를 부수로 취하는 한자들이 열거된다. 시인은 이러한 열거를 나치가 '퇴폐예술'이라고 낙인찍은 예술가들의 작품을 전시했던 사건에 비유하고 있는데, 이 과정에서 그는 우리가 익숙하게 사용하는 한자 안에도 여성이 남성을 방해하거나('妨') 헐뜯는('姍') 부정적 존재로 이미 타자화되어 있다는 사실을 부각시키고자 한다.

그런데 같은 지면에 동시에 발표된 작품 「보려다 가려진 감추다 벌어진」을 살펴보면 그의 시가 단순히 남성에 의한 여성의 타자화 또는 폭력을 재현하는 데 중점을 두는 것이 아니라는 사실을 확인할 수 있다. 이 작품에서 삶은 곧 폭력의 세계에 내던져지는 사건처럼 묘사된다. 산부인과 의사가 갓 태어난 아이를 뒤집어 엉덩이를 때리는 순간 자체가 매질의 시작이다. 나아가 한 아이는 외롭게 남겨질 바에는 폭력이 자행되는 가족 안에서 매 맞는 것을 선호하는 뒤틀린 마음을 지니게 된다. 그 마음은 결국 "나는, 경진, 나는, 소호, 나는, 남자, 에, 미쳐서, 나는, 애미, 애비도, 몰라, 보고, 나는, 먹고, 싸고, 즐기다, 가는, 나는"이라는 시인의 자기반영적 진술로 이행해간다. 따라서 그의 시에서 주된 폭력의 기원은 가족이다. 또한 그것은 부권에 의해 지배되는 가족이 아니라 모든 가족 구성원이 서로 환멸을 느끼면서도 떨어질 수 없는 이율배반의 혈연관계이다. 그리고 시인의 마음은 끝내 가족을 벗어날 수 없는 자기에 대한 부정과 해체로 옮아간다.

「보려다 가려진 감추다 벌어진」이 특수한 가정폭력에 치중한 작품이라면, 「위대한 퇴폐 예술전」은 보다 보편적인 여성 차별을 문제 삼는 작품이다. 일반적인 페미니즘 시에서 이 두 가지 주제는 똑같이 부권적 폭력 구조에 대한 증언이 된다. 하지만 이소호 시인의 시 작품을 면밀히 살펴보면 그의 가족시를 단번에 페미니즘의 논리로 환원하기 어렵다는 사실을 깨닫는다. 바로 먼저 주목할 것은 '가족'에 대한 작품군과 '여성'에 대한 작품군의 서술 전략이 다르다는 점이다. '가족'에 관한 이소호 시인의 시는 핍진한 사건의 묘사나 자기 체험에 기대어 묘사된다. 반면 그의 페미니즘 시는 체험 묘사보다 담론적이고 장르해체적인 전략에 따라서 기술된다. 요컨대 그는 가족에 관해서는 고백하고, 여성에 관해서는 조망한다. 이것은 두 시의 계

열 중 한쪽에 진정성이 없다는 의미가 아니라, '이경진(이소호)'으로서의 자아와 '페미니스트'로서의 자아가 이중화된 채 복잡한 관계를 이룬다는 사실을 암시한다.

실은 한 인터뷰에서 시인은 시집 『캣콜링』의 제목이 최초에는 '경진이네'였다는 사실을 밝힌 바 있다.[1] 그에 따르면 최초에 그의 시는 자기반영적인 가족서사로 기획되었다. 그러한 기획이 차츰 사회적 운동과 결부되어 의미의 외연을 확장해갔던 것이다. 따라서 그의 시에 관해서는 페미니즘 독법뿐만 아니라, 가족서사에 대한 정신분석학적이거나 실존적 독법 또한 주요한 방법이 된다. 그렇기 때문에 이 두 가지 관점 중 한쪽에 편중하게 된다면 우리는 해석 불가능한 여지가 남는다는 사실을 깨닫는다. 예컨대 장은정 평론가는 『캣콜링』의 해설에서 처음 이소호 시인의 시를 접했을 때 "당혹스러움과 어리둥절함"을 느끼게 되었다고 설명한 바 있는데, 그것은 그의 가족 시편에서 남성 구성원은 사물 수준으로 이미 격하된 채 이미 무력한 상태로 그려지고, 여성 구성원은 서로에게 폭력을 주고받는 존재로 그려지기 때문이다. 그것은 남성은 여성을 억압하거나 타자화하고 여성은 서로 유대를 맺는 것으로 묘사하는 이전 시대의 페미니즘 시와 큰 차이가 있다.

> 잘 들어 엄마
> 엄마는 이제 여자도 뭣도 아냐
> 내가 이렇게 엄마 다리 사이를 핥아도 웃지를 않잖아

---

1 "처음에는 단순하게 '경진이네에서 일어난 일들로 쓴 시니까 경진이네로 해야지' 이런 생각이 있었는데 막상 김수영문학상 공모전에 내려고 보니 시집 제목으로 임팩트가 있다고 생각하지 않았어요. 어쨌든 공모전은 눈에 띄어야 하니까 고민한 끝에 '캣콜링'이라고 정했어요."(https://www.modernpoetryintranslation.com/%EC%A0%9C-%EC%8B%9C%EC%97%90-%EC%B4%9D%EA%B5%AC%EA%B0%80-%EC%9E%88%EB%8A%A4%EB%A9%B4-%EC%9D%B4%EC%86%8C%ED%98%B8/)

봐 봐
이렇게 손가락 세 개를 꽂아도 느낄 줄 몰라 엄마는

나는 문을 꼭 닫았다

천구백팔십구 천구백팔십팔 천구백팔십칠 천구백팔십육 천구백팔십오
천구백팔십사 천구백팔십삼 천구백, 천구백, 천구백

백
……백 ……빽
가진 게 다리뿐인 나는
살아야 했다

엄마를 향해 사정을 했다 다리 사이로 개미들은 끓고, 턱을 벌리고 엄
마의 축 처진 살을 꼬집었다
울었다 엄마는
영등포 로터리에서 핑크색 유두를 잃어버린 소녀처럼 똥파리가 들끓는
1989명의 동생을 뜯어 먹으며

—「경진이네—거미집」부분

특히 시집에 수록된 시 「경진이네—거미집」은 딸이 엄마를 강간하는 내
용을 그린 충격적인 작품이다. 페미니즘적인 독법은 이 작품을 하나의 전
도된 상상력으로, 즉 남성적 권력이 여성에게 가하는 폭력을 관조하는 입
장에서 묘사하는 대신 자신을 가해자의 수준까지 이입해보는 하나의 전도
된 상상력으로 해석한다. 그러나 왜 이 시를 문맥 그대로, 어머니를 부정하
고자 하는 딸의 마음으로 읽어내어서는 안 되는 걸까. 위 시에서 '나'는 아
무리 시간을 되짚어도 '빽'이 될 만한 것을 찾지 못하는 왜소한 인간이다.
그래서 그는 자신의 '다리'만으로 버텨야 하는 현실을 엄마의 탓으로 전가

하고 있는 것처럼 보인다. 마찬가지로 우리는 그의 시집을 이루는 모욕적인 언어들을 해석하고자 할 때 당혹스러움을 느낄 수밖에 없다. 예컨대 "거미 같은 년"(「경진이네—거미집」)이나 "성녀인 척하지 마 너 같은 게 제일 더러워"(「복어국」)라는 사디즘적 언어를 주고받는 가족의 모습을 어떻게 이해해야 할까.

사드의 소설이 그러하듯, 어떤 사디즘적 언어를 동원하는 문학작품은 대개 그러한 언어를 행사하는 주인공에 대한 합리화를 내포하기 마련이다. 이를테면 자신이 세계의 피해자라거나 상대가 악인이라거나 폭력의 정당성을 주장하는 것이다. 반면 이소호 시인은 그런 식으로 말하지 않는다. 그의 시는 자기변명을 동원하지 않는 모욕, 따라서 타협의 여지가 없는 불쾌한 모욕을 그린다. 그러한 사디즘적 관계를 재현하며 일차적으로 그의 시는 담론화된 '가족'과 달리 실제 가족은 서로에게 끔찍한 존재일 수 있다는 사실을 여실히 드러낸다.

더 나아가 이소호 시인의 시에는 '합당한 입장'이 존재하지 않는 것처럼 보이기 때문에, 근본적으로 어떤 담론으로 환원될 수 없는 폭력적 언어가 끊임없이 출현하고, 그것은 심지어 시인 자신까지 그러한 모욕을 향해 밀어넣는 것처럼 보인다. 이 과정에서 그는 자신이 누군가의 딸, 누군가의 언니라는 사실로부터 자유로워지려고 하지만, 어떤 인간도 혈연을 부정할 수는 없다는 것은 자명하다. 바로 끊임없는 모욕은 이러한 관계의 단절 불가능성 자체를 재서술하는 시인의 방편으로 보인다. 그러나 이 고단한 과제는 완수될 수 없기에 방황할 수밖에 없는 한 자아는 결국 자기부정과 해체라는 실존적 태도에 이르는 것은 아닐까.

2. 모욕하는 존재와 자아로부터의 자유

자신이 부모로부터 태어났다는 사실, 자신이 어떤 성별로 태어났다는 사실, 인간으로서 타자와 관계하며 살아가야 한다는 사실, 이러한 사실들은 우리가 존재한다는 사건 안에 미리 속한 자명성이다. 그런데 이러한 자명성을 부정하고자 할 때, 우리는 어떤 정신에 도달할 수 있는 것일까. 때로 이러한 부정은 변증법의 일환으로 이해되어왔다. 요컨대 자아·타자·세계를 부정하는 자는 그 모든 것을 부정하는 회의하는 자신의 정신만은 회의할 수 없다는 결론에 도달한다. 뒤집어 말하면 모든 것에 대한 부정은 실은 그 어떤 것에도 영향받지 않는 '순수한 나'를 긍정하는 방식이다. 하지만 이소호 시인은 그러한 사색하는 입장까지도 부정함으로써, 인간 존재를 하나의 고뇌로 바꾸어놓는다. 그의 시는 많은 사람에게 다만 불쾌할 것이다. 왜냐하면 그가 묘사하는 인간 존재란 그저 저열하고 섬뜩한 어떤 모욕, 인간에 대한 끊임없는 인간의 모욕이기 때문이다. 이러한 모욕하는 존재에게 변증법은 기능하지 않는다. 인간은 서로 노려보며 피 끓는 현기증을 견딜 뿐이다.

그런데 우리는 이소호 시인의 시를 통해서 이 시대의 어떤 정신적 징후를 읽어낼 수 있지는 않을까. 이를테면 통속적으로 '혐오의 시대'라고 명명되는 이 시대에 대한 어떤 근본적 이해를 돕는 하나의 방편으로서 말이다. 사회학적인 관점에서 볼 때 우리 시대를 이해하는 모범적인 방편은 이미 정초되어 있다. 이소호 시인의 시에 대한 장은정 평론가의 독해가 그러하듯, 페미니즘·퀴어 이론에 따르면 사디즘적 언어는 모욕과 폭력의 구조에 대한 합당한 저항을 모색하는 방식으로 이해된다. 요컨대 폭력적 시는 폭력적 언어에 대한 미러링이다. 이러한 미러링은 정당한 모욕이다. 왜냐하면 이른바 '차별적인' 모욕이 '나'보다 낮은 지위나 소수자에게 향하는 손쉬운 폭력인

데 반해, 미러링은 자신보다 우월한 지위나 다수자의 입장에 놓인 타자에게 향하는 투쟁이기 때문이다. 그런데 이소호 시인의 시는 이러한 구분 없이 모든 타자에 대한 모욕을 가하고 있기 때문에 우리에게 고뇌가 되는 것이다.

그렇다면 우리가 실존적 입장에서 그의 시를 새롭게 해석해보는 것은 어떨까. 미리 설명하건대, 그의 시는 절대적 부정을 통해서 실존적 자유를 추구하는 하나의 방편이라고 말이다. 논의를 좀 더 뚜렷이 하기 위해서 나는 김수영 시인과 오규원 시인을 호명해보고 싶다. 이러한 우회로를 택할 수밖에 없는 이유는 우리 시대의 시인들에게 자유가 이미 낡은 관념이 되어버렸기 때문이다. 이제 우리는 자유를 위해 투쟁하기보다 평등을 위해 투쟁하고, 막막한 가능성이 아니라 보장된 미래를 선호한다. 지그문트 바우만에 따르면, 우리 시대는 자유에 초점을 둔 '액체근대'이기 때문에 사람들은 역으로 안전을 욕구할 수밖에 없다. 그래서 자유에 대한 생생한 갈증을 확인하려면 지금의 우리는 뒤를 돌아볼 수밖에 없는 것이다.

이사야 벌린은 「자유의 두 개념」(1958)이라는 글에서 자유의 본질을 '~로부터의 자유'와 '~를 향한 자유'라는 두 가지 표현으로 단순화하여 설명한 바 있다. 그는 이것들을 각각 자유에 내포된 '소극적(negative)' 의미와 '적극적(positive)' 의미라고 부르는데, 요컨대 전자(前者)의 극단이 그 무엇으로부터도 간섭받지 않을 자유를 뜻한다면, 후자(後者)의 극단은 '나'를 통제하는 원인을 스스로 결정할 자유를 뜻한다. 이 두 가지 자유 개념은 반대되는 것은 아니지만 때로 서로 상충하는 해석을 만든다. 예컨대 신자유주의 체제는 자유로운가. 경우에 따라 어떤 사람은 자유롭게 교섭할 권리를 침해하지 않는 체제가 자유롭다고 생각하지만, 어떤 이는 자본의 흐름이 인간의 삶에 강력한 영향을 미치기 때문에 자유롭지 않다고 생각할 것이다.

우리 문학사에서 이 두 가지 개념을 뚜렷이 이해할 수 있게 해주는 개념적 인물을 찾는다면, 그것은 바로 김수영과 오규원일 것이다. 김수영 시인이 천착한 것은 '~로부터의 자유'였다고 나는 생각한다. 김수영은 불의의 사고로 요절하기 직전까지 1968년의 현실을 "민주의 광장에는 말뚝이 박혀 있고, 쇠사슬이 둘려 있고, 연설과 데모를 막기 위해 고급 승용차의 주차장으로 사용되고 있는" 시대, 또한 반공주의 선전에 기초한 독재정권으로 묘사하고 있다.[2] 이에 맞서 그는 그 어떤 것으로부터도 매이지 않는 증언의 자유를 옹호했다. 이를테면 "아무 거리낌 없이 발표될 수 있는 사회가 되어야만 현대사회라고 할 수 있을 것"이라고 주장하며,[3] "불온하지 않은 작품을 불온하다고 오해를 받을까 보아 무서워서 발표를 하지 못하게 하는 것이 과연 무엇이냐"고 그는 되묻는다.[4] 예컨대 4·19혁명 이후 그가 「김일성 만세」라는 시를 집필했던 이유는 김일성을 긍정했기 때문이 아니라, 그 어떤 검열도 존재하지 않는 사회만이 자유로울 수 있다는 믿음 때문이었다.

시인은 불온해질 수 있어야 한다는 김수영의 주장은 오규원의 시론집 『現實과 克己』(문학과지성사, 1976)와 『언어와 삶』(문학과지성사, 1983)에서 시인의 자유를 해명하는 주요한 방편으로 수용되었다. 김수영과 오규원에 따르면, 시인은 자신이 속한 사회 체제보다 더 큰 자유의 공동체를 몽상하기 때문에 불온하다. 그런데 김수영과 달리 오규원은 시인이 '~로부터의 자유'에 천착한다면 자가당착에 빠질 수밖에 없다고 생각했다. 왜냐하면 시인에게 주어진 자유가 진정으로 모든 억압으로부터 자유롭게 증언할 가능성이라면, 시인은 자기 자신의 신념으로부터도 자유로울 수 있어야 하기 때문이다. 오규

---

2 김수영, 「지식인의 사회참여」, 『김수영 전집 2─산문』(제3판), 민음사, 2018, 296쪽.
3 위의 글, 위의 책, 301쪽
4 김수영, 「'불온성'에 대한 비과학적인 억측」, 위의 책, 309쪽.

원이 『언어와 삶』에서 시인을 '독재자'로 비유하는 이유는 그 때문이다. 독재자가 시민을 지배하듯, 시인은 타자를 마음대로 증언한다. 그렇다면 시인이 진정 자유를 실현하는 것은 자기부정에 기초해야 한다. 바로 이러한 맥락에서 오규원 시인은 1980년대 말부터 인본주의적 사고가 배제된 '날이미지 시'를 창작하겠다고 선언한 것이다.

'~으로부터의 자유'와 '~을 향한 자유'라는 개념적인 구분을 우리는 좀 더 문학적인 맥락에 비추어 이해할 필요가 있다. 우리는 그 어떤 권력과 이데올로기에도 간섭받지 않는 자유를 노래한 김수영과 탈주관·탈인간이라는 실현 불가능한 자유를 노래한 오규원을 통해 자유에 대한 문학적인 정의를 획득한다. 그렇다면 이소호 시인의 시는 '김수영적인 것'과 '오규원적인 것'이라는 자유의 이분법에 비추어 볼 때 어느 쪽에 가까운 것일까. 최근 그가 발표한 한 편의 시는 해답의 실마리를 제시한다.

> 이소호 입니다 한 번 더 생각하고 행동하여야 할 것이다 지금 일어났어 있는 날 정신 바짝 차리고 대한 고민이 이만저만이 아니었다 이 같은 값 이면 다홍치마 한 달 만에 쉬는 날이라 생각하시길 한술 밥에 우유를 많 이 마신 사람에 의해 일어난다 하더라도 지금 구체적 증거로 드러난 것은 아니다 그냥 갖고 있다 내가 가야 한다 너무 상업성이 노골적으로 드러냈 다 그 사람의 연인으로 산다는 건 빚에서 자유로울 수 없다는 것을 잘 알 고 있다
>
> —「소호의 호소—NEW MUSEUM」 부분

언뜻 보기에 위 작품은 문법의 통사구조만을 남겨둔 채 문맥을 어긋나게 하는 단어 선택으로 의미를 교란하는 해체시인 것처럼 보인다. 그런데 실은 이 작품에서 감상되어야 할 것은 작품 자체가 아니라 작품이 창작되는 과정이다. 본래 『문학동네』 2020년 여름호에 발표된 이 시에는 창작 경위가 부

자아로부터의 자유

기 되어 있다. 시인의 설명에 따르면 이 작품은 다다이즘 예술의 현대적 전유로서, '휴대폰의 자동완성 기능'으로 쓰였다. 요컨대 휴대폰에는 하나의 초성이나 글자만 입력하더라도 그에 따라서 사용자가 자주 사용하는 단어를 자동으로 완성해주거나 추천하는 기능이 있는데, 이 시는 편리함을 위해 만들어진 기능을 일종의 자동기술법으로 바꾸어놓은 셈이다. 이러한 창작 과정은 유튜브 영상으로 업로드되었다.[5]

김세아 평론가는 매체 이론의 관점에서 이 작품을 언급하며 디지털 시대의 특수한 '매체 실험'으로 간주한다. 그는 이에 관해서 "저자 고유의 내면성과 창조성을 강조하던 전통적 시각에 근거한다면 이것은 창작이라기보다 차라리 제작의 사유를 실현하고 있는 것"이라고 의의를 부여한다.[6] 그런데 더욱더 중요한 질문은 어째서 이소호 시인이 이러한 실험을 행하고 있는가이다. 대개 그의 시가 페미니즘·퀴어 비평의 맥락에서 그의 시가 읽혀왔다는 사실을 떠올려보면, 이러한 매체 실험과 이소호 시인의 시 사이에 연속성을 찾기가 어렵다. 왜 그는 지금까지 한국 시사에서도 몇 번이나 반복되어온 오래된 실험을 다시 한번 소환하고 있는 것인가.

바로 여기서 나는 이소호 시인의 실존적인 문제가 '오규원적인' 자유의 문제와 결부되어 있다고 나는 생각한다. 앞서 강조했듯 그의 시 쓰기는 세계와 타자, 심지어 자기 자신까지도 모욕을 가하는 자기부정의 정신에 기초한다. 그것은 결코 화합할 수 없는 가족과의 삶에 대한 환멸을 드러내고, 또한 그 가족과 너무나도 닮아버린 자기 자신에 대해 환멸을 느낄 수밖에 없는 처지, 그러한 처지의 인간이 상상할 수밖에 없는 삶의 탈출구인지도 모른다. 마찬가지로 위 시를 통해 이소호 시인이 모색하는 것은 '자아로부터

---

5 https://youtu.be/Brxb57a7u3g
6 김세아, 「유목과 도약의 시원」, 『시와사상』 2020년 겨울호, 36쪽.

의 자유'가 아닐까. 여기서 자기부정은 기계적 창조와 맞물려 있기 때문에 역설적이다. 요컨대 그에게는 그 자신의 손조차 고통이다. 휴대폰은 인간의 손을 배제하기 위해 요구된다. 자신의 손이 아닌, 기계의 손으로 자신을 다시 쓰는 방식으로 시인은 자기 존재를 인간성이 배제된 위치에 정초하고자 하는 것이다.

3. 혐오의 실존적 동기

지금까지 해설한 것은 이소호 시인의 시에 반복되는 '모욕하는 존재'와 그 존재에 깃든 역설이다. 인간중심성을 벗어나려는 시인의 시도는 다음과 같은 딜레마에 부딪치게 된다. 그는 모든 인격적인 가치를 모욕하는 동시에, 자신도 인간인 이상 자기 자신에 대한 절대적인 부정에 도달해야 한다. 물론 그것은 완수 불가능하다. 때론 자기 자신을 성찰하는 메타시를 통하거나 때론 기계의 손을 빌리는 실험을 통해서 잠깐이나마 몽상할 수 있을 뿐이다. 또한 이소호 시인을 오규원 시인의 자유 개념에 비추어보았지만, 오규원 시인에게 자기부정의 수단이 자연이었던 반면 이소호 시인에게 자기부정의 수단은 타자에 대한 모욕과 디지털 매체라는 점에서 큰 차이가 있다.

마지막으로 나는 다음과 같은 질문으로 나아가고 싶다. '모욕하는 존재'의 실존을 우리 시대에 비추어볼 수는 없을까. 또한 이른바 우리 시대에 일반화된 '혐오'가 단순히 정치적 갈등이나 세대 차이로 인해서 발생하는 감정 소모에 지나지는 않을까. 여기에는 인본주의 사회로부터 물본주의 사회로 이행해가면서 발생한 근본적인 관계 양식의 변화가 큰 영향을 미쳤을 것이다. 우리는 인간보다 기계와 더 많이 교제하며, 앞으로의 세대는 더욱더 그러할 것이다. 이러한 과정에서 인격의 실감은 차츰 희박해져가고 있을뿐더러 인격의 가치를 역설하는 사상가 또한 줄어들고 있다. 이것은 특별한 고뇌 없이 증언할 수 있는 우리 시대에 대한 일반론이다.

그런데 사실 나는 위의 진술이 모두 진실이 아니라고 생각한다. 나는 타자를 모욕하고 부정하고 싶어 하는 우리의 마음속에는 거시적인 시대 변화뿐만 아니라, 그러한 시대 변화에 저항하면서 더 깊이 우리의 내면에 자리하는 실존적 동기가 존재한다고 생각한다. 여기서 우선하는 것은 자신을 순수하게 만들고자 하는 욕망, 그 누구의 손에도 오염되지 않은 채, 심지어 자신의 이성에서도 오염된 부분을 도려낸 채 자신의 존재를 정초하고자 하는 욕망이 아닐까. 따라서 이러한 자유의 욕망은 탈주체적인 사유도 아니고, 디지털 매체적인 사유도 아니며, 극단적인 인간중심적 욕망, 더 나아가 '나' 중심적인 욕망인 것이다.

이러한 결론 또한 하나의 역설이다. 왜냐하면 현대적 사유의 흐름은, 그리고 마찬가지로 시 장르의 조류는 외연상 생태중심적이고 탈인간중심적인 사고로 나아가고 있는 것처럼 보이기 때문이다. 그러나 나는 그러한 시의 내용이 아니라, 그러한 시를 증언하는 실존적 자세를 우리가 눈여겨볼 때, 진정 그것이 인간중심적인지 아닌지를 판별할 수 있다고 나는 생각한다. 예술은 '나'를 숭배하기 위한 또 다른 수단이 될 수도 있다. 어떤 의미로 이소호 시인은 이러한 추궁으로부터 결백하다. 왜냐하면 그는 자신을 숭배하기 이전에 자신을 모욕할 수밖에 없다는 고뇌 안에서, 고통스럽게 시 쓰기를 지속하고 있기 때문이다.

그러나 「소호의 호소-NEW MUSEUM」와 같은 작품과 마주할 때, 나는 다음과 같은 사실을 떠올려보아야 한다고 생각한다. 뒤샹의 〈샘〉부터 워홀의 〈브릴로 박스〉, 그리고 미니멀아트에 이르기까지, 그 예술가들이 탈주관적 예술을 선언할 때 일어난 일은 인간중심성의 해체가 아니다. 오히려 그 선언은 근본적으로 예술가 자신을 숭배하기 위해 예술작품을 희생하는 결과로 되돌려졌다. 예술이 더 이상 인간성의 매개가 아니게 된 순간, 예술이라는 매개를 통해 타자와 대화를 나눌 가능성 또한 희생되었던 것이다. 따라서 대화 없이 예술가는 위대한 존재가 될 수 있었다. 이러한 의미로 우리는 착오를 경계해야 한다. 표면은 주체-탈주체의 이항대립 또는 자기해체의 변증법인 것처럼 보이는 예술작품 이면에는 인간중심적 사고와 극단적인 '나' 중심적 사고 사이의 갈등이 감춰져 있는 것이다.

제3부

침묵의 반향

얼굴의 요구

— 나르시시즘의 시대에 문학은 어떻게 대면하는가

1. 나르시시즘의 시대

나르시시즘에 관한 흥미로운 우화가 있다. 나르키소스가 죽자 초원의 꽃들은 깊은 슬픔에 잠겼다. 꽃들은 강물에 찾아가 나르키소스를 애도할 물방울을 달라고 요청했다. 강물은 그 요청을 거절하며, '그럴 수 없어요. 내 물방울이 눈물이 된다면 나르키소스를 애도하기 위해 필요한 물이 부족해질 거예요. 나는 그를 사랑했어요.'라고 답했다. 그러자 꽃들은 나르키소스가 매일 강물에 얼굴을 비추는 동안, 강물이 바라본 나르키소스가 얼마나 아름다웠는지 물었다. 강물은 잠시 머뭇거리면서 그의 얼굴이 기억나지 않는다고 답했다. 그는 다음과 같이 고백했다. '내가 그를 사랑했던 것은, 그가 내 위로 몸을 숙일 때마다 그의 눈 속에 비친 내 모습을 볼 수 있었기 때문이랍니다.'[1]

---

[1] 이 우화는 앙드레 지드가 기록한 오스카 와일드의 목소리이다. 「오스카 와일드를 기리며」, 『심연으로부터』, 문학동네, 2015, 251~252쪽 참조. 김우창은 나르시시스트의 사랑을 '애기(愛己, amour propre)'라고 부른다. 애기란 '타인의 눈에 비치는 외면적 효과와

이것은 눈앞에 있는 타자를 외면하는 시선에 관한 이야기다. 나르키소스와 강물은 마주 보고 있는 연인이다. 그러나 그들에게는 상대의 얼굴이 보이지 않는다. 나르키소스는 강물에 비친 자신의 모습을 사랑하고, 강물은 나르키소스 눈동자 속에 비친 자신을 사랑할 뿐이다. 이때 인식되지 않는 것은 타자의 얼굴이다. 본래 얼굴은 타자를 향해 있다. 누구나 두 눈으로 자신의 얼굴을 직접 보는 것이 불가능하듯 얼굴은 항상 타자에게 먼저 발견된다. 또한 얼굴은 응답을 요구한다. 타인의 미소에 미소로 응답하거나, 타인의 침묵에 침묵으로 응답하는 것을 우리는 대화라고 부른다. 그러나 얼굴을 자기 소유로만 간주할 때, 얼굴은 그저 각자의 존재에 대한 독백이 된다. 나르키소스와 강물처럼, 나르시시스트에게는 응답해야 할 타자의 얼굴, 그리고 타자의 죽음조차 보이지 않는 것이다.

그들을 장님으로 만든 것은 '자기'에만 몰두하는 상태이다. 타자의 얼굴이 눈앞에 존재한다는 사실을 잊을 때, 자아는 외부와 단절하고 타자의 고통을 손쉽게 외면할 수 있게 된다. 또한 자신 또한 타자의 타자로서, 자신의 얼굴이 타자에게 드러나 있다는 사실이 무시될 때 인간은 유령이 된다. 하지만 우리가 마음이라는 고독한 장소에 속해 있다고 상상하기 이전에 우리의 마음은 얼굴을 통해 드러나고 있으며, 우리는 말로서 고백하는 존재이기 이전에 얼굴을 통해 드러난 존재이다.[2] '자기'보다 앞서는 것은 얼굴이다.

평가로서 값 매김하려는 이기적 '자기 사랑'을 뜻한다.

2   오랫동안 우리는 고독하고 단일한 주체 개념에 사로잡혀 있었다. 그것은 특수한 역사적 구성물이다. 찰스 테일러는 『자아의 원천들』에서 고대 그리스인이 현대와는 전혀 다른 방식으로 주체를 상상할 수 있었다는 사실을 증명한 바 있다. 마음은 여러 장소에 존재하거나 신이 불어넣은 것으로 상상되곤 했다. 이러한 고대의 자아 개념을 망각하고, 아우구스티누스-데카르트-흄을 거치면서 자아는 단일하고 이성적인 주체 개념으로 다듬어진다. 가라타니 고진의 『일본 근대문학의 기원』에서 논의된 바는 바로 그러한 근대적인 주체 개념의 형성에 문학이 결정적인 역할을 맡았다는 사실이다. 고진에 따르면, 문

침묵과 쟁론

이처럼 얼굴의 본질은 타자를 향한 열림이자 응답의 요구이다.

중요한 것은 현대사회에서 시련을 겪는 것은 관계가 아니라 얼굴이라는 점이다. 관계는 단절된 적 없을뿐더러 오히려 현대인들은 과잉 연결되어 있다. 코로나 사태 이래 디지털 매체의 도입이 가속화된 이후에도, 매일 많은 사람은 소셜 네트워크에 자신의 고통과 상처를 전시하고 온종일 메신저로 연락을 주고받는다. 일상에서는 자신을 표현하기 어렵다고 느끼는 사람도 트위터나 페이스북에서는 손쉽게 자기 생각과 모습을 전시한다. 이때 '손쉬움'이란 응답하고 응답받아야 하는 얼굴이 잊힌 상태를 의미한다. 자신이 싫어하는 사람을 차단하고, 타인의 반응에 '좋아요' 버튼을 누르기만 하면 되는 관계, 누군가와 대면하고 있다는 흐릿한 인상만을 남기는 그러한 손쉬움이 새로운 관계 방식이 된다. 이러한 관계에 얼굴은 없다. 유명인의 사진이 수십 개의 게시판에 유포되고 손쉽게 품평의 대상이 되듯, 일방적으로 바라보기만 할 때 타자의 얼굴이 나의 악플로 인해서 상처 입을 수 있다는 사실은 쉽게 잊힌다.[3]

우리가 숙고해야 할 사실은 현대사회가 우리에게 주입하는 관계 방식이 곧 나르시시즘이라는 것이다. 따라서 현대사회에서 흔히 사용되는 관계 단절이라는 표현은 현상적으로는 관계나 소통의 단절이 아니라, 얼굴의 존재

학에 언문일치 형식을 도입하는 동안 외부 세계로부터 등을 돌린 '내면적 인간'이 하나의 문학 제도로서 확립되었으며, 이러한 내면적 인간은 거대한 시스템 내의 소시민으로 전락한 근대인이 다시금 자신을 '주인'으로 상상하는 하나의 방법이었다.

3 그것이 단지 사진이기 때문만은 아니다. 고등학교 앨범사진이 그리운 얼굴을 상기시키는 데 반해, 전시된 얼굴은 단지 사물처럼 감상되기 때문이다. 더 나아가 감상하는 자가 아예 자신에게 얼굴이 존재한다는 사실을 잊고 익명성 뒤에 숨을 때 그의 태도는 관음이 되고, 관음하는 자는 손쉽게 타자에게 폭력을 가할 수 있다. 연예인들의 자살 사건, n번방 사건 등을 겪으며 우리는 관음증에 깃든 성 권력의 불균형과 잔혹을 깊이 자각하게 되었다.

를 잊는 데서 시작한다. 신자유주의 체제는 기업 내 정규직 노동자와 비정규직 노동자, 취업 시장 등 모든 분야에서 무한경쟁 관계를 확립한다. 이러한 제도 안에서 관계는 느슨한 상호 헌신인 동시에, 분명히 '나의 삶'이라는 과제에 필요한 도구이다. 장래희망, 취업, 결혼, 건강보험, 국민연금 등 수많은 제도는 곧 강제된 일방통행의 과제이며, 우리는 그 과제를 진지하게 다루면서 어렵지 않게 타자의 얼굴을 외면한다. 친구는 곧 한정된 취업 자리를 놓고 경쟁하는 상대이며, 이러한 제도 안에서 학생들의 집단 따돌림, 즉 타인의 얼굴을 외면하는 능력 양성을 학교의 진정한 기능이라고 생각하는 것은 놀랍지 않다.[4] 이 시대의 학교가 응답하는 얼굴은 바로 승리자의 얼굴이고, 장래희망이나 처세서는 승리자의 얼굴에 대한 충실한 받아쓰기가 되어간다.

따라서 타파되어야 하는 것은 관습적 관계이고, 드러나야 하는 것은 얼굴이다. 타자에게 타자로서 응답하는 대면, 때론 전율하게 하고, 때론 섬뜩하고 불쾌하기도 한 이 대면을 요구하는 것은 사회의 흐름을 역행하는 것이다. 그래서 우리에게는 문학이 요구된다. 문학은 한 사람의 고독한 글쓰기에 대한 한 사람의 고독한 응답이자, 그 응답의 적당한 거리를 탐색하는 작업이기 때문이다. 최근 문단에 제기되고 있는 젊은 평론가들의 비판 역시 우리는 이러한 얼굴의 요구로 번역해볼 수 있다. 문단 역시 현대사회의 전반과 마찬가지로, 등단제도와 문학상으로 작가들을 경쟁하게끔 유도하는

---

4 사회학자 엄기호는 한국 사회가 책임과 위험을 하층민에게 전가하고 이익은 상층민이 가져가는 일종의 다단계회사 또는 '유흥주점적 경제모델'에 가깝다고 비판한다. 그런데 "이 유흥주점형 모델에서 노동자에게 요구되는 단 하나의 덕목은 타인의 고통을 외면하는 능력"이며, 학교는 "왕따와 학교폭력이 벌어질 때마다 학생들이, 아니 학교 구성원 전체가 훈련하는 것이 이 '타인의 고통을 외면하는 능력'"이라는 점에서 '잘 굴러가고 있는 공간'인 셈이다. 엄기호, 『단속사회』, 창비, 2014, 211~212쪽.

침묵과 쟁론

구조를 형성해왔으며, 표절과 원고료 착취 등을 은폐하며 지속해왔다는 비판은 우리가 숙고해보아야 하는 사실이다. 또한 문학이 오랫동안 이성애자 남성에게만 편향되게 응답해왔으며, 도리어 여성과 퀴어는 외면해왔다는 비판 역시 통렬한 것이다.

문학조차 두 가지 경우에 나르시시즘에 사로잡혀 타자를 소홀히 대했다고 말할 수 있다. 때로 문학은 신념의 표현인 것처럼 간주되었다. 하지만 맹목적으로 자기 신념에 사로잡힌 작가는 자칫 타자의 얼굴을 잊게 된다. 타자를 바라보며 말하는 것이 아니라 오직 자신의 신념을 바라보며 말하고 있기 때문에, 그는 타자를 외면하는 괴물이 된다. 한편 문학은 무엇이든 꾸며낼 수 있는 가면으로 간주되기도 했다. 그러나 자신의 상상력에 사로잡힌 작가는 하소연할 뿐이다. 그는 때론 자기 존재의 한계를 벗어나기 위해 성별을 바꾸고, 때론 인간이라는 범주까지도 벗어나지만, 타인의 얼굴에 응답할 자신의 얼굴을 폐기한 채 말하고 있다. 주체의 얼굴이든, 비정형의 가면이든, 타인의 얼굴을 응시하지 않을 때 목소리는 명령이나 하소연으로 전락하고 만다. 명령하는 자는 자신의 의도에 따라 타인을 도구화하는 괴물이고, 하소연하는 자는 다만 독백을 벗어나지 못하는 유령일 뿐이다.

그래서 우리는 다시금 물어야 한다. 나르시시즘의 시대에 문학은 어떤 방식으로 존재하는가. 응답이 사라진 시대에 문학은 얼굴을 어떠한 고뇌의 대상으로 삼는가. 현재진행형으로 한편에 낭독이라는 실천적 응답이 있고, 다른 한편에 시 창작이라는 미학적 모색이 있다. 이 글에서 살펴보고자 하는 것은 후자 쪽이다. 얼굴이 하나의 시련으로 전락한 시대에 관계를 모색하는 시인들의 시를 살피는 것, 때로 이 시대에 사로잡히고 때로 이 시대로 인해 몸부림치는 그들의 고뇌를 빌려 응시의 가능성을 타진해보는 것이다.

2. 온몸으로서의 얼굴, 얼굴의 정치성 : 권박 시인과 김현 시인의 경우

정치적·사회적 차원에서 얼굴을 상실한 유령들이 있다. 권박 시인의 『이해할 차례이다』(민음사, 2019)는 타자에게 응답받지 못하는 자의 고백, 절규, 분노로 이루어진 한 권의 시집이다. 이 목소리를 성차별에 맞서는 페미니즘 운동의 일환이라고 보는 것은 타당해 보일뿐더러, 시인 자신이 유도하는 해석의 방향이기도 하다. 이 시집의 독특한 형식은 일종의 논문처럼 시에 주석을 달고 있다는 점인데, 이 주석들은 페미니즘 운동과 관련된 논문·뉴스·저서를 인용하여 역사적으로 차별 받아온 여성의 지위를 자각하게끔 유도한다. 어떤 의미로 시와 주석의 관계는 분열증과 신경증의 관계처럼, 억압되어 있던 마음이 욕설과 폭력적 시어로 고백 되는 순간, 그것을 주석으로 페미니즘이라는 사회적 담론에 봉합하는 것처럼 보인다.

그의 시에서 눈여겨볼 것은 '아직'이라는 시간성이다. 이를 "아직 내가 살아 있는 이유는 준비되지 않는 마술이기 때문일까, 사람들에게 받아들여질 수 없는 마술이기 때문일까?"(시 「공동체」)라거나 "아직도 공동체의 완성은 보호받는 여자인데 어떻게 해야 합니까?"(시 「마구마구 피뢰침」)라는 문장에서 확인할 수 있다. 아직 인정받은 적 없는 자기 존재를 '마술'이라고 부르고, 아직도 지속하는 여성 차별을 증언하면서, 그는 여성의 자아가 '아직'이라는 시간성에 갇혀 있다는 사실을 강조한다. 여성은 아직 도래한 적이 없다. 아직도 그들은 남성의 바깥이거나 남성에게 보호받는 하위 주체로서 놓여 있다. 이 순간 문제시되는 것은 홀로 응답을 요구하거나 타자에게 응답할 수 없는 여성의 사회적 위치다.

혀를 헐뜯듯 얼굴을 뜯으며 "나는 왜 밖에서는 큰소리도 못 치는 아버지 같습니까?" 혀를 헐뜯듯 얼굴을 뜯으며 "왜 비수를 꽂은 밤일수록 바닥이 드러나지 않습니까?" 혀를 헐뜯듯 얼굴을 뜯으며 "왜 흉 진 몸일수록 교묘하게 상냥한 어법을 배우기 좋습니까?" 혀를 헐뜯듯 얼굴을 뜯으며 "예민한 사람은 비극보다 불온서적이 어울리므로 차라리 종교를 믿겠다고 하겠습니다." 혀를 헐뜯듯 얼굴을 뜯으며 "종교는 가능성 없는 용서"이므로 여기저기 울음을 못 박으며 "울음도 가난하여 허덕일 수 있다는 것을 보여 드리겠습니다." 혀를 헐뜯듯 얼굴을 뜯으며 "내가 부정했던 감정이 언젠간 나를 부정할 거라고 말하는 아버지에게"

우리는 유리
관계는 죽음
— 권박, 「무리해서 나눈 말이 되거나
나누면 나눌수록 절대 나눠지지 않는 잘못이 되거나」 부분

이 시는 가족이라는 혈연 공동체, 특히 아버지로 표상되는 가부장제하에서 여성이 겪는 하나의 곤경을 상기시킨다. 가부장제에서 유일하게 얼굴을 지닌 존재는 가장(家長)이다. 그것은 오직 가장의 목소리와 얼굴만이 타인에게 응답을 요구할 수 있다는 의미로 그렇다. 따라서 가족이라는 질서 안에서 여성의 존재는 스스로 드러나는 것이 아니라 아버지에게 종속된다. 여성의 지위는 성취되는 것이 아니라 유전된다. 그래서 "밖에서는 큰소리도 못 치는 아버지"와 마찬가지로 그의 자식 또한 무력함을 물려받는다. 여자의 목소리는 스스로 증언할 수 없는 받아쓰기로 전락하고, 여자의 얼굴은 응답을 요구할 수 없는 가면이 된다. 그렇게 그의 혀와 얼굴이 타자에게 응답할 가치가 없는 것으로 여겨질 때 그는 왜소해진다.

그러한 순응을 거부하기 위해 시인은 자기 존재의 혀와 얼굴을 뜯어낸다. 얼굴의 상실은 역설적 의미로 자기 자신이 되는 방법이다. 혀와 얼굴이 '아버지처럼' 살게 만드는 가면이라면, 혀와 얼굴을 뜯어내는 것은 자기 자신의 내면을 드러내는 해방이다. 한편 그것은 이 시대에는 여성의 내면이 '흉진 몸', 즉 어떤 시련을 겪고 상처받은 몸으로만 드러날 수 있다는 사실까

지 뜻한다. 권박 시인은 가족에 종속될 바에는 '불온서적'처럼 추방된 위치에 머물기를 바란다. 또는 차라리 '울음'이 되기를 택한다. 그러나 가족이라는 울타리를 벗어나기는 쉽지 않다. "내가 부정했던 감정이 언젠간 나를 부정할 거라고 말하는 아버지에게" 응답하며 그는 쉽게 넘어설 수 없는 '감정'을 직시하기도 한다. 그 감정은 여전히 근대사회를 지탱하는 원천이며 대중매체를 통해 반복 생산되는 가족애를 암시할 것이다. 이에 대해 "관계는 죽음"이라고 단언하며, 시인은 현대사회의 가족 이데올로기를 향한 투쟁을 각오하는 셈이다.

  마찬가지로 김현 시인은 정치적·사회적으로 소외된 퀴어들을 주목한다. 그는 시집 『입술을 열면』(창비, 2018)에서 특히 박근혜 정권이 들어선 2013~2015년의 대한민국을 '(헬)조선'이라고 호명하는데, 헬조선이란 얼굴의 응답이 사라진 공동체적 상황을 가리키는 표현이다. "죽음의 토르소를 껴입고/우리는 그야말로 우리의 얼굴로//너는 너를 보고//나는 나를 본다"(「조선 마음 11」)라는 문장처럼, 김현 시인이 문제시하는 것은 나르시시즘이며, 인간이 '죽음의 토르소'로서 따로 놓인 채 단절된 상황을 극복하기 위해 그는 시위라는 투쟁 방식에 주목한다.

  여자는 생생하던 가슴을 자른다
  가슴이 사라진 자리에서 여자는 여자로 태어난다

  스스로 가슴이 없는 여자는
  유일하게 행복하다

  유일한 행복이라면 남자도 그럴 것이다

  남자는 자지로부터 멀리 가려 한다
  남자는 가슴을 유입한다

가슴 속에는 인공이 들어서지만
남자는 천연하게 브래지어를 착용한다

뜻대로 가슴을 얻는 남자는
그제야 아, 나는 조선의 남자구나 가슴에 손바닥을 올린다

충만한 여자와 멀어진 남자가 만나
자리마다 사랑이어라

두 사람은
이제부터 자기를 호명하기 위해 존재한다

여자와 남자와
싸운다

여자와 남자는 싸울 때
성기를 완성하므로

여자와 남자는
가슴 없는 보지와 자지 달린 가슴을 전시한다

— 김현, 「가슴에 손을 얹고」 부분

　　퀴어란 생물학적 신체가 자아와 일치하지 않기 때문에 타자에게 올바르게 응답받지 못한다. 예컨대 정체성이 남자인 사람이 생물학적으로는 여성일 때, 그의 얼굴은 여성으로만 발견될 뿐이다. 따라서 어떤 사람은 가슴을 절제함으로써, 어떤 사람은 인공가슴을 삽입함으로써 비로소 '나'가 된다. 우리가 이 시에서 물어야 할 것은 왜 성형수술을 넘어서 시위가 필요하냐는 문제다. 우리는 퀴어가 요구하는 것은 자아의 수정이 아니라, 타자의 응답이라는 사실을 깨닫는다. 퀴어는 이성애 공동체에서는 자신의 성별을 '뜻대

로' 호명할 수 없는 소수자의 입장에 처하게 된다. 따라서 퀴어는 자신을 올바르게 호명하기 위해 두 개의 전장에서 투쟁한다. 하나의 전장은 자기 신체라는 실존적 차원이고, 다른 하나는 이성애 공동체라는 사회적 차원이다. 시위와 성형수술은 이 시에서 존재의 고유성을 획득하기 위한 투쟁의 방식이다.

시인은 분명 퀴어들이 자신을 '전시한다'고 쓴다. 전시는 인간이 존재하는 방식이 아닌 사물이 발견되는 방식이지만, 김현 시인은 전시라는 표현을 반어적으로 활용하여 퀴어의 소수자적 입장을 드러낸다. 그러나 그의 시는 퀴어의 전시가 아닌, 퀴어의 시위로 인식될 때에만 비로소 온전히 독해될 수 있다. 시위란 온몸을 얼굴로 삼는 것이다. 온몸으로 표정을 짓고, 온몸으로 응답을 요구하는 것이다. "여자와 남자는 싸울 때/성기를 완성하므로"라는 문장은 이성애적 질서에 대한 투쟁을 암시하지만, 김현의 시에서 '싸움'은 단지 불화나 갈등을 조장한다는 것을 뜻하지 않는다. 오히려 그것은 관습적 관계를 깨트리고 응답을 요구하는 것, 서로 얼굴을 마주 보려는 순간에 가까워지려는 '완성'의 노력이다.

미학적으로 권박 시인의 '뜯어낸 얼굴'이나 김현 시인의 '유입된 가슴'은 신체 훼손이라는 그로테스크한 상상력을 도입한다. 이것은 육체의 원형(原形)을 훼손하거나 인간의 왜곡인 것처럼 보인다. 그러나 인간의 원형이란 특정 공동체에서 합의된 하나의 이데올로기라는 사실을 잊지 않을 때, 우리는 '훼손'이나 '왜곡'이라는 미추판단 또한 이데올로기적이라는 사실을 유념해야 한다. 이러한 미추 판단을 기준으로 삼아 우리는 건강·아름다움을 위한 수술과 신체 훼손을 전혀 다른 것으로 구분한다. 그로테스크는 그러한 이분법 자체에 대한 이의제기다. 그로테스크는 공동체의 합의에 동의하지 않는 욕망이자, 얼굴을 찢고 드러나는 타자성이다. 그것은 선뜻 받아들이기 힘든 새로운 사고를 공동체에 도입하기 때문에 추(醜)한 것처럼 보인다. 가

부장제가 거부한 여자의 능동성처럼, 이성애 공동체가 질병으로 취급한 퀴어처럼, 공동체가 용납하지 않는 욕망이 표정으로 드러나려 할 때, 그것은 그로테스크할 수밖에 없다.

따라서 사회적으로 볼 때 권박 시인과 김현 시인의 시에는 기성 질서의 관계를 해체해야만 하는 과제가 놓여 있다. 즉 그들의 투쟁에는 가족애나 이성애적 질서에 대한 거부가 암시된다. 어떤 의미로 이러한 투쟁은 관계를 파괴한다. 페미니즘 운동은 근대적 공동체의 최소 단위로 간주하는 가족 관계를 해체하고, 퀴어 운동은 이성애적 질서를 무력화시킨다. 그러나 이것은 권위의 실추나 관계의 무차별화를 의미하지 않는다. 오히려 권위나 질서라는 이름으로 잊힌 얼굴을 상기시키는 것, 잊힌 응시를 되살리는 것이 투쟁의 본질임을 시인들은 드러낸다.

현실에서 페미니즘과 퀴어라는 두 가지 정치적 실천은 숙명여자대학교의 트랜스젠더 혐오 사건의 경우처럼 때로 상충하기도 한다. 이때 우리가 숙고해볼 것은 시인들이 표명하는 응시의 윤리가 아닐까. 이데올로기가 특정 계급이나 세대를 대변하는 잣대가 될 때, 그것은 타자의 얼굴을 외면하는 폭력이 된다. 이에 비해 권박 시인은 가족 이데올로기에 종속된 얼굴을 찢고, 김현 시인은 거리의 복판에서 온몸으로 응답을 요구한다. 따라서 온몸으로서의 얼굴은 현대사회의 정치적·사회적 구조를 해체하는 실천에 포함되는 한편, 아직 실현되지 않은 윤리적 관계로서 인간과 인간의 응시를 제시한다.

3. 대명사의 윤리, 얼굴의 일상성 : 서윤후 시인과 오은 시인의 경우

일반적으로 우리는 일상 속에서 수많은 사람의 얼굴을 스쳐 지나간다. 거리에서든 직장에서든 얼굴은 제각기 다른 목표를 바라보고 있으며, 서로 지나치며 기억에서 잊힌다. 서윤후 시집 『소소소小小小』(현대문학, 2020)는 두 개의 부분으로 나뉘어 있는데, 제1부에는 바로 일상적으로 반복되는 스쳐 지나감이 형상화된다. "도처에 진열되어 있는 굳은 얼굴들"(「슈가 코팅」)은 공산품처럼 구분되지 않는다. 여기서는 유리나 설탕 코팅으로 만들어진 매끈한 얼굴들이 등장한다. 매끈한 얼굴이란 "나는 다치지 않으려고 친절해진다"(「스텝밀」)는 문장처럼 타인에게 상처 입거나 상처 입히지 않기 위해서 예의 바르게 행동하는 사람들을 뜻한다. 그러나 예의 바름이라는 가면에는 진실이 없다. 마음에 관한 한, 유리의 얼굴은 벽이다. 예의 바른 얼굴들은 서로 마음을 교환하지 않는다. 그들은 각자 고통을 감당하며 다만 얼굴을 깨트리지 않기 위해 안간힘을 다할 뿐이다.

제2부에는 그러한 매끈한 관계에 대한 환멸감이 조금씩 표현된다. 시인은 "지난 과오들을 불가피했던 상황들로 하여금 우리라는 말을 정비하자"(「원 안에서 벗어나 원 밖으로 나아가」)라고 말한다. 이처럼 아이러니하게도 시인은 '과오'를 통해 '우리'라는 공동체를 정비해야 한다고 말한다. 어떤 과오를 감추고 아무 문제없는 양 지속해 온 공동체가 있다. 그러한 공동체는 시인에게 "섞이고 싶지 않은 반짝임"(「물방울 숨기기」)에 지나지 않는다. 공동체를 향한 냉소는 "난장과 난관 속에서 뜻밖의 제정신입니다"(「싸이코」)라는 문장에서 극명하게 드러난다. 질서가 무너진 '난장'의 장소를 제정신이라고 단언하며, 시인은 질서 바깥에 자신을 놓아두려고 한다. 이러한 과정에서 서윤후 시인은 공동체 너머의 대면, 혹은 세계가 정전된 순간의 응시를 상상한다.

그들은 세상에 중독된 것이 없었다
네가 샤오루보라는 증거를 말해봐
네가 준이치라는 증거는 있고?

침묵과 쟁론

다행인가? 동시에 외쳤다 그들은 의심이 뾰족하게 자라나지 않도록 침
묵을 지킨다 아직 그들은 둘 중 한 사람만 남겨지는 어둠을 원하지 않았
으므로

계단 오르내리는 소리 버스 하차벨 누르는 소리
그런 것이 들리기 시작한 샤오루보는 준이치에게 묻는다
여기는 어디지? 너무 편안해 죽고 싶을 만큼
우리는 세상이 깜빡한 세상에 있고
없는 듯이 살고 싶다는 언젠가의 농담을 증명하듯이
이제 이곳으로 아무것도 오지 않을 거야 정말 아무것도
아니라고 말할 수 있을 때까지
그들은 이제 더 이상 구별되지 않을 것이다
그런데 우리는 어떻게 서로의 말을 알아들을 수가 있는 거지? 비애에
는 언어가 소용없지 슬픔에는 동작이 필요하지 않지
샤오루보와 준이치가 처음으로 고개를 동시에 끄덕였다
서로의 손을 잡고 손잡이처럼 잡아당겼다

— 서윤후, 「미래지하정전」 부분

서윤후 시인은 공동체로부터 동떨어진 장소에서 교감을 재현한다. 세상
과 동떨어진 외딴 지하 공간에 두 조난자가 있다. 사실인 듯 환청인 듯 계단
오르내리는 소리와 버스 하차벨 소리가 들리지만 두 사람은 그것에 이끌리
지 않는다. 세상에 '중독되지' 않았다는 표현처럼 그들에게 세상은 독(毒)이
며, 오히려 "세상이 깜빡한 세상에" 놓인 그들의 처지는 "죽고 싶은 만큼"
편안하다. 바로 이 순간 시인은 어둠 속에서 대면하는 얼굴의 역설에 관해
서 말한다. 상대의 얼굴은 어둠에 가려 보이지 않을뿐더러, 상대가 '준이치'
이거나 '샤오루보'라는 사실도 분명치 않다. 어두운 지하에 놓이는 순간 두
사람이 서로 식별할 방법은 목소리나 더듬거림뿐이다. 그렇지만 그들은 서
로에게 열렬히 응답하고 있다. "어떻게 서로의 말을 알아들을 수가 있는 거

지?'하고 시인은 묻는다. 곧이어 그는 비애나 슬픔의 몸짓은 언어를 거치지 않는다고 답한다. 마음은 빛으로 드러나지 않으며, 다만 몸짓과 체온으로 전해지는 것이다. 더 나아가 샤오루보와 준이치가 '처음으로' 서로 고개를 끄덕이며 응답할 때, 두 사람은 서로 마음의 손잡이를 열게 되는 것이다.

다른 글에서 졸고가 '대명사의 윤리'라고 부른 것이 이 시에는 표명된다.[5] 공동체 바깥에 놓인다면 사람을 구속하는 질서나 위계나 이름이 없다. 속된 말로 '계급장을 떼고 만나는 것'처럼 사람들은 서로의 학력, 직업, 나이를 잊고 서로에게 응답할 뿐이다. 레비나스가 『전체성과 무한』의 서문에서 타자의 "얼굴을 맞아들이고 정의를 이룩하는 것"을 '밤의 사건'이라고 부른 이유는 그 때문이 아닐까.[6] 밤의 사건이란 타자를 보이지 않는 어둠으로 간주하는 사고방식이다. 우리는 타자를 '눈앞의 사물'처럼 환하게 이해할 수 있다고 믿어서는 안 된다. 타자의 마음은 그 자체로는 결코 이해될 수 없는 어둠이다. 그렇다면 어둠 속에서 우리는 무엇을 행하는가. 홀로 남지 않기 위해 필사적으로 서로에게 나아간다. 서로 더듬고 움켜쥔다. 그러한 움켜쥠은 공동체적 질서가 틈입할 수 없는 관계이다. 다시 말해 그것은 타자의 고유명, 즉 이름·나이·성별 따위 너머에서 타자의 얼굴만을 응시하며 응답하는 실천이다. 이러한 관계는 정치적 차원에서는 실현 불가능한 것이지만, 반대로 일상적 차원에서는 우리들이 종종 행하고 있는 것이다. 흔히 사랑은

---

5 졸고, 「대명사의 윤리」, 『현대시』 2019년 8월호.

6 사랑은 응답이다. 응답하기 위해서는 눈으로 '이해하는' 것이 아니라 피부로 '느껴야' 한다. 연인들이 밝게 드러난 침실보다 어두운 침실을 선호하는 이유도 그 때문이다. 레비나스는 이렇게 말한다. "이 사건들은 본질적으로 밤의 사건들인 것이다. 달리 말해, 얼굴을 맞아들이고 정의를 이룩하는 것—이것이 진리 그 자체의 탄생을 조건 짓는데—은 탈은폐로 해석될 수 없다. 현상학은 하나의 철학적 방법이지만, 현상학—빛으로 가져옴을 통한 이해—은 존재 그 자체의 궁극적 사건을 구성하지 않는다."(에마뉘엘 레비나스, 『전체성과 무한』, 김도형·문성원·손영창 역, 그린비, 2020, 18쪽.

모든 것을 잊게 한다고 우리는 말한다. 모든 것을 잊는다는 것은 '지금-여기'의 전존재만으로 상대에게 응답한다는 뜻이기도 하다. 따라서 대명사의 윤리는 사랑을 닮았다. 물론 서윤후 시인의 시는 주로 침실의 뜨거운 얽힘보다 서늘한 어둠 속에서 횃불처럼 서로의 손을 쥐는 정도의 따스함을 표현한다는 차이가 있지만 말이다.

　마찬가지로 오은 시인은 시집 『나는 이름이 있었다』(아침달, 2018)에서 자신만의 사연과 직업을 지닌 수많은 사람을 '사람'으로 지칭하는 하나의 실험을 전개한 바 있다. '저돌적인 사람', '기다리는 사람' 등 이렇게 모든 존재를 일반명사로 치환하면서 그는 모든 사람이 똑같이 '사람'이라는 사실을 강조하는 듯 보인다. 그리고 이 시집에서 그는 '나'라는 표현과 더불어 사람이라는 표현을 반복함으로써 사용함으로써 일종의 1인칭 관점과 3인칭 관점을 번갈아서 활용한다. 그가 종종 3인칭 시선을 시에 도입하는 이유는 하나의 주관을 묘사하기보다 조망하는 시선으로 사람과 사람의 관계성을 묘사하기 위해서이다. 즉 "아직 당신이 사람임을 증명할/또 다른 사람이 필요하다"(「사람」)는 문장처럼 오은 시인은 '사람'이 되기 위해서는 타자와의 관계가 필요하다고 강조한다. 이 시집의 주된 주제는 "네 얼굴을 통해서/내 얼굴이 보고 있다/내 얼굴을"(「시끄러운 얼굴」)이라는 문장처럼 무엇보다 인간은 서로의 얼굴에 응답함으로써 '자기'가 된다는 사실이다. 그리고 이러한 대면은 나르시시즘적 자기 응시가 아니라 대명사의 윤리와 긴밀한 관련이 있다.

　　이 사람아 이게 대체 얼마 만이야!

　　우리는 길에서 만났다
　　처음으로 교복을 벗고 만났다

서로의 이름을 잊은 채

어딘가 낯이 익고
익숙한 냄새가 나고
사람임은 분명해서

너는 쫙 편 손바닥을 내밀었다
손바닥에는 이름 대신
손금이 구불구불했다

어떤 길을 따라가도 순탄할 것 같았다

눈이 있는 사람
사람 보는 눈이 있던 사람

…(중략)…

나는 쫙 편 손바닥으로 얼굴을 덮었다
양 볼이 뜨거워서
손금이 녹아내리는 것 같았다

손바닥을 맞추곤 하던 사람이
가차 없이 손바닥을 뒤집어버리듯

등을 돌리고 비틀거리며 걷기 시작했다

이 사람아 벌써 가면 어떡해!

사람이 사람을 불렀다

침묵과 쟁론

방금 전까지는
사람이었던 사람을
이 사람을

— 오은, 「사람」 부분⁷

    오은 시인의 시어 '사람'은 일상적 의미의 일반명사로도 사용되지만, 그의 시집에서는 '사람-되기'라는 도덕적 과제에 더 가깝다. 그것은 사람과 사람이 서로 대면하는 순간에는 '사람'이라는 사실이 분명하지만, 서로 뒤돌아 떠나갈 때는 "사람이었던" 것으로 기술되는 것처럼, 이 단어가 가변하다는 점에서 알 수 있다. 그의 시에서 타자와 대면한다는 것은 사람됨의 조건이다. 그렇다면 타자와 대면하기 위해 필요한 것은 무엇인가. 이름은 아니다. 교복을 입던 시절의 친구를 이제 성인이 되어서 길에서 만났을 때, 우리는 이름을 몰라도 그를 환대할 수 있다. 구체적 추억도 아니다. 친구와 함께 있던 장소들을 떠올리지 못하더라도, 단지 어렴풋하게 남은 친구에 대한 인상만으로도 우리는 그를 환대할 수 있다. 이 시에서 긍정되는 것은 타자의 감각적 현전이다. 얼굴의 인상, 익숙한 냄새, 그리고 손바닥과 손금 같은 눈앞의 현전이다. 즉 눈앞에 타자와 대면하고 있다는 사건 자체가 환대의 조건이자, 인간됨의 조건이다. 그것으로부터 뒤돌아서 떠나가는 순간, 그들은 사람의 조건으로부터도 떠나가는 셈이다.

    한편 왜 시인은 '어딘가' '익숙한'과 같은 표현처럼 타자의 존재를 어렴풋한 것으로 묘사할까. 여기에 그가 암시하는 대면의 성격이 드러난다. 언뜻 이러한 관계는 우정과 닮아 보인다. 그러나 이러한 대명사화된 대면은 우정과는 큰 차이가 있다. 우정에는 의심이 없다. 지연이나 학연처럼, 멀리 있든

---

7   앞에서 언급한 시 「사람」과 이 시 「사람」은 같은 제목을 한 다른 작품이다. 두 작품은 모두 한 권의 시집에 수록되어 있다.

가까이 있든 서로 같은 관계망에 속해 있다는 사실이 자명하기 때문에 우리는 친구가 된다. 하지만 시인은 그러한 관계망의 자명성을 추방한다. 타자성을 어렴풋한 것으로 간주하면서 타자 자체를 환대하는 관계, 그래서 끈질기게 얼굴과 손바닥을 마주하며 파악해야 하는 밤의 사건인 관계, 또한 어떤 의미로는 '지금—여기'가 아니라면 서로 사람으로서 대면할 수 없는 관계를 형상화한다. 따라서 그의 시는 서늘한 진실을 드러내고 있다. 우리는 뒤돌아서서 멀어지면 타자를 없는 존재로 취급하게 될 것이다. 사회적 · 정치적 차원에서 관계 맺는 타자는 '사람'이 아니다.

서윤후 시인과 오은 시인은 사회학적 관계가 아닌, 눈앞의 대면을 강조한다는 점에서 결코 정치적 · 사회적 관계로 환원될 수 없는 하나의 관계방식을 제시한다. 그것은 시에서는 사회로부터 개인에게 부여된 이름 · 나이 · 직함 등의 고유명을 지우는 일종의 일반명사화(化) 또는 대명사화라는 미학적 여과망을 거친다. 실제로 오은 시인은 최근 「그것」이라는 제목의 연작시를 발표하면서 이러한 작업을 더욱더 정식화하고 있는 것으로 판단된다. 그런데 반대로 말하면 두 시인의 미학적 형상화는 사회적 · 정치적 관계와의 단절을 표명하는 것이기도 하다. 우리는 직접 대면하는 관계라는 도덕적 정언의 명쾌함만큼이나 그 한계 또한 쉽게 예상할 수 있다. 그러나 그러한 좁은 관계를 형상화하는 배경에는 깊은 환멸이 뒤따른다. 정치적 · 사회적 차원에서 우리는 다만 예의 바르게 타자를 스쳐 가거나 외면할 뿐이다. 하나의 공동체에 함께 속해 있다는 안일한 생각이 우리가 타인들과 관계 맺고 있다는 착각에 젖게 한다. 또는 때로 견딜 수 없는 타자의 환멸스러움이 타자를 외면하게끔 한다. 바로 그 지점에서 시인들은 대면의 윤리로 나아간다. 사람이 사람 곁에 있을 때만 사람이라는 하나의 윤리적 정언을 향해 간다.

4. 얼굴의 섬뜩함

앞서 살펴본 얼굴의 표상들을 떠올려보자. 현대시에서 얼굴은 찢어지거나 수술되거나 어둠 속에 감춰진다. 그러한 얼굴에 이를 때에만, 비로소 대면할 수 있는 타자성이란 무엇인가. 얼굴 너머의 마음에 닿는다거나 진실에 이른다고 말해서는 안 된다. 마음의 교류는 인간에게 주어지지 않은 사건이다. 인간이 전진할 수 있는 최대치는 타자의 얼굴이다. 이때 정확하게 가늠해야 하는 것은 거리(距里)다. 지나치게 가까이할 수도 없고, 외면할 수도 없는 타자성의 거리다.

정치적 차원에서 시인들에게 얼굴은 바로 세워져야 하는 요구이다. 여성의 얼굴과 퀴어의 얼굴은 그 자체로 응답받은 적이 없다. 그래서 그들은 자신의 얼굴을 폐기하고 그로테스크한 신체를 광장에 전시하는 하나의 상상력으로 나아간다. 그것은 그동안 가부장제 · 이성애적 시선에만 응답해왔던 사회에 대한 이의 제기다. 이때 어떤 사람들은 각자의 삶에 충실한 채 서로 침범하지 않는 것을 최선의 윤리라고 믿기 때문에, 자신이 페미니스트나 퀴어를 혐오하지는 않지만, 페미니즘 시위나 퀴어 퍼레이드는 혐오한다고 말한다. 각자 자신의 성을 누릴 권리는 있지만, 그것은 타자의 자유를 침해하지 않는 소극적 자유여야 한다고 생각한다. 그러나 그들은 이미 타자의 얼굴을 외면하고 있다는 사실을 자각하지 않는다. 그들의 시선에는 여성의 얼굴이나 퀴어의 얼굴은 존재하지 않는다. 페미니즘 · 퀴어 운동은 그들에게 응답해야 하는 타자의 얼굴이 아니라 소음이거나 불쾌한 표정일 뿐이다.

페미니즘 · 퀴어 시에 필연적으로 내포되는 그로테스크 미학에 관해 우리는 숙고해볼 필요가 있다. 그로테스크한 사건이 공동체에 충격을 가하듯, 그로테스크한 미학은 하나의 인식론적 충격을 가져다준다. 그러나 무리한 해석일 수도 있겠지만 나는 대부분의 경우 그로테스크가 공동체 바깥에 놓여 있던 낯선 무언가가 침입해오는 사건이 아니라고 생각한다. 오히려 그로테스크한 것들은 우리 곁에 항상 존재해왔다. 거울, 정신병원, 묘지 등 추방된 공간들뿐만 아니라, 항상 우리 곁을 지키던 가족의 얼굴, 자신의 표정을 감추던 친구의 얼굴에도 그로테스크는 깃든다. 모든 인간의 진실은 섬뜩하다. '나'가 납득할 수 없는 욕망이 표정으로 드러날 때, 그것은 끔찍한 것처럼 보인다. 사람에게 가장 끔찍한 것은 사람의 얼굴이며, 그래서 우리가 누군가를 사랑한다면, 우리는 그 끝에 필연적으로 발견하게 되는 타자의 섬뜩한 표정까지도 받아들여야만 한다.

일상적 차원에서 시인들은 모든 고유명(직업, 계층, 이름, 나이)을 잊고 타자와 대면하기를 상상한다. 반대로 말해 그들은 공적인 관계에 대한 불신을 드러내는 것처럼 보인다. 이것을 사회학적 의미의 순수한 관계라고 보기는 어렵다. 이를테면 앤서니 기든스는 순수한 관계란 두 사람의 평등한 대화와 합의에 기초하는 관계 맺음이라고 정의했는데, 여기서 언급되는 평등은 여전히 공적인 가치이다. 반면 시인이 형상화하는 것은 진정한 의미로 '순수한 관계', 즉 두 타자의 현전이 서로에게 응답하는 대면의 상황을 가리킨다고 볼 수 있다. 현상학적 표현으로 이것은 연인의 공동체라고 불리곤 하는데, 이 관계를 이해하려면 완전히 같지는 않더라도 연인의 일상적 관계를 떠올려보아도 충분하다. 연인의 관계는 절대 평등하지 않다. 단지 그들은 서로의 존재에 필사적으로 응답하고 응답받음으로써 연인이라는 사건을 지속한다. 응답이라는 단어를 상처로 바꾸어도 마찬가지다. 서윤후 시인과 오은 시인의 시는 표면적으로는 따스한 대면을 표현하는 것처럼 보이지만, 진심이 서로에게 상처 입히게 되는 긴장과 그것을 넘어서는 접촉의 순간이 제시되고 있다.

표면적으로 볼 때, 현대시는 관계를 상실하는 것처럼 보인다. 권박 시인과 김현 시인의 경우처럼, 그들은 가족과의 관계를 거부하거나 광장에 나와 타자와 갈등하는 것처럼 보인다. 서윤후 시인과 오은 시인의 경우처럼, 그들은 모든 사회적 관계 방식을 추방하고 두 사람의 순수한 관계를 상상하는 것처럼 보인다. 그러나 관계 상실은 하나의 진실을 내포한다. 현대시는 기존의 이데올로기로 구성된 관계를 타파하고, 타자의 현전하는 표정에 주목한다. 정치적 차원에서는 가족애나 이성애적 사랑의 관념을 깨트리고, 일상적 차원에서는 예의 바르고 매끈한 얼굴로부터 온몸의 조우로 이행하는 것처럼 보인다. 이 과정에서 우리는 나르시시즘적인 자기응시가 아니라, 타자와 마주 보려는 실천을 발견한다.

그런데 본래 문학에 주어진 사건은 그것뿐이지 않을까. 문학이란 단지 한 사람의 목소리를 한 사람이 전해 듣는 사건이라고 말해야 하지 않을까. 더 정확하게는 그것을 향한 절실함이라고. 이 글을 시작하며 인용했던 우화는 오스카 와일드가 앙드레 지드와 대화하며 지어낸 것이다. 어쩌면 나는 오스카 와일드가 나르시시즘을 풍자하기 위해서 이러한 우화를 만들어냈다고 생각하는데, 그 이유는 오스카 와일드가 말년에 다음처럼 말하고 있기 때문이다. 앙드레 지드의 손을 쥐고 오스카 와일드는 말했다. "예술에는 말이죠, 1인칭이란 없습니다." 이것은 문학에 관한 하나의 파격적 정언이다. 우리는 이렇게 이해할 수 있지 않을까. 1인칭이라는 것은 제도적으로 구성된 허구에 지나지 않는다. 존재함은 언제나 얼굴이다. 응답하고 응답받으려는 사건인 한, 문학에는 1인칭이란 없다.

대명사의 윤리

—강성은 · 오은 시인의 시

1. 대명사의 문법

당신의 이름을 애타게 불러도 당신에게 닿지 못하는 순간이 있다. 이름의 무력을 깨닫는 순간이 있다. 이를테면 널리 알려진 시 「초혼」에서 김소월 시인은 사랑하는 이의 이름을 "산산이 부서진 이름", "불러도 주인 없는 이름", "사랑하던 그 사람"이라고 부른다. 여기서 우리는 일종의 역설에 가까워지는 하나의 호명 방식, 즉 누군가를 명명하기 위한 이름이 아니라 명명할 수 없음을 드러내기 위한 호명 방식을 발견하게 된다. 세상을 떠난 자의 이름은 더 이상 그 사람을 부르는 데 사용될 수 없다. 그것은 다만 잊지 않거나 그리워하기 위해 사용될 수밖에 없다. 아니 근본적으로 '그 사람'이라는 이름은 당신이 부재하다는 사실을 확인하는 고통스러운 단어이기 때문에 '산산이 부서진' 것이다.

여기서 고민해볼 것은 사랑하는 이의 고유명을 '그 사람'이라는 대명사로 고쳐 부르는 김소월 시인의 마음과 표현 사이의 관계이다. 때로 어떤 이름은 우리의 입 밖으로 꺼내는 것조차 아프다. 그러나 잊을 수 없기 때문에 그것은 반쯤은 감춰지고 반쯤은 드러난 이름으로 다시 우리의 의식 속에 출현해야 한다. 이러한 승화의 과정은 아주 간단하게 우리는 '이곳'에서 살아야 하고 당신은 '그곳'으로 떠나갔다는 자명한 구분 또한 만들어낸다. 두 세계의 경계, 두 존재의 경계를 구분하는 것은 대명사의 원초적인 기능인 것처럼 보인다. 이-푸 투안은 아메리카 인디언 언어를 살핀 뒤 '여기-우리'와 '저기-그들'을 구분하기 위해서 대명사가 사용되었다고 설명했으며,[1] 하이데거는 눈앞의 현상으로부터 사유하고자 한다면 존재의 각자성(고유성)은 '나는 이렇고' '너는 저렇다'라는 인칭대명사로 표현될 수밖에 없다고 말한 바 있다.[2] 순수하게 사물 자체를 바라보는 원초적 시선으로 세상을 표현한다면, 삶과 죽음의 경계는 이곳과 저곳이라는 단어로 표현될 수밖에 없다.

중요한 것은 어떤 사람의 고유명을 '그'라고 바꾸어 부르는 것이 단지 타자를 익명화하고 추방해버리는 사건으로 이해해서는 안 된다는 점이다. 김소월 시인의 경우처럼, 도리어 그것은 타자에 대한 조심스러움과 간절함의 표현이 되기도 한다. 무엇보다 닿을 수 없는 것에 대한 표현은 근본적으로 대명사적이다. 다시 김소월 시인의 시를 살피면, 대명사는 다음과 같은 역할도 한다. 너무나도 소중한 이름, 그러나 내 소유도 아니고 나의 현실성

---

1 "아메리카 인디언 언어에서, 헤(he)는 매우 가까이에 있고 항상 존재하는 대상을 가리키며, 야(ya)는 매우 가까이 있고 현존하지만 조금 더 떨어져 있는 대상을 가리키고, 유(yu)는 멀리 떨어져 있어서 공공적 물품으로 사용할 수 있는 어떤 것을 가리키며, 웨(we)는 너무 멀어서 대개 보이지 않는 것을 가리킨다. 동북시베리아의 추크치족(Chukchi)은 화자와 관련하여 대상의 위치를 표현하기 위해 아홉 가지나 되는 용어를 사용한다."(이-푸 투안, 『공간과 장소』, 구동회·심승희 역, 도서출판 대윤, 2007, 83쪽)

2 "이 존재자에게 그의 존재함에서 문제가 되고 있는 그 존재는 각기 나의 존재이다. 그러기에 현존재는 결코 존재론적으로 눈앞에 있는 것인 존재자의 한 유에 속하는 경우나 표본으로 파악될 수 없다. …(중략)… 현존재의 말 건넴은 그 존재자의 각자성의 성격에 맞추어 언제나 인칭대명사를 함께 말해야 한다. 즉 '나는 이렇고', '너는 서렇다'라고."(마르틴 하이데거, 『존재와 시간』, 이기상 역, 까치, 1998.)

에 속하지도 않는 그 이름을 감히 부르지 못하기 때문에 시인은 이름을 지운다. 그는 이름의 자리에 대신 산산이 깨어지는 통증을 놓아둔다. 당신의 이름을 부르는 것은 아프다. 당신 없는 세계에서는 감히 당신의 이름을 나의 입속에 담는 일조차 죄다. 이름은 혀끝에서 산산이 깨어진다. 이윽고 고유명 대신 '그 사람'이라는 대명사가 출현하는 순간, 호명은 차라리 몸짓에 가까워지는 것처럼 보인다. '그 사람'이라는 단어는 상실한 당신의 모든 것, 당신과 관계 맺을 수 있었던 세계의 모든 가능성을 가리키는 것처럼 보인다. 대명사는 발음할 수 없는 타자성에 대한 발음이며, 재현할 수 없음에 대한 재현이 된다.

이렇듯 대명사를 어떤 간절한 몸짓으로 이해하는 길을 받아들일 수 있지 않을까. 어떤 의미로 우리는 일부나마 대명사적 실천을 이미 우리의 삶 안에서 행하고 있는지도 모른다. 우리는 일상 안에서 한 사람을 정확하게 이해하기 위하여 그를 이루는 호칭들을 떼어놓기도 한다. 눈앞의 '그'를 바로 보기 위해 그의 나이, 직업, 가족관계, 수상 경력을 잊는다. 그의 사회적 배경 따위는 가늠하지 않고 친구가 된다. 한편 우리는 지구 반대편의 고통받는 사람들, 미디어로 중계되는 참혹한 사건 현장에 놓인 사람들을 바라보며 '그들'을 간절히 호명해보기도 한다. 그때의 대명사란 관계 맺음을 요구하는 간절함으로의 회귀, 더 정확히 말해 한 존재에게 닿을 수 없다는 사실 자체를 고통스럽게 가리키려는 손끝이 아닐까.

우리는 일상적으로 여러 가지 방식으로 타인을 호명한다. 당신의 이름을 부를 때는 오롯이 당신의 현존과 마주한다. 한편 '어머니' '사장님' '학생'과 같은 직함을 부를 때 우리는 그것이 사회적 관계 안에서 당신을 호명하는 방식이라는 것을 안다. 대개 고유명과 직함은 우리를 타인과 공동체의 일원으로 묶는다. 그리고 익명의 타인들을 가리킬 때 대명사를 사용하곤 한다. 그런데 때로 문학에서 대명사는 독특한 방식으로 타인을 호명하는 데 활용

침묵과 쟁론

된다. 그것은 우리가 말을 잊는 순간과 닮아 있다. 사랑하는 사람의 눈과 마주쳤을 때 혹은 정반대로 감당하기 어려운 분노에 직면했을 때, 우리의 혀는 마비되고 우리의 가슴은 거친 숨만 뱉을 뿐이다. 이름을 잊는 순간 우리는 한 사람을 바라보고 있을 뿐이다. 마찬가지로 우리 시대의 시 안에서 발견하게 되는 것은 사회적인 맥락의 호명을 폐기하는 이 독특한 방식의 호명이다.

2. 가족이라고 부를 수 없는 : 강성은의 시

때로 아무것도 질문하지 않는 것이 정확한 이해가 될 수 있다. 차라리 묵묵히 당신 곁에서 함께하는 것만으로도 충분한 때가 있다. 강성은 시인은 섣부르게 표현하지 않는다. 섣부르게 묻지도 않는다. 그의 시에서 타자는 형언할 수 없는 이미지로 표현되거나 '그것'이라는 대명사로 지시된다. 그렇다면 타자를 이해 불가능한 공백으로 남겨두는 것은 어떤 식으로 타자와 관계하는 방식을 탄생시키는가. 이러한 관계 방식을 해명하기에 앞서, 강성은 시인의 시에서 인간을 대명사화하려는 조짐은 앞서 인간의 '마음'을 대명사화하려는 작업에서 확인된다.

> 환한 창문에 돌을 던져도
> 깨지지 않는다
>
> 어느 날엔 몸을 던졌는데
> 나만 피투성이가 되고
> 창문은 깨지지 않는다
>
> 투명한 창문

사람들이 모두 그 안에 있었다

— 강성은, 「채광」 부분

'나'와 '사람'을 가르는 창문이 있다. 창문의 투명함은 역설이다. 창문은 시선에 저항하지 않는다. 우리의 두 눈으로 타인을 바라볼 수 있도록, 창문은 투명하다. 그러나 창문은 손에 저항한다. 눈앞의 타자를 만질 수 없는 그리움으로 인해, 나는 온몸을 '창문'에 투척한다. 그러나 그것은 깨지지 않는다. 좁혀지지 않는 타인과의 거리가 온몸을 던져도 깨지지 않는 통증으로 형상화된다. 따라서 창문은 이중적인 물질이다. 타인을 눈앞에 모아주는 렌즈이지만, 타인과의 접촉을 불가능하게 하는 벽이다. 창문밖에는 닿을 수 없는 타자의 현존이 있고, 창문 안에는 고백될 수 없는 내면이 있다. 창문은 소통 불가능한 시대에 관한 알레고리다.

바로 그 순간 '그 안'이라는 대명사는 요청된다. 아직 닿지 못한 타자의 존재를 가리키기 위해, 타자의 살과 체온을 호명하기 위해 우리는 미지의 이름을 붙인다. 이 시가 소통 불가능성을 암시한다면, 무엇보다 강성은 시인의 근본적인 문제 제기를 목소리의 무력함과 연관 지을 수밖에 없다. 목소리로서 우리는 타인과 관계한다. 그러나 목소리를 차단하는 투명한 벽이 있다. 그래서 강성은의 시에서 인간은 '유령'이거나 '시체'이거나 '동물'이다. 그가 "어쩌면 우린 이미 죽은 시체들일까"(「악령」)라고 물을 때, 그는 무엇과도 소통할 수 없는 인간, 이미 타인의 눈에는 사물이나 다름없는 익명의 존재로 전락한 인간을 암시한다.

그에게 이 시대는 "개 울음소리인지 고양이 울음소리인지 사람의 울음소리인지 분간이 가지 않"는 '밤의 광장'이다(「밤의 광장」). 광장에는 울음소리가 가득하다. 지금, 이 순간 누군가는 신음하며 슬픔이나 고통에 잠겨 있을 것이다. 하지만 이 울음은 누구의 것인지 판명되지 않는다. 이러한 세계 안

침묵과 쟁론

에서 그는 "밖에선 종말처럼 어두운 눈이 내리고 있고/나는 이제 잠에서 깨버릴 것 같은데/집이 점점 더 깊어지고 있다"(「섣달 그믐」)고 쓴다. 깊어지는 것은 침묵이다. 그것은 타인의 고통에 대한 침묵이자, 시대의 진실에 대한 침묵이기도 하다. 그의 시에는 '깨어나기 직전'의 새벽이 지속한다. 새벽은 모든 인간이 익명의 어둠으로 물러나는 시간이다. 이제 그들은 각자의 집에서 각자의 고독을 깊게 감당한다.

시 「카프카의 잠」에서 시인은 현실에는 탈출구가 없다는 사실을 암시한다. 시인은 세계가 끝날 것처럼 '어마어마한 눈'이 내리는 동안에도 빌딩 안에서 야근을 하는 한 사람에 관해서 말한다. 그것은 이 시대의 거대한 부조리를 이해하지 못한 채 눈앞의 노동에 매달릴 뿐인 근시안적 인간의 알레고리이기도 하다. 그는 어떻게 자신의 책상에서 물러나, 진정 자기 자신을 돌볼 수 있게 될까. "이상하게도 그가 삶을 포기하고 나면/죽음을 기다리고 있으면/모든 일이 달라지는 것이다//그가 잠에서 깨어나는 것이다"(「카프카의 잠」)라는 문장처럼 죽음 이외에는 탈출구가 존재하지 않는다. 시인은 다음을 암시한다. 인간의 목소리가 서로에게 닿지 않고, 공동체에는 인간을 위한 증언대가 존재하지 않는다. 심지어 이 시집에서 소통 불가능성의 징후는 가족에까지 옮아간다. 강성은 시인의 시에서 가족은 서로의 지지대가 아닌, 막막한 타인으로서 발견된다. 이에 따라 가족 간의 호칭마저도 해체된다.

> 당신이 내 아버지요? 남편이요? 아들이요?
> 내가 묻자 그는
> 말없이 냉장고 안으로 들어가버렸다
> 내가 집어넣은 것은 아니다
>
> 냉장고 안은 때로 넓고 깊고 어둡고
> 생각날 때마다 맨 아래 칸까지 뒤져봤지만

환한 냉기만 집 안 가득 흘러나왔다

곧 그를 잊었다
때때로 떠오르던 질문들도 잊었다

밤잠도 낮잠도 찾아오지 않던 어느 날
그가 냉장고 문을 열고 나왔다

거기도 바람이 불고 비가 오고 햇빛이 있냐고
좁은 골목과 분수대와 여름 노래와 웃음소리가, 질문들이 있냐고 물었다
당신도 한번 들어가보면 알 것이라고
그는 말했다 그리고
나는 이상하게도
웃어야 할 때 울거나 울어야 할 때 웃었다

당신이 내 어머니인가? 아내인가? 딸인가?
그가 물었을 때 나는 잠자코
냉장고 문을 열었다
그가 떠민 것은 아니었다

집집마다 크고 단단하고 아름다운 냉장고가 있다
— 강성은, 「생각하는 냉장고」 전문

관계의 단절은 냉장고에 갇힌 가족의 모습으로 형상화된다. 냉장고에 갇
혀 버린 마음이란 앞서 시 「그것」에서도 반복된 이미지다. 차가운 밀실 안
에서 인간의 마음은 얼어붙는다. 위 시에는 큼과 작음 사이의 전도가 발생
한다. 냉장고 안에 집이 수납된다. 심지어 냉장고 내부에는 "좁은 골목과 분
수대와 여름 노래와 웃음소리"라는 추억의 따스한 풍경마저도 들어간다. 이

침묵과 쟁론

처럼 사물과 거주지, 사물과 마음의 위계는 전도된다. 사물은 더 큰 것이고, 인간은 더 왜소한 것이다. 냉장고 내부의 삶이란 다만 부패하는 것을 지연시키며 지속하는 일상, 가족 사이에 '환한 냉기'만이 맴도는 일상일 것이다.

이 시에서 대명사는 미지의 타자가 아닌, 익명으로 전락한 가족을 가리키기 위해 사용된다. '나'는 가족에게 관여할 의지가 없다. '나'에게 가족은 전적으로 타인이다. 그렇기 때문에 '그'가 아버지인지 남편이지 관심을 가질 필요가 없다. 또한 '그'가 홀로 냉장고에 침잠하든, 냉장고 문을 열고 나오든 관여할 이유 또한 없다. 가족은 서로의 방에 분류되어, 작동하는 기계의 부속처럼 살아간다. 이러한 관계 맺음은 가족이라고 볼 수 없다. 아니, 관계가 없다. 그런데도 지속하는 생경한 관계를 형상화하기 때문에 이 작품은 섬뜩함을 유발한다. 사물을 만지듯 타자를 만지는 감각이 시를 지배한다.

"집집마다 크고 단단하고 아름다운 냉장고가 있다"는 마지막 문장으로 마무리하면서, 강성은 시인은 근본적으로 이 냉장고가 우리 시대의 알레고리라는 사실을 암시한다. 이 시대의 가족이란 '단단하고 아름답게' 꾸며진 냉담함이 아닐까. 다른 시 「단편 같은 장편」에도 그는 "아버지를 아저씨로 부르거나 아저씨를 아버지로 부르는 일 그게 뭐 별건가"라고 되뇐다. 모든 인간이 타자에 불과하다면 호칭은 대수롭지 않다. 내면이 통하지 않는 것이 타자이고, 가족이 타자만큼 낯선 것이라면, 모든 관계의 정확한 호칭은 '아저씨'다.

이로써 우리는 그의 시에서 대명사가 익명으로 전환되어가며, 소통 불가능성이 사회 제도를 넘어 가족 관계마저 해체하는 것을 목격한다. 냉장고의 알레고리처럼, 인간의 내면은 혼자만의 밀실에 갇힌 채 온도를 잃어갈 뿐이다. 가족의 관계 역시 마찬가지다. 강성은 시인에게 인간의 마음이란 냉동고에서 싸늘하게 식어가는 '그것'이고, 인간관계란 밤의 광장에서 들려오는 울음이며, 세계란 인간을 파묻을 듯 내리는 폭설이다. 이 시집에는 때로 위로가 되는 순간도 있다. 겨울밤 한 사내가 "작은 개야, 오늘 밤은 나와 함께 가자"(「밝은 미래」)라고 건네는 다정한 목소리로부터 시인은 위안을 얻는다. 사람이 사람에게 건네는 목소리가 아닌, 동물에게 건네는 목소리부터 위안을 발견한다는 사실은 참혹이다. 이처럼 시인에게 삶은 사소한 온기로 연명하는 싸늘함이다.

3. '사람-되기'라는 의무 : 오은 시집 『나는 이름이 있었다』

"사람이 어떻게 그럴 수 있어?"(「바람직한 사람」) 이 물음이 오은 시인의 최근 시집 『나는 이름이 있었다』(아침달, 2018)를 관통한다. 사람이 사람을 착취하고, 외면하고, 증오하는 사건들이 열거된다. 어떻게 사람은 사람에게 그럴 수 있는가. 오은 시인의 시 「무인 공장」은 제목에서 암시되듯, 사회의 인간적 가치가 몰락했기 때문에, 인간이 하나의 도구처럼 사용될 수 있다는 사실을 드러내고자 한다. "무인 공장에서 기술을 배웠다. 사람이 없어도 사람을 견디는 기술을"이라는 문장으로 시작하는 이 작품은 인간 대신 '스위치'와 '경보음'으로 작동하는 공장 시스템을 묘사한다. 그 안에서 "무인 공장과는 달리, 나는 사람이었다." 바로 이것이 오은 시인의 간단한 선문답이다. 공장처럼 돌아가는 현대사회에서 사람답게 산다는 것은 무엇인가.

시 「무인 공장」의 '나'는 순응하는 인간이다. 그는 곧 인간으로서의 '스위치'를 끄는 법을 배우기 시작한다. "사람 구실을 하는 게 곤란해졌다. 비로소 무인 공장이 무인 공장다워졌다. 뭔가를 원해서, 뭔가를 원하지 않아서 입은 늘 벌린 채였다. 뭔가를 원해서, 뭔가를 원하지 않아서 입은 늘 벌린 채였다."(「무인 공장」). 시인은 현대인의 특별한 자화상을 그려낸다. 인간이기를 포기할 때, 인간에게는 오직 '벌린 입'만이 남는다. 입은 연명하기 위한 구멍이다. 먹고 삼키고 토하면서, 우리는 삶을 지속한다. 한편 입은 말하기 위한 것이기도 하다. 우리가 인간임을 증언하기 위해서, 우리는 입술을 움직여야 한다. 그러나 '벌린 입'은 증언할 수 없는 입이다. 입술은 단지 입구처럼 벌어지고, 혀는 컨베이어 벨트처럼 순종하며, 삶을 삼킬 것이다.

그런데 왜 입일까. 정신분석학적으로 보면, 어떤 사람들은 삶을 과도하게 삼킨다. 술이나 마약, 밤거리의 질주나 광란 속에서 그들은 삶을 폭식한다. 그러나 만족은 없다. 고갈과 갈증만이 반복된다. 폭식증에 사로잡힌 인간은 아무리 무언가로 자신을 채워 넣어도 만족하지 못한다. 그를 만족시킬 만한 것은 세상에 없고, 그래서 그는 공허감에 사로잡힌다. 이때 차라리 우리는 그가 삼키는 대상을 공백이라고 표현할 수 있다. 공백이란 한 인간이 소망하지만, 현실에는 존재하지 않는 것, 그렇기 때문에 결코 소유할 수 없는 욕망의 대상이다. 시인의 '벌린 입'이 진정 요구하는 것이 인간성이라는 사실을 깨닫는 것은 어렵지 않다. 오은 시인의 공백은 인간성이다. 이 시대에는 인간의 존엄성이 상실되었기 때문에, 인간의 입은 끊임없이 허공을 삼킨다.

시집의 제목처럼 『나는 이름이 있었다』는 문장은 반대로 이제는 이름이 없다는 사실을 뜻한다. 인간은 익명으로 전락하고 말았다. 거리에서 스쳐가는 사람은 진열장에 전시된 상품과 다를 바 없다. 그것은 단지 이미지이고, 순간의 감흥이고, 기억되지 않는 흔적일 뿐이다. 집요할 정도로 오은 시인은 쉽게, 즉 자본주의 사회라면 누구나 공감할 수 있는 방식으로 현대인의 단조로운 전형들을 묘사한다. 그 중심에는 돈이 놓인다. 돈을 많이 벌기를 바라거나 자신의 위치에 만족하기를 바라는 평범한 사람들이 등장한다. "세상에서 가장 높은 집을 짓겠다"라고 말하는 '승부사나 개척자'(「얼어붙는 사람」)나 "무난한 사람이 되고 싶었다"(「읽는 사람」)라고 말하는 '평범한' 인간이 그러한 전형이다. "내 욕망은 초침 같았다"(「선을 긋는 사람」)는 문장처럼, 현대인은 시간에 쫓기듯 욕망하고, 성공하기 위해 "맹목(盲目)으로 나의 뒤를 따라가고"(「일류학」) 있을 뿐이다. 성공과 실패, 부와 명예만을 자존의 잣대로 삼는 군상들, 시인은 그러한 '사람'의 잣대를 벗어나고자 한다.

> 강당은 제 역할에 충실했다. 사람일지도 모르는 존재들이 한 데 모여
> 있었다. 수용소 같기도 하고 큰 방 같기도 하고 언뜻 보면 모델 하우스 같
> 기도 한 공간이었다. 연설을 할 수도 있고 운동을 할 수도 있고 여차하면
> 싸움도 벌일 수 있었다. 먼저 사람이 되어야지! 사람이 사람에게 소리 질
> 렀다. 사람이었던 사람이 움찔했다. 아직 사람이 된 게 아닐지도 모른다
> 는 무서운 생각이 들었다.
>
> — 오은, 「바람직한 사람」 부분

그래서 사람을 사람 바깥에서 보는 시선은 출현한다. '사람'을 확정된 명
사가 아니라, 물음으로 뒤바꾸려는 시도가 위 작품의 주제라고 볼 수 있다.
"먼저 사람이 되어야지!"라는 도덕적 훈계는 능청스럽게, 인간에 관해 물음
을 떠올리도록 독자를 유도한다. 이 작품은 어떠한 해답을 제시하려는 것이
아니다. 오히려 사람이 되는 조건은 무엇인가. 이 물음을 짐짓 가볍고 편안
한 일화를 통해서 전달하는 것이 시인의 의도에 가까울 것이다.

'사람'이라는 명사의 의미를 하나씩 소거함으로써, 그 단어는 일종의 대
명사 '그것'에 가까워진다. 자본주의적 관념에서 벗어나기 위해서는, 사람
에 덧씌워진 의미를 배제하고, '사람'을 순수하게 사람을 지칭하는 단어로
탈바꿈해야 한다. 오은 시인은 너그럽고 소박한 언어유희를 통해 단어의 통
상적 의미를 비틀어놓는다. 예를 들어 "보충하기 위해서는 빠져야 한다"(「빠
진 사람」)라는 문장에서 '빠지다'라는 동사는 학교를 벗어나는 것과 자기 자
신이 바라는 목표에 매진하는 것을 동시에 가리킨다. 또한 "인류학과인 줄
알고 들어갔는데 알고 보니 일류학과였다"(「일류학」)라는 문장 또한 마찬가
지다.

'사람'을 '빠진 사람'으로 바꾸는 것, 사람이라는 단어로부터 사람의 통속

침묵과 쟁론

적 의미를 빼내는 것이 언어유희의 의도이다. 따라서 이 시집은 빼기의 기술이라고 부를 수도 있다. 일상적 단어의 의미를 하나씩 배제하면서, '일류'의 삶이 아닌, 또 다른 삶의 형태가 가능할지도 모른다는 사실이 암시된다. 따라서 이 시집의 진정한 내용은 공백이나 부재다. '인류'는 이 시집에서 해명되지 않는 의미이자 아직 인간이 소유하지 않은 공동체적 삶을 가리킨다. 인류학과에 인류가 빠져 있다는 것은, 근본적으로 이 모든 사회 시스템이 '무인 공장'이라는 사실을 뜻한다.

그렇게 인간은 사물로서 죽는다. 극단적으로 한 작품에서 시인은 자살 시도를 형상화하는 데 이른다. 죽음을 직면하게 되면 인간은 다음과 같이 묻곤 한다. 나는 진실했는가. 하고 싶은 것을 모두 이뤘는가. 내가 사랑하는 사람들과 함께했는가. 그러나 시인은 죽음조차 인간에게 진실을 깨닫게 하는 계기가 될 수 없다고 판단하는 것처럼 보인다.

> 난데없는 클랙슨 소리에 그는 다리 난간을 붙잡았다 손아귀에 힘이 잔뜩 들어갔다 마음먹은 대로 벗어날 수 없는 손아귀가 있었다 손아귀로 다시 들어가기 위해 손아귀에 온몸을 싣는 사람이 있었다 손아귀를 비집는 필사적인 발버둥이 있었다 일이라고 차마 부를 수 없는 작업처럼 그는 민망해져버렸다 일과에서 너무 머리 와버렸다는 생각이 들었다 아니, 그는 아직 도중에 있었다 아까 내렸던 버스 정류장으로 갔다 야근을 할 때도 내쉬지 않던 한숨이 나왔다 그제야 좀 살 것 같았다 막차를 타고 그는 안도했다 여느 때와는 달리 피곤했지만 여느 때처럼 무사히 집에 돌아왔다
> 여느 때처럼 그는 성실하게 8시간 숙면을 취했다
> — 오은, 「마음먹은 사람」 부분

이 작품에서 자살 시도는 일상적 사건에 지나지 않는다. 삶의 선로를 자칫 벗어날 수도 있던 '필사적인 발버둥'의 순간은 다시 집으로 돌아와 '성실

하게 8시간 숙면'을 취하는 자세로 드러눕는다. 그렇게 인간은 삶에 패배한다. 시인은 인간에게 구원의 기회는 없다고 말하는 것처럼 보인다. 어떤 인간이든 자신을 삶 바깥에 내던지려고 해도 '일상'의 지배라는 그 강력한 '손아귀'로부터 벗어날 수 없다. 이렇게 오은 시인은 일상과 타성의 냉혹함을 직시한다. 아무리 내면의 욕망이 강력할지라도, 진실한 욕망이 일순간 인간을 파멸로까지 몰아붙여도, 일상은 멈추지 않을 것이다. 인간은 인간이라는 굴레를 벗어나지 않을 것이다.

따라서 "사람은 사람이기를 그만두지 않는다"(「좋은 사람」)는 문장은 이 시집에서 가장 아픈 것이다. 이 시대의 곤경은 우리가 사람이라는 사실이다. 그렇게 오은 시인은 끊임없이 '사람'이라는 단어를 이 시집에 반복한다. 이 반복은 바로 사람을 벗어날 수 없는 우리의 한계를 명시하면서, 반대로 사람을 잊어서는 안 된다는 단 하나의 단언 또한 함축한다. 가끔 삶을 긍정하는 안간힘처럼 "아직은 안전하다/아직은/아직까지는"(「계산하는 사람」)이라고 시인은 말해보기도 한다. 그러나 이 목소리가 사람에 대한 물음이 상실되어가는 이 시대, 그리고 사람이 더는 중요하지 않은 무인공장의 시대에 들려오는 신음임을 우리는 기억해야 한다.

4. 익명과 익명의 만남은 가능한가

익명화와 대명사화를 구분해야 하지 않을까. 시인들은 익명화에 저항한다. 우리는 쉽게 SNS와 인터넷으로 대변되는 커뮤니케이션 폭발의 시대에도 그 모든 소통의 도구들이 인간의 발언구가 되지 않는 상황을 떠올릴 수있다. 거대한 시스템 안에서 타인은 그의 고유한 삶으로 드러나는 존재가아니라 시스템의 부속이자 익명의 군중이다. 익명성의 세계란 갈등과 경쟁을 유도하는 시스템 속에서 타자에 대한 이해를 차단한다. 타자는 그저 우

침묵과 쟁론

리에게 불쾌함과 증오를 느끼게 하는 경쟁자일 뿐이다. 한편 시인들은 그러한 익명 너머의 타자성을 구원하고자 한다. 저기 그 사람이 있다. 이러한 표현처럼 대명사는 타자의 전적인 존재를 가리킨다. 대명사의 타자란 바로 익명의 세계 너머에 감춰진 타자성, 항상 우리가 손에 잡으려고 하지만 잡히지 않는 타자의 신비이자, 타자의 고유한 존재를 암시한다.

익명이 아무것도 가리키지 않는 중단이라면, 대명사는 모든 것을 가리키려는 공백의 표현이라고 말할 수 있지 않을까. 익명화는 인간을 왜소한 존재로 만들어버린다. 강성은 시인에게 인간은 '유령'이거나 '시체'이거나 '동물'로 표상된다. 그것은 사회 안에서 배제되거나 사물화되거나 격하된 인간의 실존을 뜻한다. 또한 그의 시에서는 가족마저 서로 친근함을 잃고 '아저씨'로 호칭한다. 마찬가지로 오은 시인에게 통속적 의미의 '사람'이란 단지 돈을 좇는 맹목이다. 그는 '사람'에 관한 깊은 물음과 탐구는 소실된 채, '사람'이라는 말이 삶을 세속화하고 전형화하고 있다고 생각한다.

한편 대명사를 통해 그들은 탐색하는 것처럼 보인다. 두 시인에게는 '그것'이나 '그 안', '그'와 같은 대명사를 통해서 시인들이 무엇인가를 가리키려고 노력하는 순간이 발견된다. 그들은 현실에 없는 무엇인가를, 혹은 현실의 언어로는 가리킬 수 없는 무엇인가를 가리키기 위해 언어에 저항한다. '사람'이라는 단어의 통속적 의미를 부정하려는 오은 시인의 시도 또한 마찬가지다. 그는 사람의 의미를 다시 묻는다. 사람이라는 단어는 배제된 내면, 그래서 고백되어야 하는 내면, 사회적으로는 이름을 갖지 못하고 '그것'으로만 남아 있는 내면에 가까워진다.

그들의 시는 우리에게 그러한 과제를 부여하는 것처럼 보이기도 한다. 시스템을 벗어나야 한다. 인간을 인간으로서 직면하는 순간을 맞이해야 한다. 인간의 울음이 들려온다면, 그것이 들려오는 장소를 찾아가, 누구의 울음인지 확인해야 한다. 그것이 바로 대명사의 윤리가 가리키는 방향이다. 오은 시인은 분명히 익명성을 넘어서는 순간을 묘사하기도 한다. 시 「사람」에는 한 사람을 만나게 되는 사건이 묘사된다. 이때 그의 이름도 그와 함께한 기억도 떠오르지 않는데, "서로의 이름을 잊은 채//어딘가 낯이 익고/익숙한 냄새가 나고/사람임은 분명해서" 단지 그 사실만으로 두 사람은 환대한다. 그렇게 시인은 "사람이 사람을 불렀다"고 쓴다.

그렇게 인간이 인간이라는 사실만으로 환대될 수 있을까. 타인의 마음은 타인의 것이라는 이유 자체로 소중해질 수 있을까. 두 권의 시집은 인간에 대한 해답보다 깊은 질문들을 갖게 할 뿐이다. 그리고 이러한 물음이 곧 방향이다. 그래서 우리는 그들의 시집을 읽고 나면, 그들의 문장을 고쳐 쓰고 싶은 충동에 사로잡힌다. 앞서 인용했듯 오은 시인은 '사람은 사람이기를 그만두지 않는다'는 문장을 속물적 짐승으로서의 '사람'을 가리키기 위해 쓴다. 그런데 이 문장은 이렇게 고쳐질 수 있지 않을까. 사람은 더 나은 사람이기를 그만두지 않는다.

관광객으로서의 타자

― 김유림 · 곽은영 시인의 시

1. 정치 주체로서의 관광객

2020년 한 해 동안 국경을 넘는 것은 금지되었다. 시민마다 코로나19 바이러스에 대처하는 방식에는 큰 차이가 있었지만, 적어도 국가적 차원에서 봉쇄 조치에 동의하지 않는 경우는 드물었다. 여기서 국경이 완전히 단절되었다고 말하는 것은 정확하지 않다. 국가 간의 교섭이나 무역은 여전히 지속하였다. 즉 코로나 시대에도 정치나 자본의 차원에서 공동체와 공동체 사이의 대화는 지속되었다. 단절된 것은 사적 대면이다. 개인이 관광을 목적으로 외국을 방문하는 것은 위험천만한 일일뿐더러 때로 그 자체가 부도덕한 것으로 간주되었다. 2주간의 자가격리 기간에 친구를 초대하여 생일잔치를 연 유튜버가 논란거리가 되기도 했다.

이러한 상황에서 우리가 상실한 '사적 대면'의 본질이 무엇인지 성찰해보기 위해서, 아즈마 히로키의 정치철학서인 『관광객의 철학』(2017)[1]을 빌려볼

---

1 이 글에서는 안천의 번역서 『관광객의 철학』(리시올, 2020)을 참조하였다.

수 있다. 21세기의 새로운 정치적 가능성을 묘사하는 책 중에서도 이 저작에 제시된 전망은 우리의 상식을 벗어나는 것처럼 보인다. 여러 현대 정치서와 마찬가지로 이 책은 어떻게 우리가 다른 성별, 인종, 종교를 지닌 타자와 연대할 수 있느냐는 질문을 공유한다. 인류의 연대를 이룩하기 위해 우리는 어떤 태도를 취해야 할까. 진지한 숙고를 요구하는 이러한 질문 앞에서, 저자는 엉뚱하게 우리가 본받아야 할 인간의 전형으로서 '관광객'을 제시한다. 예쁜 풍경을 찾아다니며 관광 상품을 소비하는 인간, 우연히 만난 행인에게 길을 묻거나 우연히 마주친 가게에서 맛있는 음식을 먹는 것에 기쁨을 느끼는 인간에게 새로운 정치적 가능성이 깃들어 있다는 것이다.

무엇이 이러한 결론에 이르게 했을까. 일단 그는 현대 정치철학에서 제시해온 두 전형인 내셔널리스트와 글로벌리스트에 대한 실망을 드러낸다. 자국민을 위해 봉사하는 '내셔널리스트'는 국가와 국가 사이의 연대를 이루지 못했다. 내셔널리즘은 공동체 구성원을 국민과 외국인, 혹은 애국자와 변절자로 구분하는 통치 윤리로 훈육하는 한편 타자를 배제해왔을 뿐이다. 한편 국제적 기업가나 노동운동가처럼 국경을 넘나드는 '글로벌리스트'는 어떠한가. 국제 시장의 질서를 따르다 보면 하나의 효율적인 무역로가 정비되었을 때 다른 무역로가 퇴보하듯, 성공한 몇몇 기업이나 자본가에게 사회적 자본이 편중될 수밖에 없다. 시민운동가의 경우, 그들이 마치 국경을 넘나드는 집회나 데모를 통해 국제적 연대를 실천하고 있는 것처럼 보이지만, 저자는 그들이 말하는 연대가 정말로 사람들을 연결하는지 의문을 품는다. 실제로 그들의 운동은 각자이며, 시민운동의 국제적 연대는 헛된 구호일 뿐 불명확하고 실체가 없다는 의미에서 히로키는 그것에 '부정신학적'이라는 꼬리표를 붙인다.

따라서 미래의 정치적 주체는 다음과 같은 장애물을 넘어서야 한다. 일단 그는 국가라는 고립된 체제에 갇혀서는 안 된다. 또한 그는 사회적 자본

침묵과 쟁론

의 불평등이나 느슨한 국제적 연대라는 한계를 극복할 수 있어야 한다. 그는 이 모든 한계와 맞부딪치는 새로운 정치적 태도를 그는 '관광객'을 통해 배울 수 있다고 본다. 아즈마 히로키의 '관광객'이란 실질적인 관광객을 희미하게 암시하는 한편, 주로 21세기의 새로운 정치적 주체를 가리키기 위해 활용되는 개념적 인물이라고 볼 수 있다.

평생 국민이 아닌 관광객으로서 세상을 사유하는 한 사람을 상상해보자. 관광객은 '무책임하다'. 무책임하다는 것은 그가 타자를 자기 마음대로 상상하고 활용한다는 의미이다. 이를테면 한국에 관광을 온 외국인은 전통한복을 모르더라도 인사동에서 개량한복을 입어보고, 조선의 역사를 모르더라도 경복궁을 산책할 수 있다. 한국인은 그들이 한복과 경복궁의 전통적 의미를 '모른다'고 생각할지도 모르지만, 반대로 말하면 관광객은 그러한 의미로부터 자유롭다. 관광객은 사물의 의미에 사로잡히지 않고, 사물을 직접 체험한다. 이 덕분에 관광객은 내셔널리스트가 어떤 지역이나 문물에 부과해놓은 정치적·미학적 판단을 거부하고, 자기 욕망에 따라 관광지를 평가할 수 있다. 아즈마 히로키는 이러한 관광객의 산책자적인 태도가 이념에 오염된 장소를 직시할 수 있는 가능성을 지닌다고 생각한다. 이를테면 체르노빌이나 후쿠시마를 방문했을 때, 관광객은 그것이 '죽음의 땅'이라는 관념을 벗어나 장소를 직시한다.[2]

철학적으로 본다면 아즈마 히로키의 '관광객'이란 이념적 판단을 거부하

---

2 아즈마 히로키는 체르노빌의 '다크 투어리즘'을 예시로 들면서 관념을 벗어나 장소와 대면하게 되는 관광 체험을 다음과 같이 설명한다. "사람은 자신이 '평범하지 않다'고 믿고 있던 장소를 찾아가 그곳이 '평범하다'는 것을 알았을 때 비로소 '평범하지 않은' 일이 우연히 그곳에서 일어났다는 '운명'의 무게를 가늠할 수 있다. '평범함'과 '평범하지 않음' 사이의 왕복 운동이 바로 다크 투어리즘의 근간이다."(『관광객의 철학』, 60쪽) 이처럼 히로키는 다크 투어리즘이 장소를 직시하게 해준다고 믿으며, 이 때문에 그는 『체르노빌 다크 투어리즘 가이드』(2015)를 집필한 바 있다.

며 국경을 넘어 타자와 대면하는 하나의 반성적 주체를 상징한다고 볼 수 있다. 이러한 관광객의 산책은 국제적인 시민운동가의 연대와 구분된다. "관광객은 연대하지 않는 대신 어쩌다 만난 사람과 대화를 나눈다. 데모에는 적이 있지만 관광에는 적이 없"(167쪽)기 때문이다. 이때 저자가 설명하는 관광이란 강도나 질병에 맞닥뜨리는 위험까지 무릅쓰는 모험에 가깝다. 즉 관광에는 적이 없지만 위험은 있다. 그러나 관광객은 위험조차 스릴로 즐긴다. 또한 '관광객'은 자본의 논리를 따르고 따라서 그것은 국경을 넘나드는 삶에 '진지한' 유목민과 구분된다. 관광객은 '가볍게' 다른 나라에 방문하여 소비하고 즐긴다.

어떻게 이러한 얄팍하고 가벼운 관광이 타자를 긍정하고 용인하는 기제가 될 수 있는가. 저자는 어떻게 그렇게 믿는 것일까. 그는 이렇게 말한다. "타자 대신 관광객이라는 용어를 사용함으로써 '타자와 함께하는 데 지쳤다, 동지만 있으면 된다. 타자를 소중히 하라는 말은 지겹다'는 이들에게 '그래도 관광은 좋아하지 않습니까?'라고 되묻고 이 물음을 계기 삼아 '타자를 소중히 하라'는 진보적 명제로, 말하자면 뒷문을 통해 다시 들어가게 하고 싶은 것이다."(16쪽) 이것은 키치적 윤리다. 모조 그림이 진짜 예술을 감상하고 싶어지는 계기가 되듯, 관광객의 키치적 윤리는 타자의 윤리로 향하는 계단이 되는 셈이다. 차라리 우리는 '관광객'을 실제 관광객이 아닌 철학적으로 재구성된 새로운 형태의 윤리적 주체를 상상해보는 사고 실험으로 이해하는 것이 적절할 수 있다.

관광이 윤리로 옮아갈 수 있다는 성찰은 그 실례를 발견하려고 하면 난관에 봉착한다. 그러나 이 글에서는 그러한 한계를 지적하기보다 '관광객' 또는 느슨하게 '관광객성'이라고 부를 만한 개념을 사유의 실마리로 삼고자 한다. 이에 비추어 우리는 2000년대 이래 현대시에서 두드러진 몇 가지 경향에 대해서 고찰해볼 수 있다. 유목에 대한 낭만화된 사고, 이국 정서에 대한 애호, 그리고 어느 나라인지 알 수 없는 공간에 대한 묘사 등 2000년대 시는 '관광객성'이라고 부를 수 있는 특징을 지니고 있다. 이러한 경향들은 때로 무기력하고 현실도피적인 환상이라고 비판되기도 한다. 하지만 '관광객의 철학'을 빌려 우리는 이렇게 물을 수도 있다. 2000년대 시의 미학적 실험은 지구를 산책하는 관광객으로서 세계를 사유하는 하나의 방식이 아닐까. 내셔널리즘과 글로벌리즘을 회피하여, 타자를 관광하는 하나의 사고 실험이라고 볼 수는 없을까.

이러한 물음에 비추어 최근의 시를 좁게나마 살피고자 한다. 이 글에서 읽어보고자 하는 것은 올해 발표된 김유림·곽은영 시집이다. 어떤 의미로 그들의 시집은 2020년 이전에 발표된 시집이나 여행 에세이보다 '국경을 넘어선 관광객'이라는 주제에 정확하게 부합하는 것처럼 보이지 않을지도 모른다. 김유림 시인은 여행객을 가장하고, 곽은영 시인은 관광객을 맞이하는 시적 자아를 형상화한다. 그러나 이러한 어긋남 때문에 도리어 해석은 생산적인 것이 된다. 그들의 시에서 관광객 또는 관광객성은 파열과 오독을 통해 미학적 새로움을 이해하는 단초가 되는 것이다.

2. 관광객으로서의 자아 : 김유림 시집 『세 개 이상의 모형』

김유림 시집 『세 개 이상의 모형』(문학과지성사, 2020)의 배경은 꿈일까, 현실일까. 이 경계를 모호하게 만드는 것이 시인의 주된 전략인지도 모른다. 서시 「엘레네」는 '나'(엘레네)를 누군가 잠에서 깨우는 순간으로 시작한다. 하지만 '나'는 꿈에서 깨는 것이 아쉽다. 애써 고개를 숙인 채 "여기서 멈출 수 없는 서사가 시작되었으면 좋았을 텐데"라고 되뇌지만, 거듭 자신의 머리와 어깨를 흔드는 손짓에 결국 '나'는 잠에서 깨어난다. 잠들어 있던 순간을 그리워하며 '나'는 이렇게 말한다. "여기가 끝인가/일어날 수 없는 대상

들:/머리는 몸통에 대해 궁금해졌을 것이다." 꿈에서 깨고 나면, '일어날 수 없는 대상들'이 꿈속에 남겨진다. 마음은 분할된 영토다. 인간의 마음은 현실('깨어난 것')과 꿈('일어날 수 없는 대상')이라는 두 영토에 따로 놓인다. 그리고 더 간절한 것은 항상 잠들어 있기에, 꿈에서 깨어난 이후에도 우리는 여전히 꿈을 그리워한다. '머리는 몸통에 대해' 의문을 품는다는 진술은 이러한 사실에 대한 시인의 고유한 설명인지도 모른다.

한편 깨어나기를 원하지 않는 엘레네처럼, 그의 시집은 현실에서 절박한 욕망의 대상을 발견하지 못한다. 대신 시인은 세상을 관광하듯 바라본다. "저 바다 겨울에도 바다로 뛰어드는 관광객들, touriste, 그가 내게 꽃을 내밀며 말했네 오늘은 뭔가를 잊어가는 중인 것 같고 나는 이제 바닷가로 내려가보고 싶다고 말했네"(「바게트」)라는 문장처럼, 그는 관광객을 관망하는 위치에서, 이제 바닷가의 관광객들과 뒤섞여 놀이하기를 바란다고 진술한다. 그러나 이 시집에서 줄곧 시적 화자는 행위자로서 상황에 참여하는 것이 아니라, 항상 그 바깥에서 사진처럼 상황을 감상한다. 또한 '말했네'라는 과거 시제는 '저 바다'라는 공간을 현재진행형이 아니라 회상하는 위치에서 서술함으로써 거리감을 강화한다.

이처럼 사람이나 장소를 관망하는 '관광객적인 태도'로 인해서 우리는 이 시집의 주된 배경이 어디인지 특정하기 어렵다. 생활에 사로잡힌 사람이 아니라, 세상을 관조하는 사람으로서 '나'는 증언한다. 한 사람을 대면할 때도 시적 화자는 어떤 사람과 대화하는 참여자의 위치와 그 대화를 바깥에서 바라보는 관찰자의 위치를 오간다. 「별자리 2」에서 '세진'은 '그녀'를 바라보며 외국어로 'California Dreamin''에 관해서 말할 때, '나'는 그의 '어두운 미래'를 바라보고 있다. 「영상들 2」에서도 '나'는 "어린 해수의 입술에 흉터가 생기게 된 경위를 듣고 싶은데" 그 경위를 직접 묻기보다 그 사건이 기억으로 옮아가고 점점 멀어지는 과정에 대해서 진술한다. 이처럼 관찰자의 시선

침묵과 쟁론

은 타자를 이루는 시간성 전체를 관망하는 것을 가능케 한다. 흥미로운 것은 시인에게는 자기 자신조차도 관찰 가능한 '모형'이라는 점이다. 그는 「나의 검은 고양이」에서 "나의 검은 고양이에서 김유림은 꼬리가 길어서 머리에 말고 다녔던 고양이에 대해 씁니다"라고 쓴다. 화가가 그림을 그리는 자신을 화폭에 그리는 미장아빔 기법처럼, 시인은 시를 쓰는 자신을 시에 기록한다.

이로써 그의 시는 이중의 부정을 행하고 있는 것처럼 보인다. 그는 현실과 꿈 양쪽 모두와 거리 두고 관망하는 위치에 선다. 일단 그는 몽상을 이용해 현실과 거리를 둔다. 그는 '엘레네'나 '타오밍'과 같은 낯선 이름, 그리고 시집 곳곳에 햄버거, 도넛, 바게트를 먹는 몸짓을 배치하여 이국적인 느낌을 자아낸다. 더 나아가 오줌에서 헤엄치는 '코끼리 씨', 귀가 뾰족한 '꼬마 요정', 아기 유령 '캐스퍼'와 같은 동화적 몽상을 통해 비현실적인 느낌 또한 덧씌운다. 이러한 이국적·동화적 이미지가 상상의 공간을 만들어낸다. 한편 그는 시인의 자기 반영을 통해 그것이 모두 창작된 환상에 불과하다는 사실을 일깨운다. 동명의 다른 시 「나의 검은 고양이」에서 "김유림은 예전에 썼던 것을 조금 고쳐서 책으로 낼 생각이다"라고 쓸 때 그 모든 것이 '썼던 것'에 불과함이 드러난다.

그렇다면 시인은 무엇에 기대어 시를 쓰고 있다고 말해야 할까. 이 시집에는 정처도, 명확한 타자도, 뚜렷한 주제도 드러나지 않는다. 시인은 숨바꼭질 놀이를 하는 것처럼 그의 존재가 머무는 '지금-이곳'이 어디인지 감춘다. 반대로 독자는 술래를 찾듯 어디에서 목소리가 들려오는지 갈피를 잡지 못한 채 시집을 헤맬 수밖에 없다. 단순히 미학적 유희가 아니라면, 이러한 모호한 형상화는 왜 요청되는 것일까. 왜 그는 현실과 몽상을 표류하는 관광객처럼 행동하는 것일까. 실은 이러한 관광객적인 세계의 형상학는 자아에 대한 인식과 긴밀한 연관이 있다.

계속해.

　나는 자라서 결혼한다. 어느 순간이 되면 나운은 이 모든 게 지겹다. 그
래도 나는 자신이 어떤 사람인지 아는 사람을 관찰할 기회가 있었고 그
사람이 오랜 세월을 함께한 파트너에게 버림받는 걸 관찰할 기회도 있었
다. 관찰을 책으로 쓴다. 책으로 쓰고 책으로 내고 책으로 여긴다. 나운은
어느새 꿈에서 멀리 나아가 꿈에서 멀어진 듯도 하고 꿈에 가까워진 듯도
하다고 생각한다. 벤치에 앉아 생각한다. 나운은 작가로서의 꿈과 나운으
로서의 꿈과 나로서의 꿈과 그러나 너로서의 꿈을 혼동하고 있다. 나영은
말한다. 그런데 눈을 들자 나운에게는 초여름의 골목이 보인다. 어쩐지
그것이 지금의 산보에 어울린다. 나영은 빨간 스툴에 앉아 말한다. 너는
골목이 채 사라지기도 전에 알게 될 거야 여긴 아직 어린 시절이다 결혼
은 정해지지도 않았다. 나는 말하지 않고 토끼처럼 겅중겅중 스텝을 밟을
뿐이었다. 엉킨 머리에선 고운 향기뿐. 계속해. 황금기였다. 잡아! 잡아
라! 그것은 나만의 날개처럼. 나만의 꿈처럼. 내게 찢어졌다. 네가 보였
다. 네가 말했다.

— 김유림, 「2 거울 꿈」 마지막 부분

　이 작품에서 한 권의 책을 만들어나가는 작업은 '관찰'로 유비된다. 그리
고 '관찰'이란 한 사람이 자신의 자아를 타자화하는 행위인 것처럼 보인다.
관찰하는 자로서 살 때, 우리는 자아를 색다른 방식으로 이해할 수 있다. 나
영은 나운의 존재를 이렇게 풀이한다. 나운의 마음은 네 겹의 꿈으로 이루
어져 있다. 그는 '작가'이기를 바라면서, '나운'인 동시에, '나'이기도 하고,
한편 '너로서의 꿈'이기도 하다. 다시 말해서 인간은 어떤 사회적 직업을 지
니기도 하지만, 다른 무언가가 될 수도 있는 고유한 존재(고유명)이고, 자기
자신에게는 유일무이한 '나'이기도 하다. 한편 인간은 타자의 욕망을 자신
의 것으로 혼동하면서 살아가는 존재이기도 하다. 이렇게 묻는 듯하다. 어
디까지가 '나'의 꿈이고, 어디까지가 '너'의 꿈일까. 알 수 없다. 다만 여기

침묵과 쟁론

는 '황금기'이다. 지루할지 아닐지 확실하지 않은 '결혼'이라는 미래 앞에서 나아가지도 되돌아서지도 못한 채 '겅중겅중 스텝'을 밟고 있는, 적어도 선택지가 남은 현재가 황금기다.

무엇이 진정한 '나'이고, 무엇이 진정한 선택일까. 우리는 이 시집에서 끊임없는 반문에 사로잡혀 길을 전진하지 못하는 사람을 발견하게 된다. 그에게 세상은 해답이 될 출구가 없다. 그는 "벽은 벽으로만 이루어져 있고 벽이 벽이랑 맞닿아서 어떤 구조물이 되거나 하지는 않았다"(「18 벽」)라고 말할 수밖에 없는 쓸쓸한 사람이다. 세상은 서로 통하지 않는다. "작은 모형들은 서로를 바라보거나 서로를 바라보는 서로를 등지고 있다"(「14 세 개 이상의 모형」). 시 쓰기는 그러한 벽을 더 강화할 뿐이다. 「14」에서 시인은 누군가의 슬픔을 기록할 때, "슬픈 이야기가 슬프지 않아지려고 한다"라고 쓴다. 시 쓰기는 관찰이다. 누군가의 슬픔을 간직하기 위해 기록하는 순간, 우리는 슬픔을 객관화하고 슬픔으로부터 멀어져버린다. 시인은 "상상으로라도 상상의 슬픔을 그릴 수 없을 것이다."(「20」)

신체 접촉이든 시 쓰기이든 열리지 않는 인간의 마음은 벽이다. 따라서 시 쓰기는 타자와 세계를 전시하는 행위에 불과하다는 것, 사람은 세상을 이해하는 자가 아니라, 세상을 관광하듯 즐기는 자일 수밖에 없다는 테제가 이 시집에는 반쯤은 유쾌하게, 반쯤은 쓸쓸하게 진술된다. 「속초」에서 '너의 등'을 바라보며 시인은 "나는 놀이를 시작했다"라고 쓴다. 그 놀이는 당신의 등에 손을 뻗거나 당신에게 말을 거는 대화가 아니라, 서로 침묵한 채 자신에게 빠져드는 쓸쓸함과의 놀이다. 근본적으로 그의 시는 관광객의 위치에서 세상을 본다. 그의 시적 화자는 타자 또는 이 세계와 관계 맺어야 할 근본적인 이유를 상실한 사람의 목소리로 말한다. 그런데도 왜 인간이 현실에서 사회를 이루는지 되묻고 있는 것처럼 보인다.

때로 시인은 포옹을 희구하기도 한다. 그는 「꿈의 꿈」에서 "우리는 생각하는 김유림을 감싸 안는다"라고 적어본다. 또한 흥미롭게도 목차에 수록되지도 않고, 쪽수 표기까지 누락되어 있는 은밀한 시 「갈라지는 책 갈라지는 책」에서 그는 "사람들이 돌아가고 엎드려 생각한다 우리는 생각하는 김유림을 감싸 안는다 그리고 부드럽게 이동한다 우리를 만드는 벽과 우리를 허무는 벽과 그래서 점유하는 공간이 책이 되어가면서 김유림을 영원히 밀어내고 있다 당신이나 한국에게로"라고 쓴다. 그는 벽을 만들고 허무는 관계맺음의 공허한 건축 과정에서, 적어도 서로 보듬는 포옹만은 긍정하는 것처럼 보인다.

한편 "김유림을 영원히 밀어내고 있다"라는 표현처럼, 관광객적인 태도를 완강히 견지하는 것은 모두 '책' 안에서만 가능한 일인지도 모른다. 시 쓰기를 완수하는 것은 순간에 시인은 '당신이나 한국'이라는 현실로 추방된다. "지친 외국인 관광객은 광목으로 만든 하얀 이불을 덮고 긴 낮잠을 잔다."(「노천탕은 작았다」)라는 문장처럼 때로 시인은 시 쓰기 안에서 관광객처럼 세상을 누비고 휴식을 취한다. 그러나 현실의 '김유림'은 타자의 구속과 국민으로서의 삶에 매일 수밖에 없다. 책은 끝맺어질 수 있지만 삶은 그렇지 않다. 이 시집은 그러한 진실을 어떻게 받아들일지 뚜렷한 태도를 지니지 않는다. 시와 삶, 관광객으로서의 시적 자아와 현실의 시인, 그 사이에서 어느 쪽이 인간의 마음을 진실하게 드러내는지 결론 내리지 않는다. 오히려 그러한 삶의 진정성에 집착하는 사람들을 비웃듯 "갑자기 갑자기 노래하고 외치고 실없이 웃는군."(「사랑하는 나의 연인」)이라는 마지막 문장처럼 실없이 웃을 뿐이다.

3. 환대하는 호텔 : 곽은영 시집 『관목들』

때로 관광은 아픈 추억을 털어내려는 사람이나 정처를 상실한 사람들을 위한 도피처가 되기도 한다. 곽은영 시집『관목들』(문학동네, 2020)은 묵묵히 손님을 맞이하는 '모리스 호텔'에 관한 시집이다. "마음만 먹는다면 모리스 호텔은 사람을 버리기에는 적당한 곳"(「검은 패—모리스 호텔 6」)이라는 서술처럼, 이곳은 외딴 시골 마을에 자리 잡고 있으며 방문객이 많지 않다. "서툰 호스트"(「비와 멜론—모리스 호텔 7」)인 나는 요리사나 메이드 하나 고용할 여력도 없이 자리를 지킨다. 차마 감당하기 어려운 아픔을 겪은 사람들이 호텔을 방문한다. 작년에 아내를 잃은 남자는 자신의 사연을 "뜰채로 떠내듯 단순하게" 풀어내고(「숙객—모리스 호텔 16」), 아버지의 학대로 피 흘리며 의식을 잃어가는 아이의 이야기가 이어지며(「까만 미나—모리스 호텔 17」), 무엇보다 호스트인 '나' 또한 "돌아오지 않은 부친"에 대한 아픈 기억을 지니고 있다(「복각—모리스 호텔 18」).

이 시집의 관광객들은 고통에 사로잡힌 타자를 암시한다. 호텔은 방문하는 사람들은 매번 저만의 견디기 힘든 아픔을 지니고 있는 듯하다. 병원이나 무덤처럼 호텔은 그들의 고통과 죽음이 모여드는 장소다. 그러나 시인은 아픈 마음이 모여드는 장소를 아름다운 호텔로 바꾸려 한다. '나'(호스트)가 타자를 맞이하는 장소로 전환한다. 바로 여기에 이 시집의 윤리의식이 있다. 모리스 호텔은 당신을 맞이하기 위한 자세이기도 한데, 그것은 대화하기보다 함께 침묵해주는 기다림이다. 그렇게 "낡은 햇살 시린 바람 늙은 개처럼 충직한 풍경 모리스다웠다"(「겨울 강—모리스 호텔 3」). 그곳은 개처럼 낮은 위치에서 인간의 서늘한 마음을 받든다. 누군가의 마음속에서 슬픔이 털어내질 때까지 충직하게 자리를 지킨다.

따라서 이 시집에서 관광은 포옹과 같다. 모리스 호텔은 사람들을 끌어안고, 관광객은 "잘라낸 팔과 다리를 난로에 넣는 꿈속에서 열기 대신 하얀 서리를 뿜는 나로의 꿈속에서 조막만 한 얼음 구멍으로 낚시죽은 아득히 풀려 내려갔다 눈은 내리고 또 내렸다"(「눈보라—모리스 호텔 1」). 누군가 자신의 신체를 장작으로 삼아 난로를 지필 때, 관광객은 호텔의 일부가 되고, 호텔은 관광객을 보듬어준다. 어쩌면 하염없이 내리는 눈처럼 한 사람의 아픔 위에 다른 사람의 아픔이 포개어진다는 사실은 위안이 될지도 모른다. 시간이 흐르면 슬픔이 씻기듯, 꿈꾸는 동안 풀리는 어떤 낚싯줄이 있다. 낚시의 이미지가 암시하듯, 그것은 때로 "잊지마/잊지마"(「비와 멜론—모리스 호텔 7」)라는 목소리를 내며 어떤 '검은 소리'를 끌어당길지도 모른다.

그러한 불안마저도 달래는 마음으로 시인은 "지나고 나면 애틋한 기억이 남는데/왜 고통이 더 커 보일까"(「물끄러미—모리스 호텔 14」)라고 말해본다. 그는 굶주린 길고양이를 기다리는 마음으로 손님을 맞이한다. 그들의 절망을 지켜보고, 그들의 임종을 파수하며 "온전히 살아냈으니 장한 거야"(「진혼—모리스 호텔 25」)라고 말을 건네는 자신의 임무를 끝까지 수행한다. "나는 호스트답게 노년의 여행자를 배웅하고 겨울의 끝 이른봄에"(「애도 여행—모리스 호텔 26」) 닿을 때 완수되는 것은 애도다. 모리스 호텔은 헤아릴 수 없는 삶의 회한을 향한 위안의 공간인 셈이다.

> 돌아갈 곳이 있을 때 여행자
> 돌아갈 곳이 없다면 만들 때
> 살살 졸인다 끓어넘치지 않게 다독다독
> 유리창 너머 한기는 쌓인다
> 잼은 걸쭉하게 흐르고
> 소독한 유리병에 잼을 담는다
> 식은 후 냉장고에 넣는다
> 하루를 조금 달콤하게
> 춥고 증기 가득한 겨울의 몽글몽글한 위로
> ― 곽은영, 「밀크티잼—모리스 호텔 23」 마지막 부분

잼을 졸이는 놀라울 것 없는 일상적 행위를 끈질긴 애도의 노력과 포개어 이해할 수 있다. 유리창 너머 한기가 쌓이는 세상에서 손으로 손을 쥐듯, 한 잔의 온기를 전하는 마음을 우리는 확인할 수 있다. 우리는 어떤 절망을 아름다운 이미지로 치환하려는 끈질긴 태도 또한 발견한다. 넘칠 것 같은 마음을 다독이며 조심스럽게 잼으로 졸이는 순간을 생각하게 된다. 이렇듯 마음은 긍정되어야 하고 귀하게 다뤄지는 것이다. 이를 앞서 죽음을 기록한 여러 시편에 비추어볼 때 우리는 "하루를 조금 달콤하게" 만들기 위해서는 얼마나 큰 노력이 필요한지 우리는 깨닫게 된다.

한편 이 시집에서 진정한 배경을 이루는 것은 서늘한 상실의 순간이다. 자연의 사계절이 나타나지만 선명한 인상을 남기는 것은 겨울이고, 쌓이는 '눈송이'나 '안개'다. 반면 쉽게 튀어 오르고 휘발되고 반짝이며 사라지는 것은 여름이자 찬란한 만남의 순간이다. 모리스 호텔의 풍경으로는 "추위는 한 방울 물도 얼려 주렁주렁 달아났지만/여름만 골라내는 소리"(「겨울」)가 들려온다. 우리의 삶에서 달콤하고 따스한 하루는 매번 사라지고, 차가운 추위만이 남겨진다. 「권투하는 뱀파이어─모리스 호텔 27」에서 시인은 "만 인끼리 싸우며 차려지는 당신들의 테이블 너머 내일이 와도 살기 위해선 나도 먹어야 한다"라고 쓴다. 이렇듯 시인에게 삶은 투쟁이고, 견디는 것이고, 피를 마시는 뱀파이어가 되는 길이다.

근본적으로 『관목들』은 관광객으로 전락한 삶, 정처를 잃은 존재들을 환대하는 자세에 관한 시집이다. 또한 "오늘은 내가 호스트가 된 이래 가장 많은 이가 왔지만/오늘만큼은 나도 게스트"(「낭만 배달부─모리스 호텔 31」)라는 문장처럼 그것은 자기 자신을 환대하기 위한 자세이기도 할 것이다. "어떤 고통은 지독한 평정심을 요구한다"(「흰─모리스 호텔 28」)라고 말할 때, 모리스 호텔은 타자 앞에서 침묵한 채 곁을 내어주는 순간에 대한 몽상을 열어둔다. 그것은 타자를 환대하는 자세를 가르치는 스승이다. 다만 귀를 열고 듣는 것, 말을 건네지 않는 것, 가만히 파수하는 것이 시인이 제시하는 애도의 자세다.

4. 성찰을 지속하며

수많은 저서에서 관광객은 세계 자본주의에 종속된 하나의 전형으로 이해되어왔다. 관광객은 소비중심주의에 따라서 산보하는 '동물'로 간주되었는데, 이때 동물이란 타자의 문화나 타자 자체를 자신의 욕망에 따라 마음대로 소비하는 인간을 가리키는 은유이다. 제3세계의 문화는 이해의 대상이 되지 않은 채 관광 상품으로 전락할 뿐이라는 것, 또한 여성의 성은 국경을 넘어 섹스 관광에 의해 거래되어왔다는 사실을 우리는 상기할 수 있다. 관광객은 제국주의적 욕망이나 동물적 욕망의 상징으로서 줄곧 비판되어왔다. 하지만 아즈마 히로키는 관광이 본격화한 우리 시대에 관광객을 새로운 방식으로 이해하는 사유의 실마리를 제시한다. 현대의 관광객은 국가주의와 세계 시장을 넘어서 자기 스스로 여행지를 선택하고 판단하는 주체가 되었다. 히로키가 주목하는 것은 그러한 관광객의 성찰성이다. 그는 세계를 스스로 사유한다. 국경 너머의 타자와 직접 대면한다.

김유림 시인과 곽은영 시인의 시에서 우리는 어렴풋하게나마 관광객적인 사유의 흔적을 찾아볼 수 있다. 김유림 시인에게 자아는 관광객적인 것이다. 그의 시는 자아를 성찰하되, 사색적이기보다 유희적이고 감각적인 태도로 세상을 이해한다. 세계나 타자에 대한 진정한 이해를 문제 삼는 대신, 그는 다만 그것들과 놀이하고 실없는 웃음을 짓는다. 그것은 시 쓰기 안에서는 자신을 관광객적인 존재로 사유할 수 있지만, 현실에서는 "당신에게로 한국에게로" 되돌아갈 수밖에 없는 시인의 운명에 대한 쓴웃음이기도 하다. 곽은영 시인에게 관광객은 정처를 잃어버린 타자성을 의미한다. 그는 아픈 상실을 겪은 타자를 환대하기 위한 상상의 공간으로 '모리스 호텔'을 제시한다. 모리스 호텔은 타인을 맞이하는 품이자, 타인의 목소리를 경청하는 귀이자, 타인의 아픔을 함께 견디는 곁이라고 할 수 있다. 그것은 근본적으로 신체화된 공간이며, 삶을 긍정하기 위해 축조된 미학적 공간이기도 하다.

두 권의 시집에서 초점을 맞추는 것은 자아와 타자라는 차이가 있지만, 근본적으로 동일한 것은 인간을 하나의 국경이나 지구라는 반경에서 사유하기보다 직접 대면하는 존재로 형상화한다는 점이다. 인간을 오직 한 인간으로서 이해하려는 태도가 두드러진다. 그것은 다르게 말하면 국민-외국인의 이분법이나 사유하는 존재-소비하는 동물의 이분법이 그들의 시에서는 작동하지 않는다는 것을 뜻한다. 그러한 낡은 이분법을 넘어서 바라보아야만 우리는 현대시를 정확하게 이해할 수 있는 것이 아닐까.

이 글에서 뚜렷한 결론을 남길 수는 없어 보인다. 몇 권의 더 시집을 분석한다면 우리는 현대시에서 지속하는 관광객적인 주체의 상을 확인할 수도 있을 것이다. 뚜렷한 결론 대신 몇 가지 사유의 단서만을 남기고 이 글을 끝맺는 것이 주요할 듯하다. 두 권의 시집을 살피며 확인할 수 있듯, 인간은 정치적 주체라기보다 사적 대면을 이루는 두 타자다. 또한 시의 배경은 현실인지 몽상인지 알 수 없을 정도로 작가 마음대로 편집된 외딴 장소가 형상화된다. 마지막으로 그들은 자신의 삶조차 거리를 두고 풍경처럼 바라볼수 있듯 다룬다. 자아조차 타자다. 인간은 자기 존재마저 관광하듯 바라볼수 있는 존재인 셈이다. 그렇다면 자아는 그들의 시에서 환대되어야 할 타자이기도 한 것이다.

소년이라는 제도

— 왜 현대시는 아이의 입장에서 말하는가

1. 소년시의 유행

필립 아리에스가 지적하듯 근대 이전에는 아이와 성인의 엄격한 구분이 존재하지 않았다. 한국 사회에서 천진한 아이와 성숙한 어른이라는 구분이 시작한 것은 불과 20세기 초의 일이며, 여기에는 어린이라는 단어를 만들어 낸 소파 방정환 선생님의 역할이 컸다. 무엇보다 '아이'가 순수하고 천진하며 미숙하다는 고정관념이 형성되는 과정은 근대 교육제도의 성립과 무관하지 않다.[1] 학교의 근본적 기능은 소년들의 아이다움 혹은 학생다움을 보

---

1   필립 아리에스(Philippe Aries)의 기념비적인 저서 『아동의 탄생』에는 근대 이전에는 아동의 영역이 별도로 존재하지 않았기에 유년기부터 아이와 성인이 같은 장소에서 활동했다는 사실이 잘 드러난다. 17세기를 전후로 아동을 위한 초상화나 묘비가 등장하기 시작한다. 세기가 지나며 교육기관(Collège, 콜레주)이 설립되고, 가족의 규모가 현재의 핵가족에 근접할 만큼 축소된다. 사회 재생산의 최소 단위로서 가족이 정립되고, 거주지의 결정이나 재화의 소비 방식이 차츰 아이를 중심으로 이루어지게 되자 근대적인 아동의 관념이 발생한다. 근대에 들어 비로소 아이란 천진난만하고 순수하며, 성인에게 사랑받아야 하는 중요한 존재가 된다.

호하는 데 있다. 교실에는 사회적·경제적 의무나 경쟁 등이 침투해서는 안된다. 아이는 선생님에게 가르침을 받고, 친구들과 우정을 나누며, '어른이 되었을 때' 어떤 직업을 가지게 될지 꿈꾼다. 그렇다면 한 아이가 학교를 통해 어른으로 '성숙해간다'는 과정은 하나의 역설이다. 오히려 교실은 특정 나이대의 한 인간을 '아이의 상태로' 퇴행시키는 대신 그들을 보호하면서 사회 구성원으로서 훈육하는 복합적인 장치로 이해되어야 한다.

따라서 소년은 실은 교과서·교실·교사 등 여러 사회적 요소에 의해 제도적으로 구성된 것, 즉 '소년이라는 제도'라고 표현할 수도 있다. 그리고 어른이 된다는 것이 오랫동안 자신을 보호해주던 '소년이라는 제도'로부터 떼어놓는 순간이라면, 성숙은 필연적으로 정신적 의미의 성장통을 수반할 것이다. 또 다른 의미로 소년이라는 제도가 더없이 아이들을 잘 보호할수록 그 반대급부로서 성숙, 즉 어른-되기는 이후에 더 큰 성장통을 수반하게 될 현대의 제도화된 신경증이라고 정의할 수 있다. 순식간에 아이는 친구들과 우정을 나누던 순간으로부터 직장 내 동료와의 경쟁으로, 공리적이고 보편적인 지적 가치를 습득하던 순간으로부터 특수한 직업적 의무와 사적 권리를 짊어지는 성인기로 이행하게 된다. 더불어 성인이 된 이후 우리에게 어리광부리는 것, 즉 '아이처럼' 행동하는 것은 금지된다.

그렇다면 2000년대 이후의 현대시가 끊임없이 아이로 회귀하는 것, 다시 말해 어린아이를 시적 화자로 소환하거나 천진하고 순수한 상상력을 전개해온 것은 어떻게 이해해야 할까. 이러한 현상을 이수명 시인은 이미 '소년

이 저서에서 가장 눈여겨볼 점은 방대한 문화사적 자료보다 현대의 사회정치적 구조가 바로 아동의 관념을 중심으로 재편되었다는 저자의 통찰이다. 이를 필립 아리에스는 "승리한 것은 개인주의가 아니라 바로 가족이다"라고 표현한다. 이는 개인의 욕망이 아닌, 가족의 요구를 중심으로 정치적 결정이 이루어진다는 것을 암시한다. 필립 아리에스, 『아동의 탄생』, 문지영 역, 새물결, 2003 참조. 인용구는 642쪽.

시대'라고 칭한 바 있다.[2] 소년 화자가 등장하게 되는 최초의 계기로는 함기석 시집 『국어선생님은 달팽이』(세계사, 1998)가 의미 있는 위치를 점한다. 이 시집의 주요한 화자는 사전처럼 'A는 B다' 식의 지식을 주입하는 선생에게 "염소를 선생이라 부르면 안 되는 거예요?"('국어선생님은 달팽이') 하고 반문하는 천진한 아이이다. 이 아이는 '스승—제자'라는 수직적 위계, 일방적인 교육을 유쾌한 말장난으로 전복시킨다. 핵심은 일방적인 훈육을 거부하는 아이를 통해 학교가 획일화된 주체 생산의 장에 불과하다는 사실을 고발하는 것이다. 더불어 시집에는 인간을 일어일의(一語一意)처럼 한 직업 안에 가두어버리는 분업 사회나 이성애 담론의 경직성까지도 비판된다. 이로써 시인은 교권과 한국 사회 전반의 구조적인 모순에서도 획일화된 주체의 생산을 주안점으로 삼는다.

이렇게 교실로부터 해방된 아이는 어디에도 속하지 않는 소극적 자유를 누리는 주체이며, 어떤 담론으로도 규정되지 않은 공백의 주체로 정의될 수 있다. 그리고 2000년대 이래 '공백으로서의 소년'이 성인의 세계에 금지된 욕망을 고백하는 대리자로 기능하기 시작한다. 김행숙의 『사춘기』(문학과지성사, 2003)에 묘사된 욕망의 서늘한 밑바닥까지 고백하는 소녀나 황병승의 『여장남자 시코쿠』(랜덤하우스코리아, 2005)에 표현된 남성과 여성의 성 정체성을 넘나드는 퀴어 아이가 그 대표적인 예이다. 소년의 목소리는 아직 거세되지 않은 섬뜩한 욕망을 앳된 목소리로 들려주는 한 방식이 된다.

이러한 소년 화자에 보다 폭넓은 의미를 부여하고자 한 의식적인 선언은 신해욱 시인의 산문집 『비성년열전』(현대문학, 2012)에서 발견된다. 그에 따르면 현대문학에서 자주 발견되는 미성년 화자는 '미성숙'한 표현이 아닌

---

2 이수명, 「소년 시대, 단일 주체가 사라지는 방식에 대하여」, 『공습의 시대』, 문학동네, 2016.

성인이 되기를 거부하는 '비(非)성년'을 전면화하는 미학적 실험이다. "그렇게 안 하고 싶습니다"라고 말하는 바틀비처럼,[3] 소년은 무엇을 실천하기 위한 입장이 아니라 그 무엇도 행하지 않는 무위의 입장에 선다. 평론가들은 바로 이러한 비성년의 화자를 내세우는 2010년대 젊은 시인들로 김승일[4], 박성준, 박준 등을 언급한 바 있다. 그런데 비성년의 시를 평가하는 입장은 첨예하게 엇갈렸다. 한쪽은 "소통의 규범 바깥에서 문화의 거대한 환원에서 벗어나는 창조적 역행의 놀이"[5]라는 긍정적 평가가 이루어질 때, 다른 쪽에서 그런 놀이는 "어른들이 만들어놓은 무대 위에서"[6] 행해지는 것에 불과하다는 의구심이 일어난다. 정말 비성년 화자가 소박한 의미의 자유, 이를테면 안전을 보장해주는 사회적·문학적 제도 안에서 말하고 싶은 대로 말하는 것에 지나지 않는 것일까. 실제로 성인이 아이의 목소리를 빌리는 놀이는 사실 소년-성인의 자명한 경계를 깨트리기보다 그 경계가 전제되어야만 가능한 것이다.

그런데 우리는 조금 더 적극적인 의미의 자유로서, 비성년의 시를 읽을

---

3 신해욱은 허먼 멜빌(Herman Melville, 1819~1891)의 소설 『필경사 바틀비』(1853)의 주인공 바틀비(Bartleby)로부터 비성년의 논의를 출발한다. 바틀비는 어떤 타인의 요구에도 "안 그러고 싶다(I would prefer not to)"고 대응하는 무위의 의지로 일관한다. 그는 "공동체에 온전히 소속될 수 없는 단독자"다. 그러한 '바틀비'를 이해하기 위해 노력하고 그의 행위를 변호하려 하는 우리의 모습을 신해욱은 '바틀바잉(bartleby-ing)'이라 명명한다. 바틀바잉은 바틀비에게 감염되어, 불가해한 타자와의 대화로 나아가는 또 다른 단독자이다. 신해욱, 『비성년열전』, 현대문학, 2012, 7~21쪽 참조.
4 이 글에 언급되는 김승일 시인은 동명이인이다. 2010년대 초 이른바 '비성년' 계열에 속하는 시집 『에듀케이션』(문학과지성사, 2012)을 간행한 1987년 생 김승일 시인과 2010년대 후반 시집 『프로메테우스』(파란, 2016)를 간행한 1981년 생 김승일 시인이 언급된다. 주요하게 다루고자 하는 대상은 바로 1981년 생 김승일 시인의 시집이다.
5 이광호, 「비성년 커넥션」, 『문학동네』, 2013년 봄, 360쪽.
6 고봉준, 「'비성년' 화자의 탄생」, 『문학사상』, 2013년 10월, 49쪽.

수도 있지 않을까. 신해욱 시인이 말하듯 '비성년'이 어떤 삶을 표상하는 것이 아니라 어떤 삶을 포기할 권리를 말한다면, 그것은 필연적으로 우리의 삶을 결정하는 사회적·제도적 요인을 스스로 선택할 권리가 있다는 믿음과도 연관된다. 따라서 비성년은 성인이라는 입상을 고의로 상실하는 한편, 그러한 상실 안에서 또 다른 의미의 '주체'가 될 가능성을 비추는 것으로도 읽힌다. 바로 이러한 맥락에서 우리는 소년시를 주체상실과 주체갱신이라는 두 가지 가능성을 모두 지니고 있는 것은 아닌지 되물을 수 있다.

2. 어른이 되지 않을 권리 : 김승일과 임솔아의 경우

현대인의 일생은 가족 역할을 수행해야 하는 의무로 조형된다고 표현해 볼 수 있다. 현대인의 삶은 천진난만한 소년, 성공한 전문가, 자상한 부모라는 상이한 삶을 수행해야 하며, 이 분열된 구조는 이미 사회적으로 기획된 인간의 성장 서사로 매끄럽게 몽타주된다. 김승일 시인의 첫 시집 『프로메테우스』(파란, 2016)와 임솔아 시인의 첫 시집 『괴괴한 날씨와 착한 사람들』 (문학과지성사, 2017)은 바로 성장 서사에 내재된 부조리를 고발하는 내용을 담고 있다. 김승일에게 성장이란 소년기와 성인기를 아울러 반복되는 폭력의 구조를 체험한다는 것을 의미한다. 한편 임솔아에게 성장이란 '방관하는 인간'을 훈육하는 시스템을 의미한다. 이러한 방식으로 두 시인은 사회 시스템의 부조리를 드러내려 한다.

먼저 김승일 시인의 소년 화자는 교실의 폭력으로부터 사회 전반에 반복되는 부조리를 발견한다. 그러한 폭력에 맞서는 시적 전략은 현실을 모독하는 절망적 진술과 욕설의 반복이다. "당신과 나의 욕설도/무지막지한 주먹 앞에선 나약한 촛불에 지나지 않는다"(「프로메테우스」)는 명제로부터 그의 시는 출발한다. 따라서 주체의 올바른 선택지는 투쟁이나 피난이 될 수밖에 없다. 김승일은 소년에게 가해지는 폭력적 사건을 '정상'으로 되돌리는 매끄러운 삶과 사회구조적 폭력을 은폐하는 현실을 겹쳐 보도록 유도한다.

밥을 먹다가 친구에게 끌려가 귀싸대기를 맞았다

시작되었다

해독 불가능한 언어가 귓속에 난무했다

거기 모든 전쟁과 살인 폭행 자살과 관련된 모든 씹새끼들의 악죄와 알
수 없어 알 수 없이 죽어간 나약한 자들의 울음소리와 지금도 끌려가 끌려
가고 있는 모든 잠정적 폭력의 피해자 피해자들의 절규가 있다고 믿는다

나는 귀를 움켜쥐고
문이 닫힐 때까지

거기 앉아 있었다

신은 주사위 놀음을 절대로 하지 않는다
— 김승일, 「양자역학의 세계」 전문

친구의 '귀싸대기'로부터 악몽과도 같은 난독증이 "시작되었다". 이명(耳鳴)처럼 울려 퍼지기 시작한 이해 불가능한 언어는 바로 "모든 전쟁과 살인 폭행 자살"이 자행되는 현실, 그 전체이다. 그는 피해자의 입장에 섰을 때 비로소 모든 종류의 고통과 연대할 수 있게 된다는 사실을 말한다. 폭력이 가해진 귀는, 폭력을 엿듣는 귀로 변모하여 타인의 절규에 예민하게 골몰한다. 따라서 이 소년의 귀는 교실을 월경하여 어른의 세계를 엿듣고 있는 것이다. "신은 주사위 놀음을 절대로 하지 않는다"는 표현처럼 시인은 폭력이

현실의 자명한 원리라고 단언한다.

고통을 몸에 새긴 자로서 김승일의 '소년'은 타인의 고통을 외면하는 것보다 그것을 직시하는 일을 손쉽게 해낸다. 바로 그러한 의미로 시 「창백한 파란 섬」에서 시인은 "죽음의 책장을 넘기는 것이 왜 편안한가" 하고 반문해본다. 고통의 연대는 하나의 구원과도 같은 순간을 마련하게 될 것인가. 그러나 시인은 극도의 절망을 지구를 이탈하는 피난으로 형상화한다.

　　　거기 모든 것, 모든 푸른 것들
　　　한 가족이 끓여 먹고 떠난 찌개 그릇과
　　　아는 사람을 향해 달려오는 아이의 웃음
　　　돌며 멀어져 가
　　　여기로는 오지 않는 것

　　　햇빛 쏟아지던, 햇빛 쏟아지던 시간을 지나 당신의 염려는 그늘 속으로, 그늘 속으로 움직이고
　　　당신은 날 때린 녀석을 찾아가 겁을 주고
　　　교실에서 날 구원해 내고
　　　회전문을 밀고 들어가면서 당신은
　　　부지런히 밀고 나오는 무수한 사건 사고들 속에 섞여
　　　당신은 당신보다 더 무서운 당신을 만나게 되고 악수하게 되어 당신은
　　　당신의 얼굴을 거울로 자꾸 들여다보는

　　　지구
　　　　　　　　　　　　　　　　　　— 김승일, 「창백한 파란 점」 부분

「창백한 파란 점」이라는 제목은 우주탐사선 보이저 1호가 61억 킬로미터의 거리에서 촬영한 사진의 이름이자, 작은 푸른 점으로 찍힌 지구를 가리킨다. 따라서 탐사선이라는 표현은 등장하지 않으나, 이 시의 풍경이 '모든

푸른 것들'인 지구로부터 멀어지는 위치에서 발견되고 있음을 추론할 수 있다. 시인은 우주에 홀로 선 단독자(탐사선)의 위치에서 단란한 가족에 속한 아이였던 과거를 회고하듯 바라본다. 어두컴컴한 우주의 소실점으로 사라져가는 것은 바로 가족 서사이며, 그는 현실로부터 피난해오며 성숙을 포기한 것이다. 한눈에 들어오는 '창백한 파란 점'(지구)은 구원과 절망이 '회전문'처럼 꼬리를 물며 반복되는 세계이다. '지구'는 친구의 폭력으로부터 잠시 나를 보호해준다. 그런데 '거울'로 발견되는 지구의 실체는 단지 폭력을 억제하는 또 다른 폭력의 이름인 "더 무서운 당신"이다. 폭력이 폭력을 생산하는 연쇄에는 출구가 없다. 이로써 시인은 소년-성인의 세계를 가로지르는 하나의 구조, 즉 폭력의 구조를 절대적인 것으로 만든다. 시인은 압도적인 절망을 광막한 우주적 피난의 규모로 보여준다. 이런 방식으로 그가 인간에게 요구하는 것은 각성이다.

> 도시를 만드는
> 게임을 하고는 했다. 나무를 심고 호수를 만들고 빌딩을 세우고 도로를
>
> 확장했다. 나의 시민들은
> 성실했다. 지루해지면
>
> 아이 하나를 집어 호수에
> 빠뜨렸다. 살려주세요
>
> 외치는
> 아이가 얼마나 버티는지
> 구경했다. 살아 나온 아이를 간혹은
>
> 길러두있고
> 다시 집어 간혹은 물에 빠뜨렸다. 아이를

아무리 죽여도 도시는 조용했다.
나는 빌딩에 불을

— 임솔아, 「아홉 살」 부분

임솔아 시인 역시 폭력을 자행하는 성인의 세계를 냉소한다. 아니, 진정으로 미성숙한 것은 바로 왕으로 행세하려는 아이처럼 권위와 권력을 독점하려는 성인이다. '아홉 살' 지배자는 개발지상주의를 전경화하는 캐리커처다. 자기 욕구의 충족에만 몰입한 아이처럼, 지배자는 도시를 건설하고 인간의 삶을 자신의 유희거리로 삼는다. 물에 빠진 아이가 상기시키는 참혹한 사건이 무엇인지 우리는 알고 있다. 시인의 눈길은 헤아릴 수 없는 절망적인 죽음으로 향한다. 모든 연의 마지막 문장이 완결되지 않고 다음 연으로 이어지는 시의 형태는 참혹한 사건의 연쇄를 예고한다. 그리고 그러한 절망에도 침묵으로 일관하는 '도시', 방관자로 남는 성인이야말로 진정한 잔혹이다. 이것이 시인이 힐난하는 '성숙'의 의미이다.

이국에서 벌어진 수천 명의 죽음과 잔인한 학살을 보더라도 인간은 방관자로 남을지 모른다. 현대사회의 시스템은 모든 존재를 사물로 격하시킨다. 도시는 인간에게 현실을 티브이의 평면을 바라보듯 온기가 없는 그림으로 바라보도록 훈육한다. 과학 실습이라는 명목으로 "소의 배에 구멍을 뚫고 아이들에게/손을 넣게" 하고, "수백의 사람들이 구경만 했다는 뉴스를 감자칩을 먹으며 메모"(「티브이」)하게 만드는 것이 바로 시스템이다. 그런데도 진실은 끊임없이 증언되어야 한다. 그렇기에 티브이 뉴스가 독백으로 그칠지라도 시인은 사건의 고발이 멈추어서는 안 된다고 다음과 같이 말한다. "말을 해요, 그래야 살 수 있어요, 나는 티브이에게 말을 건다."(「티브이」) 한편 소년다움이란 무엇인가. 그것은 냉혹한 성인의 세계에 편입되지 못하는 나약함의 다른 이름이다.

침묵과 쟁론

더러워졌다.
물병에 낀 물때를 물로 씻었다.

투명한 공기는 어떤 식으로 바나나를 만지는가. 멍들게 하는가. 멍이 들면 바나나는 맛있어지겠지.
창문을 씻어주던 어제의 빗물은 뚜렷한 얼룩을 오늘의 창문에 남긴다.

언제부턴가 어린 내가 스토커처럼 끈질기게 나를 따라다닌다. 꺼지라 고 병신아, 아이는 물컹하게 운다. 보란 듯이 내 앞에서 멍든 얼굴을 구긴 다. 구겨진 아이가 내 앞에 있고는 한다.
사랑받고 싶은 날에는 사람들에게 그 어린 나를 내세운다. 사람들은 나 를 안아준다.

구겨진 신문지로 간신히 창문의 얼룩을 지웠다. 창밖을 내다보다
멍든 바나나를 먹었다.
　　　　　　　　　　　　　　　　　　　— 임솔아, 「멍」 전문

임솔아의 냉소적 어조는 사랑받고 싶은 유약한 내면의 아이를 다룰 때는 반어로 읽힌다. "아이"는 "물때"와 "멍"과 같이 내게 떨쳐버릴 수 없는 나약 의 증거이며, "스토커처럼" 끈질기게 괴롭히는 내면의 목소리이다. 이 아이 는 타인에게 다가가 "사랑받고 싶은 날", 그들에게 포옹을 요청하는 소박한 마음을 의미한다. 그러한 마음은 현실의 냉담과 잔혹을 이겨내지 못할 것이 다. 자신의 상처를 외면하는 냉소적 어조는 바로 그러한 현실 인식으로부터 기인하는 것으로 보인다. 그렇지만 타인의 온기를 향한 갈증이야말로 인간 을 인간답게 만드는 최후의 지평이 아닌가. 그렇기에 시인은 결국 "멍든 바 나나"를 삼키면서, "멍"을 받아들이고 자기 내면의 아이와 포옹해본다. 이 순간만은 나약해져도 좋다고, 자신을 어루만지는 것이다.

3. 미래로서의 아이 : 신영배와 안웅선의 경우

어린아이는 왜 아름다운가. 루소(Jean-Jacques Rousseau, 1712~1778)는 『에밀』
(1762)에서 성숙기의 완성보다 '유년 시대'가 아름다운 이유에 관해 "그것은
상상력이 봄에 이어서 올 계절의 풍경을 봄 풍경에 연결시키기 때문이다"라
고 답한다.[7] 만곡의 가을 들판은 인간에게 눈의 기쁨을 주지만, 곧이어 상상
력은 추수가 끝난 뒤 찾아올 황량함과 겨울의 빈궁을 떠올리게 만든다. 하
지만 어린아이는 막 새싹이 돋아나기 시작한 땅처럼 우리에게 기쁘고 충만
한 성장을 떠올리게 할 뿐이다. 봄으로부터 겨울을 상상하는 사람이 없듯,
어린아이가 곧바로 노인이 되는 일은 비극이다.

상상력은 '무한한 가능성을 가진 소년'이라는 관념의 원천이다. 그런데
루소의 책에서 아이의 이미지는 윤리의 원천이기도 하다. 루소는 자신의 글
곳곳에 "어린아이다운 소박함", "아이의 자연스러운 쾌활함" 등의 표현을
사용한다. 그것은 교육자 루소가 아이를 비로소 '아이답게' 만든다고 생각
한 관념이다. 그러나 이것이 본질주의로 오독되어서는 안 된다. 루소는 그
러한 관념이 아이에게 선행하는 본질이라고 말하는 것이 아니라, 아이가 획
득해야 하는 자질이라고 말하는 것이다. 따라서 루소가 상상한 소년 '에밀'
은 이상적인 소년의 형상이며 그가 완성해야 할 교육론과 윤리의 화신(化身)
이었다. 또한 '이상적인 소년'(에밀)이라는 관념을 확신함으로써 그는 방대
한 교육서 『에밀』을 집필할 힘을 얻었던 것이다.

인간은 봄의 들판을 볼 때이든, 소년을 볼 때이든 그저 눈으로만 보는 것
이 아니다. 상상력의 눈은 대지와 소년으로부터 성장을 떠올리고, 성장으로
부터 인간이 도달해야 할 높은 이상(理想)을 본다. 그러한 관념은 소년과 소

---

7   장 자크 루소, 『에밀』(개정3판), 민희식 역, 육문사, 2006, 254쪽.

침묵과 쟁론

년이 속한 세계의 실상으로부터 발생한 것이기보다 우리 내면에 정초되어 있는 존재론적 갈증으로부터 온 것이다. 소년의 관념화는 바로 이 갈증으로부터 시작된다. 신영배의 『그 숲에서 당신을 만날까』(문학과지성사, 2017)와 안웅선의 첫 시집 『탐험과 소년과 계절의 서』(민음사, 2017)가 비추는 '소년'은 바로 그러한 높고 맑은 소년들이다.

군인들이 지나가고 달이 살빛을 드러낸다
새들이 야행을 나서고 나무들이 밤을 밟는다

사라지기 전에
소녀는 아직 걸려 있고 찢어져 있다

나뭇잎 위로 떨어지는 물, 구르는 랑
물과 랑이 소녀를 찾아온다

톡 가볍게 물 톡톡 투명하게 물 톡톡 환하게 물
핑 돌다 랑 부풀어 오르다 랑 떨다 랑 빙글빙글 랑

소녀가 두 눈을 깜박인다

소곤댈까 물 울어버릴까 물 웃을까 물 소리 지를까 물
흔들까 랑 구를까 랑 돌아버릴까 랑 춤출까 랑

물과 랑이 반짝인다

소녀가 숲에서 나온다
— 신영배, 「달과 나무 아래에서」 부분

신영배 시인의 '소녀'는 침범할 수 없는 순수한 자연의 관념을 표상한다. 시집에 일관되게 소녀의 심상은 나뭇잎 위를 구르는 둥근 물방울로 연상된다. 물방울이란 '군인'의 폭력에도 부활하는 영생의 탄력을 가진 보석이며, 자기 자신의 둥근 중심을 향해 소곤대고, 웃고, 흔들고, 구르며 완성되는 원무(圓舞)이다. 마찬가지로 소녀 또한 자족적이고 완전무결한 자연을 의미한다. '물'과 '랑'이라는 음표로 환원된 자연의 리듬은 공기를 발산하는 양성 모음들과 마찬가지로 우리에게 해방감을 느끼게 한다. '소녀-자연'의 심상으로부터 감지되는 존재의 상태는 너무나도 이상적이어서 인간이 범접조차 하기 어렵게 만든다.

우리는 관념으로 조형된 소녀-자연에 관해 이렇게 반문해볼 수 있다. 과연 이상화된 소년 표상이 우리에게 실천적인 지평을 제공할 수 있을 것인가. 어쩌면 '소년이라는 제도'와 마찬가지로 이상화된 자연은 천진난만과 순수를 게토(ghetto)로 만들어 우리의 손에 닿을 수 없는 미답지로 환원하게 되는 것이 아닐까. 그러나 그러한 비판은 '자연=순수'라는 언어 도식을 풍경의 본질로 가장하는 경우에만 성립된다. 신영배의 '소녀-자연'은 그것이 관념이라는 사실이 전경화된다. "단어 하나가 소녀로 자라는 꿈"(「기울어지며」), "잠깐 문장이 사는 곳"(「초대」), "희미하게 생겨난 단어"(「두 음 사이」) 등 시인은 자신의 관념이 '단어'와 '문장'임을 감추지 않는다. 그리고 구성된 관념이라는 허약을 노출하는 사건은 도리어 우리가 그것을 손에 쥐고자 꿈꾸게 하는 계단이 될 수 있다.

이것은 빛이 하는 일이라 나는 부끄러움이 없어요 나무를 흔드는 물빛입니다
복도가 있고 방들이 있고 저녁이 오고
같은 물을 쓰며 우리는 얼마나 흘러가야 만나는 걸까요 너무 멀리 흘러

가서 아무도 없는 밤이었나요

　같은 물을 먹으며 우리는 무슨 색으로 변하는 걸까요 빛이 벽을 하얗게
감싸고 문을 흉내 내고 있어요 잠깐 문장이 사는 곳입니다 그 문으로 초
대합니다

— 신영배, 「초대」 부분

　신영배 시인은 우리를 "문장이 사는 곳"이라는 은밀한 입구로 초대한다.
신영배가 은밀한 입구로 열어두는 "물빛"에 잠긴 "문"은 앞에서 설명한 완
전한 자연과도 연결된다. 그것은 인간과 인간이 만나게 될 대화의 장소로서
공개된다. 타인은 우리가 존재하지 않는 양 "아무도 없는 밤"에 홀로 머무
는 머나먼 타자로 발견되기도 한다. "같은 물을 먹으며" 동화되어가는 동일
성의 세계는 폭력이나 불화를 배제하기 위한 반대급부로서 상상되는 심급
이라고 볼 수 있다. 따라서 신영배가 꿈꾸는 '소녀-자연'은 아직 인간의 손
에 쥐어진 적 없는 "잠깐 문장이 사는 곳"이다. 시인이 표현한 바대로 그것
은 술어적으로만 존재할 수 있는 가없는 화해의 입구이다.

　그런데 한 번도 타인과 완전한 일치라는 경험을 소유해보지 못한 인간의
마음이 그러한 조화의 관념을 꿈꿀 수 있는 능력은 어디에서 오는가. 신영
배의 시는 바로 "부끄러움"을 버리는 것이야말로 현실을 벗어나 순수한 삶
을 사는 계기라고 표현하는 듯하다. 다시 말해 "빛이 하는 일이라 나는 부
끄러움이 없어요"라고 시인이 말할 때, 시인은 인간적 의무를 지키지 못하
는 수치심을 버리고 자연에 눈 돌리기를 요구하는 것처럼 보인다. 그리하여
"물빛"을 보는 순간이란 불완전한 존재가 세계를 응시하는 순간을 말한다.
가없이 펼쳐진 세계와 인간의 시선이 교차하는 자리, 인간적 '부끄러움'에
등 돌린 채 담담한 "물빛"에 순응하는 순간으로부터 또 다른 삶을 향한 "문"
은 열린다.

살아 있는 것만 생각하자꾸나 살아 있는 것만

아이는 아름다움만으로 기도를 드리고 친구들은 동전을 내밀며 기도를 팔지 않겠느냐고 묻겠죠

지붕을 가진 사람들과 마른 몸으로 식탁에 앉아 젖을 마시고 살아가는 것들 모두가 배부른 계절이 있습니다 배고픈 계절과 동물과 사람을 한 번은 죽이고 왔기에 가능한 일입니다 (잠시 F의 발음에 대해 고민한 뒤) 먼 데에서 죽은 자들과 관계하시는 분이여 아이에게 음식을 내어 주시고 노른자에는 소금을 얹어 주시고 명랑하고 쾌활하고 모두에게 친절하도록 바질을 뿌려 주시고,

다시는 몸을 긁으며 잿더미에 앉지 않도록
누구의 편도 들어 줄 수 없어 슬퍼지는 이름이 되도록

모두의 이름을 받아 적었으니 내가
몸이 약한 아이와 친구들의 이야기를 들려주려 합니다
　　　　　　　　　 — 안웅선, 「탐험과 소년과 계절의 서」 부분

한편 안웅선 시인이 재현하는 '아이'의 관념은 구원의 문제와 결부된다. 탐험 중인 아이는 "살아 있는 것만"을 위해 기도하는 자다. 기도란 인간이 가지지 못한 구원의 권능을 청하는 자세다. 위험은 타인에게서 온다. 친구들은 그의 기도를 저당 잡고자 하고, 집과 식탁을 가진 배부른 이들은 "배고픈 계절과 동물과 사람을 한 번은 죽이고" 온 사건에 관여한 적 있다. 우리는 이로부터 '아이'의 탐험이 타인과의 관계를 향한 것이며, 타인으로 인해 상처 입게 될 순간에 관해 미래 시제로 예시하고 있다고 이해할 수 있다. 그런데 아이의 기도는 자기 자신을 위한 것이 아니다. "먼 데서 죽은 자들과 관계하시는 분"을 향해 그는 모두에게 "친절하도록", 타인의 고통스러운 몸이 "잿더미에 앉지 않도록" 그리고 "누구의 편도 들어 줄 수 없어 슬퍼지는

이름이 되도록" 청한다. 그의 성물(聖物)은 바로 타자에 대한 호혜적 윤리로써 "모두의 이름"을 불러보는 무한한 기도이다. 바로 이 시집의 '아이'는 모든 인간의 아픔을 "누구의 편"도 들지 않고 끌어안는 기적과도 같은 순간과 만나고자 하는 순례자다.

이처럼 기도란 "정말로 아픈, 사람을 위한 침대"(「스페이드, A」)를 마련하는 도덕적 이상(理想)을 초대한다. 그러나 한편으로 아이의 기도에는 누구도 듣지 않는 독백의 의미도 존재한다. "버드나무 가지에 웅크리고 사는 걸로 투명해진다는 새들의 신화를 베끼며 다시 오래된 사람이 되어 간다 결국 난 유령이었을 뿐이야"(「묵음」)라는 문장처럼 기도하는 자의 목소리는 누구도 듣지 못할지 모른다. 그는 홀로 남은 채 "처음으로 나와 많은 이야기를 나누"(「과학 경시대회」)는 순간에 몰입해보기도 한다. 따라서 안웅선의 '기도드리는 아이'는 내면으로 침잠하며 이중의 감정을 고백한다. 즉 아이는 모든 죽은 이들을 기리는 애도와 타인과의 단절감을 양가적으로 드러낸다. 따라서 "발가벗고 저주의 눈빛을 씻는 아이들에게서 코리앤더 향이 퍼진다"(「밀연(謐戀)」)는 문장처럼 그의 소년 표상에는 저주와 신성이 교차한다.

시인은 "신의 언어는 새벽에 깨어 버린 아이의 울음 소리로 번역할 수 있다"(「Michelle」)고 쓴다. 아이가 우는 순간 온 우주는 아이에게 귀를 기울여야만 한다. 바로 시인이 표현한 '소년'의 관념은 고통받는 존재에 관한 한없는 연민과 연결된다. 그것은 불가해한 타인의 마음을 염려하기 위해 선택한 시인의 윤리적 지평이다. 신성한 아이는 "잠깐의 비행, 언어가 무너지는 세계에 닿을 수 있는 것만으로/객관에 대한 이상을 감지할 수 있으니"(「정화(靜話)」)라는 표현처럼 객관적 현실의 오작동을 판단하는 시금석으로 요청된다. 따라서 안웅선의 아이들은 잠시 자기 내면의 소리를 듣기 위해 머뭇거릴지라도, 끝내 현실로부터 그들을 정화해준 성소(聖所)를 향해 나아갈 것이다. 기도라는 자세는 고통과 첨예하게 맞서 싸우기를 바라는 자에게 불만족스러울 수 있다. 그러나 모든 내면이 고백되고, 모든 울음에 귀 기울이는 신성한 찰나를 좇는 안웅선의 시는 특별한 고행을 가리킨다.

4. 제도화된 성장통이 아닌 진실한 성장통으로

모든 소년은 성장통을 겪는다. 육체의 성장통이 아닌, 현대사회에 의해 제도화된 성장통은 곧 삶의 이행으로부터 발생한다. 소년의 삶으로부터 성인의 삶으로 그리고 부모로 이행해가는 이 과정은 사회제도에 의해 조형된다. 제도화된 성장통, 상실되어야 하는 우리 내면의 소년성이 바로 '소년이라는 제도'이다. 물론 삶이 제도 안에 계획된다는 것은 그 자체로 문제가 아니다. 합의된 삶은 타인과의 공존을 가능케 하고 사회를 이룬다. 그러나 우리가 계획한 삶이 우리 자신을 가두고 우리 자신을 포기할 때까지 지속된다는 것, 삶이 우리 자신의 존재로 지불해야 하는 채무가 되어버린다는 것은 절망이다. 삶의 방식은 더 깊은 고뇌를 향해 자신을 내던지거나 아니면 그로부터 물러날 수 있게 만드는 선택지여야 한다.

바로 시인들이 '소년'이라 표현하는 삶의 방식은, 소년기와 성인기의 경계를 넘나들며 인간 주체가 어떤 입장에 정초될 수 있는 것인가 하는 인간적 고뇌를 보여준다. 2000년대를 전후로 현대시에 대대적으로 활용된 표현들을 살펴보면, '소년'이란 훈육된 주체가 고백한 적 없는 인간의 내밀한 욕망이고, 한 인간이 자신의 삶을 포기하거나 기획하는 가능성을 점쳐보는 모험이기도 하다. 2010년대의 시에 더욱 두드러지는 것은 현실의 참혹과 타자의 냉담이다. 김승일과 임솔아의 경우 '소년'이란 사회의 부조리한 폭력적 구조를 발견하는 눈동자이고, 신영배와 안웅선의 경우 '소년'이란 현실을 뛰어넘는 도덕적 지평을 향해 나아가는 발걸음이다. 이로써 소년 표상을 통해 시인들이 드러내고자 하는 정치적이고 도덕적인 명령은 진정 정치적이고, 진정 도덕적인 현실이 도래해야 한다는 것이다.

시는 언제나 나약과 실패와 비루함을 끌어안는다. 성인의 세계에 편입될 수 없는 아이의 유약한 자질 역시 마찬가지다. 현실주의란 현실의 갈등과 모순에 냉엄하게 자신을 맞부딪치는 태도가 아니라, 오직 성인의 세계에 자신의 영토를 마련하는 태도를 말한다. 현실주의자의 정신에는 자명해 보이는 현실 너머의 세계를 꿈꾸는 소년들은 추방되어버린다. 한편 시인에게는 소년으로, 인간을 꿈꾸게 하는 장소로 되돌아갈 능력이 깃든다. 그리하여 현실이 현실주의를 강요할 때, 시인은 기꺼이 현실을 포기하고 소년의 입장으로 물러날 것이다. 그들의 목소리는 훈육되지 않는다. 목소리를 가질 권리는 목소리를 잃어버릴 수 있는 권리와 양립한다. 유약한 소년의 목소리는 바로 성인의 목소리를 포기할 수 있는 시적인 권능에 따라 선택된 것이다. 시인들이 활용하는 소년 표상의 가능성은 그러한 넘나듦으로 온다. 현실을 현실 너머에 정초하는 그 메아리로부터 온다.

피부로서의 자아

— 이소연 · 채길우 · 이다희 시인의 시

1. 피부의 사유

세상에 갓 태어난 아이에게 최초의 언어는 피부다. 아이는 일단 자신의 육체를 이해하기 위해 부단히 몸을 움직이며 매 순간 주름, 즉 살의 접힘을 느낀다.[1] 이후 만지고, 맛보고, 끌어안는 동안 아이는 피부로 세계를 이해한다. 이때 타인과의 피부 접촉은 상호적이기 마련이다. 내 피부가 당신을 만질 때 당신의 피부 또한 나를 만진다. 이 관능적인 상호 침투는 깊은 유대를 만들어내지만, 때로 견딜 수 없는 것이기도 하다. 피부로 세상을 이해할 때, 우리는 타자를 만지는 만큼 상처를 감수해야 한다.

따라서 어른이 될수록 일상적으로 우리는 피부의 거리를 모색한다. 악수하듯, 타자와 너무 가깝지도 너무 멀지도 않은 적당한 거리에 자신을 놓아

---

[1] 손을 쥐거나 팔꿈치를 구부리거나 무릎을 굽힐 때, 인간은 자신의 피부로 자기를 만진다. 그러한 주름은 자기 인식을 창출하는 장소다. 와시다 기요카즈의 표현에 따르면 "피부가 스스로 겹쳐지고 접혀 있는 곳, 거기에서 '영혼'이 탄생한다." 와시다 기요카즈, 『사람의 현상학』, 김경원 역, 문학동네, 2017, 80쪽.

두게 된다. 성인의 세계에서 우리는 대부분 서로 거리를 둔 채 마주 보는 시각적 주체가 된다. 시각적 주체란 모든 사물에 거리를 두고 '눈앞에 있는 것처럼' 이해하는 존재, 심지어 자기 자신마저도 그렇게 대상화할 수 있는 자아를 뜻한다. 눈으로 세상을 묘사할 때, 피부는 인간 형상의 테두리처럼 보인다. 테두리로서의 피부는 존재를 뚜렷이 구분한다. 사물을 만지는 모습, 음식을 맛보는 모습, 심지어 두 사람이 끌어안는 모습조차 각자 다른 형상으로 구분할 수 있는 실천인 셈이다.

피부의 상호주체와 시각적 주체, 여기서 현대시에서 더 근본적인 자아는 어느 쪽인가. 2000년대 시를 둘러싼 미학적·정치적 논쟁은 이러한 질문과 무관하지 않은 것으로 판단된다. 2000년대 시는 그 이전 시대의 미학을 부정하면서 등장했는데, 1980년대까지 특권화된 미학이란 시인이 세계를 한눈에 조망하고 재현할 수 있다는 믿음, 즉 시각적 주체의 신화에 기초했다. 주체의 미학은 이념의 시대에 부응하는 것이었다. 지배 이데올로기에 눈멀지 않기 위해서, 시인은 모든 것을 올바르게 인식할 수 있는 지식인으로서의 주체가 될 필요가 있었다. 반면 2000년대 시는 대중의 시대에 부응한다. 대중이란 더는 계급이나 이념으로 동질화되지 않는 타자들이다. 타자의 타자로서, 다른 세대나 성별과 자신을 비교함으로써 자아를 규정하는 차이의 시대가 도래하자, 2000년대 시는 완고한 주체가 되기보다 소외된 타자를 살피는 데 주력해왔다. 홀로 증언할 수 없는 타자, 스스로 형상화될 수 없는 타자를 대신해 말하는 윤리성이 시의 중요한 역할이 되었다.

시각적 주체-성인 되기에 대한 거부와 이러한 타자지향성이 복합적으로 결합되어 2000년대 시의 고유한 자아를 형성한다. 이를 정확하게 해명하기 위해 우리는 아이의 마음으로 되돌아가야 한다. 정신분석학자 디디에 앙지외(Didier Anzieu, 1923~1999)는 『피부자아(Le Moi-peau)』(1995)에서 아동기의 정신적 형상을 탐구했다. 아이는 어떤 형상으로 자신을 상상하는가. 그의 추론에 따르면 아이가 세상을 상상하는 주된 수단은 피부이고, 아이는 피부감각을 통해 자아의 형상을 만들어낸다. 이러한 '피부자아'에는 적어도 세 가지 이미지가 존재한다. 일단 아이는 먹고, 삼키고, 토하는 '주머니'로서 자신을 상상한다. 또한 수위 환경이나 타자로부터 분리되고 접촉하는 '경계면'으로 자신을 상상한다. 마지막으로 타인과 의미 있는 몸짓과 말을 주고받는 '장소'로서 자신을 상상한다.[2] 예컨대 우리의 입을 떠올려보자. 먹거나 토하는 입(주머니), 키스하는 입(경계면), 말하는 입(의미의 장소)이라는 서로 다른 기능은 각각 이 세 가지 형상에 대응한다. 입은 이러한 세 가지 이미지가 겹쳐질 때 온전히 기능한다. 만약 이러한 세 가지 입의 이미지 중 하나가 과잉되거나 결손된다면 정신질환을 유발하게 된다.

그런데 성인의 세계는 이 세 가지 형상 중에서 마지막 형상, 의미 있는 대화를 주고받는 피부의 이미지를 특권화한다. 이를테면 강의실에서 강의하고 있는 교수의 입을 떠올려보자. 우리는 그가 '말하고 있다'고 기술한다. 그런데 동시에 그는 '침을 튀기고' 있는 것이며, '입 냄새를 풍기고' 있는 것이기도 하다. 하지만 만약 한 학생이 그러한 사실을 지적한다면 그것은 무례한 일로 간주될 것이다. 이처럼 이성중심의 질서는 인간 형상에서 정신적 이미지를 특권화한다. 20세기의 초현실주의자 예술가들, 예컨대 미셸 레리스(Michel Leiris, 1901~1990)와 조르주 바타유(Georges Bataille, 1897~1962)는 그러한 특권을 무너트리는 데 주력한 이들이다. 그들에게 '침'이라는 물질은 "지성의 상징인 입을 가장 창피한 수준의 기관으로 낮추어 저급하게" 만드는 폭로적 가치를 지녔기 때문에 예술의 중요한 재료가 된다.[3] 더 나아가 바타

---

2 디디에 앙지외, 『피부자아』, 권정아 · 안석 역, 인간희극, 2013, 76~97쪽 참조. 특히 83~84쪽을 참조할 것.

3 이브-알랭 부아 · 로잘린드 E. 크라우스, 『비정형 : 사용자 안내서』, 정연심 · 김정현 · 안구 역, 미진사, 2013, 24~25쪽.

침묵과 쟁론

유의 모든 저술에서 강조되는 바는 우리의 육체가 지적이고 정서적인 교감을 할 때 사용될 뿐 아니라, 배설하는 밑구멍이자 타자와 관능적으로 교감하는 피부로도 사용된다는 자명한 사실이다.

우리가 현대시를 해명하기에 앞서 주목해야 할 것은 초현실주의자들이 제기한 '사용'의 문제이다. 시인은 자기 존재를 어떻게 '사용'하고 있는가. 2000년대 이후 현대시는 세상을 '눈'을 돌리기보다 일상적 감각에 치중하기 때문에 자폐적이라는 비판에 직면하기도 한다. 혹자는 좀 더 신중한 태도로 현대시가 교감을 위한 서정이 아닌, 자신만의 고유한 감각을 탐구하는 데 몰두한다고 말한다. 그런데 그들은 피부자아를 간과하고 있는 것은 아닐까. 젊은 시인들이 세상을 한눈에 조망하거나 풍경화하는 시각적 주체가 아니라, 타자를 만지고 타자에 의해 상처 입는 피부를 통해 사유한다는 것을 간과하는 것은 아닐까. 이 글이 드러내고자 하는 것은 바로 현대시에서 지속하는 주체의 새로운 '사용'이다. 타자와 부단하게 마찰하고, 떼어내고, 상호 침투하는 시의 경계면이다.

2. 첨예한 상처 : 이소연 시집 『나는 천천히 죽어갈 소녀가 필요하다』

『나는 천천히 죽어갈 소녀가 필요하다』(걷는사람, 2020)의 서시 「철」은 다음과 같은 문장으로 시작한다. "나는 여섯 살에/철조망에 걸려 찢어진 뺨을 가졌다". 이 작품에서 아이의 상처를 돌보는 어른은 등장하지 않는다. 아이의 상처는 꿰매지 않은 채 방치되고, 이제 아이는 찢어진 얼굴로 세상으로 나아간다. 이후 총 일곱 편에 이르는 「철」 연작에서는 존재 상실의 감각이 반복하여 진술된다. 그것은 찢긴 존재, 다시 말해 찢어진 상처로 자신이 '새어 나가는' 감각적 상상력과 긴밀하게 연결된다.

피부자아의 가장 원초적인 이미지는 피부를 인간이 담겨 있는 주머니로

상상하는 것이다. 그런데 이소연 시인에게 자아는 찢어진 얼굴이다. 그것
은 내부를 더는 온전히 간직할 수 없는 용기(用器)다.[4] "안에 있던 것들이 꺼
내질 때 우리는 위태롭다고 느낀다"(「철 5」)라는 표현처럼, 시인은 '나'라는
용기로부터 자신을 상실하는 감각을 고백한다. 심지어 "허물을 벗듯 똥이
그 애를 벗어나는 것 같았다"(「철 3」)라는 시구에서는 배설물과 인간의 위계
가 역전되기까지 한다. 그의 시에서 강조되는 것은 자기 상실의 불안인데,
「철」 연작은 그러한 불안이 극단에 달할 수밖에 없는 전쟁 상황을 배경으로
한다.[5] 그런데 우리가 주목할 것은 이러한 참혹을 체험하고 있는 목격자의
위치다.

> 주머니 속에는 뒤집혀진 세상과
> 아직 터지지 않은 수류탄이 담겨 있다
>
> 환호성이 터질 것이다
>
> 폭격으로 무너진 건물을
> 테이블 앞에 두고
> 포크로 죽은 고기를 찍어 먹는다
> 뭔가를 버리고 돌아온 얼굴로

---

4   프로이트가 구강기·항문기라고 부르는 시기에 아기는 입과 항문을 조절하는 방법을 습
    득한다. 디디에 앙지외에 따르면 구멍을 조절하는 동안 아이는 '최초의 불안'을 느낀다.
    "이러한 불안은 조각나는 것이 아니라 비워지는 것에 대한 불안이다."(디디에 앙지외,
    앞의 책, 81쪽)
5   이소연 시인의 「철」 연작은 제국주의 비판의 성격을 지니고 있다고 볼 수 있다. 그 이유
    는 시인 스스로 밝힌 바처럼 이 연작이 2019년 11월에 주최된 나미나 작가의 미술 전시
    전 〈Sun Cruises〉와 밀접한 관련이 있기 때문이다. 나미나 작가는 강정마을의 해군기지
    논란과 오키나와·괌·필리핀 등지의 미군기지에 관심을 두고 제국주의를 비판하는 작
    업을 진행해왔다.

천천히 버려질 얼굴과

이 어리숙한 계절을
본 적 없는 사람처럼 마주 본다

대관람차 안에서는 구름의 속도를 배우기 좋고
굴레를 깨닫고 벗어나지 않는 건
세상을 조금씩 위나 아래로 옮겨 놓고 싶은 것
그러나 올라탄 자리는 강제로 문이 열리는 자리

너도 나처럼 끄집어내질 거야

— 이소연, 「철 2」 부분

　멀리서 보면 전쟁조차 풍경이 될 수 있다. 폭격조차 환호의 대상이 될 수 있고, 무너진 건물과 누군가의 참혹을 음미의 대상으로 삼을 수도 있다. 먼 나라의 전쟁, 나와 무관한 타자의 참혹을 바라볼 때 우리는 '대관람차'의 위치에서 세상을 본다. 멀리서 바라본 타자의 참혹은 '죽은 고기'에 지나지 않는다. 우리는 그러한 폭력이 우리 자신에게 닥칠 수 있다는 사실을 잊는다. 주머니 속에 담긴 수류탄처럼 세상이 폭발 직전이라는 사실을 잊는다. 세상을 풍경으로 관람하는 인간은 결코 자기 상실의 위험을 감수하지 않는다. 구름의 위치에서, 구름의 속도로 세상을 관조할 뿐이다. 그렇게 '나'는 세상을 "본 적 없는 사람처럼 마주 본다".

　'얼굴'이 응답하고 응답받는 관계 맺음이 아니라, '버려질 얼굴'로서 폐기되는 세상에 관해서 시인은 말하고 있다. 그러나 인용된 대목의 마지막에서 "너도 나처럼 끄집어내질 거야"라고 시인은 말한다. 그것은 관조하는 입장에서 전쟁터로 내던져지는 순간을 뜻한다. 상처를 바라보는 입장에서 상처를 주고받는 관계로 나아간다는 사실을 암시한다. 따라서 피부를 찢는 상흔

피부로서의 자아

은 단순히 자아를 침범하는 타자와 세계의 폭력적 증거로만 그치지 않는다. 그것은 세계와 피부를 맞대고 있다는 증거다.

마찬가지로 「나의 여름과 당신의 수염」에서 시인은 '입'이나 '표정'으로 증언하는 방식과 '환부'로 증언하는 방식을 대조한다. "입에서 입으로 나는 흩어지고 있네요/소문은 너무나 많은 신발을 가졌으므로 쉽게 들길을 건너요"라는 문장처럼, 말은 타자에 의해 손쉽게 조작되고 만다. 수많은 타자의 목소리는 진실을 드러내는 데 무용하다. 대신 시인은 "표정과 말투를 침해받지도 않고 싶어요/나는 환부를 드러낸 수련"이 되겠다고 말한다. 환부는 꽃이다. 꽃은 활짝 벌어진 채 세상을 맞이하는 상처다. 환부로서의 수련은 피를 흘리고, 자아를 찢는 방식으로 '말한다'.

시인은 "내겐 다물어지지 않는 입이 필요하다"(「접시는 둥글고 저녁은 비리고」)라고 말한다. 시인에게 입이란 말하기 위한 신체가 아니라 내부를 드러내기 위한 구멍이다. 진실을 드러내기 위해서는 상처를 벌려 내장을 드러내는 수준의 각오가 필요하다. 이소연 시인은 타자에게 자신을 드러내거나 반대로 자신이 타자를 이해하기 위해, 환부로 소통한다. 피 흘린다는 것은 그의 시에서 증언의 방식에 가깝다. "심장 속에서 사과를 꺼내 깎아 내겠다는 것"(「공책」)처럼 상처는 진심을 드러내는 방식이고, "나는, 보름째 빈집,/물고기와 새를 찢고 내장을 훔치고 싶다"(「물 위를 걷는 도마뱀; 빗방울」)라는 문장처럼 교감은 내장을 통해 이루어진다. 따라서 상처로만 교감할 수 있다는 인식, 그러나 상처를 드러내기 두려워하는 이중적 감정이 그의 시를 맴돈다.

검은 강, 검은 거울, 검은 귀신이 파놓은 무덤이
예를 다해 나를 마신다
붉은 피는 흐르면서 몸을 씻어주지만

검은 피는 내 몸에 고여서 어느 눈먼 귀신의 바깥으로 살아간다

…(중략)…

내 죄를 대신 저지른 여자아이들이 하나씩 별똥별로 건너가는 밤, 나는
비명이 새어나가지 않도록 아랫입술을 깨물고, 차가운 신의 말을 몸 위로
눕히는 쿠마리가 되었다 소와 돼지와 양과 닭의 머리 냄새에 취해, 죽은
이들의 환멸을 담는 검은 항아리가 되는 꿈을 꾸었다
— 이소연, 「쿠마리의 역사」 부분

네팔의 전통에 따르면, 쿠마리(Kumari)는 상처 입어서는 안 된다. 쿠마리란
석가모니의 후손으로 알려진 샤키아(Shakya) 가문에서 선발된 세 살에서 여
섯 살 정도의 어린 여자아이다. 이 아이는 이가 빠지거나 피를 흘려서 신성
성을 잃어버리기 전까지는 화신(化神)으로 간주되며, 쿠마리로 살아가는 동
안에는 타인과 대화하거나 땅에 발을 대서는 안 된다. 쿠마리는 신성으로
추방된 인간이다. 세상이나 타자로부터 응답받지 못하는 그의 신체 자체가
타인에게는 금기가 된다. 이러한 쿠마리 전통은 여성 차별이자 인간 소외의
한 사례로 보고되기도 한다.

그런데 쿠마리의 운명에서 벗어날 수 있는 방법이 피 흘림이라는 사실,
그리고 이소연 시인이 그것을 주목한다는 사실은 비교적 뚜렷하게 해명될
수 있다. 그의 시에서 피는 가장 진실한 목소리다. 피를 흘릴 때 세상은 "예
를 다해 나를 마신다". 따라서 상처는 소통구다. 상처 입는다는 것은 세상에
자신의 고통을 증명하는 행위이자 세상이 내게 응답하게끔 하는 소통 방식
이다. 피로써 응답하고 응답받는다는 의미로 피는 '씻김'이자 정화이다. 그
러나 피가 몸속에 고일 때 그것은 '검은 피'가 된다. 억눌린 비명처럼, 귀신
처럼, 검은 피는 삶에서 추방된다. 검은 피를 품은 자는 세상과 맞닥뜨리지

않는다. 다만 세상을 견디며 환멸하고 있을 뿐이다.

따라서 이 시집에서 상처는 자아를 파괴하는 균열이 아니다. 상처는 삶을 감수하는 만큼 필연적으로 받아들여야 하는 운명이다. 어떤 의미로 시인은 죽음까지 불사르는 듯한 인상을 남기는데, 이때 상처의 추구는 오히려 삶에 가까워지려는 노력이다. "뾰족해지고 싶다는 건/다시 살아보고 싶다는 것"(「연필」)이다. 타자와 함께 살아간다는 것은 상처 입고, 상처 입힌다는 것이다. 상처로 관계할 때 인간은 '목소리'나 '피부'를 넘어 당신과 교감하는 순간을 꿈꾼다. "구멍을 읽어내는 목소리를 아름답다 말한다"(「문 없는 저녁 -Angeles City 2」)라고 말할 수 있는 이유는 그 때문이다.

디디에 앙지외가 논의한 피부자아의 세 가지 형상, 즉 내부('주머니')·표면('경계면')·외부('의미-목소리') 중에서 이소연 시인은 인간을 찢고 드러나는 '내부'를 열망한다. 구멍으로써, 피로써, 상처로써 그는 타자와 대면한다. 바로 여기에 시인의 윤리적 태도가 드러난다. "아직도 눈물이 남아 있었는지, 미끄러운 것이 조용히 불탄다"(「코뿔소의 조용한 날들 2」)라는 문장처럼 이소연 시집에서 '피'와 '눈물'은 불이다. 또한 그것은 빛이기도 하다. "지금 이 순간에도 검게 스러지는 빛이 있고/끝까지 가고 싶은 빛이 있다/다시 쫓아가는 빛"(「손이 없다」)이 그에게는 있다. 이소연 시인의 시는 말하는 자세를 취하려 하지 않는다. 그는 세상에 자신을 내던지고, 상처 입은 자세로 말하고 듣는다. 「손이 없다」의 제목처럼, 그에게는 타자와의 거리를 가늠할 손 또한 기능하지 않는다. 그는 세상을 손에 쥐지 않는다. 다만 온몸으로, 상처로 쥔다.

3. 손의 매듭법 : 채길우 시집 『매듭법』

시카고대학의 언어심리학자 데이비드 맥닐(David McNeill, 1933~)은 하나의 추상적 관념은 그것에 대응하는 신체적 제스처와 긴밀하게 연결되어 있다고 주장하는데, 그에 따르면 우리의 손에 대응하는 추상적 관념은 '한계 (limit)'이다. 더 정확히 말해 손을 뻗다가 멈추는 몸짓을 반복하며 우리는 한계라는 관념을 이해한다는 것이다.[6] 마찬가지로 타인과 손을 맞잡거나 타인을 손끝으로 밀어내는 것과 같은 일상적 행위에는 타자와의 정확한 거리를 가늠하려는 노력이 깃들어 있다. 인간은 서로 가까워지려고 노력하는 한편, 사랑이나 폭력이 초래할 수 있는 자아상실을 두려워한다. 따라서 우리가 손으로 무엇을 쥘 수 있느냐가 우리의 한계를 결정한다.

채길우 시집 『매듭법』(문학동네, 2020)에서 줄곧 반복되는 모티프는 손이다. 때로 손은 "이따금 나는 삶을 확인하기 위해/손안으로 번지는 파문들에 귀 기울이곤 한다."(「심장」)는 문장처럼 '손금'이라는 자기인식의 지표이다. 하지만 대부분의 경우 그의 손은 교감의 정확한 거리를 가늠하는 척도가 된다. 그것은 "하염없이 메마르고 작은 것들을" 선물로 주고받는 손이고(「매미 체리」), "천국은 타인의 입에 음식을 대주고/항문을 대신 받아주는 곳이라 했다"(「요양원」)라는 시구처럼 타인에게 헌신하는 손이기도 하다. 이때 그의 손은 섣불리 타자를 침범하지 않는다. "몸 뒤집은 채 경련하는 그의 잠을 지키며/나는 흔들리는 손을 참는다"(「심장」)라는 표현처럼, 그의 손은 타자를 쓰다듬기보다 차라리 곁을 파수할 뿐이다. 바로 이러한 머뭇거림에 채길우 시인의 도덕률이 깃든다.

> 내 맞은편에 있는 사람은
> 서로가 사이에 두고 공유하는 칸막이 선반 위에
> 작은 선인장 화분 하나를 키운다.
> 좀처럼 말이 없고 자리에 앉는 시간이 어긋나

---

6   D. Geeraerts 외, 『인지언어학 옥스퍼드 핸드북』, 김동환 역, 로고스라임, 2011, 213쪽.

얼굴 마주할 일 별로 없지만 점심 이후
월요일마다 한 번씩 화분으로 와서 물을 주는 것이
그의 오랜 습관

속삭이듯 숨쉬는 분무기 소리가 들리면
볕이 잘 들지 않는 이곳으로도
눈부신 햇빛 같은 물안개가 넘어와
내 이마와 눈썹에 닿고
부드럽게 밀려오는 식은 모래의 날들이 번져
시려지는 시야에도 희미한 눈매를 가늘게 뜬 채
나는 손차양을 만들어 그림자로 서 있는
일식의 한때를 올려다본다

— 채길우, 「사무실」 부분

　교감의 정확한 거리는 무엇인가. 이러한 질문에 채길우 시인의 시는 이율
배반적인 태도를 형상화하는 것처럼 보인다. 일단 칸막이로 차폐된 공간을
두고 타자와 직접 대화하는 것이 아니라는 점에서 그의 시는 사무원 사이의
단절을 그리는 것처럼 보인다. 그런데 선인장을 향한 분무질이 자신의 얼굴
에 물을 적실 때, 그는 분무를 "속삭이듯 숨쉬는" 말소리로 듣는다. 더 나아
가 분무질을 "눈부신 햇빛 같은 물안개"가 파도처럼 부드럽게 밀려오는 해
변의 풍경으로까지 상상한다. 한 사람이 자신의 화분에 물을 주는 일상적
사건이 일종의 대화적 행위로 간주한다. 타인은 "내 이마와 눈썹"을 만지고
있는 셈이다.
　그런데 타인을 아름다운 풍경으로 바라볼 수 있는 거리에 멈춰 선다는 의
미로 이 작품은 싸늘하다. 그는 '맞은편'으로 걸어가 타자에게 말을 건네지
않는다. 그 대신 그를 수평선에서 밀려오는 물결처럼, '손차양'을 해야 하는
태양처럼 본다. 따라서 타자에게 '나'가 요구하는 것은 공감이 아니다. 다른

시 「침묵」에서도 그는 수화를 나누는 사람들을 향해 "나는 저들의 대화가 마음에 든다/뜻을 몰라도 아름다운 무반주의 안무처럼/소리나지 않아도 음악인지 알 수 있는 공감각의 색깔처럼"이라고 쓴다. 인간이 타인을 이해의 대상이 아닌 관람의 대상으로 간주한다면, 타인의 몸짓과 목소리는 무대 위의 공연처럼 보일 수 있다. 그의 몸짓은 일방적으로 관람되는 '안무'이고 그의 목소리는 평온하게 감상할 수 있는 '음악'이자 음색이다.

한편 '나'의 시선은 항상 타자를 향한다는 의미로 따스하다. 시인은 이렇게 말하기도 한다. "여기 함께 있는 힘/자기 외의 물질을 포기하지 못하는 이유를/만유인력이라고 해"(「만유인력」) 인간의 손잡이는 인간이다. 바로 서기 위해서 인간에게는 서로 손을 맞잡는 순간이 필요하다. 이렇듯 채길우 시인은 내밀한 이해는 불가능할지 몰라도 인간을 포기해서는 안 된다고 말하기도 한다. 여기서 그의 시는 탁월한 윤리의식이나 인식이 아니라 지극히 평범한 인간의 윤리, 때론 타자를 외면하고 때론 타자에게 이해받고 싶어하는 그 평범한 마음으로부터 비롯된다. 「수원역」에서 "노숙자에게서도 아름다움을 본다"라고 말하는 동시에 "그러나 나는 진정 그들처럼은 되고 싶지 않아/그들에 대해 쓴다"라고 고백할 수 있는 이유는 그 평범함 때문이다.

> 네가, 를 니가, 로 부르지 않고
> 내가, 로 말해주는 사람을 좋아해
> 나와 구별되지 않으려는 너에게
> 춤을 청하기 위해 다가갑니다.
> 손을 맞잡는다면 수줍겠지요.
> 마주보고 선 발을 밟을까 두렵겠지만
> 우리를 발음으로 판명하지 않아도
> 각자를 모양으로 규정하지 않아도
> 서로를 문맥으로 이해할 수 있다면

피부로서의 자아

고개를 끄덕이고 미소를 지으며
한 발 한 발 신중히 걸음을 뭉쳐요.

…(중략)…

어떤 음악을 좋아하세요
침묵이라도 괜찮은가요
우리는 조금 더 가까이
하나로 나뉘지 않는 둘처럼
몰라도 상관없지만
틀리기 쉬운 춤을 익혀요.

— 채길우, 「맞춤법」 부분

평범함 때문에 그의 시는 너그러워질 수 있다. 그는 우월한 인간이 아니기 때문에 타자를 심판하거나 비난하지 않는다. 타자와 거리(距離)를 가늠하는 데도 엄격해지려고 하지 않는다. 평범한 인간의 마음은 휘청거릴 수밖에 없다는 것을 알기 때문에, 그는 '판명하지' 않고 '규정하지' 않은 채 타자를 받아들인다. 완전한 이해가 존재하지 않는다는 사실을 인정하고 나면, 당신의 마음을 '문맥'으로 읽을 수밖에 없다는 한계조차 긍정할 수 있다. 인간은 인간에게 풍경에 지나지 않는다. 그래도 인간은 포옹할 수 있다. 서로 몸을 기댄 채 춤출 수 있다. 신중하게 서로 발을 밟지 않는 노력을 지속한다면, "틀리기 쉬운 춤"을 함께 할 수 있다.

채길우 시인의 시에 지속하는 도덕률을 우리는 '평범함의 윤리'라고 부를 수 있을지도 모른다. 「말」에서 "나는 조용히 손을 전개해보기로 한다"라고 쓰듯, 시인에게 인간의 진정한 언어는 접촉이다. 그는 '말'을 통해서 인간을 이해할 수 있다고 보지 않는다. '내면'이 서로 통하게 되는 기적의 순간도 존재한다고 믿지 않는다. 그저 인간의 관계는 실수이거나 오타이거나 불협화음인 상태일 뿐이다. 그 사실을 인정하기 때문에 그는 인간의 불완전성에 모욕을 가하지 않는다. 오히려 불완전한 인간의 모습을 여실히 드러내고, 그것을 긍정한다. "마주본 물고기가 영원히 서로에게/가까이 가고 있는 것"(「화석」)처럼 묵묵한 포옹의 태도가 바로 평범성의 윤리인 셈이다.

마음의 단절이나 불의에 맞서 기꺼이 투쟁해야 한다고 믿는 사람들에게 이 시집은 만족스럽지 않을 것이다. 시인은 투쟁하는 대신 끌어안을 뿐이다. 가정폭력에 시달리는 숙모와 사촌을 그린 「적상추」에서 그는 친척을 괴롭히는 삼촌과 싸우는 대신, 사촌이 잠시 기댈 수 있게 등을 내어준다. 그는 자신이 일방적으로 타인을 용서하거나 보듬어주는 강한 사람이 될 수 있다고 말하지도 않는다. "아버지에 관한 이유가 더이상 나 때문은 아닐 때에도/나는 아버지의 치유가 되고 싶다/나는 치유받고 싶다"(「까맣게」)라는 문장처럼, 그가 누군가를 열렬히 이해할 때 그 자신 또한 이해받기를 간절히 바란다. 이때 그에게 타자를 이해하는 장소는 피부다. "익숙하지만 다른 비누 향이 나는 아버지의 면도기로/목에서 턱을 따라 귀밑까지 거슬러오르다"(「새벽」)라는 문장처럼, 아버지의 면도기로 자신을 어루만질 때 그는 위안을 받기도 한다.

시인이 열망하는 것은 진실한 대화나 교감이 아니라, 다만 서로 용서하는 인간의 품이라고 할 수 있다. 그의 시에서 마음이 피부 접촉으로 번역되는 이유는 그 때문일 것이다. "한지 같은 속내를/수없이 뒤집고 수만 번 구겼다 펴며"(「진경산수」) 아픔을 겪는 마음의 질감, "이불 같은 훈기로 들려오는 목소리"(「초로」)의 따스함에 시인은 감응한다. 그는 아이처럼 누군가 자신을 끌어안아주기를 바란다. 「탁란」에서 '나'의 나체는 뻐꾸기의 '노란 알'에 은유된다. 다른 새의 둥지에 알을 낳는 뻐꾸기처럼, 다른 새의 알을 둥지 밖으로 밀어내는 뻐꾸기 새끼처럼, '나'의 존재는 이방인이다. 그 순간 "곁에 있는 알들을 밀어내라"라는 악의와 마주치는 것, 그러나 "나는 내가 부끄러워/목놓아 우는 법을 배우고" 수치를 깨닫는 것이 이 작품의 윤리다. 그렇게 자신의 마음에 깃든 악의 앞에서 때론 머뭇거리고 때론 용서를 구하는 마음을 시인은 '자라남'(성숙)이라고 부른다.

4. 인간을 견딘다는 것 : 이다희 시집 『시 창작 스터디』

이다희 시집 『시 창작 스터디』(문학동네, 2020)에서 관계 맺음은 의문부호에 부쳐진다. "어째서 생일을 축하하는 걸까?"(「초가 타는 시간」) 이러한 질문 속에서 생일잔치에 모여서 축하하고, 노래를 부르고, 다정하게 안아주는 모든 인간적 교감이 의문의 대상이 된다. 왜 인간은 서로 관계 맺는가. "피부가 세상에 가장 먼저 나가는 마중이라면 나는 이 마중에 실패하는 기분이 듭니다."(「백색소음」)라는 문장처럼 시인에게 피부는 꺼림칙한 것, 어색함을 견디며 타자와 접촉하는 경계면이다. 차라리 시인은 자기 존재가 타자들의 바깥에 놓이기를 바란다. "사람들은 나를 잡을 수 없을 거야/내 곡선을 이해할 수 없으니까"(「일직선 슬픔」). 이처럼 그는 타자에게 만져질 수도, 이해될 수도 없는 탈주선이 되려 한다.

내 몸을 들어주세요.

땅에서 멀어지는데 이렇게 많은 손이 필요하다니.
손들이여 몸을 나누어 들어주세요.

가까워지는 것 같습니다.
여기서 보는 하늘은 조금 다르군요.

…(중략)…

침묵과 쟁론

손들 중 하나가 기분이 좋으냐고 물어오면
기분이 무엇인지 묻겠습니다.

별안간 날아오는 따귀 같은
그 쓴소리를 듣겠습니까.
그 손도
손이군요.
나를 들어올려주세요. 제가 받겠습니다.

— 이다희, 「헹가래」 부분

　자신의 몸을 자신의 손으로 받는 헹가래, 이 독특한 상상력은 타자에게
빚지지 않고 홀로 존립하려는 의지와 관련한다. 일단 그는 지상에서 멀어지
기를 바란다. 수많은 손을 빌려 잠시 하늘에 가까워지는 동안, 그의 육체는
세상과 동떨어진 곳에 있다. 더 나아가 '손들'까지 잊게 될 때 그는 완전히
홀로 놓인다. 세상이나 어떤 타자와도 관계 맺지 않고 홀가분해지려는 지향
이 이 시에는 깃들어 있다.

　그런데 이 작품에는 홀가분한 기분을 예찬하기보다 '따귀'나 '쓴소리'처
럼 불편한 타자성을 거부하는 태도가 앞선다. 잔소리를 듣기 싫어하는 아
이처럼, 세계나 타자와의 관계를 간단히 외면하려 하는 것이 이 작품의 특
징이라고 볼 수 있다. 여러 작품을 살필 때, 우리는 시인이 이러한 유아적
태도를 의도적으로 드러내는 것으로 추측할 수 있다. '나'는 "손과 귀를 구
분 못하는 불쌍한 사람"(「깨진 컵의 위로」)이기 때문에 연민 받아 마땅하다.
혹은 "내가 조금 내성적이라서. 이어폰 밖으로 슬픈 노래가 쏟아지고 있어
요."(「(　)」)라는 문장처럼 내성적 기질이 고백되기도 한다.

　이다희 시인의 '나'는 세상을 개괄하는 주체가 되려고 하지 않는다. 더불
어 그는 자기 곁의 타인들과 피부를 맞대고 살아가는 데도 소홀하다. 따라

서 관계의 측면에서 그의 시적 자아는 아이보다 왜소하다. 「시 창작 스터디」나 「트렁크」와 같은 작품에는 훈계를 거듭하는 꼰대, 선의를 가장하고 유혹하는 외국인 남자 등이 등장하는데, 이는 인간관계를 의심하는 계기가 될 수 있지만, 교감을 전적으로 거부하는 태도의 이유로 받아들이기는 어렵다. 그렇다면 이다희 시인의 시는 타인과 유대를 맺을 수 있는 능력을 상실한 어떤 내향적 인간의 우화라고 말해야 될까. 그러나 나는 집요하게 묻는다. 아이처럼 쉽게 상처받고 아파하는 그 여린 마음, 심지어 그마저도 놓아버리고 모든 것에 냉담해지려 하는 이 싸늘한 마음에도 어떤 고뇌는 깃드는 것이 아닐까.

나는 총알을 장전한다
한 발로 적을 죽일 자신이 없으므로 총이 허락하는 총알 전부가 필요하다
기껏 모든 준비를 마치고도 나는 용기가 없어서
손끝이 냉정하지 못해서
급기야 총으로 적의 뒤통수를 가격한다
비명을 지르며 총알 대신 내가 나가버린다
아니 오히려 이것은 용기 있는 행동이 아닌가
총을 쏠 용기가 없어서 더 큰 용기를 내버렸어
아, 괜히 뒤통수가 아프다 꿰맨 자국을 보여줘
아 영화에서 흉터는 통행증이 된다 동료를 만날 수도 있고 애인의 죽음 앞에서는
면죄부가 되기도 하지

아주 가까이

이 영화 속에서 나는 언제 울게 될까 외설이 지나가고 슬픔이 지나간다
내내 조용하던 거울은
깨질 때

최대치의

비명을

지른다

　　　　— 이다희, 「외설이 지나가고 슬픔이 지나간다」 부분

　자신은 누군가를 살해하고 싶을 만큼 증오하지만 실행에 옮기지 못하는 겁쟁이라는 것, 그래서 총을 쏘는 대신 총으로 "적의 뒤통수를 가격한다"는 이 우스꽝스러운 상황을 시인은 "더 큰 용기"라고 이름 붙인다. 용감함의 크기는 타자에게 가하는 폭력의 규모가 아닌 타자에게 가까워지는 거리에 비례한다. 이렇듯 그의 시에서 타자에게 가까워지는 것은 공포에 가까운 감정을 불러일으킨다. 한편 세상을 '영화'나 '거울'로 인식할 때, 그것은 평온하게 관조할 수 있는 그림이 된다. 그러나 '나'가 타자에게 발사되는 순간, 혹은 거울이 깨어지는 순간에 현실은 더 이상 회피할 수 없게 된다.

　이다희 시인의 시에 고뇌가 있다면, 그것은 인간은 삶을 온전히 감당할 수 없다는 한계 인식일 것이다. 피부에 일생이 밀착할 때, 삶은 내 곁에, 아니 내 안에 속한 회피할 수 없는 진실이 된다. '최대치의 비명'이란 그러한 진실과 마주한 인간의 표정이다. 반면 시인은 최대치로 그 진실을 회피한다. 시집의 후반부를 이루는 「마음이 사라지지 않아서」 연작은 삶의 진실을 회피하는 여러 방식을 보여준다. 끔찍하게 느껴지는 '이 동네'를 나이가 들고 나면 사랑할 수 있다고 자신을 속이거나 '평이한 말투'로 타자에게 진심을 감추는 식으로 그는 '지금-이곳'의 현실에 거리를 둔다.

　그리하여 이 시집은 타자에게 외면받음으로써 완성된다. 마지막 작품 「마음이 사라지지 않아서 10」에서 사람들은 '나'를 그냥 스쳐 지나간다. '나' 또한 손에 얼굴을 묻고 있는 당신의 슬픔을 외면한다. 서로 응답하지 않는 존재를 과연 사람이라고 부를 수 있을까. 이 시는 사람이 없는 풍경으로 끝맺는다. 시인은 테니스공을 주고받는 두 사람을 보며, '사람이 있다'라고 쓰지

피부로서의 자아

않는다. 대신 "두 명의 선수가 아주 예쁘고 하얀 인형 같다고 생각한다".

5. 피부의 변증법

사람과 사람이 피부를 맞댈 때 탄생하는 것은 주름이다. 타자의 손끝이 나를 만질 때, 피부는 접히고 펴지기를 반복하는 주름이 된다. 주름은 두 사람의 피부가 마찰하는 사건이자 고통이며 휘청거림이다. 이러한 접촉은 하나의 진실을 깨닫게 한다. 피부로 세상을 만지는 자는 자아가 '홀로' 성립한다는 믿음을 지속하기 어렵다. 피부는 '나'와 타자의 쥐는 힘이 균형을 이루는 양면성의 관계 속에서만 유지될 수 있다.

질 들뢰즈는 자아를 바로 그러한 주름의 이미지로 연상한 바 있다. 만약 인간 스스로 인식하지 못하는 진정한 '나'가 존재한다면, 그러한 '나'는 세상을 관조하는 코기토 주체가 아니라, 세계와 피부를 맞대며 살아가는 존재일 수밖에 없다. 인간은 "바깥을 접으면서(plier)" 살아가는 존재이고, 그러한 존재는 '겹주름들(replis)'로 가득하다.[7] 인간은 세상을 관찰하는 자가 아니라, 세상과 피부를 맞대고 살아가는 자다. 존재는 세계에 의해 접히는 동시에, 자신 또한 세계를 향해 말려드는 겹주름이다.

2000년대 이후의 시는 더 이상 세계를 풍경화하지 않기 위해 노력한다. 그것은 어떤 의미로는 세상을 개괄하고 조망하는 시야를 포기한다는 의미이기도 하다. 반대로 그들은 피부로 세상을 감각한다. 피부로 볼 수 있는 거리는 한 뼘조차 되지 않을 수 있다. 그러나 그만큼 그들은 첨예해지고 솔직해진다. 상처를 통해 타자와 대화하고, 손을 통해 타자와의 거리를 가늠하고, 피부로 인간을 견디는 것, 이러한 마음들은 정치적·사회적 차원이 아

---

7   질 들뢰즈, 『들뢰즈의 푸코』, 허경 역, 그린비, 2019, 164쪽.

니라 우리 곁의 일상 속에서 발견될 수밖에 없다.

누구에게나 참혹한 고통은 두렵다. 반대로 누군가는 자신을 강인한 존재로 격상시키고 싶어 한다. 이러한 두려움과 욕망에 사로잡힐 때 인칭의 신화는 되살아날 수 있다. 그러나 2000년대 시를 이해하기 위해 우리는 피부라는 사건을 떠올릴 수밖에 없다. 때로 어떤 참혹은 피부 바깥에 놓여 있다는 사실 때문에 죄처럼 느껴진다. 때로 어떤 참혹은 피부에 근접해 있기 때문에 견딜 수 없다. 그 순간 시인들은 자신을 찢거나 세상을 찢으며 상처를 수반하는 상호 접촉을 재현한다. 이제 고백 되는 것은 세상에 태어났다는 사실만으로 세계에 말려들어 있다는 그 피부감각이다. 한 사람의 타자조차 감당하기 어려운 피부의 연약함으로, 세상을 감당하는 피부의 안간힘이다.

현대시의 만화 · 게임적 리얼리즘

— 이종섶 · 유형진 · 문보영 시인의 시

1. 반투명한 현실

'상처 주지 않을 것', 우리는 어린아이들을 위해 만들어진 만화책 · 웹툰 · 게임의 본질을 이렇게 이해해볼 수 있을지도 모른다. 예컨대 세계적으로 널리 알려진 만화 〈톰과 제리〉를 떠올려보자. 이 작품 안의 캐릭터들은 망치로 얻어맞거나 압축 프레스기에 들어가도 상처 입거나 피 흘리지 않는다. 대신 잠시 납작해졌다가 금세 원상태로 돌아와 술래잡기를 반복한다. 톰과 제리가 서로를 때리거나 던지더라도 그러한 행위가 현실의 폭력과 동일시될 수 없는 이유는 만화 속 캐릭터들의 원형이 훼손되지 않기 때문이다. 단지 그들은 플라스틱처럼 접었다 펴질 뿐이다.[1] 바로 여기에 만화 장르의 고유한 특징이 있다. 다시 말해 만화는 폭력을 그대로 드러내지 않고 적당히 우스꽝스러운 것으로 데포르메, 즉 과장된 형태로 변형한다.

---

[1] 맥길대학의 일본학 연구자 토머스 라마(Thomas LaMarre, 1959~)는 만화 캐릭터의 이러한 성질을 '가소성(plasmaticity)'이라고 부른다.

어떤 학자들은 왜 이러한 과장이 필요했는지 고민했다. 특히 만화가 20세기 초부터 세계적으로 유행하게 되는 과정에서 이러한 데포르메가 일어난 이유가 무엇인지 탐구했다. 본래 특정한 시대의 그림은 각기 그 공동체를 위한 고유한 역할을 수행하기 위해 만들어진 것처럼 보인다. 이를테면 고대 동굴의 '사실적인' 벽화는 사냥이나 제의의 수단이 되었고, 피라미드의 '상징적인' 그림은 사회를 통합하는 기능을 수행했다. 마찬가지로 근대 만화의 데포르메 형식은 의미심장한 의의를 지니고 있지 않을까. 이를테면 오쓰카 에이지(大塚英志, 1958~)는 제2차 세계대전 이후에 일본에서 만화가 유행할 수밖에 없었던 이유에 대해서 다음과 같이 화두를 던졌다. 만화는 제2차 세계대전 이후에 현실을 재현하는 장르로서 유행하면서 전후(戰後) 트라우마를 견딜 수 있게 해준 것은 아닐까. 그런데 여기서 중요한 점은 만화는 현실을 '감추는' 것이 아니라 '반쯤 감추는' 장르라는 것이다. 전후 트라우마는 잊기에는 너무 선명한 것이고 드러내기에는 너무 잔혹한 것이다. 의식에 불현듯 출현하는 트라우마를 의식적인 놀이로 바꾸는 것이 심리적 안정을 주는 방법이 되듯, 만화는 현실을 즐거운 볼거리로 바꾸어놓는다. 바로 이러한 맥락에서 만화는 현실을 반쯤 드러내는 '반(半)투명'한 장르다.

이러한 생각을 발전시켜 현대사회에서 대부분의 문화 산물이 '만화적으로' 기능한다고 주장한 저술이 바로 아즈마 히로키(東浩紀, 1971~)의 『게임적 리얼리즘의 탄생』(2012)이라고 할 수 있다. 그는 문학작품, 라이트노벨, 게임을 아울러 분석한 뒤 현대 문화의 특징을 '게임적 리얼리즘'이라고 명명하는데, 게임적 리얼리즘이란 간단히 말해 게임에서 '세이브-로드'가 가능하듯 현실을 어떤 선택이든 되돌릴 수 있는 장소로 묘사하는 문화 산물들을 뜻한다. 어떤 선택이든 번복할 수 있는 세계에서는 어떠한 불행이나 폭력도 존재한 적 없었던 것처럼 만들 수 있다. 심지어 죽었던 주인공조차 다시 부활하여 새로운 인생을 살 수 있는 세계에는 진정한 의미의 상실이 존재할 수 없다. 이것은 오쓰카 에이지가 제기한 만화적 리얼리즘보다 더 효율적으로 우리 삶의 어두운 면을 표백하는 기술이다.

그런데 이 저서에서 또 한 가지 주목할 핵심은 아즈마 히로키가 전 시대의 리얼리즘 예술을 설명하는 대목에서 드러난다. 그에 따르면 현실을 '투명하게' 재현하는 리얼리즘 예술이 존재한다는 믿음은 실상 그 예술에 재현된 현실성에 모든 사람이 동의할 때만 성립한다. 따라서 리얼리즘은 특정한 예술작품을 통해 구현된다기보다 특정 시대에 '현실을 그리는' 예술과 '현실을 그리지 않는' 예술을 구분하는 공동체의 규준이 존재할 때만 가능하다. 그런데 현대는 그 공통의 잣대가 붕괴된 시대이다. 현대인들은 자주 매스컴이나 예술작품에서 재현한 현실을 의심한다. 또한 진실은 때로 하나가 아니라는 사실이 당연한 사실처럼 받아들여진다. 따라서 우리는 현실과 비현실의 경계를 모든 인간이 스스로 결정할 뿐인 시대, 또는 각자의 데포르메만이 존재하는 시대를 살고 있는 것은 아닐까.

이러한 물음은 현대 시사의 탐색에서 중요한 의의를 지니고 있을지도 모른다. 만화-게임적 상상력은 현대시에 어떠한 영향을 미쳤을까. 사회학자 김홍중이 『마음의 사회학』(문학동네, 2009)에 개진한 진단에 따르면 주로 2000년대 미래파 시에 도입된 '오타쿠적' 상상력은 386세대의 역사적 주체가 해체되었다는 증거이자 징후다. 일본 사회에서 전공투의 몰락 이후 오타쿠가 등장한 것처럼, 한국 사회에서는 1997년 외환위기 이후 정치 이데올로기가 약화하는 순간 미래파가 등장했다. 분신·요절과 같은 단어가 더는 떨림을 주지 않는 세기, 진정성이 쇠락하는 세기, 이 세기에 시 장르는 앤디 워홀의 브릴로 박스처럼 가볍고 유쾌한 소년만화 또는 일상적 대화를 흡수했고, 차츰 '진지한' 예술과 '가벼운' 상품문화의 경계는 사라져 간다. 또한 고봉준 평론가는 평론집 『비인칭적인 것』(산지니, 2014)에서 문학 담론의 중심이 노동자에서 대중으로 변화했음을 지적한다. 대중의 시대란 무엇인가.

"'대중'에는 그것을 대표할 인물이나 조직이 없고, 바로 그 때문에 항상적인 의식의 담지체인 '주체'가 존재하지 않는다."라고 쓴다. 즉 정치성 상실과 중심의 부재라는 두 가지 사회학적 진단이 실상 같은 현상의 양면을 이룬다.

한편 우리는 미학적 측면에서 이렇게 말할 수도 있을 것이다. 더 이상 문학은 '공통의 현실'을 제시할 수 있는 작품이나 시인을 소유하고 있지 않다. 아니, 이제 근본적으로 현실은 각자에게 '선별된다'. 개인은 단지 자신이 판단하는 방식으로 디지털 세상을 만지고, 맛보고, 들을 뿐이다. 지금까지 논의한 바처럼 문화 전방위적으로 두드러지는 만화적–게임적 상상력이 선택적으로 현실을 드러내거나 감추기 위한 기술이라면, 우리는 문학 안에서도 그와 같은 징후를 발견할 수 있을지도 모른다. 어떤 시는 성형수술처럼 즐겁고 유쾌하게 조작된 삶의 캐리커처에 가까워진다. 캐리커처란 자유롭게 선택하고 변형할 수 있도록 상상된 신체이다. 특히 우리는 만화시·게임시라고 명명할 수 있는 작품들 안에서 플라스틱처럼 마음대로 조형되는 이미지들을 발견한다. 그것은 사회학적 맥락에서는 공통의 현실이라고 부를 만한 준거가 우리에게서 사라졌다는 하나의 징후로서 발견되는 한편, 미학적 측면에서는 시인 개개가 어떤 현실을 감추고 드러내기를 요구하는지, 즉 어떤 '현실'을 재현하고자 투쟁하는지 확인하게끔 만든다.

2. '구두학'으로 되돌아가는 산책자

만화적 과장과 희화화는 이종섶 시집 『수선공 K씨의 구두학 구술』(문학수첩, 2019)을 이루는 주된 문법이다. 그의 시는 빈번하게 현실과 가상의 관계를 전도시키는데, 특히 그이 작품 중에서도 시 「피카츄이 미반표 유자 피카소에 대한 미술사적 논평」은 만화와 현실의 관계를 전도시키는 상상력을 전개하고 있다는 점에서 흥미롭다. 이 작품은 '피카츄'와 '피카소' 사이의 음성적 유사성을 이용한 말놀이를 환기하는 것으로부터 시작한다.

> pika pika, 말문이 트이기 전부터 그린 피카츄, 포켓 몬스터 시리즈를 스케치한다 몽마르트 극장에서 청소하던 보헤미안이 파리를 방문한 피카소를 모델로 제시, 혼성모방기법으로 단기간에 명성을 얻는다 평론가와 대중 모두에게 호평받은 세계적인 몬스터 피카소, 파리의 거지들을 피카츄 게임 속으로 끌어들인다
> — 이종섶, 「피카츄의 미발표 유작 피카소에 대한 미술사적 논평」 부분

우리는 역사적으로 화가 파블로 피카소(1881~1973)가 사망한 지 약 20여 년이 지난 뒤, 1996년에 게임 캐릭터 '피카츄'가 탄생했다는 사실을 알고 있다. 그런데 이 역사적 사실이 이종섶 시인의 시에서는 뒤집어진다. 그는 세계적인 화가 피카츄에 의해 피카소가 모델로 그려진다고 쓴다. 더불어 현존했던 화가인 피카소가 모델로 제시되고 피카츄가 그를 그리는 화가로 묘사된다. 우리는 이 작품이 의도적으로 두 가지 현실성을 해체하고 있음을 확인한다. 첫째로 시간이 순행적으로 흐른다는 역사적 시간관이 해체된다. 둘째로 현실과 가상 사이의 관계가 역전된다.

바로 이러한 과정에서 우리는 하나의 메타적 기술을 발견하는데, 그것은 바로 "혼성모방기법으로 단기간에 명성을 얻는" 피카츄에 대한 서술 대목이다. 혼성모방은 패스티쉬(pastiche)라는 예술의 번역어이며, 패러디처럼 특정한 원작을 모방하는 기법을 가리키는 말이지만 패러디와 달리 원작에 대한 존경이나 원작을 풍자하려는 의도를 잃어버린 모방을 뜻한다. 아무 이유 없는 모방하는 것, 바로 이러한 패스티쉬 기법을 프레드릭 제임슨은 현대 예술의 가장 주된 특징으로 설명한 바 있다. 존경이나 환멸의 감정이 없는 패러디는 무의미하다. 그래서 제임슨은 패스티쉬를 '공허한 패러디'라고 부

른다. 그렇다면 이종섶 시인이 재현한 것은 이러한 '공허한 패러디에 관한 패러디'다. 피카츄를 화가로 승격하고, 피카소를 게임 캐릭터로 바꾸는 패러디는 아무런 이유가 없다. 따라서 그는 패스티쉬의 이유 없음을 조롱하려는 의도로 패스티쉬한다.

> 전쟁과 낭만과 필요악을 용감한 터치와 소심한 스타일로 그려 낸 몬스터 대작 게르니카, 피카츄 침실에 도배한다 약점을 물고 늘어지는 사람을 유인해 pika pika, 달콤하게 키스해 주면 표현주의가 마취된다 돌아서서 튜브 속 물감을 꺼내 이젤로 구워 먹는 피카츄, 내일은 배설주의를 창안할 꿈에 배가 볼록하다
> ― 이종섶, 「피카츄의 미발표 유작 피카소에 대한 미술사적 논평」 부분

패스티쉬가 그저 "배설주의"에 불과하다는 것, 마비된 표현주의에 지나지 않다는 것이 이종섶 시인이 표현하려는 바로 보인다. 패스티쉬 예술가인 '피카츄'의 그림 그리기는 일종의 원초적인 섭취와 배설 행위로 은유된다. 이젤에 구워진 물감은 한 끼 식사가 되고, 내일쯤이면 배설물이 될 것이다. 바로 이러한 과정에서 우리는 리얼리즘이 만화적 리얼리즘으로 전도되는 양상에 대한 하나의 이미지 또한 확인한다. 스페인 내전의 참상을 그려 낸 피카소의 〈게르니카〉는 "전쟁과 낭만과 필요악을 용감한 터치와 소심한 스타일로 그려낸 몬스터 대작 게르니카"로 전락한다. 이렇듯 이종섶 시인은 〈게르니카〉의 진정성이 〈포켓몬스터〉의 유희성으로 전락하는 하나의 순간을 묘사하고 있다.

바로 이러한 이미지를 통해 시인이 풍자하려는 것은 그렇게 "전쟁과 낭만과 필요악"이라는 진정성을 유희적 가상으로 환원시켜버리는 현대사회이다, 그에게 현대는 "인공별이 드는 사랑의 세속화 시대"(「북두칠성」)다. 이러한 진술은 더는 '이웃'이나 '신'이 아닌 인공물에 의해 우리의 사랑이 관장

되고 있다는 시대 인식을 드러낸다. 또한 그가 "미키와 미니는 365km를 달려가 백화점 쇼윈도에 앉아 쫓고 쫓기는 범죄 심리물 사이코패스를 쇼핑해요"(「프로파일러 P씨의 고양이 프로파일」)라고 쓸 때, 우리는 살인 사건이 쇼핑으로 비유되는 것을 확인한다. 실제로 뉴스나 인터넷 기사를 통해서 살인 사건을 볼거리로 향유하는 현대인들의 풍속을 떠올리기는 어렵지 않다. 이렇게 이종섶 시인의 시에서 현대는 사랑과 죽음, 곧 에로스와 타나토스라는 인간의 근원적 욕동이 스펙터클화된 상품으로 전락한 시대로 고발된다.

1

현장경험에 바탕을 둔 K씨의 구두 수선학은 고대 이집트가 기원, 불확실한 미래가 뒷굽을 닳게 한다는 명제에서 출발한다 나일강 홍수로 침수된 뒷굽을 측량하고 불안한 앞날에 대한 두려움을 보상해준다

2

발로 뛰는 이집트인과는 달리 머리로 사는 그리스인, 앞굽에 대한 새로운 개념을 제시한다 앞꿈치로 조심스럽게 접근한다는 앞굽선호이론의 기초를 닦는다 바닥에 구멍이 나고 실밥이 터지는 이유를 피타고라스학파가 보완, 물과 모래가 들어오는 것을 감수하지 못하면 구두를 버려야 한다는 가설까지 세운다

3

유클리드 구두기하학 총론 제1장 초등 수선학이 완성되는 날, 데카르트가 좌표개념을 도입해 바닥 수선학을 주창한다 밑창이 꺾이거나 갈라졌을 때 필요한 창갈이학의 토대가 이루어진다 발을 본떠서 수선하는 모방기하학도 확립된다 걸을 때마다 꺾이는 어제와 쩍쩍 갈라지는 오늘이 미적분 수선학의 발견으로 감쪽같이 해결, 내일을 광낸다

4

19세기 위상도입개념, 수학과 자연과학뿐 아니라 디자인계까지 일대

혁신을 가져온다 뒷꿈치를 꺾어 신어 기형이 되어버린 구두 각을 계산해 유행을 창조한다 재료는 끊어져나간 실밥과 발자국 무게로 달아놓은 배고픔……

5
늙어가는 가죽 품평회가 열린다 검은 물약을 마시면 외출이 허락되는 날, 구두 수선학이 기하학을 만나 비약적인 발전을 약속했으나 구두수선공 K씨의 연구는 지지부진, 전산망 마비로 결론을 쓰지 못한다 미개척분야 20세기 말 신상수리학 때문이다
— 이종섶, 「구두 수선공 K씨의 구두 수선학」 전문

　표제시 「구두 수선공 K씨의 구두 수선학」에서 확인할 수 있듯, 이종섶 시인은 세계를 기술하는 인간의 인식론적 역사를 문제 삼고 있다. 이 작품에서 우리는 구두라는 단순한 사물을 척도로 삼아 서구 사회의 진보를 설명하는 특수한 역사관을 읽어낼 수 있다. 여기서 역사적 진보는 추상화의 정도로 가늠된다. 구두 뒷굽이 닳는다는 구체적 체험에 기대어 "앞날에 대한 두려움"을 설명하던 이집트 사회로부터, 기하학으로 사물을 파악했던 그리스인을 넘어, 추상적인 좌표 개념을 발명했던 데카르트에 이르기까지 인류는 차츰 세계를 추상화하는 능력을 발전시켜왔다. 그러나 시인이 문제 삼는 것은 반대로 우리의 인식에서 '낡은' 것이 되거나 잊혀버리는 구두의 구체성이다. 19세기 위상수학이 도래하자 "끊어져나간 실밥과 발자국 무게로 달아놓은 배고픔……"은 그러한 이론의 재료로 전락하고 만다. 마지막 연에서 말하듯 "늙어가는 가죽 품평회"의 운명은 어렴풋하며, "지지부진, 전산망 마비"라는 표현을 통해 시인은 과연 이러한 추상적 능력의 발전이 진정한 발전인지 반문하는 것처럼 보인다.
　이러한 분석에 기대어 '구두 수선학'이라는 단어는 풍부한 함의를 지닌 것처럼 보인다. 일단 그것은 '구두(口頭)'에 대한 수선학이라는 언어유희로

읽힐 수 있다. 즉 '구두 수선학'은 입말이라는 원초적 매체를 끊임없이 새로운 이론으로 갱신해온 역사를 상기하는 단어로 읽힌다. 하지만 그러한 갱신 과정에서 말 자체가 지닌 가능성은 과연 발전해온 것인지 시인은 반문한다. 한편 신발로서 '구두'가 지닌 구체성을 반복적으로 환기시킨다는 맥락에서 그의 시는 반 고흐의 그림 〈구두〉와 그에 대한 하이데거의 해설을 연상케 한다. 하이데거는 고흐의 그림이 농부의 빛바랜 구두라는 하나의 존재에 몰입하게 만듦으로써 곡식이 익어가는 대지, 노동하는 자의 근심과 기쁨을 느낄 수 있게 해준다고 설명한 바 있다. 마찬가지로 기하학과 매체에 대한 비판을 제기하는 이종섶 시인의 시는 우리에게 사물에 대한 즉물성이나 존재론을 상기하게끔 유도한다.

이렇듯 『수선공 K씨의 구두학 구술』은 추상화된 디지털 시대에서는 진정한 의미의 현실이 재현될 수 없다는 사실을 비판하는 시집이라고 볼 수 있다. 역으로 시인은 구술문화적 교감의 가능성을 모색한다. 그러나 말과 문자는 21세기 소통방식에 짓눌려 있다. 시인의 진단에 따르면 SNS를 이용하는 동안 우리는 "사람을 소비하는 익명의 방식이 편안"해지고 말았다(「사람을 소비하는 방식」). 또한 "보고 말하는 것은/머릿속에 저장해 두거나/뇌를 며칠 동안 위탁해야 가능하다"(「폴라로이드」)라는 진술처럼 인간의 능력은 이제 현대기술에 종속되고 말았다. 이에 따라서 그의 시에서 구술·문자문화는 닿을 수 없는 신화나 선사시대에 존재했던 대상으로 비유된다. 그의 시는 "선사시대에 살았던 나비 한 마리"(「나비화석」)를 되살리려는 시도이지만, 내밀한 손글씨를 전하던 '우체통'을 더 이상 찾을 수 없듯 그 시도는 "기억 속에서 사라져 버린 지 오래다."(「우체통」)

이러한 맥락에서 이종섶 시인은 만화·게임적 상상력을 해체하기 위해 그 이미지를 자신의 시에 전면화하고 있다. 디지털 시대의 이미지를 파괴하기 위한 이미지, 어떤 의미로 이것은 사회학자 김홍중이 발터 벤야민의 사유에 기대어 '파상력(破像力)'이라고 부른 개념을 연상케 한다. "파상력은 부재하는 대상을 현존시키는 힘인 상상력과는 반대로, 현존하는 대상의 비실체성 혹은 환각성을 깨닫는 힘"[2]이다. 이종섶 시인의 시는 빠르게 급변하는 디지털 시대의 속도 안에서 더디게 산보하는 산책자의 정신으로 세상을 본다. 이러한 맥락에서 볼 때, 그의 시에서 발견되는 만화·게임적 이미지는 독자를 상상하도록 만들기보다 상상을 중단하도록 만드는 셈이다.

3. 잔혹동화의 이중성

이종섶 시인은 만화나 게임을 활용하여 '만화 같은' 시대를 풍자하고 있다. 그런데 디지털 이미지나 매체가 인간에게 실존적 상실을 초래한다는 이종섶 시인의 관점과는 달리, 유형진 시인의 시에서 만화·게임적 상상력은 도리어 존재론적 치유의 수단이 되는 것처럼 보인다. 요컨대 유형진 시집 『우유는 슬픔 기쁨은 조각보』(문예중앙, 2015)에서 동화적 소재나 만화적 기법을 사용하는 데는 실존적인 동기가 있는 것처럼 보인다. 실은 『피터래빗 저격사건』(랜덤하우스코리아, 2005)과 『가벼운 마음의 소유자들』(민음사, 2011)과 더불어 그의 시에서 줄곧 고백되는 것은 불안감이다. "우리는 결코 자신이 될 수 없는,/자정에 정오를 비추는 거울을 통해서만/꿈을 꾸는 사람들"(「결손」)이라는 진술처럼 그의 시에 등장하는 '사람들'은 자아상실의 위기를 겪고 있다. 또한 "결혼을 하는 동시에 이혼한다"(「사소한 이야기 둘」)거나 "푸른 좀비들의 마을에/홀로 피가 흐르는/인간으로 살았다"(「雲井 2」)라는 진술처럼, 이 시집에서 타인과의 관계 맺음은 위태로운 것으로 간주된다.

다시 말해 그는 동화적 상상력을 이용하여 자기 자신의 실존적 불안을 표

---

2   김홍중, 『마음의 사회학』, 문학동네, 2009, 181쪽.

현하는 것처럼 보인다. 바로 여기서 우리는 반대로 왜 동화적 형식이 필요한지 되물을 필요가 있다. 이때 우리는 앞서 데포르메의 시대적 의의로 규정한 것, 즉 트라우마를 능동적 놀이로 전환하는 만화 장르의 본질을 떠올릴 수 있다. 어쩌면 유형진 시인은 동화의 형식을 가장함으로써 인간의 실존적 불안을 '반쯤은 드러내고 반쯤은 감추는' 시쓰기를 시도하고 있는 것은 아닐까.

> 다중 우주라고 불리는 시공간 속에서
> 빅뱅은 항상 일어나는
> 작고 무의미한 사건에 불과할지도 모른다
> ─ 내셔널 지오그래픽 〈평행 우주 이론〉

까맣고 새콤하고 스윗 스윗
모든 것을 집어삼키는 검은 점 속에 또 검은 점, 검은 점…….
점은 점점 많아지면서 점은 점이 아니게 된다

꿈 없이 밝아오는 새벽처럼
사막에서 양을 그려달라는 소년처럼
먼 길을 달려온 흰 말의 눈동자처럼
까맣고 새콤하고 스윗 스윗

지금 이 순간, 이라고 말하는 이 순간
불면증에 걸린 블랙체리 씨가 말한다
나는 지금 여기에 없었다

어딘가에 블랙체리 씨가 아닌 블랙체리 씨가
또 어딘가엔 블랙체리 씨인 블랙체리 씨가
결혼을 하는 동시에 이혼한다

작고 무의미한 사건,
어디에서나 동시에 일어나곤 하는 사건

사다리를 거꾸로 오르는 하객들
〈흑암 속의 빛줄기처럼〉
까맣고 새콤하고 스윗 스윗
　　　　— 유형진, 「사소한 이야기 둘—불면증에 걸린 블랙체리 씨」 전문

　위태로운 관계가 실존적 불안을 촉발하는 원인이 된다면, 이 시는 인간관
계를 '작고 무의미한' 것으로 격하함으로써 마음속의 불안을 걷어내려 하
는 태도를 보인다. 적어도 이 작품에서 인간관계를 사소하게 만들기 위한
두 가지 만화·게임적 리얼리즘의 장치를 발견할 수 있다. 첫째는 인식론에
"다중 우주"를 도입하는 것이다. 만약 어떤 인간이 지금 실천한 행위가 유
일무이한 것이 아니라면, 그것은 그의 존재를 결정하는 핵심 원인이 아니게
된다. 블랙체리 씨가 여러 우주에서 "결혼을 하는 동시에 이혼한다"는 것이
가능하다면, 결혼이나 이혼은 그의 삶에 중대한 영향을 미치는 사건이 아니
라 단지 "작고 무의미한 사건"으로 바라볼 수 있지 않을까. 바로 이러한 맥
락에서 시인은 '유일한 현실'이라는 단어가 느끼게 하는 무거운 울림을 회
피한다.

　다른 만화·게임적 리얼리즘의 장치는 동화적 상상력이다. "까맣고 새콤
하고 스윗 스윗"이라는 동화를 연상케 하는 어구를 반복하면서 작품 내의
운율감은 강화된다. 이와 더불어 "사막에서 양을 그려달라는 소년처럼"이
라는 진술이 동화『어린 왕자』를 상기하도록 만들며 작품 전체적으로 동화
적인 환상을 연출한다. 물론 내셔널 지오그래픽 다큐멘터리의 나레이션을
모토로 삽입하고, 인간관계에 대한 회의의식을 드러내는 대목은 이러한 동
화적 분위기를 깨트리기도 한다. 하지만 '허니밀크랜드' 연작과 '피터 판과

현대시의 만화·게임적 리얼리즘

친구들' 연작에서 의도되는 것은 분명히 동화적 분위기를 연출하는 데 있다. 바로 이러한 동화적 분위기는 작품 전체에 공유되는 실존적 불안이라는 주제의 부담감을 경감시켜주고 있다.

자, 이제 〈초록코털괴물〉과 〈풍선머리조종사〉와 〈옷걸이요정〉과 함께 〈허니밀크랜드〉로 떠날 시간입니다. 그럼 함께할 제 친구들을 소개하지요.
사는 일이 지루하고 지루하고 지루하고 지루하고 지루하고 지루하고 지루하고 지루하고 지루하고 지루하고 지루한, 당신 때문에 이름 붙인 친구들입니다.

취향과 친분으로 누군가를 접하게 되는 사람들을 위하여:
〈초록코털괴물〉과 친한 〈옷걸이요정〉은 거울을 좋아하고 감자를 싫어합니다. 〈풍선머리조종사〉와는 서먹한 〈초록코털괴물〉은 드뷔시를 좋아하고 육식을 혐오하고 월간 모터쇼잡지 정기구독자입니다. 〈옷걸이요정〉과는 그럭저럭 지내지만 〈초록코털괴물〉이라면 질색하는 〈풍선머리조종사〉는 캐러멜 푸딩을 좋아하고 매일 해야 하는 지겨운 일 중에는 빨래 개는 일을 제일 싫어합니다.
— 유형진, 「피터 판과 친구들-프롤로그」 부분

따라서 유형진 시인의 시는 근본적으로 사적인 것, 특히 시인 자신의 실존적 불안을 능동적 놀이로 전환하기 위한 하나의 심리학적 테크네로 간주될 수 있어 보인다. 「피터 판과 친구들」은 '지루한 당신' 때문에 이러한 동화적 상상이 필요하다는 사실을 밝히고 있다. 요컨대 그의 시에서 삶 또는 인간관계는 공허한 것으로 간주된다. 문제는 그러한 공허한 것과 관계하는 자기 존재의 불안이다. 시인은 인간과 이웃할 바에는 차라리 동화적 괴물과 이웃하기를 택한다. '허니밀크랜드'라는 동화적 공간 안에서 살아가는 '초록코털괴물'과 '옷걸이요정'이 어떤 취미와 성격을 지녔는지 상상하는 동안, 반대로 그러한 환상은 현실을 지우고 있는 셈이다. 특히 시인은 그는 익숙하고 관습화된 은유, 일상적인 대화체에 가까운 언어유희보다 〈풍선머리조종사〉처럼 생경하고 낯선 은유를 만들어내는 데 주력한다. 그리고 이러한 괴물과 요정들은 하나의 범주로 묶을 수 있는 공통점도 보이지 않는다. 이렇듯 무질서한 은유와 세계에 대한 창조가 이질적일수록 그것은 더 격렬하게 현실을 잊는 하나의 방식으로 이해되어야 한다.

프로이트에 따르면 인간 의식의 근본적인 목표는 평온을 유지하는 것이다. 이 때문에 우리는 기억하고 싶은 않은 것들을 무의식 속에 감춰버린다. 그런데 트라우마는 무의식의 잔재로 남는 대신 다시금 의식의 방어벽을 뚫고 떠올라 우리에게 고통을 준다. 이때 의식은 '잊는 것'이 불가능하다면 침입하는 '수동적' 경험을 스스로 그 기억을 반복해서 떠올리는 '능동적' 놀이로 전환한다. 인간이 수치스럽거나 고통스러운 기억을 반복해서 상기하는 이유는 그 때문이다. 이러한 맥락에서 유형진 시인의 동화적 환상은 바로 자신에게 침입하는 고통스러운 기억을 승화시키기 위한 하나의 방편으로 이해된다. 그의 시는 실존적 불안을 없앤다는 어려운 목표에 매달리는 대신, 불안을 스스로 고백하되 동화적 놀이라는 형식을 통해 불안이 주는 고통을 완화하는 셈이다.

따라서 유형진 시인이 탁월한 미학적 표현에 도달할수록 그의 시에서 감지할 수 있는 실존적 불안의 무게 역시 무거워진다. 시 「허니밀크랜드의 영원한 스무고개」의 도입부에서 시인은 "나는 기체였다가 액체였다가 고체였다가 다시 액체였다가 기체가 됩니다"라고 쓴다. 요컨대 그의 시에서 자아는 그 무엇도 아니다. 이어서 시의 마지막에 그는 "이제 모든 물음을 소진한 채, 내가 무엇인지, 누구인지 알 수 없게 되고 영원의 스무고개는 끝났습니다."라고 쓴다. 이 공허한 문답 안에서 우리는 광막한 자아의 불안감을 감지할 수 있다.

따라서 그의 시는 즐거운 동시에 아프다. 그의 시는 다채롭고 감각적인 동시에 끈질기게 위태롭고 공허해 보인다. 바로 이것이 그의 동화적 상상력에서 강하게 느껴지는 이율배반이다. 그러나 이 사실은 모순이 아니라, 다음과 같은 진실을 암시하지 않을까. 홀로 감당하기에 삶은 지나치게 무겁다. 그렇기 때문에 우리는 그 무게를 덜어내야만 한다. 삶에서 모든 실천은 결국 '가볍게 살기' 위한 방편에 지나지 않는지도 모른다. 유형진 시인의 시를 이루는 또 하나의 본질이 있다면, 그것은 그의 동화적 몽상이 삶을 지속하기 위해 삶을 끈질기게 살아가려는 일상인의 태도 또한 반영한다는 점이다. 시 「인공낙원」처럼, 그의 시가 현대의 허위성을 전경화할 때에도 그가 형상화한 세계는 다음과 같이 감각적인 즐거움을 준다. "은사시나무는 여전히 반짝반짝 떨고 있고/레몬그라스는/강아지 오줌처럼 노랗고/시큼하다." 어쩌면 불안이나 부재를 지시하는 마음과 불안과 더불어 삶을 긍정하려는 이 시큼하고 끈질긴 기쁨이야말로 나는 유형진 시인의 시를 이루는 본령이 아닐까 생각한다.

4. 배틀로얄의 이미지 : 문보영 시인의 시

2017년에 블루홀이라는 이름의 게임 제작사에서 만들어낸 〈PLAYER UNKNOWN'S BATTLEGROUNDS〉(이하 〈배틀그라운드〉)라는 게임은 출시된 지 불과 몇 달 만에 전 세계에서 기록적인 인기를 끌었다. 이 게임의 룰은 아주 간단한데, 백 명의 사람이 고립된 섬에서 단 한 사람이 남을 때까지 총과 수류탄으로 상대를 죽여 탈락시키는 것이다. 혹은 두 사람이나 네 사람이 팀을 이루어, 다른 팀을 모두 탈락시키는 것이다. 이 경쟁적인 장르의 원형은 타카미 코슌(高見広春, 1969~)의 소설 『배틀로얄』에서 비롯한 것으로 알려져 있다.

그리고 흥미롭게도 시집 『책기둥』(민음사, 2017)의 저자 문보영 시인이 두 번째 시집의 소재로 택한 것이 바로 이 게임이다. 2017년부터 2021년까지 그가 간행한 저서가 무려 여덟 편에 달한다는 점을 고려할 때, 그리고 이 게임이 출시된 시기를 고려할 때 시집 『배틀그라운드』(현대문학, 2019)가 그 이전 시집만큼 고된 시작(詩作)의 산물로 추측되지는 않는다. 또한 시인 본인은 이 게임을 직접 플레이해본 것이 아니라, 단지 게임을 하는 다른 사람의 모습이나 영상을 보면서 창작한 것이라고 밝힌 바 있다. 아마도 이 시집을 이해하는 핵심은 여기에 있는 듯하다. 이 시집은 사적인 경험을 '표현하는' 시가 아닌, 사람들이 공통적으로 향유하는 소재를 택하고 그 이미지를 통한 연상에 기초하는 시로 채워져 있는 것이다. 무엇보다 염두할 것은 배틀그라운드가 전 세계 사람들의 무의식적인 욕망에 부합했다는 데 있다. 문보영 시는 배틀그라운드의 이미지를 다음과 같이 해석한다.

> 추락으로 시작한다 추락하지 않는 인간은 게임 참여 의사가 없는 것으로 취급한다 뛰어내려 곧 깨어날 거야 너는 추락하는 자를 깨어나는 자라고 부른다 햇볕 아래 놓인 벽돌색 헤드셋을 끼고, 네 마리의 말이 달리는 옷을 입은 네가 웃으며 말한다 너, 송경련은 미소에 소질이 있으니까 무서운 사람이다 여기는 사망맵이야 너는 불안할 때 농담한다 바닥에서 만나자 뛰어내린다 비행기에서 그녀가 먼저
> ― 문보영, 「배틀그라운드―사막맵」 전문

이 시집은 총 4부로 이루어져 있으며, 각 부를 이루는 제목인 '미라마 사막맵'이나 '비켄디 설원맵' 등은 바로 게임의 배경이 되는 가상의 지역이다. 또한 이 게임은 모든 사람이 비행기에서 낙하산을 타고 지상에 내려오는 방식으로 시작한다. 중요한 것은 이러한 가상의 공간을 진지하게 숙고하는 시

인의 시선이다. 게이머에게 배틀그라운드의 세계는 농구나 축구처럼 단지 경쟁적인 놀이의 무대일 뿐이다. 그러나 문보영 시인은 '게이머의 시선'이 아닌 '시인의 시선'으로 그 이미지를 이해한다. 그는 연출된 이미지를 게임 세계의 고유한 법칙을 내재화하는 알레고리로 읽는다. 배틀그라운드는 '추락'으로 시작해서 '사망'으로 끝맺는 폭력의 공간이 아닐까. 인간은 여기서 단지 "추락하는 자"로 전락하는 것이 아닐까.

문보영 시인의 시를 통해 우리는 이렇게 물을 수 있다. 배틀그라운드가 수많은 사람에게 어떤 즐거움을 가져다주었다면 왜 '추락하는 자'로의 전락을 사람들은 즐겁게 받아들인 것일까. 물론 이러한 이해는 게임 자체에 즉한다기보다 문보영 시인의 시선을 거친 것이다. 시인은 게임 세계의 폭력성을 역설한다. "유저들에게/손잡는 기능은 없습니다//침 뱉는 기능/기절하는 기능/그리고/뒤에서 발로 차는 기능이 있습니다//방해하는 것으로 사랑을 표현합시다"(「배틀그라운드—송경련이 왕밍밍에 관해 쓴 첫 번째 보고서」). 이렇듯 경쟁만을 위해 설계된 게임 안에서 시인은 사랑의 가능성을 찾으려 한다. "나를 계속 사랑해줘/당신이 누구인지만/들키지 말고"(「배틀그라운드—사과」)라는 진술이나 "눈으로 덮인 작은 섬은 뒷모습을 연습하기에 좋은 장소네 현실이 조준이 잘 안 되네 나는 네 손을 잡고 싶네"(「배틀그라운드—설원맵」)라는 진술에서 우리는 관계의 열망을 발견할 수 있다.

배틀그라운드에 대한 폭력적 이미지를 진지하게 받아들이려면, 우리는 게임이 단지 물리 공간을 재현하는 데이터가 아니라 우리의 무의식적 선호와 경험에 영향을 미치는 근본적 이미지라고 전제해볼 필요가 있다. "총격전이 난 집을 밖에서 보면/집이 사람들을 쏴 죽이고 있는 것 같아"(「배틀그라운드—사과」)라거나 "나는 다친 척하는 집이다/발버둥 치면/열어준다"(「배틀그라운드—너는 바보라서 가진 게 돌파력이네」)와 같은 진술에서 집에 숨어든 사람을 집으로 제유할 때, 시인이 한 행위를 한 장소나 세계에 대한 진술로 확

침묵과 쟁론

장하려는 의도를 갖고 있음을 확인할 수 있다. 여기서 배틀그라운드의 '집'은 본질적으로 상대를 죽이기 위해 잠시 머무는 전초기지다. 따라서 '집'은 거주지가 아닌 무기로 전환된 공간이다.

시집 『배틀그라운드』의 가장 특별한 점이 있다면, 시인이 게임을 현실의 일부가 아닌 자립한 현실처럼 느끼고 이해한다는 데 있다. 이때 문보영 시인은 게임 〈배틀그라운드〉를 일종의 커뮤니케이션 모델로 이해한다. 그리고 그 커뮤니케이션 모델을 분석하는 틀은 학자적인 이성이 아니라 시인의 감성에 기초하는 것이다. 따라서 그의 시는 일관되게 게임의 폭력성을 비판하는 논리적 입장을 구성하기 위한 것이 아니다. 이 때문에 시인은 오직 게임에서만 성립할 수 있는 주관의 초월 또한 발견해보기도 한다.

> 사과나무 아래. 송경련이 말한다. 죽으면 경기를 관찰할 수 있다고, 죽으면 다른 사람의 시점으로 세상을 볼 수 있다고. 그들 듀오는 원을 향해 뛴다. 원은 어디에 생길지 모른다. 그러나 그것은 생기고, 여기에는 약간의 운이 작용한다. 우리가 존재하는 곳에 원이 생기면 움직일 필요가 없지만, 원은 늘 우리 바깥에 존재하므로 우리는 뛴다.
>
> — 문보영, 「배틀그라운드 – 원」 부분

타인의 눈으로 세상을 본다는 것은 현실에서는 불가능하다. 그러나 게임 속에서는 가능하다. 이른바 '데스캠(death-cam)'이라고 부르는 기능을 통해, 게임에서 탈락한 유저는 살아남은 유저의 시점으로 게임을 볼 수 있다. 데스캠은 타인의 시선에 동기(同期)되는 것이다. 현실에서는 불가능한 동기화가 게임에서 가능하다면, 배틀그라운드는 단순히 폭력과 단절의 세계만은 아니다. 그것은 어떤 의미로는 자기 주체를 벗어 던지고 타자의 입장에서 세상을 볼 수 있도록 예비해주는 새로운 커뮤니케이션 모델이기도 하다.

일관되게 문보영 시인은 게임을 '현실처럼' 진지하게 대하고 이해하려 한다. 그의 작업은 지성적이라기보다 감각적이며, 따라서 반성적 전략을 세우기 이전에 이미 시인의 실감 속에서 디지털 게임의 '게임다움'을 해체한다. 그렇다면 그의 작업은 만화·게임적 리얼리즘이 본래적으로 지니는 가벼움을 제거하는 데 열중한다고 볼 수 있다. 그는 게임 안에서 사랑이나 우정과 같은 인간관계의 의미를 되살리려 한다. 이러한 태도는 우리가 일상적으로 소비하는 만화나 게임의 가치를 사소하게 보지 않는 마음가짐을 지니고 있을 때 가능한 것이다.

5. 만화·게임시에 대한 파상력과 상상력 사이에서

어떤 의미로 디지털 시대의 예술이라고 할 수 있는 만화·게임적 상상력과 마주하여, 뒤돌아보거나(이종섶 시인) 앞으로 나아가 보듬거나(유형진 시인) 거리를 두고 응시하는(문보영 시인) 상이한 자세를 확인한다. 시인들은 대중문화의 이미지에 종속되지 않는다는 점에서 같다. 그들은 능동적으로 그 이미지들을 자신의 시에 인용한다. 하지만 그들이 대중문화의 이미지를 사용하는 방식에는 차이가 있다. 이종섶 시인의 시에서 포켓몬스터와 같은 만화적 이미지는 현대사회의 징후로 간주된다. 추상적 이론과 디지털 매체는 인간의 고유한 실존을 훼손한다. 이에 따라 그는 현대사회를 역행하여 우리의 오래된 입말에 대한 탐구, 즉 '구두학'을 제안한다.

이에 비해 유형진 시인과 문보영 시인은 대중문화의 이미지에 대한 새로운 사용 방식을 우리에게 제안하는 듯하다. 한편 유형진 시인에게 동화적 상상력은 자아의 실존적 불안을 경감하는 하나의 수단이 된다. 타자와의 관계나 고통스러운 삶이 마음에 틈입할 때, 시인은 불안감에 지배될 바에는 차라리 달콤한 상상을 덧씌운 불안의 놀이를 즐기려 한다. 더 나아가 문보영 시인은 게임 자체를 하나의 현실처럼 진지하게 사색한다. 그는 배틀그라운드라는 게임이 지니고 있는 고유한 현실성을 감각적으로 재현함으로써, 게임이 지니고 있는 무의식적 폭력성을 폭로하는 동시에 게임만이 지니고 있는 커뮤니케이션적 가능성 또한 발견한다. 정리하자면 만화·게임적 상상력은 이종섶 시인에게서 대상화되어 풍자되고, 유형진 시인에게는 실존적 성찰과 상호 보완하는 관계를 이루며, 문보영 시인에게서는 또 다른 의미의 현실로 숙고된다고 볼 수 있다.

이러한 상이한 관점이 한 시대에 병존한다는 사실 자체가 흥미로운 화두가 된다. 시인들이 서로 다른 방식으로 만화·게임적 이미지를 전유하는 것을 확인하며, 우리는 이 시대에 대한 첨예한 비판과 상상력의 재창조 사이에서 문학이 위치한다고 표현해볼 수 있다. 그렇다면 2010년대 시의 만화·게임적 이미지는 단순히 환상이나 가상을 시에 인용하는 방식으로 간주될수 없지 않을까. 그것은 만화·게임적 이미지 이면에 깃든 대중적 무의식을 폭로하는 한편, 그 이미지에 대한 상상력과 파상력을 왕복 운동하며 이 시대의 문화 산물을 새롭게 사용하는 방식을 발명해낸다. 다시 말해 대중에게 만화·게임적 이미지가 즐거운 이야기나 놀잇감으로 위해 사용되는 반면 시인들은 그러한 이미지가 얼마든지 우리의 사회학적·실존적 이해를 돕는 데에도 활용될 수 있다는 사실을 보여준다. 현대시의 만화·게임적 이미지는 때론 우리의 일상적 세계의 허구성을 폭로하거나 때론 앞으로 도래할 존재론적 가능성을 탐구하기 위해 제시된다.

그리고 근본적으로 문화가 인간의 산물인 한, 문화에 대한 새로운 사용 방식의 창안은 인간 존재를 새롭게 사용하는 방식에 대한 창안이라고까지 말할 수 있을지도 모른다. 다시금 "죽으면 다른 사람의 시점으로 세상을 볼수 있다"라는 문보영 시인의 시구를 떠올려보자. 관습화된 주체를 '죽음에 이르게 할 때' 비로소 우리는 인간에 대한 새로운 이해와 사용에 도달할 수 있지 않을까. 바로 이러한 물음과 함께 현대시의 만화·게임적 상상력은 발견된다. 시인들이 우리 시대의 가상과 놀이하며 드러내는 것은 급변하는 디지털 매체만큼이나 얼마든지 새롭게 자기 존재를 상상할 수 있는 인간의 능력, 즉 상상하는 존재의 가능성인 셈이다.

인명

작품 및 도서